Milan Kundera

Die unerträgliche Leichtigkeit des Seins

EDITION RICHARZ
Bücher in großer Schrift

Milan Kundera

Die unerträgliche Leichtigkeit des Seins

Roman

Aus dem Tschechischen
von Susanna Roth

Edition Richarz
Verlag CW Niemeyer

CIP-Titelaufnahme der Deutschen Bibliothek
Kundera, Milan:
Die unerträgliche Leichtigkeit des Seins: Roman / Milan Kundera. Aus d. Tschech. von Susanna Roth. – 1. Aufl. – Hameln: Niemeyer, 1989
(Edition Richarz, Bücher in großer Schrift)
ISBN 3-87585-879-4

Titel des Originals:
NESNESITELNÁ LEHKOST BYTÍ

Lizenzausgabe mit freundlicher Genehmigung des Carl Hanser Verlages, München/Wien

1. Auflage 1989
Gesamtherstellung: Carl Ueberreuter Druckerei Gesellschaft m.b.H.
Printed in Austria
ISBN 3-87585-879-4

Erster Teil

Das Leichte und das Schwere

1.

Die Ewige Wiederkehr ist ein geheimnisvoller Gedanke, und Nietzsche hat damit manchen Philosophen in Verlegenheit gebracht: alles wird sich irgendwann so wiederholen, wie man es schon einmal erlebt hat, und auch diese Wiederholung wird sich unendlich wiederholen! Was besagt dieser widersinnige Mythos?

Der Mythos von der Ewigen Wiederkehr sagt uns in der Negation, daß das ein für allemal entschwindende und niemals wiederkehrende Leben einem Schatten gleicht, daß es ohne Gewicht ist und tot von vornherein; wie grauenvoll, schön oder herrlich es auch immer gewesen sein mag – dieses Grauen, diese Schönheit, diese Herrlichkeit bedeuten nichts. Wir brauchen sie ebensowenig zur Kenntnis zu nehmen wie einen Krieg zwischen zwei afrikanischen Staaten im vierzehnten Jahrhundert, der am Zustand der Welt nichts verändert hat, auch wenn in diesem Krieg dreihunderttausend Schwarze unter unsagbaren Qualen umgekommen sind.

Wird es an diesem Krieg der beiden afrikanischen Staaten etwas ändern, wenn er sich in der Ewigen Wiederkehr unzählige Male wiederholt?

Gewiß: er wird zu einem Block, der emporragt und überdauert, und seine Dummheit wird nie wiedergutzumachen sein.

Wenn sich die Französische Revolution ewig wiederholen müßte, wäre die französische Geschichtsschreibung nicht so stolz auf Robespierre. Da sie aber von einem Ereignis spricht, das nicht wiederkehren wird, haben sich die blutigen Jahre in Worte verwandelt, in Theorien und Diskussionen; sie sind leichter geworden als Federn und flößen niemandem mehr Angst ein. Es besteht ein gewaltiger Unterschied zwischen einem Robespierre, der in der Geschichte nur ein einziges Mal aufgetreten ist, und einem Robespierre, der ewig wiederkehrt, um den Franzosen den Kopf abzuhacken.

Sagen wir also, daß der Gedanke der Ewigen Wiederkehr eine Perspektive bezeichnet, aus der die Dinge uns anders erscheinen, als wir sie kennen: sie erscheinen ohne den mildernden Umstand ihrer Vergänglichkeit. Dieser mildernde Umstand hindert uns nämlich daran, ein Urteil zu fällen. Wie kann man etwas verurteilen, das vergänglich ist? Im Abendrot leuchtet alles im verführerischen Licht der Nostalgie, sogar die Guillotine.

Vor kurzem habe ich mich bei einem unglaublichen Gefühl ertappt: ich blätterte in einem Buch über Hitler und war von manchen Fotografien ergriffen: sie erinnerten mich an die Zeit meiner Kindheit. Ich bin während des Krieges aufgewachsen; einige meiner Verwandten sind in Hitlers Konzentrationslagern umgekommen; was aber bedeutet ihr Tod angesichts dieser Fotografien von Hitler, die in mir die Erinnerung an eine vergangene Zeit meines Lebens wachgerufen haben, an eine Zeit, die nicht wiederkehren wird?

Diese Aussöhnung mit Hitler verrät die tiefliegende moralische Perversion einer Welt, die wesentlich auf dem Nichtvorhandensein der Wiederkehr begründet ist, weil in einer solchen Welt alles von vornherein verziehen ist und folglich auch alles auf zynische Weise erlaubt.

2.

Wenn sich jede Sekunde unseres Lebens unendliche Male wiederholt, sind wir an die Ewigkeit genagelt wie Jesus Christus ans Kreuz. Eine schreckliche Vorstellung. In der Welt der Ewigen Wiederkehr lastet auf jeder Geste die Schwere einer unerträglichen Verantwortung. Aus diesem Grund hat Nietzsche den Gedanken der Ewigen Wiederkehr »das schwerste Gewicht« genannt.

Wenn die Ewige Wiederkehr das schwerste Gewicht ist, kann unser Leben vor diesem Hintergrund in seiner ganzen herrlichen Leichtheit erscheinen.

Ist aber das Schwere wirklich schrecklich und das Leichte herrlich?

Das schwerste Gewicht beugt uns nieder, erdrückt uns, preßt uns zu Boden. In der Liebeslyrik aller Zeiten aber sehnt sich die Frau nach der Schwere des männlichen Körpers. Das schwerste Gewicht ist also gleichzeitig ein Bild intensivster Lebenserfüllung. Je schwerer das Gewicht, desto näher ist unser Leben der Erde, desto wirklicher und wahrer ist es.

Im Gegensatz dazu bewirkt die völlige Abwesenheit von Gewicht, daß der Mensch leichter wird als Luft, daß er emporschwebt und sich von der Erde, vom irdischen Sein entfernt, daß er nur noch zur Hälfte wirklich ist und seine Bewegungen ebenso frei wie bedeutungslos sind.

Was also soll man wählen? Das Schwere oder das Leichte?

Parmenides hat sich diese Frage im sechsten Jahrhundert vor Christus gestellt. Er sah die ganze Welt in Gegensatzpaare aufgeteilt: Licht–Dunkel; Feinheit–Grobheit; Wärme–Kälte; Sein–Nichtsein. Er betrachtete den einen Pol (Licht, Feinheit, Wärme, Sein) als positiv, den anderen als negativ. Eine solche Aufteilung sieht kinderleicht aus, bringt jedoch eine Schwierigkeit mit sich: was ist positiv, das Schwere oder das Leichte?

Parmenides antwortete: das Leichte ist positiv, das Schwere ist negativ.

Hatte er recht oder nicht? Das ist die Frage. Sicher ist nur eines: der Gegensatz von leicht und schwer ist der geheimnisvollste und vieldeutigste aller Gegensätze.

3.

Seit vielen Jahren schon denke ich an Tomas, aber erst im Licht dieser Überlegungen habe ich ihn zum ersten Mal klar vor mir gesehen. Ich sehe ihn, wie er in seiner Wohnung am Fenster steht, über den Hof auf die Mauer des gegenüberliegenden Wohnblocks schaut und nicht weiß, was er tun soll.

Er hatte Teresa vor etwa drei Wochen in einer böhmischen

Kleinstadt kennengelernt. Sie hatten knapp eine Stunde miteinander verbracht. Sie hatte ihn zum Bahnhof begleitet und gewartet, bis er in den Zug gestiegen war. Zehn Tage später besuchte sie ihn in Prag. Noch am selben Tag liebten sie sich. In der Nacht bekam sie Fieber und blieb eine ganze Woche mit Grippe in seiner Wohnung.

Er empfand damals eine unerklärliche Liebe für dieses Mädchen, das er kaum kannte; sie kam ihm vor wie ein Kind, das jemand in ein pechbestrichenes Körbchen gelegt und auf dem Fluß ausgesetzt hatte, damit er es am Ufer seines Bettes barg.

Sie blieb eine Woche bei ihm, und als sie wieder gesund war, fuhr sie zurück in ihre Kleinstadt, zweihundert Kilometer von Prag entfernt. Und jetzt folgt der Augenblick, von dem ich gerade gesprochen habe, in dem ich den Schlüssel zu Tomas' Leben sehe: Er steht am Fenster, schaut über den Hof auf die Mauer des gegenüberliegenden Wohnblocks und überlegt:

Sollte er sie für immer nach Prag holen? Er fürchtete diese Verantwortung. Würde er sie jetzt einladen, sie würde kommen, um ihm ihr ganzes Leben anzubieten.

Oder sollte er einfach nichts mehr von sich hören lassen? Das würde bedeuten, daß Teresa Serviererin in einem gottvergessenen Provinznest bliebe und er sie nie wiedersehen würde.

Will er, daß sie zu ihm kommt, oder will er es nicht?

Er schaut über den Hof auf die Mauern gegenüber und sucht nach einer Antwort.

Immer wieder sah er sie vor sich, wie sie auf seinem Bett lag; sie erinnerte ihn an niemanden aus seinem bisherigen Leben. Sie war weder Geliebte noch Gemahlin. Sie war ein Kind, das er aus dem pechbestrichenen Körbchen gehoben und an das Ufer seines Bettes gelegt hatte. Sie war eingeschlafen. Er kniete sich neben sie. Ihr fiebriger Atem wurde schneller, und er hörte ein schwaches Stöhnen. Er preßte sein Gesicht an ihres und flüsterte ihr besänftigende Worte in den Schlaf. Nach einer Weile fühlte er, wie ihr Atem sich beruhigte und sie ihr Gesicht unwillkürlich dem seinen entgegenhob. Er spürte an ihren Lippen den herben Geruch des

Fiebers und atmete ihn ein, als wollte er die Intimität ihres Körpers ganz in sich aufnehmen. Er stellte sich vor, daß sie schon viele Jahre bei ihm war und nun im Sterben lag. Plötzlich hatte er das untrügliche Gefühl, er könnte ihren Tod nicht überleben. Er würde sich an ihre Seite legen und mit ihr sterben wollen. Er preßte sein Gesicht neben ihrem Kopf ins Kissen und verharrte lange Zeit so.

Jetzt steht er am Fenster und besinnt sich auf jenen Augenblick. Was konnte es anderes sein als die Liebe, die sich ihm auf diese Weise offenbart hatte?

Aber war es Liebe? Das Gefühl, an ihrer Seite sterben zu wollen, war ganz offensichtlich unangemessen: er hatte sie damals gerade zum zweiten Mal in seinem Leben gesehen! War es nicht eher die Hysterie eines Menschen, der sich im Grunde seines Herzens seiner Liebesunfähigkeit bewußt war und anfing, sich die Liebe vorzuspielen? Sein Unterbewußtsein war dabei so feige, daß er sich für seine Komödie ausgerechnet diese armselige Serviererin aus einem Provinznest ausgesucht hatte, die im Grund keine Chance hatte, in sein Leben zu treten!

Er schaute über den Hof auf die schmutzigen Mauern und begriff, daß er nicht wußte, ob es Hysterie war oder Liebe.

Er machte sich den Vorwurf, daß er in einer Situation zauderte, in der ein richtiger Mann sofort gewußt hätte, was zu tun war, und daß er den schönsten Augenblick seines Lebens (er kniete an ihrem Bett und es schien ihm, er könnte ihren Tod nicht überleben) jeder Bedeutung beraubte.

Er haderte mit sich, bis er sich schließlich sagte, es sei eigentlich ganz normal, daß er nicht wisse, was er wolle.

Man kann nie wissen, was man wollen soll, weil man nur ein Leben hat, das man weder mit früheren Leben vergleichen noch in späteren korrigieren kann.

Ist es besser, mit Teresa zu leben oder allein zu bleiben?

Es ist unmöglich zu überprüfen, welche Entscheidung die richtige ist, weil es keine Vergleiche gibt. Man erlebt alles unmittelbar, zum ersten Mal und ohne Vorbereitung. Wie ein Schauspieler, der auf die Bühne kommt, ohne vorher je geprobt zu haben. Was aber kann das Leben wert sein, wenn die erste Probe für das Leben schon das Leben selber ist? Aus diesem Grunde gleicht das Leben immer einer Skizze. Auch ›Skizze‹ ist nicht das richtige Wort, weil Skizze immer ein Entwurf zu etwas ist, die Vorbereitung eines Bildes, während die Skizze unseres Lebens eine Skizze von nichts ist, ein Entwurf ohne Bild.

Einmal ist keinmal, sagt sich Tomas. Wenn man ohnehin nur einmal leben darf, so ist es, als lebe man überhaupt nicht.

4.

Eines Tages rief ihn eine Schwester in der Pause zwischen zwei Operationen ans Telefon. Er vernahm Teresas Stimme im Hörer. Sie rief vom Bahnhof aus an. Er freute sich. Leider hatte er für den Abend schon eine Verabredung und lud sie deshalb erst für den nächsten Tag zu sich ein. Kaum hatte er den Hörer aufgelegt, machte er sich Vorwürfe, daß er sie nicht gebeten hatte, gleich zu kommen. Er hätte noch Zeit genug gehabt, seine Verabredung abzusagen! Er stellte sich vor, was Teresa sechsunddreißig Stunden lang bis zu ihrem Treffen machen würde und hatte Lust, sich ins Auto zu setzen und sie in den Straßen von Prag zu suchen.

Sie kam am nächsten Abend, trug eine Umhängetasche über der Schulter, und er fand sie eleganter als das letzte Mal. In der Hand hielt sie ein dickes Buch. Anna Karenina von Tolstoi. Sie gab sich fröhlich, sprach sogar ein wenig laut und bemühte sich, ihm zu verstehen zu geben, daß sie rein zufällig vorbeigekommen sei; es habe sich gerade so ergeben: sie sei aus beruflichen Gründen in Prag, möglicherweise (ihre Angaben waren nicht sehr klar), um eine Stelle zu suchen.

Dann lagen sie nackt und erschöpft nebeneinander auf dem Bett. Es war schon dunkel. Er fragte sie, wo sie wohnte und bot ihr an, sie mit dem Wagen hinzufahren. Sie antwortete verlegen, sie müsse erst noch ein Hotel suchen und habe den Koffer in der Gepäckaufbewahrung am Bahnhof abgegeben.

Noch am Abend vorher hatte er befürchtet, sie könnte ihm

ihr ganzes Leben anbieten, wenn er sie zu sich nach Prag holte. Als sie ihm nun sagte, ihr Koffer sei in der Gepäckaufbewahrung, hatte er die Idee, daß ihr ganzes Leben in diesem Koffer steckte und sie es nur vorübergehend am Bahnhof abgegeben hätte, um es ihm dann anzubieten.

Er stieg mit ihr ins Auto, das er vor dem Haus geparkt hatte, fuhr zum Bahnhof, holte den Koffer ab (er war riesig und unendlich schwer) und brachte ihn und Teresa in seine Wohnung zurück.

Wie war es möglich, daß er sich so plötzlich entscheiden konnte, nachdem er fast vierzehn Tage lang gezögert hatte und unfähig war, ihr auch nur einen Kartengruß zu schicken?

Er war selbst überrascht. Er handelte gegen seine Prinzipien. Vor zehn Jahren war er von seiner ersten Frau geschieden worden und hatte die Scheidung in einer Feststimmung erlebt, in der andere Leute Hochzeiten feiern. Er hatte damals begriffen, daß er nicht dazu geboren war, an der Seite welcher Frau auch immer zu leben, und daß er nur als Junggeselle ganz er selber sein konnte. Also war er sorgfältig darauf bedacht, sein Leben so einzurichten, daß keine Frau je mit einem Koffer bei ihm einziehen würde. Aus diesem Grund stand in seiner Wohnung nur ein einziges Bett. Obwohl es breit genug war, behauptete Tomas allen Freundinnen gegenüber, daß er nicht imstande sei, mit jemandem im selben Bett einzuschlafen, und fuhr sie alle jedesmal nachts nach Hause zurück. Auch als Teresa zum ersten Mal mit der Grippe bei ihm geblieben war, hatte er nicht mit ihr im selben Bett geschlafen. Die erste Nacht verbrachte er in einem großen Sessel, die folgenden Nächte im Krankenhaus, wo in seinem Konsultationszimmer ein Kanapee stand, das er während der Nachtwachen benutzte.

Diesmal jedoch schlief er neben ihr ein. Als er am nächsten Morgen aufwachte, stellte er fest, daß Teresa, die noch schlief, seine Hand hielt. Hatten sie die ganze Nacht Hand in Hand dagelegen? Das erschien ihm kaum glaublich.

Sie atmete tief im Schlaf, hielt seine Hand (ganz fest, er konnte sich nicht aus ihrer Umklammerung lösen), und der unendlich schwere Koffer stand neben dem Bett.

Er wagte nicht, seine Hand freizumachen, er wollte sie

nicht wecken und drehte sich nur sachte auf die Seite, um sie besser beobachten zu können.

Und wieder kam ihm der Gedanke, Teresa sei ein Kind, das jemand in ein pechbestrichenes Körbchen gelegt und auf dem Wasser ausgesetzt hatte. Man darf doch ein Körbchen mit einem Kind nicht einfach auf dem reißenden Fluß treiben lassen! Hätte die Tochter des Pharao das Körbchen mit dem kleinen Moses nicht aus den Wellen geborgen, gäbe es weder das Alte Testament noch unsere Zivilisation! Wieviele alte Mythen fangen damit an, daß jemand ein ausgesetztes Kind rettet. Hätte sich Polybos nicht des jungen Ödipus angenommen, hätte Sophokles seine schönste Tragödie nie geschrieben!

Damals war es Tomas noch nicht klar, daß Metaphern gefährlich sind. Mit Metaphern spielt man nicht. Die Liebe kann aus einer einzigen Metapher geboren werden.

5.

Mit seiner Frau hatte er knapp zwei Jahre zusammengelebt und einen Sohn gezeugt. Im Scheidungsurteil sprach das Gericht das Kind der Mutter zu und verurteilte Tomas, ihnen als Lebensunterhalt ein Drittel seines Gehalts zu zahlen. Gleichzeitig wurde ihm das Recht zugestanden, seinen Sohn alle zwei Wochen zu sehen.

Aber jedesmal, wenn er ihn treffen wollte, erfand die Mutter irgendeine Ausrede. Hätte er ihnen teure Geschenke gemacht, wären die Besuche sicherlich leichter zu erreichen gewesen. Er begriff, daß er der Mutter die Liebe seines Sohnes bezahlen, vorausbezahlen mußte. Er stellte sich vor, wie er dem Sohn später seine eigenen Ansichten, die denen der Mutter in jeder Hinsicht widersprachen, einschärfen würde wie Don Quixote. Allein der Gedanke machte ihn schon matt. Als die Mutter eines Sonntags wieder einmal in letzter Minute das Treffen mit dem Sohn abgesagt hatte, entschied er ganz plötzlich, daß er ihn nie mehr sehen wollte.

Warum übrigens sollte er für dieses Kind, mit dem ihn nichts weiter als eine leichtsinnige Nacht verband, mehr empfinden als für irgendein anderes? Er würde pünktlich zahlen, aber keiner sollte von ihm verlangen, daß er im Namen irgendwelcher Vatergefühle um seinen Sohn kämpfte!

Unnötig zu sagen, daß niemand mit dieser Überlegung einverstanden war. Seine eigenen Eltern verurteilten ihn und verkündeten, daß sie sich als Eltern ebenfalls nicht mehr für ihren Sohn interessieren würden, falls dieser sich weigerte, sich um seinen Sohn zu kümmern. Sie hielten demonstrativ ein gutes Verhältnis zur Schwiegertochter aufrecht und rühmten sich, wo sie nur konnten, ihrer vorbildlichen Haltung und ihres Gerechtigkeitssinns.

So gelang es ihm in kürzester Zeit, Frau, Sohn, Mutter und Vater loszuwerden. Übrig blieb einzig die Angst vor den Frauen. Er begehrte sie, aber er fürchtete sich vor ihnen. Er mußte einen Kompromiß zwischen Angst und Verlangen finden und nannte ihn ›erotische Freundschaft‹. Seinen Freundinnen beteuerte er: nur in einer unsentimentalen Beziehung, in der keiner Ansprüche auf das Leben und die Freiheit des andern erhebt, können beide glücklich werden.

Weil er sichergehen wollte, daß die erotische Freundschaft niemals in eine aggressive Liebe überging, traf er sich mit seinen ständigen Freundinnen nur in langen Abständen. Er hielt diese Methode für perfekt und propagierte sie unter seinen Freunden: »Man muß die Dreierregel einhalten. Entweder sieht man eine Frau in kurzen Abständen, aber dann nicht öfter als dreimal, oder man verkehrt jahrelang mit ihr, dann allerdings nur unter der Bedingung, daß mindestens drei Wochen zwischen den Verabredungen liegen.«

Diese Dreierregel verschaffte Tomas die Möglichkeit, das Verhältnis mit seinen festen Freundinnen aufrechtzuerhalten und nebenher eine beachtliche Anzahl von flüchtigen Bekanntschaften zu pflegen. Er wurde nicht immer verstanden. Von all seinen Freundinnen verstand Sabina ihn am besten. Sie war Malerin. Sie sagte: »Ich mag dich, weil du das pure Gegenteil von Kitsch bist. Im Reich des Kitsches wärst du ein Monstrum. Es gibt kein einziges Drehbuch eines amerikanischen oder russischen Films, in dem du nicht als abschreckendes Beispiel auftreten könntest.«

An Sabina wandte er sich mit der Bitte, ob sie ihm nicht helfen könnte, für Teresa in Prag eine Arbeit zu finden. Den ungeschriebenen Verhaltensregeln der erotischen Freundschaft zufolge versprach sie ihm, alles zu tun, was in ihren Möglichkeiten stand, und machte tatsächlich in kurzer Zeit eine Stelle im Fotolabor einer Illustrierten ausfindig. Auch wenn diese Stelle keine besondere Qualifikation erforderte, so beförderte sie Teresa doch von der Zunft der Serviererinnen in die der Zeitungsangestellten. Sabina selbst führte Teresa in der Redaktion ein, und Tomas sagte sich, daß er nie im Leben eine bessere Freundin gehabt habe.

6.

Der ungeschriebene Vertrag der erotischen Freundschaft beinhaltete, daß Tomas die Liebe aus seinem Leben ausschloß. In dem Moment, da er diese Bedingung mißachtete, würden sich seine anderen Freundinnen als zweitrangig zurückgesetzt fühlen und sich auflehnen.

Er besorgte also für Teresa ein Zimmer in Untermiete, wo sie ihren schweren Koffer abstellen mußte. Er wollte auf sie aufpassen, sie beschützen und sich an ihrer Gegenwart freuen, aber er verspürte nicht die geringste Lust, seine Lebensweise zu ändern. Niemand sollte wissen, daß Teresa bei ihm schlief. Der gemeinsame Schlaf ist das corpus delicti der Liebe.

Er schlief nie bei anderen Frauen. Wenn er zu ihnen ging, war es einfach: er konnte weggehen, wann er wollte. Schwieriger war es jedoch, wenn sie zu ihm kamen und er ihnen nach Mitternacht klarmachen mußte, daß er sie heimfahren würde, da er an Schlafstörungen litte und nicht in der Lage sei, in der Nähe eines anderen einzuschlafen. Das war zwar nicht weit von der Wahrheit entfernt, der Hauptgrund aber war noch schlimmer, und er wagte nicht, ihn seinen Freundinnen zu gestehen: nach dem Liebesakt verspürte er ein unbezwingbares Bedürfnis, allein zu sein; es war ihm unangenehm, mitten in der Nacht an der Seite einer fremden Person aufzuwachen; das gemeinsame morgendliche Aufstehen stieß ihn ab; er hatte keine Lust, daß ihm jemand beim Zähneputzen im Badezimmer zuhörte, und die Intimität eines Frühstücks zu zweit bedeutete ihm nichts.

Deshalb war er so überrascht, als er aufwachte und Teresa ihn fest an der Hand hielt. Er sah sie an und konnte nicht recht begreifen, was ihm da geschehen war. Er vergegenwärtigte sich die zurückliegenden Stunden und ihm schien, als verströmten sie den Duft eines unbekannten Glücks.

Von diesem Moment an freuten sie sich beide auf den gemeinsamen Schlaf. Ich bin versucht zu sagen, das Ziel des Liebesaktes lag für sie nicht so sehr in der Lust als vielmehr im nachfolgenden Schlaf. Besonders Teresa konnte ohne Tomas nicht einschlafen. War sie ab und zu allein in ihrem möblierten Zimmer (das immer mehr zu einem Alibi wurde), konnte sie die ganze Nacht kein Auge zutun. In seinen Armen konnte sie immer einschlafen, auch wenn sie noch so unruhig war. Flüsternd erzählte er ihr Märchen, kleine Geschichten, die er sich für sie ausdachte, und wiederholte mit monotoner Stimme tröstende oder lustige Worte. In ihrem Kopf verwandelten sich diese Worte in wirre Visionen, mit denen sie in den ersten Traum hinüberglitt. Ihr Schlaf lag vollkommen in seiner Macht, und sie schlief in dem Augenblick ein, den er bestimmte.

Wenn sie schliefen, hielt sie ihn wie in der ersten Nacht: mit fester Hand umklammerte sie sein Handgelenk, einen Finger oder seinen Knöchel. Wollte er von ihr abrücken, ohne sie zu wecken, mußte er mit List vorgehen: er befreite seinen Finger (das Handgelenk, den Knöchel) aus ihrer Umklammerung, was sie jedesmal halb aufweckte, weil sie ihn selbst im Schlaf aufmerksam bewachte. Um sie zu beruhigen, schob er ihr statt seines Handgelenks irgendeinen Gegenstand in die Hand (einen zusammengerollten Pyjama, ein Buch, einen Schuh), den sie dann fest umklammerte, als wäre er ein Teil seines Körpers.

Einmal, als er sie gerade eingeschläfert hatte, und sie sich im Vorzimmer des ersten Schlafes befand, wo sie noch auf seine Fragen antworten konnte, sagte er zu ihr: »So. Und jetzt gehe ich.« »Wohin?« fragte sie. »Fort«, antwortete er streng. »Ich gehe mit dir!« sagte sie und richtete sich im Bett auf. »Nein, das geht nicht. Ich gehe für immer«, sagte er, verließ das Zimmer und trat in die Diele. Sie stand auf und folgte ihm mit blinzelnden Augen. Sie trug ein kurzes Hemdchen, unter dem sie nackt war. Ihr Gesicht war starr und ohne Ausdruck, ihre Bewegungen jedoch energisch. Tomas ging hinaus auf den Hausflur (den Gemeinschaftsflur der Mietskaserne) und schloß vor Teresa die Tür. Sie öffnete sie brüsk und folgte ihm. Im Halbschlaf war sie überzeugt davon, daß er für immer weggehen wollte und sie ihn zurückhalten müßte. Er ging die Treppe hinunter bis zum ersten Absatz und wartete auf sie. Sie trat auf ihn zu, nahm ihn an der Hand und holte ihn zu sich ins Bett zurück.

Tomas sagte sich: Mit einer Frau schlafen und mit einer Frau einschlafen sind nicht nur zwei verschiedene, sondern geradezu gegensätzliche Leidenschaften. Liebe äußert sich nicht im Verlangen nach dem Liebesakt (dieses Verlangen betrifft unzählige Frauen), sondern im Verlangen nach dem gemeinsamen Schlaf (dieses Verlangen betrifft nur eine einzige Frau).

7.

Mitten in der Nacht fing sie an, im Schlaf zu stöhnen. Tomas weckte sie, aber als sie sein Gesicht sah, sagte sie haßerfüllt: »Geh weg! Geh weg!« Dann erzählte sie ihm, was sie geträumt hatte: Sie beide waren zusammen mit Sabina in irgendeinem riesigen Zimmer. In der Mitte stand ein Bett wie ein Podest. Tomas befahl ihr, sich in eine Ecke zu stellen und liebte Sabina dann vor ihren Augen. Sie sah zu, und dieser Anblick verursachte ihr unerträgliche Qualen. Sie wollte den seelischen Schmerz in körperlichem Schmerz ersticken und stieß sich Nadeln unter die Fingernägel. »Es hat wahnsinnig weh getan«, sagte sie und ballte die Hände zu Fäusten, als wären sie tatsächlich verwundet.

Er nahm sie in die Arme, und langsam (sie zitterte noch lange) schlief sie in seiner Umarmung ein.

Als er am nächsten Tag an diesen Traum dachte, fiel ihm etwas ein. Er öffnete seinen Schreibtisch und nahm ein Bündel Briefe heraus, die Sabina ihm geschrieben hatte. Er hatte die Stelle rasch gefunden: »Ich möchte Dich in meinem Atelier lieben wie auf einer Bühne. Ringsherum stehen Leute, die keinen Schritt näher kommen dürfen. Aber sie können die Augen nicht von uns losreißen . . .«

Das Schlimmste an der Geschichte: der Brief war datiert. Er stammte aus der jüngsten Zeit, als Teresa längst schon bei Tomas wohnte.

»Du hast in meinen Briefen geschnüffelt!« fuhr er sie an.

Sie leugnete es nicht und sagte: »Dann wirf mich raus!« Aber er warf sie nicht hinaus. Er sah sie vor sich, wie sie in Sabinas Atelier an die Wand gepreßt dastand und sich Nadeln unter die Fingernägel stieß. Er nahm ihre Finger in seine Hände, streichelte sie, hob sie an seine Lippen und küßte sie, als wären noch Blutspuren daran.

Von diesem Zeitpunkt an schien sich alles gegen ihn verschworen zu haben. Es verging kaum ein Tag, an dem sie nicht irgend etwas Neues über sein heimliches Liebesleben erfuhr.

Zuerst stritt er alles ab. Wenn aber die Tatsachen allzu offensichtlich waren, versuchte er zu beweisen, daß sein polygames Leben und seine Liebe zu Teresa in keinerlei Widerspruch standen. Konsequent war er nicht: einmal leugnete er seine Untreue, dann wieder rechtfertigte er sie.

Eines Tages telefonierte er mit einer Frau, um sich mit ihr zu verabreden. Als das Gespräch zu Ende war, hörte er ein sonderbares Geräusch aus den Nebenzimmer, etwas wie lautes Zähneklappern.

Teresa war zufällig nach Hause gekommen, ohne daß er es bemerkt hatte. Sie hielt ein Fläschchen mit einem Beruhigungsmittel in der Hand und goß sich den Inhalt in den Mund. Ihre Hand zitterte so sehr, daß das Glasfläschchen gegen ihre Zähne schlug.

Er stürzte auf sie zu, als müßte er sie vor dem Ertrinken retten. Das Baldrianfläschchen fiel zu Boden und ergoß sich auf den Teppich. Sie wehrte sich, wollte sich ihm entwinden, und er hielt sie eine Viertelstunde lang fest wie in einer Zwangsjacke, bis sie sich beruhigt hatte.

Er wußte, daß er sich in einer Situation befand, die durch nichts zu rechtfertigen war, weil sie auf einer absoluten Ungleichheit beruhte:

Noch bevor sie seine Korrespondenz mit Sabina entdeckt hatte, waren sie eines Abends mit ein paar Freunden in eine Bar gegangen, um Teresas neue Stelle zu feiern. Sie hatte die Arbeit im Labor aufgegeben und war Fotografin bei der Wochenzeitschrift geworden. Da Tomas nicht gern tanzte, nahm sich einer seiner jungen Kollegen Teresas an. Sie bewegten sich wunderbar auf dem Parkett, und Teresa erschien ihm schöner denn je. Verblüfft beobachtete er, mit welcher Präzision und Fügsamkeit sie dem Willen ihres Partners um Sekundenbruchteile zuvorkam. Dieser Tanz schien ihm zu verraten, daß ihre Opferbereitschaft, ihr leidenschaftlicher Wunsch, alles zu tun, was sie Tomas von den Augen ablesen konnte, nicht notwendigerweise an seine Person gebunden war, sondern daß sie bereit gewesen wäre, dem Ruf jedes Mannes zu folgen, den sie an seiner Statt getroffen hätte. Es fiel ihm nicht schwer, sich Teresa und seinen Kollegen als Liebespaar vorzustellen. Gerade diese Leichtigkeit, mit der er sich das vorstellen konnte, verletzte ihn. Teresas Körper war mühelos mit jedem anderen männlichen Körper im Bett vorstellbar, und dieser Gedanke verdarb ihm die Laune. Als sie spät in der Nacht nach Hause kamen, gestand er ihr seine Eifersucht.

Diese absurde Eifersucht, die sich auf eine rein theoretische Möglichkeit bezog, war der Beweis dafür, daß er ihre Treue für eine unbedingte Voraussetzung hielt. Wie konnte er ihr verübeln, daß sie auf seine sehr realen Freundinnen eifersüchtig war?

8.

Tagsüber gab sie sich (mehr oder weniger erfolgreich) Mühe zu glauben, was Tomas sagte, und so fröhlich zu sein wie früher. Aber die am Tage gebändigte Eifersucht brach um so heftiger aus in ihren Träumen, die jedesmal in lautem Schluchzen endeten, und er konnte sie nur beruhigen, indem er sie weckte.

Die Träume wiederholten sich wie Themen mit Variationen oder Episoden einer Fernsehserie. Oft kehrten zum Beispiel Träume von Katzen wieder, die ihr ins Gesicht sprangen und ihr die Krallen in die Haut schlugen. Dieser Traum läßt sich ganz einfach erklären: in der tschechischen Umgangssprache ist ›Katze‹ eine Bezeichnung für eine attraktive Frau. Teresa fühlte sich bedroht von Frauen, von allen Frauen. Alle Frauen waren potentielle Geliebte von Tomas, und sie hatte vor ihnen Angst.

In einem anderen Traumzyklus wurde sie in den Tod geschickt. Als Tomas sie wieder einmal mitten in der Nacht wecken mußte, weil sie vor Entsetzen schrie, erzählte sie ihm: »Es war in einem großen Hallenbad. Wir waren ungefähr zwanzig. Nur Frauen. Wir waren alle nackt und mußten ums Schwimmbecken herummarschieren. Unter dem Dach hing ein Korb, in dem ein Mann stand. Er trug einen breitkrempigen Hut, der sein Gesicht verdeckte, doch ich wußte, daß du es warst. Du hast uns Befehle erteilt. Du hast geschrien. Wir mußten beim Marschieren singen und Kniebeugen machen. Wenn eine Frau es nicht schaffte, hast du mit der Pistole auf sie geschossen, und sie fiel tot ins Bassin. In dem Moment brachen alle in Lachen aus und sangen noch lauter. Und du hast uns nicht aus den Augen gelassen, und wenn wieder eine Frau eine falsche Bewegung machte, hast du sie erschossen. Das Schwimmbecken war voller Leichen, die dicht unter der Wasseroberfläche schwammen. Ich wußte, daß ich keine Kraft mehr hatte für die nächste Kniebeuge und du mich erschießen würdest!«

Der dritte Traumzyklus erzählte von Teresas Tod.

Sie lag in einem Leichenauto, das so groß war wie ein

Möbelwagen. Um sie herum lagen lauter tote Frauen. Es waren so viele, daß die hintere Tür offengelassen werden mußte und ein paar Beine herausragten.

Teresa schrie: »Ich bin doch nicht tot! Ich spüre ja noch alles!«

»Wir spüren auch alles«, lachten die Leichen.

Sie lachten genauso wie die lebendigen Frauen, die ihr früher schadenfroh gesagt hatten, es sei ganz normal, daß sie schlechte Zähne, kranke Eierstöcke und Runzeln bekommen würde, weil sie selbst auch schlechte Zähne, kranke Eierstöcke und Runzeln hätten. Mit demselben Lachen erklärten sie ihr nun, daß sie tot sei und dies auch seine Ordnung habe!

Dann mußte sie plötzlich pinkeln. Sie schrie: »Aber jetzt muß ich pinkeln! Das ist der Beweis, daß ich nicht tot bin!«

Wieder brachen die Frauen in Lachen aus: »Das ist ganz normal, daß du pinkeln mußt! Solche Bedürfnisse hat man noch lange. Wie jemand, dem man eine Hand amputiert hat: er fühlt sie auch noch lange Zeit. Wir haben keinen Urin mehr und meinen noch immer, wir müßten pissen!«

Teresa schmiegte sich im Bett an Tomas: »Und alle haben mich geduzt, als würden sie mich schon immer kennen, als wären sie Freundinnen, und ich war entsetzt, daß ich für immer bei ihnen bleiben mußte!«

9.

Alle aus dem Lateinischen hervorgegangenen Sprachen bilden das Wort Mitgefühl aus der Vorsilbe com- und dem Wort, das ursprünglich ›Leiden‹ bedeutete: passio. Andere Sprachen, so das Tschechische, das Polnische und das Schwedische, drücken diesen Begriff durch ein Substantiv aus, das aus der Vorsilbe Mit- und dem Wort ›Gefühl‹ besteht (tschechisch sou-cit, polnisch wspol-uczucie, schwedisch medkänsla).

In den aus dem Lateinischen hervorgegangenen Sprachen bedeutet das Wort compassio: wir können nicht herzlos den

Leiden eines anderen zuschauen; oder: wir nehmen Anteil am Leid des anderen. Aus einem anderen Wort mit ungefähr derselben Bedeutung (französisch pitié, englisch pity, italienisch pietà usw.) schwingt sogar unterschwellig so etwas wie Nachsicht dem Leidenden gegenüber mit: »Avoir de la pitié pour une femme« heißt, daß wir besser dran sind als diese Frau, uns zu ihr hinabneigen, uns herablassen.

Aus diesem Grund erweckt das Wort Mitleid Mißtrauen: es bezeichnet ein schlechtes Gefühl, das als zweitrangig empfunden wird und nicht viel mit Liebe zu tun hat. Jemanden aus Mitleid zu lieben heißt, ihn nicht wirklich zu lieben.

In den Sprachen, die das Wort nicht aus der Wurzel ›Leiden‹, sondern aus dem Substantiv ›Gefühl‹ bilden, wird es ungefähr in demselben Sinn gebraucht; man kann aber nicht behaupten, es bezeichne ein zweitrangiges, schlechtes Gefühl. Die geheime Macht seiner Etymologie läßt das Wort in einem anderen Licht erscheinen, gibt ihm eine umfassendere Bedeutung: Mit-Gefühl haben bedeutet, das Unglück des anderen mitzuerleben, genausogut aber jedes andere Gefühl mitempfinden zu können: Freude, Angst, Glück und Schmerz. Dieses Mitgefühl (im Sinne von soucit, wspoluczucie, medkänsla) bezeichnet also den höchsten Grad der gefühlsmäßigen Vorstellungskraft, die Kunst der Gefühlstelepathie; in der Hierarchie der Gefühle ist es das höchste aller Gefühle.

Als Teresa träumte, sie stieße sich Nadeln unter die Fingernägel, verriet sie damit, daß sie heimlich Tomas' Schubladen durchwühlt hatte. Hätte eine andere Frau ihm das angetan, er hätte kein Wort mehr mit ihr gesprochen. Teresa wußte das, und deshalb sagte sie: »Wirf mich raus!« Er aber warf sie nicht hinaus, sondern nahm sogar ihre Hände und küßte ihr die Fingerspitzen, denn er spürte in jenem Augenblick selbst den Schmerz unter ihren Fingernägeln, als wären die Nerven ihrer Finger direkt mit seinem Gehirn verbunden.

Wer die teuflische Gabe des Mitgefühls nicht besitzt, der kann Teresas Verhalten nur kaltblütig verurteilen, denn die Privatsphäre des anderen ist heilig. Schubladen mit persönlicher Korrespondenz öffnet man nicht. Da aber das Mitgefühl für Tomas zum Schicksal (oder zum Fluch) geworden war, kam es ihm vor, als kniete er selbst vor der geöffneten Schublade seines Schreibtisches und könnte die Augen nicht losreißen von Sabinas Sätzen. Er verstand Teresa und war nicht nur unfähig, ihr böse zu sein, sondern er liebte sie noch viel mehr.

10.

Ihre Gesten waren brüsk und fahrig geworden. Zwei Jahre war es nun schon her, daß sie seine Treulosigkeit entdeckt hatte, und es wurde immer schlimmer. Es gab einfach keinen Ausweg.

Konnte er denn tatsächlich nicht von seinen erotischen Freundschaften lassen? Nein. Das hätte ihn zerstört. Er hatte nicht die Kraft, seine Lust auf andere Frauen zu beherrschen. Und außerdem schien ihm das überflüssig. Niemand wußte besser als er, daß seine Abenteuer Teresa in keiner Weise bedrohten. Warum sollte er also darauf verzichten? Das schien ihm ebenso absurd, wie wenn er es sich versagt hätte, zum Fußball zu gehen.

Konnte man aber noch von Freude reden? Schon auf dem Weg zu einer Freundin verspürte er einen Widerwillen, und er schwor sich, sie zum letzten Mal zu sehen. Er hatte Teresas Bild vor Augen und mußte sich schnell betrinken, um nicht mehr an sie zu denken. Seit er sie kannte, konnte er nur noch unter Alkohol mit anderen Frauen schlafen. Aber gerade durch den Alkoholgeruch kam Teresa seinen Seitensprüngen noch leichter auf die Spur.

Er war in eine Falle geraten: immer, wenn er zu einer anderen ging, hatte er keine Lust mehr auf sie, kaum war er auch nur einen Tag ohne sie, wählte er schon eine Telefonnummer, um sich zu verabreden.

Am wohlsten fühlte er sich bei Sabina, weil er wußte, daß sie diskret war, er mußte nicht befürchten, entdeckt zu werden. Ihr Atelier erinnerte ihn an sein vergangenes Leben, sein idyllisches Junggesellenleben.

Vielleicht war er sich selbst nicht darüber im klaren, wie sehr er sich verändert hatte: er fürchtete, zu spät nach Hause zu kommen, weil Teresa auf ihn wartete. Einmal bemerkte Sabina, daß er während des Liebesaktes auf die Uhr schaute und sich bemühte, schneller zum Ende zu kommen.

Sehr gelassen spazierte sie daraufhin nackt im Atelier umher, stellte sich dann vor die Staffelei mit einem halbfertigen Bild und beobachtete Tomas von der Seite, wie er sich in Windeseile anzog.

Er war schon angekleidet, nur ein Fuß war noch nackt. Er schaute herum, dann kniete er sich nieder und suchte etwas unter dem Tisch.

Sie sagte: »Wenn ich dich so sehe, habe ich den Eindruck, daß du dich eben in das ewige Thema meiner Bilder verwandelst. Die Begegnung zweier Welten. Eine Doppelbelichtung. Hinter den Umrissen von Tomas dem Libertin erscheint das unglaubliche Gesicht des romantisch Verliebten. Oder umgekehrt: durch die Silhouette des Tristan, der nur an seine Teresa denkt, sieht man die schöne, verratene Welt des Libertin.«

Tomas richtete sich auf und hörte Sabinas Worten geistesabwesend zu.

»Was suchst du denn?« fragte sie.

»Eine Socke.«

Sie durchsuchten zusammen den ganzen Raum, dann ging er wieder auf die Knie und schaute nochmals unter den Tisch.

»Hier gibt es keine Socke«, sagte Sabina. »Du bist sicher schon ohne gekommen.«

»Wie hätte ich ohne kommen können!« schrie Tomas und blickte auf seine Uhr, »ich bin ganz bestimmt nicht nur mit einer Socke gekommen!«

»Das ist nicht ausgeschlossen. Du bist in letzter Zeit wahnsinnig zerstreut. Ständig hast du es eilig, ständig schaust du auf die Uhr. Da brauchst du dich nicht zu wundern, wenn du vergißt, eine Socke anzuziehen.«

Er war schon entschlossen, den Fuß nackt in den Schuh zu stecken.

»Es ist kalt draußen«, sagte Sabina, »komm, ich leih dir einen Strumpf!«

Sie hielt ihm einen langen weißen Netzstrumpf hin.

Er wußte nur zu gut, daß es sich um einen Racheakt handelte, weil er beim Lieben auf die Uhr geschaut hatte. Die Socke mußte sie irgendwo versteckt haben. Und da es tatsächlich kalt war, blieb ihm nichts anderes übrig, als sich zu fügen. Er ging nach Hause, an einem Fuß eine Socke, am anderen einen Damenstrumpf, den er über dem Knöchel aufgerollt hatte.

Seine Situation war ausweglos: in den Augen seiner Freundinnen war er schmählich gebrandmarkt durch seine Liebe zu Teresa, in den Augen Teresas durch seine Liebesabenteuer mit den Freundinnen.

11.

Um ihre Qualen zu lindern, heiratete er sie und besorgte ihr einen jungen Hund. (Endlich konnte sie die Untermiete aufgeben, wo sie schon längst nicht mehr wohnte.)

Die Bernhardiner-Hündin eines Kollegen hatte geworfen. Der Vater der Welpen war der Schäferhund des Nachbarn. Keiner wollte die kleinen Bastarde haben, und dem Kollegen tat es leid, sie zu töten.

Tomas suchte sich einen Welpen aus und wußte, daß die anderen sterben mußten. Er kam sich vor wie ein Staatspräsident, der von vier zum Tode Verurteilten nur einen begnadigen durfte. Schließlich entschied er sich für ein junges Weibchen, dessen Körper an den Schäferhund erinnerte, der Kopf hingegen an die Bernhardinermutter. Er brachte es Teresa. Sie hob das Hündchen hoch und drückte es an die Brust. Sogleich pinkelte es auf ihre Bluse.

Dann mußte ein Name gefunden werden. Tomas wollte, daß man schon dem Namen anmerkte, daß der Hund Teresa gehörte. Ihm kam das Buch in den Sinn, das sie unter dem Arm gehalten hatte, als sie unangemeldet nach Prag gekommen war. Er schlug vor, den Hund Tolstoi zu nennen.

»Tolstoi, das geht nicht«, wandte Teresa ein. »Es ist doch ein Mädchen. Vielleicht Anna Karenina.«

»Anna Karenina geht nicht, weil keine Frau eine so drollige Schnauze hat«, sagte Tomas. »Schon eher Karenin. Klar, Karenin. Genau so habe ich ihn mir immer vorgestellt.«

»Wird das ihre sexuelle Entwicklung nicht stören, wenn man sie Karenin nennt?«

»Schon möglich«, sagte Tomas, »daß ein Weibchen, das von seinem Herrn ständig als Männchen angeredet wird, lesbische Tendenzen entwickelt.«

Seltsamerweise gingen Tomas' Worte in Erfüllung. Obwohl Hundeweibchen in der Regel eher an ihrem Herrn hängen, war es bei Karenin gerade umgekehrt. Die Hündin beschloß, sich in Teresa zu verlieben. Tomas war ihr dankbar dafür. Er streichelte ihr den Kopf und sagte: »Gut so, Karenin. Genau das habe ich von dir erwartet. Wenn ich es nicht allein schaffe, mußt du mir helfen.«

Aber auch mit Karenins Hilfe gelang es ihm nicht, Teresa glücklich zu machen. Das wurde ihm ungefähr zwei Wochen nach der Besetzung seines Landes durch die russischen Panzer klar. Es war im August 1968. Der Chefarzt eines Zürcher Spitals, den er auf einem internationalen Kongreß kennengelernt hatte, telefonierte damals täglich mit ihm. Er hatte Angst um Tomas und bot ihm eine Stelle an.

12.

Wenn Tomas das Schweizer Angebot ohne lange Überlegungen ausschlug, dann Teresas wegen. Für ihn stand fest, daß sie nicht wegziehen wollte. Sie verbrachte die erste Woche der Okkupation in einer Art Trance, die Ähnlichkeit hatte mit einem Glückszustand. Sie lief mit dem Fotoapparat durch die Straßen und verteilte ihre Aufnahmen an ausländische Journalisten, die sich darum rissen. Als sie einmal zu kühn vorgegangen war und einen Offizier aus der Nähe fotografiert hatte, der mit seinem Revolver auf Demonstranten zielte, wurde sie verhaftet und mußte die Nacht auf dem russischen Hauptquartier verbringen. Man drohte ihr mit Erschießung, ließ sie dann aber frei, und sie ging gleich wieder auf die Straße, um zu fotografieren.

Deshalb war Tomas erstaunt, als sie am zehnten Tag der Okkupation sagte: »Warum willst du eigentlich nicht in die Schweiz?«

»Und warum sollte ich?«

»Hier haben sie mit dir eine Rechnung zu begleichen.«

»Mit wem haben sie das nicht?« winkte Tomas ab. »Sag du mir lieber: könntest du im Ausland leben?«

»Und warum nicht?«

»Nachdem ich gesehen habe, daß du bereit warst, dein Leben für dieses Land zu opfern, frage ich mich, wie es möglich ist, daß du es nun verlassen kannst.«

»Seit Dubček zurückgekommen ist, hat sich alles geändert«, sagte Teresa.

Das stimmte: die allgemeine Euphorie hatte nur die ersten sieben Tage der Besetzung angehalten. Die Repräsentanten des Landes waren von der russischen Armee wie Verbrecher verschleppt worden, niemand wußte, wo sie waren, alle Welt zitterte um ihr Leben, und der Haß auf die Russen berauschte die Menschen. Es war ein trunkenes Fest des Hasses. Die tschechischen Städte waren mit Tausenden von handgemalten Plakaten übersät: höhnische Aufschriften, Epigramme, Gedichte, Karikaturen von Breschnew und seiner Armee, über die alle lachten wie über einen Zirkus von Analphabeten. Doch kein Fest kann ewig dauern. Inzwischen hatten die Russen die verhafteten Repräsentanten gezwungen, in Moskau einen Kompromiß zu unterzeichnen. Dubček kehrte mit diesem Dokument nach Prag zurück und verlas seine Rede im Radio. Die sechstägige Gefangenschaft hatte ihn so zugerichtet, daß er kaum noch sprechen konnte, er stotterte und rang nach Atem, so daß zwischen den Sätzen unendlich lange Pausen entstanden, die bis zu einer halben Minute dauerten.

Der Kompromiß bewahrte das Land vor dem Schlimmsten: vor Hinrichtungen und Massendeportationen nach Sibirien, vor denen alle entsetzliche Angst hatten. Eines aber war sofort klar: das Land würde sich vor seinem Eroberer beugen müssen und für immer stottern und nach Luft ringen wie Alexandr Dubček. Das Fest war vorbei. Es folgte der Alltag der Erniedrigung.

Das alles sagte Teresa zu Tomas, und er wußte, daß es die Wahrheit war, daß sich aber hinter dieser Wahrheit noch ein anderer, triftigerer Grund verbarg, aus dem Teresa Prag verlassen wollte: in ihrem bisherigen Leben war sie nicht glücklich gewesen.

Die schönsten Tage ihres Lebens hatte sie in den Straßen von Prag zugebracht, als sie russische Panzer fotografiert und sich Gefahren ausgesetzt hatte. Einzig während dieser Tage war die Fernsehserie ihrer Träume unterbrochen worden, waren ihre Nächte glücklich gewesen. Die Russen auf den Panzern hatten ihr Ausgeglichenheit gebracht. Nun war das Fest vorbei, sie fürchtete sich wieder vor den Nächten und wollte vor ihnen fliehen. Sie hatte erfahren, daß es Umstände gab, in denen sie sich stark und zufrieden fühlte, und sie wollte in die Welt hinaus in der Hoffnung, dort vielleicht ähnliche Umstände wiederzufinden.

»Und es macht dir nichts aus«, fragte Tomas, »daß Sabina auch in die Schweiz emigriert ist?«

»Genf ist nicht Zürich«, sagte Teresa, »bestimmt wird sie mir dort weniger im Weg sein als hier in Prag.«

Wer den Ort verlassen will, an dem er lebt, der ist nicht glücklich.

Tomas nahm Teresas Wunsch zu emigrieren hin wie ein Schuldiger den Urteilsspruch. Er fügte sich und fand sich eines Tages mit Teresa und Karenin in der größten Stadt der Schweiz wieder.

13.

Für die leere Wohnung kaufte er ein Bett (für andere Möbel war vorläufig noch kein Geld vorhanden) und stürzte sich mit der Besessenheit eines Menschen, der mit mehr als vierzig Jahren ein neues Leben beginnt, in die Arbeit.

Mehrmals rief er Sabina in Genf an. Zum Glück hatte sie ihre dortige Ausstellung eine Woche nach der russischen Invasion eröffnet. Die Schweizer Kunstliebhaber waren noch ganz von der Sympathiewelle für ihr kleines Heimatland mitgerissen und kauften ihr alle Bilder ab.

»Dank der Russen bin ich reich geworden«, lachte sie ins Telefon und lud Tomas in ihr neues Atelier ein, das sich angeblich kaum von dem unterschied, das er aus Prag kannte.

Er hätte sie gern besucht, fand aber keine Ausrede, um Teresa seine Reise zu erklären. So kam Sabina nach Zürich. Sie stieg in einem Hotel ab. Tomas besuchte sie nach seiner Arbeitszeit. Er rief sie von der Rezeption aus an und ging zu ihr aufs Zimmer. Sie öffnete und stand auf ihren schönen langen Beinen vor ihm, ausgezogen bis auf Slip und Büstenhalter. Auf dem Kopf trug sie den schwarzen Melonenhut. Sie sah ihn lange an, regungslos und ohne etwas zu sagen. Auch Tomas stand schweigend da. Plötzlich wurde ihm bewußt, daß er gerührt war. Er nahm ihr die Melone vom Kopf und legte sie auf das Tischchen neben dem Bett. Dann liebten sie sich, ohne ein Wort zu sagen.

Auf dem Weg vom Hotel in seine Zürcher Wohnung (die längst mit Tisch, Stühlen, Sesseln und Teppich ausgestattet war) sagte er sich mit einem Glücksgefühl, daß er seine Lebensweise mit sich herumtrug wie eine Schnecke ihr Haus. Teresa und Sabina verkörperten die beiden Pole seines Lebens, entfernt und unvereinbar, die beide auf ihre Weise schön waren.

Aber gerade weil er sein Lebenssystem überall mit sich herumtrug, als wäre es ein Teil seines Körpers, träumte Teresa immer noch dieselben Träume.

Sie waren schon sechs oder sieben Monate in Zürich, als er einmal spät am Abend nach Hause kam und auf dem Tisch einen Brief vorfand. Sie teilte ihm mit, daß sie nach Prag zurückgekehrt sei. Sie habe zurückfahren müssen, weil sie nicht die Kraft habe für ein Leben im Ausland. Sie wisse, daß sie Tomas hier eine Stütze sein müßte, aber sie schaffe es nicht. Törichterweise habe sie geglaubt, das Ausland werde sie verändern. Sie habe sich vorgestellt, daß sie nach all dem, was sie während der Invasionstage erlebt habe, nicht mehr so kleinlich sein werde, sondern erwachsen, klug und stark, doch habe sie sich überschätzt. Sie sei eine Belastung für ihn, und das wolle sie nicht sein. Sie wolle die Konsequenzen ziehen, ehe es endgültig zu spät sei. Und sie entschuldige sich bei ihm, daß sie Karenin mitgenommen habe.

Er schluckte ein starkes Schlafmittel und schlief trotzdem erst gegen Morgen ein. Glücklicherweise war Samstag und er konnte zu Hause bleiben. Zum einhundertfünfzigsten Mal rekapitulierte er die Lage: Die Grenzen zwischen seiner Heimat und dem Rest der Welt waren nicht mehr offen wie zu dem Zeitpunkt, da sie weggefahren waren. Weder Telegramme noch Telefonate konnten Teresa zurückrufen. Die Behörden würden sie nicht wieder ausreisen lassen. Ihre Rückkehr war ganz und gar endgültig.

14.

Das Bewußtsein seiner Machtlosigkeit ließ ihn völlig erstarren, beruhigte ihn zugleich aber auch. Niemand zwang ihn, eine Entscheidung zu treffen. Er brauchte nicht auf die Mauern der Häuser gegenüber zu schauen und sich zu fragen, ob er mit ihr leben wollte oder nicht. Teresa hatte alles selbst entschieden.

Zum Mittagessen ging er ins Restaurant. Er fühlte sich niedergeschlagen, doch schien die erste Verzweiflung während des Essens nachzulassen, als hätte sie an Stärke verloren, und es blieb nur noch Melancholie übrig. Er blickte auf die gemeinsam verbrachten Jahre zurück und sagte sich, ihre Geschichte hätte gar nicht besser enden können. Hätte sie sich jemand ausgedacht, er hätte sie nicht anders abschließen können:

Teresa war eines Tages ungeladen zu ihm gekommen. Und eines Tages war sie auf dieselbe Weise wieder gegangen. Sie kam mit einem schweren Koffer angereist. Mit einem schweren Koffer reiste sie wieder ab.

Er bezahlte, verließ das Lokal und ging durch die Straßen, voller Melancholie, die immer schöner wurde. Sieben Jahre des Zusammenlebens mit Teresa lagen hinter ihm, und nun stellte er fest, daß diese Jahre in der Erinnerung schöner waren als in der Wirklichkeit.

Die Liebe zwischen ihm und Teresa war schön, aber anstrengend: ständig mußte er etwas verheimlichen, vertuschen, vortäuschen, wiedergutmachen, er mußte sie bei guter Laune halten, sie beruhigen und ihr dauernd seine Liebe beweisen, er mußte die Anklage ihrer Eifersucht, ihrer Leiden und ihrer Träume ertragen, sich schuldig fühlen, sich rechtfertigen und sie um Verzeihung bitten. Nun waren diese Belastungen verschwunden, und es blieb nur die Schönheit.

Es ging auf Samstagabend zu, zum ersten Mal spazierte er allein durch Zürich und atmete den Duft seiner Freiheit. Hinter jeder Straßenecke war ein Abenteuer versteckt. Seine Zukunft wurde wieder zum Geheimnis. Das Junggesellenleben kehrte zu ihm zurück, das Leben, von dem er früher mit Sicherheit angenommen hatte, daß es für ihn bestimmt war, denn nur so konnte er sein, wie er wirklich war.

Sieben Jahre war er an Teresa gekettet gewesen, und ihre Augen hatten jeden seiner Schritte verfolgt. Es war, als hätte sie ihm schwere Eisenkugeln an die Fesseln gebunden. Jetzt war sein Schritt plötzlich viel leichter. Er schwebte beinahe. Er befand sich auf einmal im magischen Feld des Parmenides: er genoß die süße Leichtigkeit des Seins.

(Verspürte er Lust, Sabina anzurufen? Sich bei einer der Zürcher Frauen zu melden, die er in den letzten Monaten kennengelernt hatte? Nein, dazu hatte er nicht die geringste Lust. Sobald er mit einer anderen Frau zusammen wäre, das ahnte er, würde die Erinnerung an Teresa ihm unerträgliche Schmerzen bereiten.)

15.

Diese eigentümliche melancholische Verzauberung hielt an bis Sonntagabend. Am Montag wurde alles anders. Teresa brach in sein Denken ein: er fühlte, wie ihr zumute war, als sie den Abschiedsbrief schrieb; er fühlte, wie ihre Hände zitterten; er sah, wie sie mit der einen Hand den großen Koffer schleppte, mit der anderen Karenin an der Leine hielt; er stellte sich vor, wie sie die Prager Wohnung aufschloß, und spürte in seinem eigenen Herzen, wie Verlassenheit und Einsamkeit ihr ins Gesicht wehten, als sie die Türe öffnete.

Während dieser beiden schönen Tage der Melancholie hatte sein Mitgefühl geruht. Es schlief wie ein Bergmann am Sonntag nach einer Woche harter Schicht, um am Montag wieder in die Grube fahren zu können.

Er untersuchte einen Patienten und sah an seiner Stelle Teresa. Er wies sich im Geiste zurecht: Denk nicht an sie! Denk nicht an sie! Er sagte sich: Gerade weil ich an Mitgefühl erkrankt bin, ist es richtig, daß sie weggegangen ist und ich sie nie wiedersehen werde. Nicht von ihr muß ich mich befreien, sondern von meinem Mitgefühl, von dieser Krankheit, die ich früher nicht kannte und mit deren Bazillus sie mich angesteckt hat!

Am Samstag und Sonntag hatte er die süße Leichtigkeit des Seins aus der Tiefe der Zukunft auf sich zukommen gefühlt. Am Montag fiel eine Schwere auf ihn nieder, wie er sie bisher noch nicht gekannt hatte. All die eisernen Tonnen der russischen Panzer waren nichts, gemessen an dieser Schwere. Es gibt nichts Schwereres als das Mitgefühl. Selbst der eigene Schmerz ist nicht so schwer wie der Schmerz, den man mit einem anderen, für einen anderen, an Stelle eines anderen fühlt, der sich durch die Vorstellungskraft vervielfältigt, sich in hundertfachem Echo verlängert.

Er ermahnte sich, dem Mitgefühl nicht zu erliegen, und das Mitgefühl hörte ihm gesenkten Hauptes zu, als fühlte es sich schuldig. Das Mitgefühl wußte, daß es sein Recht mißbrauchte, beharrte aber trotzdem stillschweigend darauf, so daß Tomas am fünften Tag nach Teresas Abreise dem Leiter des Spitals (demselben, der ihn nach der russischen Invasion täglich in Prag angerufen hatte) mitteilte, daß er unverzüglich zurückkehren müßte. Er schämte sich. Er wußte, daß sein Verhalten dem Direktor der Klinik unverantwortlich und unverzeihlich vorkommen mußte. Er hatte das Bedürfnis, sich ihm anzuvertrauen und ihm von Teresa und dem Brief zu erzählen, den sie ihm auf den Tisch gelegt hatte. Doch er tat es nicht. Einem Schweizer Arzt mußte Teresas Handeln hysterisch und unsympathisch erscheinen. Und Tomas wollte nicht zulassen, daß jemand schlecht über sie dachte.

Der Direktor war tatsächlich betroffen.

Tomas zuckte die Schultern und sagte: »Es muß sein. Es muß sein.«

Das war eine Anspielung. Der letzte Satz von Beethovens letztem Quartett ist nach den folgenden zwei Motiven komponiert:

Um den Sinn dieser Worte ganz klar zu machen, überschrieb Beethoven den letzten Satz mit »Der schwer gefaßte Entschluß«.

Mit dieser Anspielung auf Beethoven war Tomas im Grunde schon zu Teresa zurückgekehrt, denn schließlich war sie es gewesen, die durchgesetzt hatte, die Schallplatten mit Beethovens Quartetten und Sonaten zu kaufen.

Die Anspielung war passender, als er ahnte, denn der Direktor war ein großer Musikliebhaber. Er lächelte sanft und sagte leise, in Beethovens Melodie: »Muß es sein?«

Tomas sagte noch einmal: »Ja, es muß sein.«

16.

Im Unterschied zu Parmenides war für Beethoven die Schwere offenbar etwas Positives. »Der schwer gefaßte Entschluß« ist verbunden mit der Stimme des Schicksals (»Es muß sein!«); Schwere, Notwendigkeit und Wert sind drei eng zusammenhängende Begriffe: nur das Notwendige ist schwer, nur was wiegt, hat Wert.

Diese Überzeugung wurde aus der Musik Beethovens geboren, und obwohl es möglich (wenn nicht sogar wahrscheinlich) ist, daß eher Beethovens Interpreten als der Komponist selbst dafür verantwortlich sind, teilen wir heute alle mehr oder weniger diese Überzeugung: Für uns besteht die Größe des Menschen darin, daß er sein Schicksal *trägt*, wie Atlas das Himmelszelt auf seinen Schultern getragen hat. Beethovens Held ist ein Gewichtheber metaphysischer Gewichte.

Tomas fuhr auf die Schweizer Grenze zu, und ich stelle mir vor, daß der mürrische Beethoven in seiner Haarpracht persönlich eine Feuerwehrkapelle dirigierte und ihm zum Abschied von der Emigration den Marsch »Es muß sein!« spielte.

Nachdem Tomas die tschechische Grenze passiert hatte, stieß er gleich auf eine Kolonne russischer Panzer. Er mußte vor einer Kreuzung anhalten und eine halbe Stunde lang warten, bis sie vorbeigerollt waren. Ein unheimlicher Panzerfahrer in schwarzer Uniform stand auf der Kreuzung und regelte den Verkehr, als gehörten alle tschechischen Straßen ihm allein.

»Es muß sein«, wiederholte Tomas für sich, aber bald schon begann er zu zweifeln: mußte es wirklich sein?

Gewiß, es war unerträglich, in Zürich zu sein und sich vorzustellen, wie Teresa allein in Prag lebte.

Wie lange aber hätte ihn das Mitgefühl gequält? Ein Leben lang? Ein ganzes Jahr? Einen Monat? Oder nur eine Woche?

Wie konnte er das wissen? Wie konnte er das nachprüfen?

Jeder Schüler kann in der Physikstunde durch Versuche nachprüfen, ob eine wissenschaftliche Hypothese stimmt.

Der Mensch aber lebt nur ein Leben, er hat keine Möglichkeit, die Richtigkeit der Hypothese in einem Versuch zu beweisen. Deshalb wird er nie erfahren, ob es richtig oder falsch war, seinem Gefühl gehorcht zu haben.

Soweit war er mit seinen Gedanken gekommen, als er die Wohnungstür öffnete. Karenin sprang an ihm hoch, was den Moment des Wiedersehens erleichterte. Die Lust, Teresa in die Arme zu fallen (eine Lust, die er noch verspürt hatte, als er in Zürich ins Auto stieg), war vollkommen verschwunden. Er fühlte sich, als stünde er ihr mitten in einem Schneefeld gegenüber, als zitterten sie beide vor Kälte.

17.

Seit der Okkupation flogen Nacht für Nacht russische Militärflugzeuge über Prag. Tomas war diesen Lärm nicht mehr gewohnt und konnte nicht einschlafen.

Er wälzte sich neben der schlafenden Teresa hin und her und dachte daran, was sie ihm vor langer Zeit in einem belanglosen Gespräch gesagt hatte. Sie sprachen über seinen Freund Z., und sie verkündete: »Wenn ich dich nicht getroffen hätte, hätte ich mich bestimmt in ihn verliebt.«

Schon damals hatten diese Worte Tomas in eine sonderbare Melancholie versetzt. Plötzlich wurde ihm nämlich klar, daß es nur Zufall war, daß Teresa ihn liebte und nicht seinen Freund Z. Daß es neben ihrer Liebe zu Tomas, die sich verwirklicht hatte, im Reich der Möglichkeiten unendlich viele nicht verwirklichte Lieben zu anderen Männern gab.

Wir alle halten es für undenkbar, daß die Liebe unseres Lebens etwas Leichtes, etwas Gewichtloses sein könnte; wir stellen uns vor, daß unsere Liebe ist, was sie sein muß; daß ohne sie unser Leben nicht unser Leben wäre. Wir sind überzeugt, daß der mürrische Beethoven mit seiner wirren Mähne persönlich sein »Es muß sein!« für unsere große Liebe spielt.

Tomas erinnerte sich an Teresas Bemerkung über seinen

Freund Z. und stellte fest, daß in der Liebesgeschichte seines Lebens nicht ein »Es muß sein!« erklang, sondern ein »Es könnte auch anders sein!«.

Vor sieben Jahren trat *zufällig* im Krankenhaus der Stadt, wo Teresa wohnte, ein komplizierter Fall einer Gehirnkrankheit auf, und Tomas' Chefarzt wurde zu einer dringenden Konsultation gebeten. *Zufällig* hatte dieser Chefarzt Ischias, konnte sich nicht bewegen und schickte Tomas zur Vertretung in das Provinzkrankenhaus. In der Stadt gab es fünf Hotels, doch Tomas stieg *zufällig* dort ab, wo Teresa arbeitete. *Zufällig* hatte er vor der Abfahrt des Zuges noch etwas Zeit, und er setzte sich ins Restaurant. Teresa hatte *zufällig* Dienst und bediente *zufällig* an seinem Tisch. Es waren also sechs Zufälle nötig, um Tomas auf Teresa hinzustoßen, als hätte er selbst gar nicht zu ihr gewollt.

Er war ihretwegen nach Prag zurückgekehrt. Dieser schicksalsschwere Entschluß gründete auf einer so zufälligen Liebe, die gar nicht existierte, wenn sein Chef nicht vor sieben Jahren Ischias bekommen hätte. Und diese Frau, die Verkörperung des absoluten Zufalls, lag nun neben ihm und atmete tief im Schlaf.

Es war schon spät in der Nacht. Er spürte, daß er Magenschmerzen bekam, wie so oft in Momenten seelischer Not.

Ihr Atem ging ein- oder zweimal in leises Schnarchen über. Tomas verspürte nicht das geringste Mitgefühl. Das einzige, was er fühlte, war ein Druck im Magen und die Verzweiflung darüber, daß er zurückgekehrt war.

Zweiter Teil

Körper und Seele

1.

Es wäre töricht, wenn ein Autor dem Leser einreden wollte, seine Personen hätten tatsächlich gelebt. Sie sind nicht aus einem Mutterleib geboren, sondern aus ein paar suggestiven Sätzen oder einer Schlüsselsituation. Tomas ist geboren aus der Redewendung »Einmal ist keinmal«, Teresa aus einem rumorenden Magen.

Als sie zum ersten Mal Tomas' Wohnung betrat, rumorte es in ihren Eingeweiden. Kein Wunder, sie hatte weder zu Mittag noch zu Abend gegessen, nur ein Sandwich am Vormittag auf dem Bahnsteig, bevor sie in den Zug gestiegen war. Sie war ganz mit ihrer waghalsigen Reise beschäftigt und vergaß zu essen. Wer nicht an seinen Körper denkt, fällt ihm um so leichter zum Opfer. Wie schrecklich, vor Tomas zu stehen und zu hören, wie die Eingeweide sich lautstark bemerkbar machen. Sie war dem Weinen nahe. Zum Glück schloß Tomas sie nach zehn Sekunden in die Arme, und sie konnte die Stimmen in ihrem Bauch vergessen.

2.

Teresa ist also aus einer Situation geboren, die auf brutale Weise die unvereinbare Dualität von Körper und Seele, diese grundlegende menschliche Erfahrung, enthüllt.

Irgendwann vor langer Zeit horchte der Mensch verwundert auf die regelmäßigen Schläge in seiner Brust, ohne zu ahnen, was dies bedeutete. Er konnte sich nicht mit etwas so Fremdem und Unbekanntem wie einem Körper identifizieren. Der Körper war ein Käfig, und in seinem Inneren gab es etwas, das sah, hörte, sich fürchtete, dachte und sich wunderte; dieses Etwas, dieser Rest, der nach Abzug des Körpers übrigblieb, war die Seele.

Heute ist der Körper kein Unbekannter mehr: wir wissen, daß das, was in der Brust klopft, das Herz ist, und die Nase das Ende des Schlauches, der aus dem Körper ragt, um der Lunge Sauerstoff zuzuführen. Das Gesicht ist nichts anderes als ein Armaturenbrett, wo alle Funktionen des Körpers zusammenlaufen: Verdauen, Sehen, Hören, Atmen und Denken.

Seit der Mensch alles an seinem Körper benennen kann, beunruhigt der Körper ihn weniger. Wir wissen auch, daß die Seele nichts anderes ist als die Tätigkeit der grauen Gehirnmasse. Die Dualität von Körper und Seele wurde in wissenschaftliche Begriffe gehüllt. Heute ist sie ein überholtes Vorurteil, und wir können fröhlich darüber lachen.

Man braucht aber nur bis über beide Ohren verliebt zu sein und seine Därme rumoren zu hören, und schon zerrinnt die Einheit von Körper und Seele, diese lyrische Illusion des wissenschaftlichen Zeitalters.

3.

Sie versuchte, sich durch ihren Körper hindurch zu sehen. Deshalb stand sie so oft vor dem Spiegel. Da sie fürchtete, dabei von der Mutter ertappt zu werden, hatten ihre Blicke in den Spiegel den Charakter eines heimlichen Lasters.

Nicht die Eitelkeit zog sie vor den Spiegel, sondern die Verwunderung darüber, das eigene Ich zu sehen. Sie vergaß, daß sie auf das Armaturenbrett ihrer Körperfunktionen schaute. Sie glaubte, ihre Seele zu sehen, die sich in ihren Gesichtszügen offenbarte. Sie vergaß, daß die Nase nur das Ende des Luftschlauches zur Lunge ist, und sah darin einen getreuen Ausdruck ihres Charakters.

Sie betrachtete sich lange, und manchmal störte es sie, die Züge der Mutter in ihrem Gesicht wiederzufinden. Deshalb betrachtete sie sich noch beharrlicher und strengte ihren Willen an, um die Züge der Mutter wegzudenken, sie endgültig auszulöschen. In ihrem Gesicht sollte nur das übrigbleiben, was sie selber war. Gelang es ihr, so war dies ein berauschender Moment: die Seele stieg an die Oberfläche des Körpers wie die Mannschaft eines Schiffes, die aus dem Schiffsbauch stürmt, das ganze Deck überschwemmt, zum Himmel winkt und singt.

4.

Sie sah ihrer Mutter nicht nur ähnlich, manchmal habe ich den Eindruck, daß ihr Leben nur eine Verlängerung des Lebens der Mutter war, wie der Lauf einer Billardkugel die Verlängerung der Handbewegung des Spielers.

Wo und wann hatte die Bewegung begonnen, die sich später in Teresas Leben verwandelte?

Vielleicht in dem Moment, als Teresas Großvater, ein Prager Kaufmann, die Schönheit seiner Tochter zum ersten Mal überschwenglich lobte. Teresas Mutter war damals drei oder vier Jahre alt, und er sagte ihr, daß sie einer Madonna von Raffael ähnlich sähe. Mit ihren vier Jahren merkte sie sich das gut, und als sie später auf der Schulbank des Gymnasiums saß, überlegte sie, anstatt dem Lehrer zuzuhören, welchen Gemälden sie wohl gliche.

Als sie ins heiratsfähige Alter gekommen war, hatte sie neun Freier. Alle knieten im Kreise um sie herum. Wie eine Prinzessin saß sie in der Mitte und wußte nicht, welchen sie wählen sollte: der erste war schöner, der zweite geistreicher, der dritte wohlhabender, der vierte sportlicher, der fünfte war aus besserem Hause, der sechste trug ihr Verse vor, der siebte hatte die ganze Welt bereist, der achte spielte Geige und der neunte war der männlichste von allen. Aber alle knieten auf die gleiche Weise und alle hatten die gleichen Schwielen an den Knien.

Schließlich wählte sie den neunten, aber nicht etwa, weil er der männlichste war: in dem Augenblick, als sie ihm während der Liebe ins Ohr flüsterte, »Paß auf, paß gut auf«, da paßte er erst recht nicht auf, und sie mußte ihn überstürzt zum Mann nehmen, weil sie nicht rechtzeitig einen Arzt hatte auftreiben können, der eine Abtreibung gemacht hätte. So wurde Teresa geboren. Die zahlreiche Verwandtschaft kam aus allen Ecken des Landes angereist, beugte sich über die Wiege und lispelte. Teresas Mutter lispelte nicht. Sie schwieg. Sie dachte an die anderen acht Freier und fand sie alle viel besser als den neunten.

Wie ihre Tochter betrachtete sich auch Teresas Mutter gern im Spiegel. Eines Tages stellte sie fest, daß sie viele Falten um die Augen hatte, und sie sagte sich, daß ihre Ehe ein Irrtum war. Sie traf einen unmännlichen Mann, der mehrere Unterschlagungen hinter sich hatte und zwei geschiedene Ehen. Sie haßte Liebhaber mit Schwielen an den Knien. Sie verspürte eine unbändige Lust, selber niederzuknien. Sie fiel vor dem Betrüger auf die Knie und verließ ihren Mann und Teresa.

Aus dem männlichsten Mann wurde der traurigste. Er war so traurig, daß ihm alles gleichgültig wurde. Überall sagte er laut heraus, was er dachte, und durch seine ungeheuerlichen Aussagen provozierte er die kommunistische Polizei, die ihn verhaftete, verurteilte und einsperrte. Die Wohnung wurde versiegelt und Teresa kam zur Mutter.

Der traurigste Mann starb nach kurzer Zeit im Gefängnis, und die Mutter zog mit ihrem Betrüger und Teresa in eine kleine Stadt am Fuß der Berge. Teresas Stiefvater arbeitete in irgendeinem Amt, die Mutter war Verkäuferin in einem Geschäft. Sie hatte noch drei Kinder. Eines Tages betrachtete sie sich wieder im Spiegel und wurde gewahr, daß sie alt und häßlich war.

5.

Als sie feststellte, daß sie alles verloren hatte, suchte sie einen Schuldigen. Schuldig waren alle: schuldig war ihr erster Mann, männlich und ungeliebt, der nicht gehorcht hatte, als sie ihm ins Ohr flüsterte, er solle aufpassen. Schuldig war ihr zweiter Mann, unmännlich und geliebt, der sie von Prag in diese kleine Stadt geschleppt hatte und hier allen Frauen nachstellte, so daß ihre Eifersucht nie aufhörte. Gegen beide Männer war sie machtlos. Der einzige Mensch, der ihr gehörte und nicht weglaufen konnte, die Geisel, die für alle zahlen mußte, war Teresa.

Vielleicht war tatsächlich sie schuld am Schicksal ihrer Mutter. Sie: diese absurde Folge der Begegnung zwischen dem Sperma des Männlichsten und dem Ei der Schönsten. In jener fatalen Sekunde, die Teresa heißt, hatte für die Mutter der Marathonlauf ihres verpfuschten Lebens begonnen.

Die Mutter erklärte Teresa unablässig, daß Mutter sein bedeute, alles zu opfern. Ihre Worte klangen überzeugend, zumal sie die Erfahrung einer Frau zum Ausdruck brachten, die ihres Kindes wegen alles verloren hatte. Teresa hörte zu und glaubte, daß der höchste Wert im Leben die Mutterschaft und daß Mutterschaft ein großes Opfer sei. Wenn die Mutterschaft aber ein ›Opfer‹ ist, dann ist das Schicksal einer Tochter eine ›Schuld‹, die niemals wiedergutzumachen ist.

6.

Teresa kannte natürlich nicht die Geschichte jener Nacht, als die Mutter dem Vater ins Ohr flüsterte, er solle aufpassen. Sie fühlte eine Schuld, doch die war unbestimmt wie die Erbsünde. Sie tat alles, um sie zu sühnen. Nachdem die Mutter sie mit fünfzehn von der Schule genommen hatte, arbeitete sie als Kellnerin und gab der Mutter alles, was sie verdiente. Sie war bereit, alles Erdenkliche zu tun, um sich ihre Liebe zu verdienen. Sie besorgte den Haushalt, kümmerte sich um die Geschwister, verbrachte den ganzen Sonntag mit Putzen und Waschen. Das war schade, denn auf dem Gymnasium war sie Klassenbeste gewesen. Sie wollte höher hinaus, doch gab es in dieser Kleinstadt für sie kein Höher. Teresa wusch die Wäsche, und neben der Wanne hatte sie ein Buch liegen. Sie blätterte die Seiten um, und Wassertropfen fielen auf das Papier.

Zu Hause existierten keine Schamgefühle. Die Mutter lief in Unterwäsche in der Wohnung herum, manchmal ohne Büstenhalter, manchmal, an Sommertagen, sogar ganz nackt. Der Stiefvater lief nicht nackt herum, aber er kam immer ins Badezimmer, wenn Teresa in der Wanne lag. Als sie sich deswegen einmal einschloß, machte die Mutter einen Skandal: »Für wen hältst du dich eigentlich? Was glaubst du denn, wer du bist? Er wird dir deine Schönheit schon nicht weggucken!«

(Diese Situation zeigt ganz klar, daß der Haß der Mutter auf die Tochter stärker war als die Eifersucht, die ihr Mann auslöste. Die Schuld der Tochter war unendlich groß und schloß selbst die Untreue des Mannes mit ein. Will die Tochter sich emanzipieren und auf ihren Rechten bestehen – zum Beispiel auf dem Recht, sich im Badezimmer einzuschließen –, so kann die Mutter das auf keinen Fall zulassen, dann schon eher, daß ihr Mann ein Auge auf Teresa wirft.)

An einem Winterabend spazierte die Mutter bei eingeschaltetem Licht nackt in der Wohnung herum. Teresa zog schnell die Vorhänge zu, damit die Nachbarn von gegenüber die Mutter nicht sehen konnten. Sie hörte das Gelächter hinter ihrem Rücken. Am nächsten Tag kamen Freundinnen der Mutter zu Besuch: eine Nachbarin, eine Kollegin aus dem Geschäft, eine Lehrerin des Viertels und noch zwei oder drei Frauen, die sich regelmäßig trafen. Teresa kam mit dem sechzehnjährigen Sohn einer der Frauen ins Zimmer. Gleich nutzte die Mutter die Gelegenheit zu erzählen, wie ihre Tochter ihr Schamgefühl hatte beschützen wollen. Sie lachte, und all die Frauen lachten mit. Dann sagte die Mutter: »Teresa will sich einfach nicht damit abfinden, daß der menschliche Körper pißt und furzt.« Teresa wurde rot, aber die Mutter fuhr dennoch fort: »Was ist denn schon dabei?« und gab gleich die Antwort, indem sie laute Winde fahren ließ. Alle Frauen lachten.

7.

Die Mutter schneuzt sich laut, redet ungeniert über ihr Sexualleben, führt ihr künstliches Gebiß vor. Sie kann es erstaunlich geschickt mit der Zunge vom Gaumen lösen, indem sie mit einem breiten Lachen die oberen Zähne auf die unteren fallen läßt: ihr Gesicht hat plötzlich einen scheußlichen Ausdruck.

Ihr Benehmen ist eine einzige brutale Geste, mit der sie Jugend und Schönheit von sich wirft. Zu der Zeit, als die neun Freier im Kreis um sie herum knieten, hütete sie ängstlich ihre Nacktheit, als würde sie den Wert ihres Körpers am Maß ihrer Scham messen. Wenn sie sich heute nicht mehr schämt, so tut sie das radikal, als wolle sie mit ihrer Schamlosigkeit einen feierlichen Strich unter ihr Leben ziehen und laut aufschreien, daß Jugend und Schönheit, die sie überschätzt habe, in Wirklichkeit keinen Wert besäßen.

Teresa scheint mir die Verlängerung dieser Geste zu sein, mit der die Mutter ihr Leben als schöne Frau weit von sich warf.

(Wenn Teresas Bewegungen nervös sind und ihre Gesten nicht anmutig genug, so darf uns das nicht wundern: die große Geste der Mutter, wild und selbstzerstörerisch, ist in Teresa geblieben, ist zu Teresa geworden!)

8.

Die Mutter fordert Gerechtigkeit für sich und will, daß der Schuldige bestraft wird. Deshalb besteht sie darauf, daß ihre Tochter mit ihr in der Welt der Schamlosigkeit bleibt, in der Jugend und Schönheit keine Bedeutung haben, in der die Welt nur ein riesiges Konzentrationslager von Körpern ist, die sich alle gleichen und deren Seelen unsichtbar sind.

Nun können wir den Sinn von Teresas heimlichem Laster besser verstehen: ihre häufigen, langen Blicke in den Spiegel.

Es war ihr Kampf mit der Mutter. Es war der Wunsch, nicht ein Körper wie die anderen zu sein, sondern auf der Oberfläche des eigenen Gesichts zu sehen, wie die Mannschaft der Seele aus dem Schiffsbauch stürmt. Das war nicht einfach, da die Seele sich, verschüchtert, verzagt und traurig, tief in Teresas Eingeweiden versteckt hatte und sich schämte, zum Vorschein zu kommen.

So war es an dem Tag, als sie Tomas zum ersten Mal traf. Sie kämpfte sich zwischen den Betrunkenen in dem Lokal hindurch, ihr Körper bog sich unter der Last der Bierkrüge, die sie auf einem Tablett trug, und ihre Seele lag irgendwo tief im Magen oder im Pankreas verborgen. In diesem Moment sprach Tomas sie an. Daß er sie ansprach, war um so bedeutungsvoller, als er jemand war, der weder die Mutter kannte noch die Betrunkenen, deren anzügliche Bemerkungen sie sich täglich anhören mußte. Der Status des Fremden erhob ihn über die anderen.

Und noch etwas: ein offenes Buch lag auf seinem Tisch. In dieser Wirtsstube hatte noch nie jemand ein Buch geöffnet. Das Buch war für Teresa das Erkennungszeichen einer geheimen Bruderschaft. Gegen die Welt der Roheit, die sie umgab, besaß sie nämlich nur eine einzige Waffe: die Bücher, die sie in der Stadtbücherei auslieh; vor allem Romane, die sie stapelweise las, von Fielding bis Thomas Mann. Sie boten ihr die Möglichkeit einer imaginären Flucht aus ihrem unbefriedigenden Leben, aber gleichzeitig waren sie auch als Gegenstände bedeutungsvoll: sie spazierte gerne mit Büchern unter dem Arm durch die Straßen. Sie waren für sie das, was der elegante Spazierstock für den Dandy des vergangenen Jahrhunderts war. Durch sie unterschied sie sich von den anderen.

(Der Vergleich zwischen dem Buch und dem eleganten Spazierstock des Dandy ist nicht ganz richtig. Der Stock war das Erkennungszeichen des Dandy und machte ihn auch modern und modisch. Das Buch unterschied Teresa von den anderen, machte sie jedoch altmodisch. Sie war aber zu jung, um zu begreifen, was an ihr altmodisch war. Die jungen Männer, die mit lärmenden Transistorradios an ihr vorbeigingen, fand sie idiotisch. Sie merkte nicht, daß sie modern waren.)

Der Mann, der sie gerade angesprochen hatte, war also ein Fremder und zugleich Mitglied einer geheimen Bruderschaft. Er sprach in höflichem Ton, und Teresa spürte, wie sich ihre Seele durch alle Adern und Poren hindurch drängte, um sich ihm zu zeigen.

9.

Auf der Rückfahrt von Zürich nach Prag befiel Tomas ein Gefühl des Unbehagens bei dem Gedanken, daß sein Zusammentreffen mit Teresa auf sechs unwahrscheinlichen Zufällen beruhte.

Wird aber ein Ereignis nicht um so bedeutungsvoller und gewichtiger, je mehr Zufälle für sein Zustandekommen notwendig sind?

Nur der Zufall kann als Botschaft verstanden werden. Was aus Notwendigkeit geschieht, was absehbar ist, was sich täglich wiederholt, ist stumm. Nur der Zufall ist sprechend. Wir versuchen, aus ihm zu lesen wie die Zigeunerinnen aus dem Muster des Kaffeesatzes auf dem Grund der Tasse.

Tomas' Auftauchen im Lokal war für Teresa eine Offenbarung des absoluten Zufalls. Er saß an einem Tisch vor einem offenen Buch. Er hob die Augen zu Teresa auf und lächelte: »Einen Cognac!«

In diesem Moment erklang Musik aus dem Radio. Teresa ging zur Theke, um den Cognac zu holen, und drehte am Knopf des Apparates, um ihn noch lauter zu stellen. Sie hatte Beethoven wiedererkannt. Sie kannte ihn, seit ein Prager Quartett in ihrer Stadt ein Gastspiel gegeben hatte. Teresa (die, wie wir wissen, von ›etwas Höherem‹ träumte) war in das Konzert gegangen. Der Saal war leer. Außer ihr war nur der Apotheker mit seiner Frau gekommen. Auf dem Podium saß also ein Quartett von Musikanten und im Saal ein Trio von Zuhörern, aber die Musiker waren so freundlich, das Konzert nicht abzusagen und einen Abend lang nur für sie Beethovens letzte drei Quartette zu spielen.

Anschließend hatte der Apotheker die Musiker zum Essen eingeladen und die unbekannte Zuhörerin gebeten, sich ihnen anzuschließen. Seitdem war Beethoven für sie das Bild der Welt ›auf der anderen Seite‹, das Bild jener Welt, von der sie träumte. Während sie den Cognac von der Theke zu Tomas' Tisch trug, bemühte sie sich, in diesem Zufall zu lesen: Wie war es möglich, daß sie gerade jetzt, wo sie dabei war, diesem Unbekannten, der ihr gefiel, einen Cognac zu servieren, Beethoven hörte?

Nicht die Notwendigkeit, sondern der Zufall ist voller Zauber. Soll die Liebe unvergeßlich sein, so müssen sich vom ersten Augenblick an Zufälle auf ihr niederlassen wie die Vögel auf den Schultern des Franz von Assisi.

10.

Er rief sie, um zu bezahlen. Er klappte das Buch (das Erkennungszeichen der geheimen Bruderschaft) zu, und sie hätte ihn gerne gefragt, was er las.

»Können Sie es auf meine Hotelrechnung schreiben?«

»Selbstverständlich, wie ist Ihre Zimmernummer?«

Er zeigte ihr den Schlüssel, der an einem Holztäfelchen mit einer rotgemalten Sechs hing.

»Sonderbar«, sagte sie, »die Nummer sechs.«

»Was ist daran so sonderbar?« fragte er.

Sie erinnerte sich, daß die Wohnung in Prag, in der die Familie vor der Scheidung der Eltern gewohnt hatte, im Haus Nummer sechs war. Aber sie sagte etwas ganz anderes (und wir können ihre List nur bewundern): »Sie haben das Zimmer Nummer sechs, und ich beende meinen Dienst um sechs.«

»Und mein Zug fährt um sieben«, sagte der Unbekannte.

Sie wußte nicht, was sie noch sagen sollte, überreichte ihm die Rechnung zum Unterschreiben und brachte sie zur Rezeption. Als sie ihren Dienst beendet hatte, saß der Fremde nicht mehr an seinem Tisch. Hatte er ihre diskrete Botschaft verstanden? Aufgeregt verließ sie das Lokal.

Gegenüber lag ein kleiner Park, armselig und spärlich bepflanzt, ein Park einer schmutzigen Kleinstadt, der aber für sie immer eine Insel der Schönheit war: es gab dort Rasen, vier Pappeln, Bänke, eine Trauerweide und Forsythiensträucher.

Er saß auf einer gelben Bank, von der aus man den Eingang des Restaurants sehen konnte. Genau auf dieser Bank hatte sie gestern gesessen, mit einem Buch auf den Knien! In diesem Moment begriff sie (die Vögel des Zufalls hatten sich auf ihren Schultern niedergelassen), daß dieser unbekannte Mann für sie bestimmt war. Er sprach sie an und forderte sie auf, sich neben ihn zu setzen. (Die Mannschaft der Seele stürmte auf das Deck des Körpers.) Etwas später dann begleitete sie ihn zum Bahnhof, wo er ihr beim Abschied seine Visitenkarte mit der Telefonnummer gab: »Falls Sie zufällig einmal nach Prag kommen sollten . . .«

11.

Viel mehr als diese Visitenkarte, die er ihr im letzten Moment gegeben hatte, war es der Wink des Zufalls (das Buch, Beethoven, die Nummer sechs, die gelbe Bank im Park), der ihr den Mut gab, von zu Hause wegzugehen und ihr Leben zu verändern. Vielleicht sind es diese Zufälle gewesen (übrigens recht bescheiden und farblos, dieser unbedeutenden Stadt wahrhaft würdig), die ihre Liebe in Bewegung setzten und zu einer Energiequelle wurden, aus der sie bis ans Ende ihres Lebens schöpfen würde.

Unser Alltag wird von Zufällen bombardiert, genauer gesagt, von zufälligen Begegnungen zwischen Menschen und Ereignissen, die man Koinzidenzen nennt. Man spricht von Ko-inzidenz, wenn zwei unerwartete Ereignisse gleichzeitig stattfinden, wenn sie aufeinandertreffen: Tomas taucht in dem Moment im Lokal auf, als im Radio Beethoven gesendet wird. Solche Koinzidenzen sind so häufig, daß man sie oft nicht wahrnimmt. Hätte der Metzger von nebenan am Wirtshaustisch gesessen und nicht Tomas, so wäre Teresa nicht aufgefallen, daß im Radio Beethoven gespielt wurde (obwohl die Begegnung zwischen Beethoven und einem Metzger auch eine interessante Koinzidenz ist). Aber die keimende Liebe hat in Teresa den Sinn für das Schöne geschärft, und sie wird diese Musik nie vergessen. Jedesmal, wenn sie sie hören wird, wird sie ergriffen sein. Alles, was in diesem Augenblick um sie herum vor sich gehen wird, wird ihr im Glanz dieser Musik erscheinen und schön sein.

Am Anfang jenes Romans, den sie unter dem Arm trug, als sie zu Tomas kam, begegnen sich Anna und Wronski unter eigenartigen Umständen. Sie stehen auf einem Bahnsteig, wo gerade jemand unter den Zug gefallen ist. Am Ende des Romans stürzt sich Anna unter den Zug. Diese symmetrische Komposition, in der dasselbe Motiv am Anfang und am Ende erscheint, mag Ihnen sehr ›romanhaft‹ vorkommen. Ja, ich gebe es zu, aber nur unter der Voraussetzung, daß Sie das Wort ›romanhaft‹ auf keinen Fall verstehen als ›erfunden‹, ›künstlich‹ oder ›lebensfremd‹. Denn genauso ist das menschliche Leben komponiert.

Es ist komponiert wie ein Musikstück. Der Mensch, der vom Schönheitssinn geleitet ist, verwandelt ein zufälliges Ereignis (eine Musik von Beethoven, einen Tod auf einem Bahnhof) in ein Motiv, das er der Partitur seines Lebens einbeschreibt. Er nimmt es wieder auf, wiederholt es, variiert und entwickelt es weiter, wie ein Komponist die Themen seiner Sonate transponiert. Anna hätte sich das Leben auch anders nehmen können. Doch das Motiv von Bahnhof und Tod, dieses unvergeßliche, mit der Geburt ihrer Liebe verbundene Motiv, zog sie im Moment der Verzweiflung durch seine dunkle Schönheit an. Ohne es zu wissen, komponiert der Mensch sein Leben nach den Gesetzen der Schönheit, sogar in Momenten tiefster Hoffnungslosigkeit.

Man kann dem Roman also nicht vorwerfen, vom geheimnisvollen Zusammentreffen der Zufälle fasziniert zu sein (wie etwa dem Zusammentreffen von Wronski, Anna, Bahnsteig und Tod oder dem Zusammentreffen von Beethoven, Tomas, Teresa und Cognac), dem Menschen aber kann man zu Recht vorwerfen, daß er im Alltag solchen Zufällen gegenüber blind sei und dem Leben so die Dimension der Schönheit nehme.

12.

Ermutigt von den Vögeln des Zufalls, die sich auf ihren Schultern niedergelassen hatten, nahm sie eine Woche Urlaub, ohne der Mutter ein Wort zu sagen, und stieg in den Zug. Sie ging häufig zur Toilette, um in den Spiegel zu schauen und ihre Seele zu bitten, an diesem entscheidenden Tag ihres Lebens keinen Moment lang das Deck ihres Körpers zu verlassen. Als sie sich so anschaute, erschrak sie auf einmal: sie fühlte ein Kratzen im Hals. Mußte sie ausgerechnet an diesem schicksalhaften Tag krank werden?

Es gab jedoch keinen Weg zurück. Sie rief ihn vom Bahnhof aus an, und in dem Moment, als er die Tür öffnete, begann es in ihrem Bauch schrecklich zu rumoren. Sie schämte sich. Es war, als hätte sie ihre Mutter im Bauch, die darin dröhnend lachte, um ihr das Rendezvous zu verderben.

Im ersten Augenblick dachte sie, er müßte sie wegen dieser ungehörigen Geräusche wegschicken, aber er nahm sie in die Arme. Sie war ihm dankbar, daß er das Rumoren überhörte, und küßte ihn nur um so leidenschaftlicher, mit Nebelschleiern vor den Augen. Es verging keine Minute und sie liebten sich. Sie schrie dabei. Sie hatte bereits Fieber. Sie hatte Grippe. Die Mündung des Schlauches, der Sauerstoff in die Lunge führt, war rot und verstopft.

Dann kam sie noch einmal mit einem schweren Koffer, in den sie all ihre Habe gepackt hatte, und sie war entschlossen, nie mehr in die kleine Stadt zurückzukehren. Er lud sie erst für den folgenden Abend ein. Sie übernachtete in einem billigen Hotel. Am nächsten Morgen brachte sie den Koffer zur Gepäckaufbewahrung im Bahnhof und bummelte den ganzen Tag mit Anna Karenina unter dem Arm durch die Straßen von Prag. Am Abend klingelte sie, er öffnete die Tür und sie ließ das Buch nicht aus der Hand, als sei es die Eintrittskarte zu Tomas' Welt. Ihr wurde klar, daß sie als Passierschein nichts als diese klägliche Eintrittskarte besaß, und sie hätte am liebsten geweint. Um nicht zu weinen, war sie gesprächig, redete laut und lachte. Wie beim ersten Mal nahm er sie gleich nach ihrer Ankunft in die Arme und sie liebten sich. Sie versank in einen Nebel, in dem nichts zu sehen und nichts zu hören war, nur ihr Schrei.

13.

Es war kein Seufzen, kein Stöhnen, es war wirklich ein Schrei. Sie schrie so laut, daß Tomas seinen Kopf von ihrem Gesicht abwendete, als würde diese Stimme an seinem Ohr ihm das Trommelfell zerreißen. Der Schrei war nicht Ausdruck von Sinnlichkeit. Sinnlichkeit ist die größtmögliche Mobilisierung der Sinne: man beobachtet den anderen gespannt und nimmt die geringsten Geräusche wahr. Ihr Schrei hingegen sollte die Sinne betäuben, damit sie weder sehen noch hören konnten. Was aus ihr schrie, war der naive Idealismus ihrer Liebe, die die Aufhebung aller Gegensätze sein wollte: die Aufhebung der Dualität von Körper und Seele, vielleicht sogar die Aufhebung der Zeit.

Hatte sie die Augen geschlossen? Nein, aber ihre Augen schauten nirgendwo hin, sie fixierten die Leere der Decke. Manchmal warf sie den Kopf heftig hin und her.

Als ihr Schrei verstummt war, schlief sie an seiner Seite ein und hielt die ganze Nacht seine Hand fest in der ihren.

Schon mit acht Jahren schlief sie so ein, die eine Hand gegen die andere gedrückt, und stellte sich vor, sie hielte den Mann, den sie liebte, den Mann ihres Lebens. Wenn sie also Tomas' Hand im Schlaf so hartnäckig festhielt, kann man das gut verstehen: von Kindheit an hatte sie sich darauf vorbereitet, hatte es eingeübt.

14.

Ein junges Mädchen, das den Betrunkenen Bier ausschenken muß und sonntags die schmutzige Wäsche der Geschwister waschen, statt ›nach etwas Höherem‹ zu streben, sammelt im Inneren eine große Reserve an Lebenskraft, die unbegreiflich ist für Leute, die an Universitäten studieren und über Büchern gähnen. Teresa hat mehr gelesen als sie alle, mehr über das Leben erfahren, aber sie wird sich dessen nie bewußt sein. Was jemanden, der studiert hat, von einem Autodidakten unterscheidet, ist nicht die Fülle des Wissens, sondern der unterschiedliche Grad von Lebenskraft und Selbstvertrauen. Der Elan, mit dem Teresa sich in Prag ins Leben stürzte, war ebenso ungestüm wie zerbrechlich. Als würde sie erwarten, daß ihr eines Tages jemand sagte: »Du gehörst nicht hierher! Geh zurück, woher du gekommen bist!« Ihr ganzer Lebenshunger hing an einem dünnen Faden: an Tomas' Stimme, die einst ihre schüchtern in den Eingeweiden versteckte Seele an die Oberfläche geholt hatte.

Teresa hatte eine Stelle im Fotolabor bekommen, doch begnügte sie sich nicht damit. Sie wollte selbst fotografieren. Tomas' Freundin Sabina lieh ihr Bildbände berühmter Fotografen, sie trafen sich in einem Kaffeehaus und Sabina erklärte ihr über die Bücher gebeugt, was an den Fotografien bemerkenswert war. Teresa hörte ihr mit stiller Aufmerksamkeit zu, wie ein Professor sie kaum je auf den Gesichtern seiner Studenten sieht.

Dank Sabina begriff sie die Verwandtschaft zwischen Fotografie und Malerei und drängte Tomas, mit ihr alle Ausstellungen zu besuchen, die in Prag stattfanden. Schon bald gelang es ihr, in der Illustrierten eigene Aufnahmen zu veröffentlichen, und eines Tages verließ sie das Labor, um als Fotografin des Blattes zu arbeiten.

An jenem Abend gingen sie mit Freunden in ein Tanzlokal, um ihre Beförderung zu feiern. Tomas hatte plötzlich schlechte Laune, und da sie ihn drängte, ihr den Grund zu verraten, gestand er ihr endlich zu Hause, daß er eifersüchtig war, weil er sie mit seinem Kollegen hatte tanzen sehen.

»Du warst tatsächlich eifersüchtig?« fragte sie ihn mindestens zehnmal, als hätte er ihr mitgeteilt, daß sie den Nobelpreis erhalten habe und als wollte sie es nicht glauben.

Sie faßte ihn um die Taille und begann, mit ihm durchs Zimmer zu tanzen. Das war nicht der Modetanz, den sie kurz zuvor in der Bar aufs Parkett gelegt hatte. Es war eine Art ländlicher Hopser, ein närrisches Gehüpfe, bei dem sie die Beine in die Luft warf, große, linkische Sprünge machte und ihn quer durchs Zimmer zog.

Leider wurde sie sehr bald selber eifersüchtig. Für Tomas war ihre Eifersucht kein Nobelpreis, sondern eine Last, der er sich erst ein oder zwei Jahre vor seinem Tode entledigen sollte.

15.

Sie marschierte nackt um das Schwimmbecken herum, zusammen mit einem Haufen anderer nackter Frauen, Tomas stand oben in einem Korb, der unter dem Deckengewölbe hing, er schrie sie an, zwang sie zu singen und Kniebeugen zu machen. Wenn eine Frau eine falsche Bewegung machte, erschoß er sie.

Ich möchte nochmals auf diesen Traum zurückkommen: das Entsetzen fing nicht in dem Moment an, als Tomas den ersten Schuß abgab. Es war von Anfang an ein Alptraum. Nackt mit anderen nackten Frauen im Gleichschritt zu marschieren, das war für Teresa ein Urbild des Entsetzens. Damals, als sie bei der Mutter wohnte, durfte sie sich nicht im Badezimmer einschließen. Die Mutter wollte ihr damit sagen: Dein Körper ist wie alle anderen Körper; du hast kein Recht auf Scham; du hast keinen Grund, etwas zu verstecken, das in gleicher Form milliardenfach existiert. In der Welt der Mutter waren alle Körper gleich und marschierten im Gänsemarsch. Seit der Kindheit war die Nacktheit für Teresa das Zeichen der erzwungenen Uniformiertheit des Konzentrationslagers; das Zeichen der Erniedrigung.

Es gab noch etwas Entsetzliches ganz zu Anfang des Traumes: alle Frauen mußten singen! Nicht nur ihre Körper waren gleich, in gleichem Maße entwertete, tönende Mechanismen ohne Seele, sondern die Frauen freuten sich auch noch darüber! Eine jubelnde Solidarität der Seelenlosen! Die Frauen waren glücklich, den Ballast der Seele, diesen lächerlichen Stolz, diese Illusion von Einzigartigkeit, abgeworfen zu haben und einander völlig zu gleichen. Teresa sang mit ihnen, jedoch ohne Freude. Sie sang aus Angst, die Frauen könnten sie töten, wenn sie nicht mitsänge.

Was aber hat es zu bedeuten, daß Tomas auf sie schoß und eine nach der anderen tot ins Schwimmbecken fiel?

Die Frauen, die sich über ihre Gleichheit und Ununterscheidbarkeit freuen, feiern im Grunde ihren bevorstehenden Tod, der ihre Gleichheit absolut setzen wird. Der Schuß ist nichts anderes als der glückliche Abschluß ihres makabren Marsches. Aus diesem Grunde brechen sie bei jedem Pistolenschuß in fröhliches Lachen aus, und während die Leichen langsam im Wasser versinken, wird ihr Singen noch lauter.

Warum ist es ausgerechnet Tomas, der schießt, und warum will er auch Teresa erschießen?

Weil er es gewesen ist, der Teresa zu diesen Frauen geschickt hat. Das ist es, was der Traum Tomas mitteilen wollte, weil Teresa es ihm nicht selbst sagen konnte. Sie war zu ihm gekommen, um der Welt der Mutter zu entrinnen, wo alle Körper gleich waren. Sie war zu ihm gekommen, damit ihr Körper einzigartig und unersetzlich würde. Und auch er hat ein Gleichheitszeichen zwischen sie und die andern Frauen gesetzt: er küßt sie alle auf die gleiche Weise, er streichelt sie alle auf die gleiche Weise, er macht keinen, aber auch gar keinen Unterschied zwischen Teresas Körper und den anderen Körpern. Er hat sie zurückgeschickt in die Welt, aus der sie entrinnen wollte. Er hat sie nackt mit anderen nackten Frauen marschieren lassen.

16.

Sie träumte abwechselnd drei Serien von Träumen: die erste, in der Katzen ihr Unwesen trieben, erzählte von ihrem Leiden zu Lebzeiten. Die zweite zeigte in unzähligen Varianten Bilder ihrer Hinrichtung. Die dritte erzählte von ihrem Leben nach dem Tode, in dem ihre Erniedrigung ein ewigwährender Zustand geworden war.

In diesen Träumen gab es nichts zu entziffern. Die Vorwürfe, die sie an Tomas richteten, waren so offensichtlich, daß er nur noch schweigen und gesenkten Hauptes Teresas Hände streicheln konnte.

Diese Träume waren vielsagend, aber sie waren auch schön. Das ist ein Aspekt, der Freud in seiner Traumdeutung entgangen ist. Der Traum ist nicht nur eine (möglicherweise chiffrierte) Mitteilung, sondern auch eine ästhetische Aktivität, ein Spiel der Imagination, und dieses Spiel ist ein Wert an sich. Der Traum beweist, daß das Phantasieren, das Träumen des Nicht-Geschehenen, zu den tiefsten Bedürfnissen des Menschen gehört. Hierin liegt der Grund für die verräterische Gefahr, die sich im Traum verbirgt. Wäre der Traum nicht schön, könnte man ihn schnell wieder vergessen. Teresa aber kehrte immer wieder zu ihren Träumen zurück, wiederholte sie in Gedanken, verwandelte sie zu Legenden. Tomas lebte unter dem hypnotischen Zauber der quälenden Schönheit von Teresas Träumen.

»Teresa, liebe kleine Teresa, wohin gehst du mir verloren? Du träumst ja jeden Tag vom Tod, als wolltest du tatsächlich weggehen . . .«, sagte er einmal zu ihr, als sie sich in einer Weinstube gegenübersaßen.

Es war am Tage, Verstand und Wille hatten wieder die Oberhand gewonnen. Ein Tropfen Rotwein floß langsam am Glas herunter, und Teresa sagte: »Tomas, ich kann nichts dafür. Ich verstehe ja alles. Ich weiß, daß du mich liebst. Ich weiß, daß diese Seitensprünge keine Tragödie sind . . .«

Sie sah ihn liebevoll an, aber sie fürchtete sich vor der kommenden Nacht, sie fürchtete sich vor den eigenen Träumen. Ihr Leben war gespalten. Die Nacht und der Tag kämpften um sie.

17.

Wer stets ›höher hinaus‹ will, muß damit rechnen, daß ihn eines Tages Schwindel überfällt. Was ist das, Schwindel? Angst vor dem Fall? Wieso überkommt uns dann Schwindel auch auf einem Aussichtsturm, der mit einem Geländer gesichert ist? Schwindel ist etwas anderes als Angst vor dem Fall. Schwindel bedeutet, daß uns die Tiefe anzieht und lockt, sie weckt in uns die Sehnsucht nach dem Fall, eine Sehnsucht, gegen die wir uns dann erschrocken wehren.

Der Umzug der nackten Frauen um das Schwimmbecken, die Toten im Leichenwagen, die sich freuten, daß Teresa so tot war wie sie, das war jenes ›Unten‹, das sie entsetzte und vor dem sie schon einmal geflüchtet war, von dem sie aber geheimnisvoll angezogen wurde. Das war ihr Schwindelgefühl: sie vernahm einen süßen (fast fröhlichen) Ruf zum Verzicht auf Schicksal und Seele. Sie vernahm einen Ruf zur Solidarität mit den Seelenlosen, und in Momenten der Schwäche wollte sie diesem Ruf Folge leisten und zur Mutter zurückkehren. Sie wollte die Mannschaft der Seele vom Deck ihres Körpers abkommandieren, sich zu den Freundinnen ihrer Mutter setzen und darüber lachen, daß eine von ihnen geräuschvoll Winde fahren ließ; nackt mit ihnen um das Schwimmbad marschieren und singen.

18.

Es ist richtig, daß Teresa mit der Mutter gekämpft hatte, solange sie zu Hause lebte, wir dürfen aber nicht vergessen, daß sie sie gleichzeitig unglücklich liebte. Sie wäre bereit gewesen, alles für sie zu tun, wenn die Mutter sie mit der Stimme der Liebe darum gebeten hätte. Nur weil sie diese Stimme nie gehört hatte, fand sie die Kraft wegzugehen.

Als die Mutter begriff, daß ihre Aggressivität keine Macht über die Tochter mehr hatte, schrieb sie ihr Briefe voller Klagen nach Prag. Sie beklagte sich über ihren Mann, über ihren Chef, über die Gesundheit, über die Kinder, und nannte Teresa den einzigen Menschen, den sie auf der Welt hätte. Teresa glaubte, endlich die Stimme der Mutterliebe zu vernehmen, nach der sie sich zwanzig Jahre lang gesehnt hatte, und sie wollte nach Hause zurückkehren. Dies um so mehr, als sie sich schwach fühlte. Tomas' Untreue hatte ihr plötzlich ihre Ohnmacht offenbart, und aus diesem Gefühl der Ohnmacht entstand der Schwindel, die unermeßliche Sehnsucht nach dem Fall.

Einmal rief die Mutter sie an. Sie habe Krebs. Ihr Leben werde nur noch ein paar Monate dauern. Diese Nachricht verwandelte Teresas Verzweiflung über Tomas' Untreue in Auflehnung. Sie warf sich vor, die Mutter wegen eines Mannes, der sie nicht liebte, verraten zu haben. Sie war bereit, alles zu vergessen, womit die Mutter sie gequält hatte. Sie war sogar in der Lage, sie zu verstehen. Sie waren beide in derselben Situation: die Mutter liebte den Stiefvater, wie Teresa Tomas liebte, und der Stiefvater quälte die Mutter mit seinen Seitensprüngen genau so, wie Tomas Teresa quälte. Wenn die Mutter mit Teresa böse gewesen war, so einzig deshalb, weil sie zu sehr litt.

Sie erzählte Tomas von der Krankheit der Mutter und teilte ihm mit, sie werde eine Woche Urlaub nehmen, um zu ihr zu fahren. In ihrer Stimme war Trotz.

Als spürte er, daß es das Schwindelgefühl war, das Teresa zur Mutter hinzog, war er gegen die Reise. Er telefonierte mit dem Krankenhaus in der kleinen Stadt. Krankenberichte von Krebsuntersuchungen werden in Böhmen sehr gründlich geführt, so daß er leicht feststellen konnte, daß bei Teresas Mutter nie ein Krebssymptom diagnostiziert worden war und sie im Verlauf des letzten Jahres überhaupt keinen Arzt aufgesucht hatte.

Teresa hörte auf Tomas und fuhr nicht zur Mutter. Noch

am selben Tag fiel sie auf der Straße hin und verletzte sich das Knie. Ihr Gang war unsicher geworden, sie fiel fast täglich hin, verletzte sich oder ließ Gegenstände fallen, die sie in der Hand hielt.

Sie verspürte eine unendliche Sehnsucht nach dem Fall. Sie lebte in einem fortwährenden Schwindel.

Wer hinfällt, sagt: »Hilf mir auf!« Geduldig half Tomas ihr auf.

19.

»Ich möchte Dich in meinem Atelier lieben wie auf einer Bühne. Ringsherum stehen Leute, die keinen Schritt näher kommen dürfen. Aber sie können die Augen nicht von uns losreißen ...«

Im Laufe der Zeit verlor dieses Bild seine ursprüngliche Grausamkeit und begann, sie zu erregen. Manchmal, während der Liebe, rief sie Tomas diese Situation flüsternd in Erinnerung.

Sie sagte sich, daß es einen Ausweg gab, um der Verdammung zu entrinnen, die sie in Tomas' Untreue sah: er sollte sie mitnehmen! Mitnehmen zu seinen Freundinnen! Vielleicht war das der Weg, ihren Körper wieder zum ersten und einzigen zu machen. Ihr Körper würde zu seinem alter ego, zu seinem Adjutanten und Assistenten.

»Ich werde sie für dich ausziehen, ich werde sie für dich in der Wanne baden und sie zu dir bringen ...«, flüsterte sie ihm zu, wenn sie aneinandergeschmiegt dalagen. Sie wollte mit ihm zu einem hermaphroditischen Wesen verschmelzen, und die Körper der anderen Frauen sollten zu ihrem gemeinsamen Spielzeug werden.

20.

Das alter ego in seinem polygamen Leben werden. Tomas wollte das nicht verstehen, sie aber konnte sich nicht von dieser Vorstellung lösen und versuchte, sich Sabina anzunähern. Sie schlug ihr vor, Portraitfotos von ihr zu machen.

Sabina lud sie in ihr Atelier ein, und Teresa sah endlich den weiten Raum mit dem breiten Bett in der Mitte, das dort stand wie ein Podest.

»Es ist eine Schande, daß du noch nie bei mir warst«, sagte Sabina und zeigte ihr die Bilder, die an der Wand lehnten. Sie kramte sogar eine alte Leinwand hervor, die sie noch als Studentin gemalt hatte. Darauf sah man Hochöfen im Bau. Sie hatte das Bild zu einer Zeit gemalt, da auf den Kunstschulen strengster Realismus gefordert wurde (nichtrealistische Kunst wurde damals als Untergrabung des Sozialismus angesehen), und Sabina, provoziert durch die Lust am Spiel, bemühte sich, noch strenger zu sein als die Professoren. Sie malte ihre Bilder so, daß kein Pinselstrich zu erkennen war und sie wie Farbfotografien aussahen.

»Dieses Bild hier habe ich verdorben. Rote Farbe ist darübergelaufen. Erst war ich untröstlich, aber dann fing der Fleck an, mir zu gefallen, weil er wie ein Riß aussah. Als wäre die Baustelle keine wirkliche Baustelle, sondern eine brüchige Theaterdekoration mit aufgemalter Baustelle. Ich begann, an dem Riß herumzuspielen, ihn zu vergrößern und mir auszumalen, was man dahinter alles sehen könnte. So habe ich meinen ersten Zyklus gemalt, den ich ›Kulissen‹ nannte. Selbstverständlich durfte niemand die Bilder sehen. Man hätte mich von der Schule geworfen. Vorne war immer eine vollkommen realistische Welt und dahinter, wie hinter der zerrissenen Leinwand eines Bühnenbildes, konnte man etwas anderes sehen, etwas Geheimnisvolles oder Abstraktes.«

Sie verstummte und fügte dann hinzu: »Vorne war die verständliche Lüge und hinten die unverständliche Wahrheit.«

Teresa hörte wieder mit dieser unglaublichen Aufmerksamkeit zu, die kaum je ein Professor auf den Gesichtern seiner Studenten sehen kann, und sie stellte fest, daß alle Bilder Sabinas, die früheren wie die neuen, tatsächlich immer von demselben sprachen, daß sie alle ein Zusammentreffen zweier Themen, zweier Welten waren, wie doppelt belichtete Fotografien. Eine Landschaft, durch die das Licht einer Tischlampe schimmert. Eine Hand, die von hinten ein idyllisches Stilleben mit Äpfeln, Nüssen und einem Weihnachtsbaum mit brennenden Kerzen zerstört.

Sie begann, Sabina zu bewundern, und da die Malerin sich sehr freundschaftlich verhielt, war diese Bewunderung weder von Angst noch von Mißtrauen begleitet und verwandelte sich in Sympathie.

Beinahe hätte sie vergessen, daß sie gekommen war, um zu fotografieren. Sabina mußte sie daran erinnern. Sie wandte sich von den Bildern ab und sah wieder das Bett, das wie ein Podest in der Mitte des Zimmers stand.

21.

Neben dem Bett stand ein Nachttisch und darauf eine Art Ständer in Form eines Kopfes, wie Friseure sie benutzen, um Perücken daraufzusetzen. Sabinas Perückenkopf trug jedoch keine Perücke, sondern eine Melone. Sabina lächelte: »Das ist die Melone von meinem Großvater.«

Solche Hüte, schwarz, steif und rund, hatte Teresa bisher nur im Kino gesehen. Chaplin trug so einen. Sie lächelte, nahm die Melone in die Hand und schaute sie lange an. Dann sagte sie: »Möchtest du, daß ich dich damit fotografiere?«

Sabina mußte über diese Frage lange lachen. Teresa legte die Melone weg, nahm ihren Apparat und begann zu fotografieren.

Nach fast einer Stunde sagte sie auf einmal: »Soll ich dich nackt fotografieren?«

»Nackt?« lachte Sabina.

»Ja«, sagte Teresa tapfer.

»Darauf müssen wir erst etwas trinken«, sagte Sabina und ging, um eine Flasche zu öffnen.

Teresa fühlte eine Schwäche in ihrem Körper und schwieg, während Sabina mit dem Glas in der Hand auf und ab ging und über ihren Großvater plauderte, der Bürgermeister eines Provinzstädtchens gewesen war; Sabina hatte ihn nicht gekannt; alles, was von ihm geblieben war, waren dieser Hut und ein altes Foto, auf dem die kleinstädtischen Würdenträger auf einer Tribüne standen; einer von ihnen war der Großvater; es war nicht klar, was sie auf der Tribüne machten, vielleicht enthüllten sie ein Denkmal für einen anderen Würdenträger, der bei feierlichen Anlässen ebenfalls eine Melone getragen hatte.

Sabina erzählte lange von der Melone und dem Großvater. Als sie das dritte Glas geleert hatte, sagte sie »Warte mal« und verschwand im Badezimmer.

Sie kam im Bademantel zurück. Teresa nahm den Fotoapparat und hielt ihn vors Auge. Sabina öffnete den Mantel.

22.

Der Apparat diente Teresa als mechanisches Auge, um Tomas' Freundin zu beobachten, zugleich aber auch als Schirm, um ihr Gesicht dahinter zu verbergen.

Sabina brauchte eine gewisse Zeit, bis sie sich entschloß, den Mantel auszuziehen. Die Situation war doch etwas schwieriger, als sie vorhergesehen hatte. Nachdem sie eine Weile posiert hatte, ging sie auf Teresa zu und sagte: »Und jetzt fotografiere ich dich. Zieh dich aus!«

Die Worte »Zieh dich aus!« hatte Sabina oft von Tomas gehört, und sie hatten sich ihr tief ins Gedächtnis eingegraben. Es war also sein Befehl, den die Freundin nun an die Ehefrau richtete. Tomas hatte die beiden Frauen durch denselben magischen Satz verbunden. Es war ganz seine Art, ein harmloses Gespräch unerwartet in eine erotische Situation zu verwandeln: nicht durch Liebkosen, Berühren, Schmeicheln oder Bitten, sondern durch einen Befehl, den er plötzlich erteilte, überraschend und leise, aber nachdrücklich und gebieterisch, und immer aus einer gewissen Entfernung: in diesem Moment berührte er die Frauen nie. Auch zu Teresa sagte er oft in demselben Ton »Zieh dich aus!«, und selbst wenn er es nur leise sagte, selbst wenn er es nur flüsterte, war es ein Befehl, und sie war schon darum erregt, weil sie ihm gehorchte. Nun hörte sie dieselben Worte, und ihre Lust zu gehorchen war vielleicht um so größer, als es ein sonderbarer Wahnsinn war, jemand Fremdem zu gehorchen, ein um so schönerer Wahnsinn, als der Befehl nicht von einem Mann kam, sondern diesmal von einer Frau.

Sabina nahm Teresa den Apparat aus der Hand und Teresa zog sich aus. Nackt und entwaffnet stand sie vor Sabina. Im wahrsten Sinne des Wortes *entwaffnet*, das heißt ohne ihren Apparat, hinter dem sie eben noch ihr Gesicht versteckt und den sie gleichzeitig wie eine Waffe auf Sabina gerichtet hatte. Sie war Tomas' Freundin ausgeliefert. Diese schöne Ergebenheit berauschte sie. Sie wünschte, die Sekunden, da sie nackt vor Sabina stand, gingen nie zu Ende.

Ich denke, daß der einzigartige Zauber der Situation auch Sabina gefangenhielt: die Frau ihres Liebhabers stand sonderbar ergeben und schüchtern vor ihr. Zwei- oder dreimal drückte sie auf den Auslöser und lachte dann laut auf, als fürchtete sie diesen Zauber und wollte ihn schnell verscheuchen.

Teresa lachte mit, und die beiden Frauen zogen sich wieder an.

23.

Alle früheren Verbrechen des russischen Reiches wurden im Schutze eines diskreten Halbdunkels begangen. Die Deportation einer Million Litauer, die Ermordung von Hunderttausenden von Polen, die Liquidierung der Krimtataren, all das ist ohne fotografische Dokumente in unser Gedächtnis gegraben, ist also etwas Unbeweisbares, das man früher oder später zu einer Mystifikation erklären wird. Im Gegensatz dazu wurde die Invasion in die Tschechoslowakei im Jahre 1968 fotografiert, gefilmt und in allen Archiven der Welt deponiert.

Die tschechischen Fotografen und Kameraleute hatten sehr wohl begriffen, daß es ihre Aufgabe war, das einzige zu tun, was es noch zu tun gab: für die ferne Zukunft das Bild der Gewalt festzuhalten. Teresa hatte diese sieben Tage auf der Straße verbracht, um russische Soldaten und Offiziere in belastenden Situationen zu fotografieren. Die Russen wußten nicht, was sie tun sollten. Sie hatten genaue Instruktionen, wie sie sich zu verhalten hätten, wenn auf sie geschossen oder mit Steinen geworfen würde, aber niemand hatte ihnen Weisungen erteilt, wie sie zu reagieren hätten, wenn man ein Objektiv auf sie richtete.

Teresa belichtete mehr als hundert Filme. Etwa die Hälfte davon gab sie unentwickelt an ausländische Journalisten weiter (die Grenze war noch immer offen, Journalisten kamen angereist, meist nur auf einen Sprung, und waren dankbar für jedes Dokument). Viele ihrer Aufnahmen erschienen in verschiedenen ausländischen Zeitungen: darauf sah man drohende Fäuste, beschädigte Häuser, mit blutigen blauweiß-roten Fahnen zugedeckte Tote, junge Leute auf Motorrädern, die mit rasender Geschwindigkeit um die Panzer kreisten und die Nationalfahne an langen Stangen schwenkten, Mädchen in unglaublich kurzen Miniröcken, die die armen, sexuell ausgehungerten russischen Soldaten provozierten, indem sie vor deren Augen unbekannte Passanten küßten. Wie bereits gesagt, die russische Invasion war nicht nur eine Tragödie, sondern auch ein Fest des Hasses, getragen von einer sonderbaren (niemandem mehr erklärbaren) Euphorie.

24.

Sie hatte in die Schweiz etwa fünfzig Fotografien mitgenommen, die sie selbst mit Sorgfalt und nach allen Regeln der Kunst entwickelt hatte. Sie bot sie einer großen Illustrierten an. Der Redakteur empfing sie freundlich (alle Tschechen trugen noch die Aureole ihres Unglücks, das die guten Schweizer rührte), ließ sie in einem Sessel Platz nehmen, sah sich die Aufnahmen an, lobte sie und erklärte ihr, daß es jetzt, da die Ereignisse schon so weit zurücklagen, keine Möglichkeit mehr gebe, sie zu publizieren (»Obwohl sie sehr schön sind!«).

»In Prag ist aber nichts zu Ende!« protestierte sie und versuchte, ihm in schlechtem Deutsch klarzumachen, daß in ihrem besetzten Land gerade jetzt Arbeiterräte gebildet würden, die Studenten aus Protest gegen die Okkupation streikten und das ganze Land auf seine Weise weiterlebte. Das war doch gerade das Unglaubliche! Und das sollte niemanden mehr interessieren!

Der Redakteur war erleichtert, als eine energische Frau den Raum betrat und das Gespräch unterbrach. Sie überreichte ihm ein Dossier und sagte: »Das ist die Reportage über den FKK-Strand.«

Der Redakteur war ein feinfühliger Mensch und fürchtete, daß die Tschechin, die Panzer fotografiert hatte, Bilder nackter Menschen am Strand frivol finden könnte. Er schob das Dossier so weit wie möglich an den Tischrand und sagte schnell zu der Frau: »Ich möchte dir eine Prager Kollegin vorstellen. Sie hat mir großartige Fotos gebracht.«

Die Frau gab Teresa die Hand und nahm die Fotos.

»Schauen Sie sich solange meine Bilder an«, sagte sie.

Teresa beugte sich über das Dossier und nahm die Aufnahmen heraus.

Der Redakteur sagte fast entschuldigend zu ihr: »Das ist das pure Gegenteil dessen, was Sie fotografiert haben.«

Teresa erwiderte: »Aber nein. Es ist genau dasselbe.«

Niemand verstand diesen Satz, und selbst mir bereitet es gewisse Schwierigkeiten zu erklären, was Teresa sagen wollte, als sie den FKK-Strand mit der russischen Invasion verglich. Sie schaute sich die Aufnahmen an und verharrte lange bei einem Foto, auf dem eine vierköpfige Familie im Kreis herum dastand: die nackte Mutter beugte sich über ihre Kinder, so daß die großen Brüste herunterhingen wie das Euter einer Ziege oder einer Kuh; den vornübergeneigten Mann sah man von hinten, und sein Sack glich ebenfalls einem Miniatureuter.

»Gefällt es Ihnen nicht?« fragte der Redakteur.

»Es ist gut aufgenommen.«

»Vermutlich ist sie vom Thema schockiert«, sagte die Fotografin, »man sieht Ihnen an, daß Sie nicht an einen FKK-Strand gehen würden.«

»Nein«, sagte Teresa.

Der Redakteur lächelte. »Man kann eben doch sehen, wo Sie herkommen. Die kommunistischen Länder sind schrecklich puritanisch.«

Die Fotografin sagte mit mütterlicher Liebenswürdigkeit: »Nackte Körper, da ist doch nichts dabei! Das ist doch ganz normal! Und alles, was normal ist, ist schön!«

Teresa mußte an ihre Mutter denken, wie sie nackt in der Wohnung herumging. Sie hörte das Gelächter hinter ihrem Rücken, als sie schnell die Vorhänge zuzog, damit niemand die Mutter sehen konnte.

25.

Die Fotografin lud Teresa zu einem Kaffee in die Kantine ein.

»Ihre Fotos sind sehr interessant. Ich habe bemerkt, daß Sie ein außergewöhnliches Gespür für den weiblichen Körper haben. Sie wissen, woran ich denke! An diese jungen Frauen in provozierenden Positionen.«

»Wie sie vor den russischen Panzern die Passanten küssen?«

»Genau. Sie wären eine hervorragende Modefotografin. Man müßte allerdings erst ein Modell finden. Am besten ein

Mädchen, das sich auch erst durchsetzen muß, genau wie Sie. Dann könnten Sie für eine Firma Probeaufnahmen machen. Es dauert natürlich eine gewisse Zeit, bis man den Durchbruch geschafft hat. Solange könnte ich vielleicht etwas für Sie tun. Ich könnte Sie dem Redakteur der Rubrik ›Unser Garten‹ vorstellen. Vielleicht braucht er Fotos von Kakteen, Rosen und so.«

»Ich danke Ihnen vielmals«, sagte Teresa aufrichtig, da sie sah, daß ihr Gegenüber es gut meinte.

Doch dann sagte sie sich: Warum sollte ich Kakteen fotografieren? Sie empfand Widerwillen bei dem Gedanken, nochmals auf sich nehmen zu müssen, was sie aus Prag schon kannte: den Kampf um die Arbeit, um die Karriere, um jede publizierte Aufnahme. Sie war nie aus Eitelkeit ehrgeizig gewesen. Sie hatte der Welt der Mutter entfliehen wollen. Ja, sie war sich ganz im klaren darüber: sie hatte zwar mit großem Eifer fotografiert, hätte diesen Eifer aber genausogut jeder anderen Beschäftigung widmen können, weil das Fotografieren nur ein Mittel gewesen war, um ›weiter und höher‹ zu kommen und an Tomas' Seite zu leben.

Sie sagte: »Wissen Sie, mein Mann ist Arzt und kann mich ernähren. Ich habe es nicht nötig zu fotografieren.«

Die Fotografin antwortete: »Ich verstehe nicht, wie Sie das Fotografieren aufgeben können, nachdem Sie so schöne Aufnahmen gemacht haben!«

Ja, die Fotos aus den Tagen der Invasion, das war etwas ganz anderes. Die hatte sie nicht wegen Tomas gemacht. Die hatte sie aus Leidenschaft gemacht. Nicht aus Leidenschaft fürs Fotografieren, sondern aus der Leidenschaft des Hasses. Eine solche Situation wird sich nicht wiederholen. Außerdem waren es genau diese Fotos aus Leidenschaft, die keiner haben wollte, weil sie nicht mehr aktuell waren. Nur ein Kaktus war ewig aktuell. Aber Kakteen machten ihr keinen Spaß.

Sie sagte: »Das ist sehr nett von Ihnen. Ich möchte aber lieber zu Hause bleiben. Ich brauche nicht zu arbeiten.«

Die Fotografin sagte: »Und es befriedigt Sie, zu Hause zu bleiben?«

Teresa sagte: »Mehr als Kakteen zu fotografieren.«

Die Fotografin sagte: »Selbst wenn Sie Kakteen fotografieren, so ist das *Ihr* Leben. Wenn Sie nur für Ihren Mann leben, so ist das nicht *Ihr* Leben.«

Teresa war plötzlich gereizt: »Mein Leben, das ist mein Mann und nicht die Kakteen!«

Die Fotografin fragte irritiert: »Wollen Sie etwa sagen, daß Sie glücklich sind?«

Teresa sagte (noch immer gereizt): »Aber natürlich bin ich glücklich!«

Die Fotografin sagte: »So etwas sagt nur eine sehr . . .« Sie wollte lieber nicht aussprechen, was sie dachte.

Teresa ergänzte: »Sie meinen: eine sehr beschränkte Frau.«

Die Fotografin hielt sich zurück und sagte: »Nicht beschränkt. Anachronistisch.«

Teresa wurde nachdenklich: »Sie haben recht. Das ist genau das, was mein Mann von mir sagt.«

26.

Aber Tomas war tagsüber immer im Spital, und sie war allein zu Hause. Ein Glück, daß sie wenigstens Karenin hatte und mit ihm ausgedehnte Spaziergänge machen konnte! Danach setzte sie sich über Lehrbücher für Deutsch und Französisch. Aber sie war traurig und konnte sich nicht konzentrieren. Oft mußte sie an die Rede denken, die Dubček nach seiner Rückkehr aus Moskau im Radio verlesen hatte. Sie hatte schon ganz vergessen, was er gesagt hatte, doch hörte sie noch seine bebende Stimme. Sie dachte an ihn: fremde Soldaten nahmen ihn, das Oberhaupt eines souveränen Staates, im eigenen Land gefangen, verschleppten ihn, hielten ihn vier Tage lang in den ukrainischen Bergen gefangen, gaben ihm zu verstehen, daß sie ihn erschießen würden wie zwölf Jahre zuvor seinen ungarischen Vorgänger Imre Nagy, sie brachten ihn nach Moskau, befahlen ihm, zu baden, sich zu rasieren, sich anzuziehen und sich eine Krawatte umzubinden, sie teilten ihm mit, daß er nicht hingerichtet würde, ordneten an, er habe sich auch weiterhin als Staatsoberhaupt zu betrachten, setzten ihn mit Breschnew an einen Tisch und zwangen ihn zu verhandeln.

Erniedrigt kehrte er zurück und sprach zu einem erniedrigten Volk. Seine Erniedrigung war so tief, daß er nicht mehr richtig sprechen konnte. Teresa wird die entsetzlich langen Pausen mitten im Satz nie mehr vergessen. War er so erschöpft? So krank? Hatte man ihn unter Drogen gesetzt? Oder war es nur Verzweiflung? Wenn auch von Dubček nichts bleiben wird: diese schrecklich langen Pausen, als er nicht mehr atmen konnte und nach Luft rang, vor dem ganzen Volk, das mit den Augen am Bildschirm hing, diese Pausen werden bleiben. In diesen Pausen lag das ganze Entsetzen, das sich schwer auf das Land gelegt hatte.

Es war am siebten Tag der Invasion, Teresa hatte die Rede im Redaktionszimmer einer Tageszeitung gehört, die in jenen Tagen zum Sprachrohr des Widerstandes geworden war. Alle, die im Raum waren und Dubček hörten, haßten ihn in diesem Moment. Sie nahmen ihm den Kompromiß übel, auf den er sich eingelassen hatte, fühlten sich durch seine Erniedrigung erniedrigt, durch seine Schwäche beleidigt.

Als sie nun in Zürich an diesen Moment zurückdachte, empfand sie keine Verachtung mehr. Das Wort ›Schwäche‹ klang für sie nicht mehr wie ein Schuldspruch. Man ist immer schwach, wenn man mit einer Übermacht konfrontiert ist, selbst wenn man einen so athletischen Körper hat wie Dubček. Sie fand die Schwäche plötzlich anziehend, die ihnen allen damals so unerträglich und abstoßend vorgekommen war, und die sie aus dem Land gejagt hatte. Ihr wurde bewußt, daß auch sie zu den Schwachen gehörte, zum Lager der Schwachen, zum Land der Schwachen, und daß sie ihnen treu bleiben mußte, gerade weil sie schwach waren und mitten im Satz nach Atem rangen.

Von dieser Schwäche wurde sie angezogen wie vom Schwindel. Sie wurde von ihr angezogen, weil sie sich selbst schwach fühlte. Sie war wieder eifersüchtig, und ihre Hände hatten wieder zu zittern begonnen. Tomas bemerkte es und machte die vertraute Geste: er nahm ihre Hände in die seinen und wollte sie durch diesen Händedruck beruhigen. Sie riß sich los.

»Was hast du?«

»Nichts.«

»Was kann ich für dich tun?«

»Ich wollte, du wärest alt. Zehn, zwanzig Jahre älter!«

Sie wollte damit sagen: Ich wollte, du wärest schwach. Du wärest so schwach wie ich.

27.

Karenin hatte der Umzug in die Schweiz nicht gefallen. Karenin haßte Veränderungen. Für einen Hund verläuft die Zeit nicht auf einer Geraden. Sie bewegt sich nicht kontinuierlich vorwärts, immer weiter und weiter, von einer Sache zur anderen. Sie verläuft in einer Kreisbewegung, ähnlich wie die Zeiger einer Uhr, die auch nicht wie verrückt vorwärtsrennen, sondern sich auf dem Zifferblatt im Kreis drehen, Tag für Tag auf derselben Bahn. Sie brauchten in Prag nur einen neuen Stuhl zu kaufen oder einen Blumentopf an einen anderen Platz zu stellen, und Karenin nahm das unwillig zur Kenntnis. Es brachte sein Zeitgefühl durcheinander. So würde es den Uhrzeigern ergehen, wenn man ständig die Zahlen auf dem Zifferblatt auswechselte.

Trotzdem gelang es ihm bald, die alte Ordnung und die alten Zeremonien in der Zürcher Wohnung wieder einzuführen. Wie in Prag sprang er morgens auf das Bett, um sie beide im neuen Tag zu begrüßen, dann begleitete er Teresa beim morgendlichen Einkauf und bestand wie in Prag auf regelmäßigen Spaziergängen.

Karenin war die Sonnenuhr ihres Lebens. In Momenten der Hoffnungslosigkeit sagte sie sich, daß sie ihm zuliebe durchhalten müßte, da er noch schwächer sei als sie, vielleicht noch schwächer als Dubček und ihre verlassene Heimat.

Sie kamen gerade von einem Spaziergang zurück, als das

Telefon klingelte. Sie nahm den Hörer ab und fragte, wer am Apparat sei.

Es war eine Frauenstimme, die deutsch sprach und Tomas verlangte. Die Stimme klang ungeduldig, und Teresa schien es, als schwinge Verachtung mit. Als sie sagte, Tomas sei nicht zu Hause und sie wisse nicht, wann er heimkomme, lachte die Frau am anderen Ende laut auf und hängte ein, ohne sich zu verabschieden.

Teresa wußte, daß sie das nicht wichtig nehmen durfte. Es konnte eine Schwester der Klinik sein, eine Patientin, eine Sekretärin oder sonst jemand. Dennoch war sie verwirrt und konnte sich auf nichts mehr konzentrieren. In diesem Moment begriff sie, daß der letzte Rest an Kraft, den sie zu Hause noch besessen hatte, nun auch verschwunden war, daß sie diesen völlig belanglosen Vorfall nicht ertragen konnte.

Wer in der Fremde lebt, schreitet in einem leeren Raum hoch über dem Boden, ohne das Rettungsnetz, das einem das eigene Land bietet, in dem man Familie, Kollegen und Freunde hat und sich mühelos in der Sprache verständigen kann, die man von Kindheit an kennt. In Prag war sie nur in ihrem Herzen von Tomas abhängig. Hier war sie in allen Dingen von ihm abhängig. Wenn er sie verließe, was sollte aus ihr werden? Sollte sie ihr ganzes Leben in der Angst verbringen, ihn zu verlieren?

Sie sagte sich, daß ihre Begegnung von Anfang an auf einem Irrtum beruhte. Anna Karenina, die sie unter dem Arm gehalten hatte, war die falsche Eintrittskarte, mit der sie Tomas betrogen hatte. Sie hatten sich eine Hölle geschaffen, obwohl sie sich liebten. Sie liebten sich wirklich, und das war der Beweis, daß der Fehler nicht bei ihnen lag, nicht in ihrem Verhalten oder in unsteten Gefühlen, sondern darin, daß sie nicht zusammenpaßten, weil er stark war und sie schwach. Sie war wie Dubček, der mitten im Satz Pausen von einer halben Minute machte, sie war wie ihre Heimat, die stotterte, nach Atem rang und nicht mehr sprechen konnte.

Aber gerade der Schwache muß stark sein können und weggehen, wenn der Starke zu schwach ist, dem Schwachen ein Unrecht antun zu können.

Das machte sie sich klar. Dann drückte sie ihr Gesicht an

Karenins zottigen Kopf. »Sei mir nicht böse, Karenin. Du mußt noch einmal umziehen.«

28.

Sie drückte sich in eine Ecke des Abteils, den schweren Koffer über ihrem Kopf, Karenin zu ihren Füßen. Sie dachte an den Koch des Restaurants, in dem sie gearbeitet hatte, als sie noch bei der Mutter wohnte. Er hatte keine Gelegenheit ausgelassen, ihr einen Klaps auf den Hintern zu geben, und sie mehrmals vor allen Leuten aufgefordert, mit ihm ins Bett zu gehen. Sonderbar, daß sie gerade jetzt an ihn dachte. Er verkörperte für sie all das, was sie ekelte. Jetzt aber konnte sie an nichts anderes denken, als daß sie ihn aufsuchen und ihm sagen würde: »Hast du nicht gesagt, du willst mit mir ins Bett? Hier bin ich.«

Sie hatte Lust, etwas zu tun, das ihr jeden Weg zurück abschnitt. Sie hatte Lust, die vergangenen sieben Jahre gewaltsam auszulöschen. Das war das Schwindelgefühl. Eine betäubende, unüberwindliche Sehnsucht nach dem Fall.

Man könnte auch sagen, Schwindel sei Trunkenheit durch Schwäche. Man ist sich seiner Schwäche bewußt und will sich nicht gegen sie wehren, sondern sich ihr hingeben. Man ist trunken von der eigenen Schwäche, man möchte noch schwächer sein, man möchte mitten auf einem Platz vor allen Augen hinfallen, man möchte unten, noch tiefer als unten sein.

Sie hatte sich davon überzeugt, daß sie nicht in Prag bleiben und nicht mehr als Fotografin arbeiten wollte. Sie würde in die kleine Stadt zurückkehren, aus der Tomas' Stimme sie einst abberufen hatte.

Als sie in Prag angekommen war, mußte sie zunächst dort bleiben, um die praktischen Dinge zu erledigen. Sie schob ihre Abreise auf.

So verstrichen fünf Tage, und plötzlich stand Tomas in der Wohnung. Karenin sprang an ihm hoch und befreite sie beide für Momente von der Notwendigkeit, etwas zu sagen.

Sie hatten das Gefühl, inmitten eines Schneefeldes zu stehen und vor Kälte zu zittern.

Dann gingen sie aufeinander zu wie Liebende, die sich noch nie geküßt haben.

Er fragte: »Ist alles in Ordnung?«

»Ja.«

»Warst du bei der Zeitung?«

»Ich habe angerufen.«

»Und?«

»Nichts. Ich habe gewartet.«

»Worauf?«

Sie gab keine Antwort. Sie konnte ihm nicht sagen, daß sie auf ihn gewartet hatte.

29.

Kehren wir zu dem Augenblick zurück, den wir schon kennen. Tomas war verzweifelt und hatte Magenschmerzen. Er schlief erst spät in der Nacht ein.

Kurz danach wachte Teresa auf. (Die russischen Flugzeuge kreisten noch immer über der Stadt, man konnte nicht schlafen in diesem Lärm.) Ihr erster Gedanke war: er war ihretwegen zurückgekommen. Ihretwegen hatte er sein Schicksal geändert. Nun war es nicht mehr er, der für sie verantwortlich war, nun war sie für ihn verantwortlich.

Es kam ihr vor, als überstiege diese Verantwortung ihre Kräfte.

Dann aber fiel ihr plötzlich ein, daß gestern, als er gerade zur Tür hereingekommen war, die Kirchen von Prag sechs Uhr geläutet hatten. Als sie sich zum ersten Mal begegnet waren, war ihr Dienst um sechs zu Ende gewesen. Sie sah ihn wieder vor sich, wie er auf der gelben Bank saß und hörte das Glockengeläute vom Turm.

Nein, es war kein Aberglaube, es war der Sinn für das Schöne, der die Beklommenheit von ihr nahm und sie mit neuer Lebenslust erfüllte. Die Vögel des Zufalls hatten sich einmal mehr auf ihren Schultern niedergelassen. Sie hatte Tränen in den Augen und war unendlich glücklich, ihn neben sich atmen zu hören.

Dritter Teil

Unverstandene Wörter

1.

Genf ist eine Stadt der Springbrunnen und Wasserspiele, wo in den Parkanlagen noch die Musikpavillons stehen, in denen früher musiziert wurde. Sogar die Universität liegt hinter Bäumen versteckt. Franz, der gerade seine Vormittagsvorlesung beendet hatte, trat aus dem Gebäude. Aus den Gartenschläuchen rieselte feiner Wasserstaub auf den Rasen; Franz war ausgezeichneter Laune. Er ging von der Universität direkt zu seiner Freundin. Sie wohnte nur wenige Straßen weiter.

Er schaute oft bei ihr vorbei, aber immer nur als aufmerksamer Freund, niemals als Liebhaber. Hätte er nämlich in ihrem Atelier mit ihr geschlafen, wäre er innerhalb eines Tages von einer Frau zur anderen gegangen, von der Ehefrau zur Freundin und umgekehrt. Da in Genf die Ehepaare in französischen Betten schlafen, wäre er binnen weniger Stunden von einem Bett ins andere gewandert. Dies kam ihm sowohl für die Freundin als auch für die Frau und nicht zuletzt für ihn selbst erniedrigend vor.

Seine Liebe zu dieser Frau, in die er sich vor einigen Monaten verliebt hatte, war ihm so kostbar, daß er sich bemühte, ihr in seinem Leben einen eigenen Platz einzuräumen, ein unbetretbares Territorium der Reinheit. Er wurde oft zu Gastvorträgen an ausländische Universitäten eingeladen, und jetzt nahm er bereitwillig alle Angebote an. Weil die Einladungen nicht ausreichten, dachte er sich Kongresse und Symposien aus, um die Reisen seiner Frau gegenüber zu rechtfertigen. Seine Freundin, die frei über ihre Zeit verfügen konnte, begleitete ihn. So lernte sie durch ihn innerhalb kurzer Zeit viele europäische und eine amerikanische Stadt kennen.

»Wenn du nichts dagegen hast, könnten wir in zehn Tagen nach Palermo fahren«, sagte er.

»Ich ziehe Genf vor«, antwortete sie. Sie stand vor der Staffelei und begutachtete ein unvollendetes Bild.

»Wie kann man leben, ohne Palermo gesehen zu haben?« versuchte er zu scherzen.

»Ich kenne Palermo«, sagte sie.

»Wie denn das?« fragte er beinahe eifersüchtig.

»Eine Bekannte hat mir eine Ansichtskarte von dort geschickt. Ich habe sie in der Toilette an die Wand geheftet. Ist sie dir nicht aufgefallen?«

Dann fügte sie hinzu: »Es war einmal ein Dichter, zu Anfang unseres Jahrhunderts. Er war schon sehr alt, und sein Sekretär führte ihn spazieren. Meister, sagte er zu ihm, schauen Sie zum Himmel. Das erste Flugzeug fliegt über unsere Stadt! Ich kann es mir vorstellen, sagte der Meister zu seinem Sekretär, ohne die Augen vom Boden zu heben. Siehst du, und ich kann mir Palermo vorstellen. Es gibt dort die gleichen Hotels und die gleichen Autos wie in allen Städten. In meinem Atelier sind wenigstens die Bilder immer wieder anders.«

Franz wurde traurig. Er hatte sich so an die Verbindung von Liebesleben und Reisen gewöhnt, daß in seiner Aufforderung ›Laß uns nach Palermo fahren!‹ unmißverständlich eine erotische Botschaft lag. So konnte die Antwort ›Ich ziehe Genf vor‹ nur bedeuten: seine Freundin begehrte ihn nicht mehr.

Warum war er ihr gegenüber nur so unsicher? Es gab doch nicht den geringsten Anlaß. Sie war es gewesen, nicht er, die die Initiative ergriffen hatte, kurz nachdem sie sich kennengelernt hatten; er war ein gutaussehender Mann; er stand auf dem Gipfel seiner wissenschaftlichen Karriere und war sogar von seinen Kollegen für seine Selbstsicherheit und seine Unnachgiebigkeit in Fachdiskussionen gefürchtet. Warum also dachte er jeden Tag daran, daß seine Freundin ihn verlassen würde?

Ich kann es mir nur so erklären, daß die Liebe für ihn nicht die Fortsetzung seines Lebens in der Öffentlichkeit war, sondern ein Gegenpol. Liebe bedeutete für ihn das Verlangen, sich dem anderen auf Gedeih und Verderb auszuliefern. Wer sich dem anderen ausliefert wie ein Soldat in die Gefangenschaft, muß zuvor die Waffen strecken. Wenn er nichts mehr hat, um den Schlag abzuwehren, so kann er nicht umhin, sich zu fragen, wann dieser Schlag ihn treffen würde. Ich kann also sagen: für Franz bedeutete die Liebe ein ständiges Warten auf diesen Schlag.

Während er sich seinen Ängsten überließ, hatte seine Freundin den Pinsel weggelegt und war im Nebenzimmer verschwunden. Sie kam mit einer Flasche Wein zurück. Wortlos zog sie den Korken und füllte zwei Gläser.

Ihm fiel ein Stein vom Herzen, und er kam sich lächerlich vor. Die Worte ›Ich ziehe Genf vor‹ bedeuteten nicht, daß sie nicht mehr mit ihm schlafen wollte, ganz im Gegenteil, sie hatte nur keine Lust mehr, die Stunden der Liebe auf fremde Städte zu beschränken.

Sie hob ihr Glas und trank es in einem Zug leer. Franz hob sein Glas und nahm einen Schluck. Er war sehr froh, daß ihre Weigerung, nach Palermo zu fahren, sich als Aufforderung zur Liebe entpuppt hatte, zugleich aber empfand er Bedauern: seine Freundin hatte beschlossen, die Ordensregeln der Reinheit zu übertreten, die er ihrem Verhältnis auferlegt hatte; sie begriff nicht sein ängstliches Bemühen, die Liebe vor der Banalität zu bewahren und sie radikal vom ehelichen Heim zu trennen.

In Genf nicht mit der Malerin zu schlafen, war eigentlich eine Strafe, die er sich dafür auferlegt hatte, daß er mit einer anderen Frau verheiratet war. Er empfand diese Situation wie eine Schuld, wie einen Makel. Obwohl das erotische Leben mit seiner Frau im Grunde nicht der Rede wert war, schliefen sie immer noch im selben Bett, weckten sich nachts gegenseitig durch ihr geräuschvolles Atmen und atmeten auch die Ausdünstungen des anderen ein. Er hätte zwar lieber allein geschlafen, aber das gemeinsame Bett ist immer noch das Symbol der Ehe, und Symbole sind unantastbar, wie man weiß.

Jedesmal, wenn er sich neben seine Frau legte, dachte er daran, daß sich seine Freundin vielleicht gerade vorstellte, wie er sich neben seine Frau ins Bett legte. Jedesmal schämte er sich bei diesem Gedanken, und deshalb wollte er das Bett, in dem er neben seiner Frau schlief, möglichst weit von dem Bett entfernt wissen, in dem er seine Freundin liebte.

Die Malerin schenkte sich Wein nach und trank einen

Schluck; ohne ein Wort zu sagen, zog sie mit einer seltsamen Teilnahmslosigkeit ihre Bluse aus, als wäre Franz nicht anwesend. Sie benahm sich wie eine Schauspielschülerin, die in einer Improvisationsübung demonstrieren sollte, wie man sich verhielt, wenn man allein in einem Zimmer war und von niemandem gesehen wurde.

Sie stand in Rock und Büstenhalter da. Dann (als fiele ihr erst jetzt ein, daß sie nicht allein im Raum war) warf sie einen langen Blick auf Franz.

Dieser Blick machte ihn verlegen, denn er verstand ihn nicht. Zwischen Liebenden entstehen rasch Spielregeln, derer sie sich nicht bewußt sind, die aber dennoch gelten, und die sie nicht übertreten dürfen. Der Blick, den sie jetzt auf ihn heftete, verstieß gegen diese Regeln; er hatte nichts mit den Blicken und Gesten gemein, die gewöhnlich ihren Liebesspielen vorausgingen. In diesem Blick lagen weder Aufforderung noch Koketterie, eher eine Art Frage. Nur hatte Franz nicht die geringste Ahnung, wonach dieser Blick fragte.

Dann zog sie ihren Rock aus. Sie nahm Franz bei der Hand und drehte ihn herum zu einem großen Spiegel, der einen Schritt weit entfernt an der Wand lehnte. Ohne seine Hand loszulassen, schaute sie unverwandt in den Spiegel, indem sie diesen langen, fragenden Blick bald auf ihn, bald auf sich selbst richtete.

Auf dem Fußboden neben dem Spiegel stand ein Perückenkopf, auf dem eine alte Melone saß. Sie bückte sich nach dem Hut und setzte ihn auf. Das Spiegelbild änderte sich schlagartig: da stand eine Frau in Unterwäsche, schön, unnahbar und gleichgültig, mit einer völlig unpassenden Melone auf dem Kopf. An der Hand hielt sie einen Herrn in grauem Anzug und Krawatte.

Wieder einmal war er erstaunt darüber, wie schlecht er seine Freundin verstand. Sie hatte sich nicht ausgezogen, um ihn zur Liebe aufzufordern, sondern um ihm eine Posse vorzuführen, ein intimes Happening nur für sie beide. Er lächelte verständnisvoll und zustimmend.

Er hoffte, daß die Malerin sein Lächeln erwidern würde, aber er wartete vergeblich. Sie ließ seine Hand nicht los, und ihr Blick im Spiegel schweifte vom einen zum anderen.

Die Dauer eines Happenings war überschritten. Franz fand, daß die Posse (obwohl er gewillt war, sie amüsant zu finden) zu lange dauerte. Er faßte die Melone vorsichtig mit zwei Fingern, nahm sie Sabina lächelnd vom Kopf und setzte sie wieder auf den Ständer. Als würde er den Schnurrbart ausradieren, den ein ungezogenes Kind auf ein Bild der Jungfrau Maria gemalt hatte.

Sie blieb noch einige Sekunden reglos stehen und betrachtete sich im Spiegel. Dann bedeckte Franz sie mit zärtlichen Küssen. Er bat sie noch einmal, mit ihm in zehn Tagen nach Palermo zu fahren. Sie willigte ohne Widerrede ein, und er verabschiedete sich.

Seine gute Laune war wiederhergestellt. Genf, diese Stadt, die er sein Leben lang als Metropole der Langeweile verflucht hatte, erschien ihm schön und voller Abenteuer. Auf der Straße drehte er sich um und warf einen Blick hinauf zu dem breiten Fenster ihres Ateliers. Es war Frühsommer und sehr warm, an allen Fenstern waren die Rolläden heruntergelassen. Franz kam zu einem Park; in der Ferne schwebten die Goldkuppeln der orthodoxen Kirche wie vergoldete Kanonenkugeln, die eine unsichtbare Kraft kurz vor dem Aufprall festgehalten hatte, so daß sie in der Luft stehengeblieben waren. Franz fühlte sich gut. Er ging zum Ufer hinunter und bestieg ein Linienschiff, um über den See zum anderen Ufer zu fahren, wo er wohnte.

2.

Sabina war wieder allein. Sie stellte sich noch einmal vor den Spiegel. Sie war noch immer in Unterwäsche. Sie setzte sich wieder die Melone auf und betrachtete sich lange. Sie wunderte sich, daß sie schon so lange einem einzigen verlorenen Augenblick nachjagte.

Vor Jahren einmal war Tomas zu ihr gekommen, und die Melone hatte ihn fasziniert. Er hatte sie auf den Kopf gesetzt und sich im großen Spiegel angeschaut, der damals in ihrem

Prager Atelier genau wie hier an der Wand lehnte. Er wollte sehen, wie er sich als Bürgermeister aus dem vorigen Jahrhundert gemacht hätte. Als Sabina sich langsam auszuziehen begann, setzte er ihr die Melone auf. Sie standen vor dem Spiegel und betrachteten sich (das taten sie immer, während Sabina sich auszog). Sie war in Unterwäsche und hatte die Melone auf dem Kopf. Plötzlich begriff sie, daß dieser Anblick sie beide erregte.

Wie ist das möglich? Eben noch war ihr die Melone auf dem Kopf wie ein Scherz vorgekommen. Ist es nur ein Schritt vom Lächerlichen zum Erregenden?

Ja. Als sie damals in den Spiegel schaute, sah sie zunächst nur eine komische Situation. Aber dann wurde die Komik von der Erregung verdrängt: die Melone war kein Scherz mehr, sie bedeutete Gewalt; Gewalt an Sabina, an ihrer Würde als Frau. Sie sah sich mit ihren nackten Beinen und dem dünnen Slip, durch den das Dreieck ihrer Scham schimmerte. Die Wäsche unterstrich den Charme ihrer Weiblichkeit, der steife Männerhut verneinte, vergewaltigte diese Weiblichkeit, machte sie lächerlich. Tomas stand angekleidet neben ihr, was bewirkte, daß der Anblick, den sie beide im Spiegel boten, kein Spaß mehr war (dann hätte auch er Unterwäsche und eine Melone tragen müssen), sondern Erniedrigung. Statt sich gegen diese Erniedrigung zu wehren, spielte sie mit, stolz und provozierend, als ließe sie sich freiwillig und öffentlich Gewalt antun. Schließlich konnte sie nicht mehr und zerrte Tomas zu Boden. Die Melone rollte unter den Tisch und sie wälzten sich auf dem Teppich vor dem Spiegel.

Kehren wir noch einmal zur Melone zurück:

Zunächst war sie eine vage Erinnerung an den vergessenen Großvater, den Bürgermeister einer böhmischen Kleinstadt im vergangenen Jahrhundert.

Zweitens war sie ein Andenken an Sabinas Vater. Nach dem Begräbnis hatte ihr Bruder sich den ganzen elterlichen Besitz angeeignet, und sie hatte sich aus Stolz trotzig geweigert, um ihre Rechte zu kämpfen. Sie hatte in sarkastischem Ton verkündet, daß sie als einziges Erbstück vom Vater die Melone behielte.

Drittens war sie ein Requisit für die Liebesspiele mit Tomas.

Viertens war sie ein Zeichen ihrer Originalität, die sie bewußt pflegte. Sie hatte nicht viel in die Emigration mitnehmen können, und diesen sperrigen, unpraktischen Gegenstand mitzuschleppen bedeutete, auf andere, nützlichere Dinge zu verzichten.

Fünftens: Im Ausland war die Melone zu einem sentimentalen Gegenstand geworden. Als sie Tomas in Zürich besuchte, nahm sie ihre Melone mit und trug sie auf dem Kopf, als sie ihm die Tür des Hotelzimmers öffnete. In diesem Moment geschah etwas, womit sie nicht gerechnet hatte: die Melone war weder lustig noch erregend, sie war ein Erinnerungsstück aus vergangenen Zeiten. Beide waren gerührt. Sie liebten sich wie nie zuvor: für obszöne Spiele war nun kein Platz, weil ihr Zusammensein nicht die Fortsetzung ihrer erotischen Rendezvous war, bei denen sie jedesmal eine kleine Perversion erfanden; es war eine Rekapitulation der Zeit, ein Abgesang auf ihre gemeinsame Vergangenheit, ein sentimentales Resümee ihrer unsentimentalen Geschichte, die sich in der Ferne verlor.

Die Melone war ein Motiv in der Partitur ihres Lebens geworden. Dieses Motiv kehrte immer wieder und hatte jedesmal eine andere Bedeutung; alle diese Bedeutungen durchströmten die Melone wie das Wasser das Flußbett. Das war, ich kann es so sagen, das Flußbett des Heraklit: »Man badet nicht zweimal in demselben Fluß.« Die Melone war das Flußbett, in dem Sabina jedesmal einen anderen *semantischen Fluß* fließen sah: derselbe Gegenstand rief jedesmal eine andere Bedeutung hervor, aber alle vorangegangenen Bedeutungen waren in der neuen Bedeutung zu hören (wie ein Echo, wie eine Folge von Echos). Jedes neue Erlebnis erklang in einem reicheren Akkord. Im Zürcher Hotel waren Tomas und Sabina gerührt beim Anblick der Melone, und sie liebten sich fast unter Tränen, weil dieses schwarze Ding nicht nur eine Erinnerung an ihre Liebesspiele war, sondern auch ein Andenken an Sabinas Vater und an ihren Großvater, der in einem Jahrhundert ohne Autos und ohne Flugzeuge gelebt hatte.

Nun können wir vielleicht den Abgrund besser erfassen, der Sabina und Franz trennte: er hörte sich ihre Lebensgeschichte begierig an, und sie hörte ihm genauso begierig zu. Sie verstanden zwar die Bedeutung der Wörter, die sie sich sagten, doch das Rauschen des semantischen Flusses, der diese Wörter durchströmte, konnten sie nicht hören.

Aus diesem Grund war Franz so verlegen, als Sabina sich vor seinen Augen die Melone aufsetzte: als hätte ihn jemand in einer unbekannten Sprache angesprochen. Er fand die Geste weder obszön noch sentimental, es war nur eine unverständliche Geste, die ihn verlegen machte, weil sie für ihn ohne Bedeutung war.

Solange die Menschen noch jung sind und die Partitur ihres Lebens erst bei den ersten Takten angelangt ist, können sie gemeinsam komponieren und Motive austauschen (wie Tomas und Sabina das Motiv der Melone). Begegnen sie sich aber, wenn sie schon älter sind, ist die Komposition mehr oder weniger vollendet und jedes Wort, jeder Gegenstand bedeuten in der Komposition des einzelnen etwas anderes.

Hätte ich alle Gespräche zwischen Sabina und Franz verfolgt, so könnte ich aus ihren Mißverständnissen ein großes Wörterbuch zusammenstellen. Begnügen wir uns mit einem kleinen Verzeichnis.

3.

Kleines Verzeichnis unverstandener Wörter
(Erster Teil)

FRAU

Frau sein ist für Sabina ein Schicksal, das sie sich nicht ausgesucht hat. Was man nicht selbst gewählt hat, kann nicht als Verdienst oder als Versagen verbucht werden. Sabina ist der Meinung, man müsse zum Schicksal, das einem beschieden ist, ein gutes Verhältnis entwickeln. Sich gegen die Tatsache aufzulehnen, als Frau geboren zu sein, kommt ihr ebenso töricht vor, wie sich etwas darauf einzubilden.

Bei einer ihrer ersten Begegnungen hatte Franz mit eigenartigem Nachdruck zu ihr gesagt: »Sabina, Sie sind eine *Frau*.« Sie verstand nicht, weshalb er ihr dies mit dem feierlichen Ausdruck eines Christoph Columbus verkündete, der gerade die Küste Amerikas gesichtet hat. Erst später begriff sie, daß das Wort ›Frau‹, das er so nachdrücklich betont hatte, für ihn nicht eine Geschlechtsbezeichnung war, sondern einen *Wert* darstellte. Nicht jede Frau war es wert, Frau genannt zu werden.

Wenn aber Sabina für Franz die *Frau* ist, was ist dann Marie-Claude, seine Ehefrau? Vor gut zwanzig Jahren, als sie sich gerade einige Monate kannten, hatte sie ihm gedroht, sich umzubringen, falls er sie verließe. Franz war entzückt von dieser Drohung. Marie-Claude gefiel ihm zwar nicht besonders, aber ihre Liebe schien ihm wundervoll. Er meinte, einer so großen Liebe unwürdig zu sein und sich tief vor ihr verneigen zu müssen.

Er verneigte sich also bis hinab zur Erde und heiratete sie. Obwohl Marie-Claude nie wieder so intensive Gefühle zeigte wie in dem Moment, als sie mit Selbstmord drohte, blieb in seinem Inneren ein Gebot lebendig: ihr niemals weh zu tun und die Frau in ihr zu achten.

Dieser Satz ist sehr interessant. Er sagte sich nicht: Marie-Claude achten, sondern: die Frau in Marie-Claude.

Da Marie-Claude aber selbst eine Frau ist, wer ist dann diese andere, in ihr verborgene Frau, die er achten muß? Ist das etwa die platonische Idee der Frau?

Nein. Es ist seine Mutter. Es wäre ihm nie in den Sinn gekommen, von seiner Mutter zu sagen, er achtete die Frau in ihr. Er vergötterte seine Mama und nicht irgendeine Frau in ihr. Die platonische Idee der Frau und seine Mutter waren ein und dasselbe.

Franz war zwölf, als sein Vater plötzlich die Familie verließ. Der Junge ahnte, daß etwas Schwerwiegendes vorgefallen war, aber seine Mama verschleierte das Drama mit sanften, neutralen Worten, um ihn zu schonen. Sie gingen an jenem Tag in die Stadt, und als sie die Wohnung verließen, bemerkte Franz, daß die Mutter zwei verschiedene Schuhe trug. Das verwirrte ihn, er wollte sie darauf aufmerksam machen, fürchtete aber, sie mit seiner Bemerkung zu verletzen. Er verbrachte zwei Stunden mit ihr in der Stadt, ohne die Augen von ihren Füßen losreißen zu können. Damals begann er zu verstehen, was Leiden bedeutet.

TREUE UND VERRAT

Er liebte sie von klein auf bis zu dem Moment, als er sie auf den Friedhof begleitete, und er liebte sie auch in der Erinnerung. So entstand in ihm das Gefühl, daß die Treue die höchste aller Tugenden sei. Die Treue gibt unserem Leben eine Einheit, ohne die es in tausend flüchtige Eindrücke zersplittert.

Franz erzählte Sabina oft von seiner Mutter, vielleicht sogar aus unbewußter Berechnung: er nahm an, daß seine Fähigkeit zur Treue Sabina faszinieren würde und er sie so für sich gewinnen könnte.

Er wußte jedoch nicht, daß Sabina der Verrat faszinierte, und nicht die Treue. Das Wort ›Treue‹ erinnerte sie an ihren Vater, einen kleinstädtischen Puritaner, dessen Sonntagsvergnügen darin bestanden hatte, Sonnenuntergänge über dem Wald und Rosensträuße in der Vase zu malen. Seinetwegen hatte sie schon als Kind zu zeichnen begonnen. Als sie vierzehn war, verliebte sie sich in einen gleichaltrigen Jungen. Ihr Vater war besorgt und verbot ihr ein ganzes Jahr lang, allein auszugehen. Eines Tages zeigte er ihr Reproduktionen von Picasso und machte sich darüber lustig. Da sie ihren Mitschüler nicht lieben durfte, liebte sie wenigstens den Kubismus. Nach dem Abitur zog sie nach Prag in dem freudigen Gefühl, nun endlich ihr Zuhause verraten zu können

Verrat. Von klein auf hören wir vom Vater und dem Herrn Lehrer, es sei das Abscheulichste, was man sich vorstellen könne. Aber was ist Verrat? Verrat bedeutet, aus der Reihe zu tanzen. Verrat bedeutet, aus der Reihe zu tanzen und ins Unbekannte aufzubrechen. Sabina kannte nichts Schöneres, als ins Unbekannte aufzubrechen.

Sie studierte an der Kunstakademie, aber sie durfte nicht malen wie Picasso. Es war die Zeit, da man obligatorisch dem sogenannten sozialistischen Realismus huldigte und auf der

Schule Porträts von kommunistischen Staatsmännern anfertigte. Ihr Wunsch, den Vater zu verraten, blieb unerfüllt, weil der Kommunismus nur ein anderer Vater war, genauso streng und genauso beschränkt, der die Liebe verbot (die Zeiten waren puritanisch) und Picasso. Sie heiratete einen schlechten Schauspieler eines Prager Theaters, und zwar nur deshalb, weil er den Ruf eines Randalierers hatte und für beide Väter nicht akzeptabel war.

Dann starb ihre Mutter. Einen Tag, nachdem sie vom Begräbnis zurückgekehrt war, erhielt sie ein Telegramm: ihr Vater hatte sich aus Kummer das Leben genommen.

Sie wurde von Gewissensbissen befallen: war es so schlimm, daß Papa Vasen mit Rosensträußen gemalt und Picasso nicht gemocht hatte? War es so tadelnswert, daß er Angst hatte, seine vierzehnjährige Tochter könnte schwanger nach Hause kommen? War es so lächerlich, daß er ohne seine Frau nicht leben konnte?

Wieder überfiel sie das Verlangen nach Verrat: den eigenen Verrat zu verraten. Sie eröffnete ihrem Mann (in dem sie nicht mehr den Randalierer sah, sondern einen lästigen Trunkenbold), daß sie ihn verlassen würde.

Verrät man B, für das man A verraten hat, so muß das nicht heißen, daß man dadurch mit A ausgesöhnt ist. Das Leben der geschiedenen Malerin glich nicht dem Leben der verratenen Eltern. Der erste Verrat ist nicht wiedergutzumachen. Er ruft eine Kettenreaktion hervor, bei der jeder Verrat uns weiter vom Ausgangspunkt des Urverrates entfernt.

MUSIK

Für Franz ist sie die Kunst, die der dionysischen Schönheit, die als Rausch verstanden wird, am nächsten kommt. Man kann sich schlecht von einem Roman oder einem Bild berauschen lassen, wohl aber von Beethovens Neunter, Bartóks Sonate für zwei Klaviere und Schlaginstrumente oder den Songs der Beatles. Franz unterscheidet nicht zwischen ernster Musik und Unterhaltungsmusik. Diese Unterscheidung kommt ihm altmodisch und verlogen vor. Er mag Rockmusik genauso wie Mozart.

Für ihn ist Musik Befreiung, sie befreit ihn von der Einsamkeit, der Abgeschiedenheit und dem Bücherstaub, sie öffnet in seinem Körper Türen, durch die seine Seele in die Welt hinausgehen kann, um sich zu verbrüdern. Er tanzt gern und bedauert, daß Sabina diese Leidenschaft nicht mit ihm teilt.

Sie sitzen in einem Restaurant, und zum Essen ertönt aus dem Lautsprecher laute, rhythmische Musik.

Sabina sagt: »Das ist ein Teufelskreis. Die Leute werden schwerhörig, weil sie immer lautere Musik hören. Und weil sie schwerhörig sind, bleibt ihnen nichts anderes übrig als noch lauter aufzudrehen.«

»Du magst keine Musik?« fragt Franz.

»Nein«, sagt Sabina. Und dann fügt sie hinzu: »Vielleicht, wenn ich in einer anderen Zeit gelebt hätte ...«, und sie denkt an die Epoche von Johann Sebastian Bach, als die Musik einer Rose glich, die blühte im unendlichen Schneefeld der Stille.

Der als Musik getarnte Lärm verfolgt sie seit frühester Jugend. Wie alle Studenten mußte sie die Ferien in einer sogenannten Jugend-Baubrigade verbringen. Man wohnte in Gemeinschaftsunterkünften und baute Hüttenwerke. Von fünf Uhr früh bis neun Uhr abends dröhnte Musik aus den Lautsprechern. Ihr war zum Weinen zumute, aber die Musik klang fröhlich, und es gab keine Möglichkeit, ihr zu entrinnen, weder auf der Toilette noch unter der Bettdecke, überall waren Lautsprecher. Die Musik war wie eine Meute von Jagdhunden, die man auf sie losgehetzt hatte.

Damals hatte sie geglaubt, diese Barbarei der Musik herrsche nur in der kommunistischen Welt. Im Ausland stellte sie dann fest, daß die Verwandlung von Musik in Lärm ein weltweiter Prozeß war, der die Menschheit in die historische Phase der totalen Häßlichkeit eintreten ließ. Die Totalität der Häßlichkeit äußerte sich zunächst als allgegenwärtige akustische Häßlichkeit: Autos, Motorräder, elektrische Gitarren, Preßluftbohrer, Lautsprecher, Sirenen. Die Allgegenwart der visuellen Häßlichkeit würde bald folgen.

Sie aßen, gingen auf ihr Zimmer und liebten sich. Franz' Gedanken verschwammen an der Schwelle zum Schlaf. Er erinnerte sich an die laute Musik während des Abendessens und sagte sich: der Lärm hat einen Vorteil. Man kann keine Wörter mehr hören. Es wurde ihm klar, daß er seit seiner Jugend nichts anderes tat als reden, schreiben und Vorlesungen halten, Sätze bilden, nach Formulierungen suchen und sie verbessern, so daß ihm zum Schluß kein Wort mehr präzis vorkam und der Sinn verschwamm; die Wörter verloren ihren Inhalt und wurden zu Krümeln, Spreu und Staub, zu Sand, der durch sein Gehirn stob, ihm Kopfschmerzen und Schlaflosigkeit verursachte, seine Krankheit war. Da sehnte er sich unwiderstehlich, wenn auch unbestimmt, nach einer gewaltigen Musik, nach einem riesigen Lärm, einem schönen und fröhlichen Krach, der alles umarmte, überflutete und betäubte, in dem der Schmerz, die Eitelkeit und die Nichtigkeit der Wörter für immer untergingen. Musik war die Negation der Sätze, Musik war das Anti-Wort! Er sehnte sich danach, unendlich lange mit Sabina umarmt dazuliegen, zu schweigen, nie wieder einen einzigen Satz zu sagen und das Gefühl der Lust mit dem orgiastischen Getöse der Musik zusammenfließen zu lassen. Mit diesem glückseligen Lärm im Kopf schlief er ein.

LICHT UND DUNKEL

Für Sabina bedeutet Leben Sehen. Das Sehen wird durch zwei Pole begrenzt: das grelle, blendende Licht und das absolute Dunkel. Vielleicht kommt daher Sabinas Abscheu vor jedem Extrem. Extreme markieren Grenzen, hinter denen das Leben zu Ende geht, und die Leidenschaft für die Extreme, in der Kunst wie in der Politik, ist eine verschleierte Todessehnsucht.

Das Wort Licht erweckt in Franz nicht etwa die Vorstellung von einer Landschaft, die im sanften Widerschein des Tages daliegt, sondern von den Lichtquellen an sich: die Sonne, eine Glühbirne, ein Scheinwerfer. Er erinnert sich an bekannte Metaphern: das Licht der Wahrheit, das blendende Licht der Vernunft usw.

Er ist vom Licht genauso angezogen wie vom Dunkel. Er weiß, daß es heutzutage lächerlich wirkt, beim Lieben das

Licht zu löschen, darum läßt er das Lämpchen über dem Bett brennen. In dem Moment, da er in Sabina eindringt, schließt er aber die Augen. Die Lust, die von ihm Besitz ergreift, verlangt nach Dunkel. Dieses Dunkel ist rein und absolut, ohne Vorstellungen und Visionen, dieses Dunkel hat kein Ende, keine Grenzen, dieses Dunkel ist das Unendliche, das wir alle in uns tragen. (Ja, wer das Unendliche sucht, der schließe die Augen!)

In dem Augenblick, da er spürt, wie die Lust seinen Körper durchflutet, dehnt Franz sich aus, löst sich im Unendlichen seines Dunkels auf, wird selbst zum Unendlichen. Je größer der Mann in seinem inneren Dunkel wird, desto kleiner wird seine äußere Form. Ein Mann mit geschlossenen Augen ist nur noch ein Rest seiner selbst. Sabina ist dieser Anblick unangenehm, sie will Franz nicht mehr ansehen und schließt ihrerseits die Augen. Für sie bedeutet dieses Dunkel nicht das Unendliche, sondern einzig und allein die Nichtübereinstimmung mit dem Gesehenen, die Negation des Gesehenen, die Weigerung zu sehen.

4.

Sabina hatte sich überreden lassen, zu einem Treffen ihrer Landsleute zu gehen. Wieder einmal wurde darüber diskutiert, ob man gegen die Russen mit der Waffe in der Hand hätte kämpfen sollen oder nicht. Hier, in der Sicherheit der Emigration, verkündeten selbstverständlich alle, man hätte kämpfen müssen. Sabina sagte: »Geht doch zurück und kämpft!«

Das hätte sie nicht tun sollen. Ein Mann mit graumelierter Dauerwelle wies mit seinem langen Zeigefinger auf sie: »Reden Sie nicht so. Wir sind alle verantwortlich für das, was dort passiert ist. Auch Sie. Was haben Sie denn zu Hause gegen das kommunistische Regime unternommen? Bilder gemalt haben Sie, das ist aber auch alles . . .«

In den kommunistischen Ländern gehört die Bewertung

und Überprüfung der Bürger zu den gesellschaftlichen Hauptbeschäftigungen. Bevor man einem Maler eine Ausstellung bewilligt, einem Bürger ein Visum ausstellt, damit er Urlaub am Meer machen kann, bevor ein Fußballspieler in die Nationalmannschaft aufgenommen wird, müssen zunächst Gutachten und Zeugnisse über diese Personen eingeholt werden (von der Hauswartsfrau, von Kollegen, von der Polizei, von der Parteiorganisation, von der Gewerkschaft), und diese Gutachten werden dann von eigens dafür bestimmten Beamten gelesen, überdacht und resümiert. Was in diesen Gutachten steht, bezieht sich weder auf die Fähigkeit des Bürgers zu malen oder Fußball zu spielen, noch auf seinen Gesundheitszustand, der es erfordern würde, den Urlaub am Meer zu verbringen. Sie beziehen sich einzig und allein auf das, was man »das politische Profil des Bürgers« nennt (was der Bürger sagt, was er denkt, wie er sich verhält, ob und wie er an Versammlungen und Maikundgebungen teilnimmt). Da nun alles (Alltagsleben, Beförderung und Urlaub) davon abhängt, wie ein Bürger begutachtet wird, muß jeder (ob er nun in der Nationalmannschaft spielen, Bilder ausstellen oder ans Meer fahren will) sich so benehmen, daß er günstig beurteilt wird.

Daran mußte Sabina denken, als sie den grauhaarigen Mann reden hörte. Es kümmerte ihn nicht, ob seine Landsleute gut Fußball spielten oder malten (kein Tscheche hatte sich je um Sabinas Malerei gekümmert), wohl aber, ob sie sich aktiv oder passiv, aufrichtig oder nur zum Schein, von Anfang an oder erst jetzt gegen das kommunistische Regime gestellt hatten.

Als Malerin wußte sie Gesichter zu beobachten, und aus Prag kannte sie die Physiognomie von Leuten, die mit Leidenschaft andere überprüfen und beurteilen. Sie alle hatten einen Zeigefinger, der etwas länger war als der Mittelfinger, und mit dem sie auf ihre Gesprächspartner zielten. Übrigens hatte auch Präsident Novotný, der vierzehn Jahre lang (bis 1968) in Böhmen regiert hatte, das gleiche graue Haar mit Dauerwelle und den längsten Zeigefinger aller Bewohner Mitteleuropas.

Als der verdiente Emigrant aus dem Munde der Malerin,

deren Bilder er nie gesehen hatte, vernahm, daß er dem kommunistischen Präsidenten Novotný gleiche, wurde er feuerrot und kreideweiß, nochmals feuerrot und wieder kreideweiß, er wollte etwas sagen, sagte aber nichts und hüllte sich in Schweigen. Alle anderen schwiegen mit, bis Sabina sich erhob und den Raum verließ.

Sie war unglücklich über den Vorfall, doch bereits auf dem Gehsteig dachte sie: warum sollte sie überhaupt mit Tschechen verkehren? Was verband sie mit ihnen? Die Landschaft? Wenn alle hätten sagen müssen, was sie sich unter Böhmen vorstellten, so wären die Bilder, die vor ihren Augen entstünden, ganz verschieden und würden niemals eine Einheit bilden.

Oder die Kultur? Aber was ist das? Die Musik? Dvorak und Janacek? Ja. Aber angenommen, ein Tscheche ist unmusikalisch? Das Wesen des Tschechentums löst sich mit einem Mal auf.

Oder die großen Männer? Jan Hus? Keiner der Anwesenden hatte auch nur eine Zeile seiner Schriften gelesen. Das einzige, was sie gleichermaßen verstehen konnten, waren die Flammen, der Ruhm der Flammen, in denen er als Ketzer auf dem Scheiterhaufen verbrannt, der Ruhm der Asche, zu der er geworden war. Das Wesen des Tschechentums, sagte sich Sabina, ist für sie ein Häufchen Asche, sonst nichts. Was diese Leute verbindet, sind die gemeinsame Niederlage und die Vorwürfe, mit denen sie sich gegenseitig überschütten.

Sie ging rasch durch die Straßen. Mehr als der Bruch mit den Emigranten verwirrten sie ihre eigenen Gedanken. Sie wußte, daß sie ungerecht war. Es gab doch unter den Tschechen auch andere Leute als diesen Mann mit dem langen Zeigefinger. Die betretene Stille, die auf ihre Worte gefolgt war, bedeutete keineswegs, daß alle gegen sie waren. Viel eher waren sie bestürzt über den plötzlichen Haßausbruch, über das Unverständnis, dem alle Menschen in der Emigration zum Opfer fallen. Warum taten sie ihr also nicht leid? Warum konnte sie in ihnen nicht rührende, verlassene Geschöpfe sehen?

Die Antwort kennen wir schon: Bereits als sie ihren Vater

verriet, tat sich das Leben vor ihr auf als ein langer Weg von Verrat zu Verrat, und jeder neue Verrat zog sie an wie ein Laster und wie ein Sieg. Sie will nicht, und sie wird nicht in der Reihe stehen! Sie wird nicht immer mit denselben Leuten, die immer dasselbe reden, in einer Reihe stehen! Deshalb war sie so verwirrt über ihre eigene Ungerechtigkeit. Diese Verwirrung war aber nicht unangenehm, ganz im Gegenteil: Sabina hatte das Gefühl, soeben einen Sieg davongetragen zu haben und den Applaus eines Unsichtbaren zu hören.

Doch auf diesen Rausch folgte die Angst: Irgendwo muß dieser Weg doch enden! Einmal muß der Verrat doch aufhören! Einmal muß sie doch stehenbleiben!

Es war Abend und sie hastete den Bahnsteig entlang. Der Zug nach Amsterdam stand schon bereit. Sie suchte ihren Wagen. Ein liebenswürdiger Schaffner begleitete sie zu ihrem Abteil. Sie öffnete die Tür und sah Franz auf dem aufgeschlagenen Bett sitzen. Er stand auf, um sie zu begrüßen, sie umarmte ihn und bedeckte ihn mit Küssen.

Sie verspürte schreckliche Lust, ihm wie die banalste aller Frauen zu sagen: Laß mich nicht los, behalt mich bei dir, zähme mich, bändige mich, sei stark! Aber das waren Worte, die sie weder aussprechen konnte noch wollte.

Als sie ihn losließ, sagte sie nur: »Ich bin so froh, mit dir zusammenzusein.« In ihrer zurückhaltenden Art konnte sie nicht mehr sagen als das.

5.

Kleines Verzeichnis unverstandener Wörter
(Fortsetzung)

UMZÜGE

In Italien oder Frankreich hat man es leicht. Wenn man von den Eltern gezwungen worden ist, in die Kirche zu gehen, so rächt man sich, indem man einer Partei beitritt (der kommunistischen, maoistischen, trotzkistischen oder einer ähnlichen). Sabinas Vater jedoch hatte sie erst in die Kirche geschickt und sie dann aus Angst selber gezwungen, dem kommunistischen Jugendverband beizutreten.

Wenn sie am Ersten Mai im Umzug mitmarschieren mußte, konnte sie nie im Schritt gehen, worauf das Mädchen hinter ihr sie anschrie und ihr absichtlich auf die Fersen trat. Wenn sie singen mußten, kannte sie den Text des Liedes nie auswendig und bewegte nur stumm die Lippen. Ihre Kolleginnen bemerkten es und denunzierten sie. Von Jugend an haßte sie alle Umzüge.

Franz hatte in Paris studiert, und dank seiner überdurchschnittlichen Begabung war ihm schon mit zwanzig Jahren eine wissenschaftliche Karriere sicher. Bereits damals wußte er, daß er sein Leben im Arbeitszimmer der Universität, in öffentlichen Bibliotheken und im Hörsaal verbringen würde; bei dieser Vorstellung hatte er das Gefühl zu ersticken. Er verspürte Lust, aus seinem Leben herauszutreten, wie man aus der Wohnung auf die Straße tritt.

Aus diesem Grunde ging er gern auf Demonstrationen, als er in Paris lebte. Es war so schön, etwas zu feiern oder zu fordern, gegen etwas zu protestieren, nicht allein zu sein, sondern unter freiem Himmel und mit anderen zusammen. Die Demonstrationszüge, die über den Boulevard Saint-Germain zogen oder von der Place de la République zur Bastille, faszinierten ihn. Die marschierende, Parolen skandierende Menge war für ihn das Bild Europas und seiner Geschichte. Europa, das ist der Große Marsch. Der Marsch von Revolution zu Revolution, von Schlacht zu Schlacht, immer vorwärts.

Ich könnte das auch anders formulieren: Franz kam sein Leben zwischen den Büchern unwirklich vor. Er sehnte sich nach dem wirklichen Leben, nach Berührung mit anderen Menschen, die an seiner Seite gingen, er sehnte sich nach ihrem Geschrei. Es war ihm nicht klar, daß gerade das, was ihm unwirklich schien (die Arbeit in der Einsamkeit von Studierzimmer und Bibliothek), sein wirkliches Leben war, während die Umzüge, die für ihn die Wirklichkeit darstellten, nur Theater waren, ein Tanz, ein Fest, mit anderen Worten: ein Traum.

Sabina hatte während ihrer Studienzeit in einem Studentenheim gewohnt. Am Ersten Mai mußten sich alle früh am Morgen an den Sammelpunkten für den Umzug einfinden. Damit niemand fehlte, kontrollierten Studentenfunktionäre, ob das Gebäude auch wirklich leer war. Sie versteckte sich auf der Toilette und ging erst auf ihr Zimmer zurück, als alle anderen längst weg waren. Es herrschte eine Stille, wie Sabina sie noch nie erlebt hatte. Nur von weit her erklang Marschmusik. Sie glaubte, in einer Muschel zu stecken und in der Ferne die Brandung einer feindlichen Welt rauschen zu hören.

Ein oder zwei Jahre, nachdem sie ihre Heimat verlassen hatte, befand sie sich ganz zufällig am Jahrestag der russischen Invasion in Paris. Eine Protestdemonstration wurde veranstaltet, und sie konnte nicht widerstehen, daran teilzunehmen. Junge Franzosen hoben die Faust und schrien Parolen gegen den sowjetischen Imperialismus. Die Parolen gefielen ihr, plötzlich mußte sie aber überrascht feststellen, daß sie unfähig war mitzuschreien. Sie hielt es nur wenige Minuten in dem Umzug aus.

Sie erzählte dieses Erlebnis französischen Freunden. Die wunderten sich: »Du willst also nicht gegen die Okkupation deines Landes kämpfen?« Sie wollte ihnen sagen, daß der Kommunismus, der Faschismus, alle Okkupationen und alle Invasionen nur ein grundsätzlicheres und allgemeineres Übel verbargen; dieses Übel hatte sich für sie zu einem Bild verdichtet: zum Umzug marschierender Menschen, die ihre Arme hoben und unisono dieselben Silben schrien. Aber sie wußte, daß sie es ihnen nicht erklären konnte. Verlegen lenkte sie das Gespräch auf ein anderes Thema.

DIE SCHÖNHEIT VON NEW YORK

Stundenlang spazierten sie durch New York: nach jedem Schritt bot sich ihnen ein neuer Anblick, als wanderten sie auf einer Serpentine in einer faszinierenden Gebirgslandschaft; mitten auf dem Gehsteig kniete ein junger Mann und betete, ein Stück weiter döste eine wunderschöne Negerin, an einen Baumstamm gelehnt, vor sich hin; ein Mann in schwarzem Anzug überquerte die Straße und dirigierte mit ausholenden Gesten ein unsichtbares Orchester; in einem Brunnen plätscherte das Wasser, und um ihn herum saßen Bauarbeiter und aßen ihr Mittagsbrot; Eisenleitern kletterten an den Fassaden scheußlicher roter Backsteinblocks hinauf, und diese Häuser waren so häßlich, daß sie schon wieder schön waren; ganz in der Nähe ragte ein gigantischer gläserner Wolkenkratzer empor, und dahinter noch einer, auf dessen Dach sich ein kleiner arabischer Palast mit Türmchen, Galerien und vergoldeten Säulen erhob.

Sie mußte an ihre Bilder denken, dort stießen auch Dinge aufeinander, die nicht zusammengehörten: ein Hüttenwerk im Bau mit einer Petroleumlampe im Hintergrund; oder eine andere Lampe, deren altmodischer Schirm aus bemaltem Glas in feine Scherben zersplittert war: die Scherben schwebten über einer öden Moorlandschaft.

Franz sagte: »In Europa war die Schönheit immer intentionaler Art. Es gab immer eine ästhetische Absicht und einen langfristigen Plan, nach dem jahrzehntelang an einer gotischen Kathedrale oder einer Renaissancestadt gebaut wurde. Die Schönheit von New York hat einen ganz anderen Ursprung. Es ist eine nicht-intentionale Schönheit. Sie ist ohne die Absicht des Menschen entstanden, wie eine Tropfsteinhöhle. Formen, die für sich betrachtet häßlich sind, geraten zufällig und ohne jeden Plan in so unvorstellbare Nachbarschaften, daß sie plötzlich in rätselhafter Poesie erstrahlen.«

Sabina sagte: »Nicht-intentionale Schönheit. Gut. Man könnte aber auch sagen: Schönheit aus Irrtum. Bevor die Schönheit endgültig aus der Welt verschwindet, wird sie noch eine Zeitlang aus Irrtum existieren. Die Schönheit aus Irrtum, das ist die letzte Phase in der Geschichte der Schönheit.«

Sie dachte an ihr erstes wirklich gelungenes Bild: es war entstanden, weil irrtümlicherweise rote Farbe auf die Leinwand getropft war. Ja, ihre Bilder waren auf der Schönheit des Irrtums begründet, und New York war die heimliche, die eigentliche Heimat ihrer Malerei.

Franz sagte: »Mag sein, daß die nicht-intentionale Schönheit New Yorks viel reicher und bunter ist als die viel zu strenge, durchkomponierte Schönheit eines von Menschen gemachten Entwurfes. Aber es ist nicht mehr die europäische Schönheit. Es ist eine fremde Welt.«

Es gibt also doch etwas, worüber die beiden sich einig sind?

Nein. Auch da gibt es einen Unterschied. Das Fremde an der Schönheit von New York wirkt auf Sabina ungeheuer anziehend. Franz ist fasziniert, aber gleichzeitig erschreckt ihn die Fremdheit; sie weckt in ihm Heimweh nach Europa.

SABINAS HEIMAT

Sabina versteht seine Abneigung gegen Amerika. Franz ist die Verkörperung von Europa: seine Mutter stammt aus Wien, sein Vater ist Franzose und er selbst ist Schweizer.

Franz seinerseits bewundert Sabinas Heimat. Wenn sie ihm von sich und ihren Freunden aus Böhmen erzählt, hört Franz Wörter wie Gefängnis, Verfolgung, Panzer in den Straßen, Emigration, verbotene Literatur, verbotene Ausstellungen, und er empfindet einen eigenartigen, mit Nostalgie vermischten Neid.

Er gesteht Sabina: »Einmal hat ein Philosoph geschrieben, daß alles, was ich sage, unbeweisbare Spekulationen sind, und er hat mich ›einen fast unwahrscheinlichen Sokrates‹ genannt. Ich war schrecklich beleidigt und habe ihm in wütendem Ton geantwortet. Stell dir das einmal vor! Diese lachhafte Episode ist der größte Konflikt, den ich je erlebt habe! Mit ihm hat mein Leben das Maximum seiner dramatischen Möglichkeiten ausgeschöpft! Wir beide leben nach ganz unterschiedlichen Maßstäben. Du bist in mein Leben getreten wie Gulliver ins Reich der Zwerge.«

Sabina protestiert. Sie sagt, daß Konflikte, Dramen und Tragödien an und für sich nichts bedeuten, keinen Wert darstellen, weder Verehrung noch Bewunderung verdienen. Worum jeder Franz beneiden mag, ist seine Arbeit, die er in Ruhe vollbringen kann.

Franz schüttelt den Kopf: »In einer reichen Gesellschaft müssen die Leute nicht mehr mit den Händen arbeiten und widmen sich geistigen Tätigkeiten. Es gibt immer mehr

Universitäten und immer mehr Studenten. Damit diese Studenten ihr Studium abschließen können, müssen Themen für Diplomarbeiten gefunden werden. Es gibt unendlich viele Themen, weil man über alles und nichts auf der Welt Abhandlungen schreiben kann. Berge von beschriebenen Blättern sammeln sich in den Archiven, die trauriger sind als Friedhöfe, weil man sie nicht einmal an Allerseelen betritt. Die Kultur geht unter in der Menge, in Buchstabenlawinen, im Wahnwitz der Masse. Darum sage ich dir immer: ein einziges verbotenes Buch in deiner Heimat bedeutet unendlich viel mehr als die Milliarden von Wörtern, die an unseren Universitäten ausgespuckt werden.«

In diesem Sinne können wir Franz' Schwäche für alle Revolutionen verstehen. Einst hat er mit Kuba sympathisiert, dann mit China, und dann, abgestoßen von der Grausamkeit dieser Regime, hat er sich melancholisch damit versöhnt, daß ihm nur noch dieses Meer von Buchstaben bleibt, die nichts wiegen und die nicht das Leben sind. Er ist Professor in Genf geworden (wo keine Demonstrationen stattfinden) und hat in einer Art Entsagung (in einer Einsamkeit ohne Frauen und ohne Umzüge) mit beachtlichem Erfolg mehrere wissenschaftliche Bücher publiziert. Und dann ist eines Tages Sabina erschienen wie eine Offenbarung; sie kam aus einem Land, in dem die revolutionären Illusionen längst vergangen waren, wo aber das fortbestand, was er an Revolutionen am meisten bewunderte: das Leben, das sich auf der großartigen Ebene von Risiko, Mut und Todesgefahr abspielte. Sabina gab ihm den Glauben an die Größe des menschlichen Schicksals wieder. Sie war um so schöner, als das schmerzerfüllte Drama ihres Landes durch ihre Gestalt hindurchschimmerte.

Doch liebt Sabina dieses Drama nicht. Die Wörter Gefängnis, Verfolgung, verbotene Bücher, Okkupation, Panzer sind für sie häßliche Wörter ohne den leisesten Hauch von Romantik. Das einzige Wort, das ihr sanft in den Ohren klingt wie eine nostalgische Erinnerung an ihre Heimat, ist das Wort Friedhof.

In Böhmen gleichen die Friedhöfe Gärten. Auf den Gräbern wachsen Gras und bunte Blumen. Bescheidene Grabsteine stehen versteckt im Grün der Blätter. Wenn es dunkel wird, sind die Friedhöfe übersät mit brennenden Kerzen, man könnte meinen, die Toten gäben ein Kinderfest. Ja, ein Kinderfest, denn Tote sind unschuldig wie Kinder. Das Leben mochte noch so grausam sein, auf den Friedhöfen herrschte immer Frieden. Im Krieg, unter Hitler, unter Stalin, während aller Okkupationen. Wenn Sabina traurig war, setzte sie sich ins Auto und fuhr weit weg von Prag, um auf einem Dorffriedhof, den sie besonders liebte, spazierenzugehen. Diese Friedhöfe vor dem Hintergrund blauer Hügel waren schön wie ein Wiegenlied.

Für Franz war der Friedhof ein häßlicher Schuttplatz für Knochen und Steine.

6.

»Ich würde mich nie in ein Auto setzen! Mir graut vor Unfällen! Selbst wenn man nicht umkommt, ist man für den Rest seines Lebens traumatisiert«, sagte der Bildhauer und faßte unwillkürlich nach seinem Zeigefinger, den er sich einmal fast abgehackt hätte, als er eine Holzskulptur bearbeitete. Nur durch ein Wunder war es gelungen, den Finger zu retten.

»Ach woher«, posaunte Marie-Claude, die in glänzender Form war, »ich habe einmal einen schlimmen Autounfall gehabt, und das war herrlich! Ich habe mich nie so wohl gefühlt wie im Krankenhaus! Ich konnte kein Auge zumachen und habe Tag und Nacht ununterbrochen gelesen!«

Alle sahen sie verwundert an, was sie sichtlich beglückte. In Franz vermischte sich ein Gefühl der Abneigung (er dachte daran, daß seine Frau nach dem erwähnten Unfall schwer depressiv gewesen war und sich ohne Unterlaß beklagt hatte) mit einer gewissen Bewunderung (über ihre Gabe, alles Erlebte umzuformen, was von einer imponierenden Vitalität zeugte).

Sie fuhr fort: »Dort habe ich angefangen, die Bücher in Tag- und Nachtbücher einzuteilen. Es gibt tatsächlich Bücher für den Tag und solche, die man nur in der Nacht lesen kann.«

Alle stellten bewunderndes Erstaunen zur Schau; nur der Bildhauer, der noch immer seinen Finger festhielt, machte dank der unangenehmen Erinnerung ein ganz zerknittertes Gesicht.

Marie-Claude wandte sich ihm zu: »Welcher Gruppe würdest du Stendhal zuordnen?«

Der Bildhauer hatte nicht zugehört und zuckte verlegen mit den Schultern. Ein Kunstkritiker neben ihm verkündete, daß Stendhal seiner Meinung nach eine Tageslektüre sei.

Marie-Claude schüttelte den Kopf und posaunte: »Du irrst dich. Nein, nein und abermals nein! Stendhal ist ein Nachtautor!«

Franz beteiligte sich nur sehr zerstreut an der Diskussion über die Tages- und die Nachtkunst; er konnte an nichts anderes denken, als daß Sabina hier erscheinen würde. Sie hatten beide tagelang hin und her überlegt, ob sie die Einladung zu diesem Cocktail annehmen sollte, den Marie-Claude zu Ehren aller Maler und Bildhauer veranstaltete, die in ihrer Privatgalerie ausgestellt hatten. Seit Sabina mit Franz befreundet war, ging sie seiner Frau aus dem Weg. Aus Angst, sie könnten sich verraten, kamen sie schließlich überein, daß es natürlicher und weniger verdächtig wäre, wenn sie hinginge.

Als er verstohlen in Richtung des Eingangs spähte, hörte er aus der anderen Ecke des Salons die unermüdliche Stimme seiner achtzehnjährigen Tochter Marie-Anne. Er wechselte von der Gruppe, die von seiner Frau angeführt wurde, zum Kreis seiner Tochter. Jemand saß im Sessel, andere standen herum, Marie-Anne saß auf dem Boden. Franz war sicher, daß auch Marie-Claude am anderen Ende des Salons sich bald auf den Boden setzen würde. Sich vor Gästen auf den Boden zu setzen, war zu der Zeit eine Geste, die zeigen sollte, wie natürlich, ungezwungen, fortschrittlich, gesellig und pariserisch man war. Die Leidenschaft, mit der Marie-Claude sich überall auf den Boden setzte, ging so weit, daß Franz schon fürchtete, sie in dem Geschäft, wo sie ihre Zigaretten kauften, auf dem Boden sitzend anzutreffen.

»Woran arbeiten Sie gerade, Alan?« fragte Marie-Anne den Mann, zu dessen Füßen sie saß.

Naiv und aufrichtig, wie er war, wollte Alan der Tochter seiner Galeristin ernsthaft antworten. Er fing an, ihr seine neue Maltechnik zu erklären, eine Verbindung von Fotografie und Ölmalerei. Kaum hatte er drei Sätze gesagt, begann Marie-Anne zu pfeifen. Der Maler redete langsam und konzentriert; er hörte ihr Pfeifen nicht.

Franz flüsterte: »Kannst du mir erklären, warum du pfeifst?«

»Weil ich nicht mag, wenn über Politik geredet wird«, antwortete sie ganz laut.

Tatsächlich diskutierten zwei Männer aus derselben Gruppe über die bevorstehenden Wahlen in Frankreich. Marie-Anne, die sich verpflichtet fühlte, die Unterhaltung zu steuern, fragte die beiden, ob sie sich nächste Woche im Theater die Rossini-Oper anhören würden, die ein italienisches Ensemble in Genf aufführte. Der Maler Alan suchte indessen noch treffendere Formulierungen, um seine neue Malart zu erklären, und Franz schämte sich für seine Tochter. Um sie zum Schweigen zu bringen, sagte er, daß ihn Opern zum Sterben langweilten.

»Du bist vollkommen unmöglich«, sagte Marie-Anne und versuchte, immer noch auf dem Boden sitzend, ihrem Vater auf den Bauch zu schlagen, »der Hauptdarsteller ist phantastisch! Wahnsinn, wie gut der aussieht! Ich hab ihn erst zweimal gesehen und bin schon unheimlich verknallt!«

Franz stellte fest, daß seine Tochter schrecklich ihrer Mutter glich. Warum glich sie nicht ihm? Es half nichts, sie glich ihm nicht. Er hatte schon hundertmal hören müssen, wie Marie-Claude verkündete, sie sei in diesen oder jenen Maler, Sänger, Schriftsteller oder Politiker verliebt, einmal war es sogar ein Radrennfahrer. Selbstverständlich war das eine rhetorische Figur im Partygerede, manchmal mußte er aber doch daran denken, daß sie vor zwanzig Jahren dasselbe von ihm behauptet und mit Selbstmord gedroht hatte.

In diesem Moment betrat Sabina den Salon. Marie-Claude bemerkte sie und ging auf sie zu. Seine Tochter unterhielt sich immer noch über Rossini, aber Franz hatte nur noch Ohren für das, was die beiden Frauen miteinander redeten. Nach ein paar freundlichen Begrüßungssätzen nahm Marie-Claude den Keramikanhänger, der um Sabinas Hals hing, in die Hand und sagte sehr laut: »Was hast du denn da? Wie scheußlich!«

Dieser Satz nahm Franz gefangen. Er war nicht aggressiv dahergesagt, im Gegenteil, das dröhnende Lachen sollte augenblicklich klarstellen, daß die Ablehnung des Schmuckes nichts an Marie-Claudes Freundschaft für die Malerin änderte. Dennoch war es ein Satz, der nicht dem Ton entsprach, in dem Marie-Claude normalerweise mit anderen redete.

»Ich habe ihn selbst gemacht«, sagte Sabina.

»Er ist aber wirklich scheußlich«, wiederholte Marie-Claude sehr laut, »so was solltest du nicht tragen!«

Franz wußte, daß es seine Frau nicht im geringsten kümmerte, ob ein Schmuck häßlich war oder nicht. Häßlich war, was sie häßlich finden, und schön, was sie schön finden wollte. Der Schmuck ihrer Freundinnen war a priori schön. Wenn sie einmal etwas häßlich fand, so verschwieg sie es, weil die Schmeichelei längst zu ihrer zweiten Natur geworden war.

Warum also hatte sie beschlossen, den Schmuck, den Sabina selbst gemacht hatte, häßlich zu finden?

Franz war es plötzlich völlig klar: Marie-Claude erklärte, Sabinas Schmuck sei scheußlich, um zu zeigen, daß sie es sich erlauben konnte.

Um noch genauer zu sein: Marie-Claude erklärte, Sabinas Schmuck sei scheußlich, weil sie zeigen wollte, daß sie es sich erlauben konnte, Sabina so etwas zu sagen.

Sabinas Ausstellung vom vorigen Jahr war kein großer Erfolg gewesen, und Marie-Claude bemühte sich nicht besonders um Sabinas Gunst. Sabina hingegen hätte allen Grund gehabt, um Marie-Claudes Gunst zu werben. Ihr Benehmen ließ aber nichts dergleichen erkennen.

Ja, es wurde Franz ganz klar: Marie-Claude hatte die

Gelegenheit wahrgenommen, um Sabina (und den anderen) zu verstehen zu geben, wie das Kräfteverhältnis zwischen ihnen beiden tatsächlich aussah.

7.

Kleines Verzeichnis unverstandener Wörter (Schluß)

DIE ALTE KIRCHE IN AMSTERDAM

Auf der einen Seite stehen Häuser, und in den großen Fenstern im Erdgeschoß, die wie Schaufenster aussehen, sieht man die winzigen Zimmer der Huren. Sie sitzen in Unterwäsche direkt hinter der Glasscheibe auf kleinen Polstersesseln. Sie sehen aus wie große Katzen, die sich langweilen.

Auf der anderen Seite der Straße steht eine riesige gotische Kathedrale aus dem vierzehnten Jahrhundert.

Zwischen dem Reich der Huren und dem Reich Gottes breitet sich, gleich einem Fluß zwischen zwei Welten, ein penetranter Uringeruch aus.

Im Innern sind von der gotischen Bauweise nur noch die hohen, weißen Mauern, die Säulen, das Gewölbe und die Fenster übriggeblieben. An den Mauern hängt kein Bild, nirgends steht eine Statue. Die Kirche ist ausgeräumt wie eine Turnhalle. Nur in der Mitte sieht man Stuhlreihen, die in einem großen Viereck um ein Podium gestellt sind, auf dem ein kleiner Tisch für den Prediger steht. Hinter den Stühlen befinden sich Holzkabinen, die Logen der wohlhabenden Bürgerfamilien.

Die Stühle und Logen stehen da ohne die geringste Rücksicht auf die Anordnung der Mauern und Säulen, als wollten sie ihre Gleichgültigkeit und Verachtung für die gotische Architektur zum Ausdruck bringen. Vor Jahrhunderten verwandelte der calvinistische Glaube die Kirche in eine einfache Halle, die keine andere Funktion mehr hatte, als das Gebet der Gläubigen vor Schnee und Regen zu schützen.

Franz war fasziniert: durch diesen riesigen Saal war der Große Marsch der Geschichte gezogen.

Sabina dachte daran, wie nach der kommunistischen Machtübernahme alle Schlösser Böhmens verstaatlicht und in Lehrlingswerkstätten, Altersheime und Kuhställe umgewandelt worden waren. Einen solchen Kuhstall hatte sie einmal besichtigt: Haken mit Eisenringen waren in die Stuckwände geschlagen und Kühe daran festgebunden, die verträumt durch die Fenster in den Schloßpark schauten, in dem Hühner herumliefen.

Franz sagte: »Diese Leere fasziniert mich. Man häuft Altäre, Statuen, Bilder, Stühle, Sessel, Teppiche und Bücher an, und dann kommt der Moment freudiger Erleichterung, in dem man all das wegfegt wie Krümel vom Tisch. Kannst du dir den Herkulesbesen vorstellen, der diese Kathedrale leergefegt hat?«

Sabina wies auf eine Holzloge: »Die Armen mußten stehen und die Reichen hatten Logen. Aber es gab etwas, das den Bankier mit dem armen Schlucker verband: der Haß auf die Schönheit.«

»Und was ist Schönheit?« fragte Franz, vor dessen Augen eine Vernissage aufstieg, die er vor kurzem an der Seite seiner Frau hatte über sich ergehen lassen müssen. Die unendliche Eitelkeit von Reden und Wörtern, die Eitelkeit der Kultur, die Eitelkeit der Kunst.

Als sie noch studierte, mußte sie bei einer Jugend-Baubrigade arbeiten und hatte das Gift der fröhlichen Marschmusik, die unaufhörlich aus den Lautsprechern tönte, in der Seele. An einem Sonntag hatte sie sich aufs Motorrad gesetzt und war weit hinaus in die Wälder gefahren. In einem unbekannten Dörfchen inmitten der Hügel machte sie halt. Sie lehnte das Motorrad an die Kirchenmauer und trat in die Kirche. Es wurde gerade die Messe gelesen. Die Religion wurde damals vom kommunistischen Regime verfolgt, und die meisten Leute machten einen großen Bogen um die Kirche. In den Bänken saßen nur alte Männer und alte Frauen; sie fürchteten das Regime nicht. Sie fürchteten nur den Tod.

Der Priester sprach mit singender Stimme einen Satz vor,

und die Gemeinde wiederholte ihn im Chor. Es war eine Litanei. Unaufhörlich wiederholten sich dieselben Wörter, wie wenn ein Pilger den Blick nicht von der Landschaft losreißen, wie wenn ein Mensch sich nicht vom Leben trennen kann. Sie saß hinten auf einer Bank, hielt momentelang die Augen geschlossen, um der Musik zu lauschen, und öffnete sie dann wieder: sie sah über sich das blau bemalte Gewölbe mit den großen goldenen Sternen und war wie verzaubert.

Was sie in dieser Kirche unverhofft gefunden hatte, war nicht Gott, sondern die Schönheit. Sie wußte sehr wohl, daß diese Kirche und diese Litanei nicht an sich schön waren, sondern durch den Vergleich mit der Baubrigade, wo sie ihre Tage im Lärm der Lieder verbringen mußte. Die Messe war schön, weil sie sich ihr unverhofft und heimlich wie eine verratene Welt offenbarte.

Seit der Zeit weiß sie, daß Schönheit eine verratene Welt ist. Man kann nur auf sie stoßen, wenn ihre Verfolger sie aus Versehen irgendwo vergessen haben. Die Schönheit verbirgt sich hinter den Kulissen des Umzuges zum Ersten Mai. Um sie zu finden, muß man die Kulisse zerreißen.

»Das ist das erste Mal, daß mich eine Kirche fasziniert«, sagte Franz.

Weder der Protestantismus noch die Askese hatten diese Begeisterung in ihm ausgelöst. Es war etwas anderes, etwas sehr Persönliches, das er nicht wagte, vor Sabina auszusprechen. Er glaubte, eine Stimme zu vernehmen, die ihn ermahnte, den Herkulesbesen zu ergreifen, um Marie-Claudes Vernissagen, Marie-Annes Sänger, die Kongresse und Symposien aus seinem Leben zu fegen, die eitlen Reden und die eitlen Wörter. Der große, leere Raum der Amsterdamer Kathedrale offenbarte sich ihm als Bild seiner eigenen Befreiung.

STÄRKE

Im Bett eines der vielen Hotels, in denen sie sich liebten, spielte Sabina mit Franz' Armen und sagte: »Unglaublich, was du für Muskeln hast.«

Franz freute sich über dieses Lob. Er stieg aus dem Bett,

faßte einen schweren Eichenstuhl unten am Bein und stemmte ihn langsam in die Höhe.

»Du brauchst dich vor nichts zu fürchten«, sagte er, »ich kann dich in allen Situationen beschützen. Ich habe früher sogar Judowettkämpfe bestritten.«

Es gelang ihm tatsächlich, den Arm mit dem schweren Stuhl über dem Kopf auszustrecken, und Sabina sagte: »Es ist gut zu wissen, daß du so stark bist.«

Für sich fügte sie jedoch hinzu: Franz ist stark, aber seine Stärke richtet sich nur nach außen. Den Menschen gegenüber, mit denen er lebt und die er gern hat, ist er schwach. Seine Schwäche heißt Güte. Franz würde Sabina nie etwas vorschreiben. Er würde ihr nie wie einst Tomas befehlen, den großen Spiegel auf den Boden zu legen und nackt darauf hin- und herzugehen. Dazu fehlte ihm nicht etwa die Sinnlichkeit, sondern er besaß nicht die Kraft zu befehlen. Es gibt jedoch Dinge, die nur durch Gewalt zu erreichen sind. Körperliche Liebe ist undenkbar ohne Gewalt.

Sabina sah zu, wie Franz mit dem hocherhobenen Stuhl durch das Zimmer schritt: es kam ihr grotesk vor und erfüllte sie mit einer seltsamen Traurigkeit.

Franz stellte den Stuhl ab und setzte sich darauf, das Gesicht Sabina zugewandt:

»Nicht, daß ich unzufrieden wäre, so stark zu sein«, sagte er, »aber wozu brauche ich in Genf solche Muskeln? Ich trage sie wie einen Schmuck. Wie ein Pfau seine Federn. Ich habe mich nie im Leben mit jemandem gerauft.«

Sabina spann ihre melancholischen Gedanken weiter: Und wenn sie nun einen Mann hätte, der ihr Befehle erteilte? Der sie dominieren wollte? Wie lange könnte sie ihn ertragen? Keine fünf Minuten! Daraus geht hervor, daß es keinen Mann gibt, der zu ihr paßt. Weder stark noch schwach.

Sie sagte: »Und warum setzt du deine Stärke nicht manchmal gegen mich ein?«

»Weil Liebe bedeutet, auf Stärke zu verzichten«, sagte Franz leise.

Sabina wurden zwei Dinge klar: erstens, daß dieser Satz wahr und schön ist. Zweitens, daß gerade dieser Satz Franz in ihrem erotischen Leben degradierte.

Das ist eine Formulierung, die Kafka in seinem Tagebuch oder in einem Brief verwendet hat. Franz kann sich nicht mehr genau erinnern, wo. Diese Formulierung hat ihn gefangengenommen. Was heißt das, »in der Wahrheit leben«? Eine negative Definition ist einfach: es heißt, nicht zu lügen, sich nicht zu verstecken, nichts zu verheimlichen. Seit Franz Sabina kennt, lebt er in der Lüge. Er erzählt seiner Frau von einem Kongreß in Amsterdam, der nie stattgefunden, von Vorlesungen in Madrid, die er nie gehalten hat, und er hat Angst, mit Sabina in den Straßen von Genf spazierenzugehen. Es amüsiert ihn, zu lügen und sich zu verstecken, denn er hat es sonst nie getan. Er ist dabei angenehm aufgeregt, wie ein Klassenprimus, der beschließt, endlich einmal die Schule zu schwänzen.

Für Sabina ist »in der Wahrheit leben«, weder sich selbst noch andere zu belügen, nur unter der Voraussetzung möglich, daß man ohne Publikum lebt. Von dem Moment an, wo jemand unserem Tun zuschaut, passen wir uns wohl oder übel den Augen an, die uns beobachten, und alles, was wir tun, wird unwahr. Ein Publikum zu haben, an ein Publikum zu denken, heißt, in der Lüge zu leben. Sabina verachtet die Literatur, in der ein Autor alle Intimitäten über sich und seine Freunde verrät. Wer seine Intimität verliert, der hat alles verloren, denkt Sabina. Und wer freiwillig darauf verzichtet, der ist ein Monstrum. Darum leidet Sabina nicht im geringsten darunter, daß sie ihre Liebe verheimlichen muß. Im Gegenteil, nur so kann sie »in der Wahrheit leben«.

Franz dagegen ist überzeugt, daß in der Trennung des Lebens in eine private und eine öffentliche Sphäre die Quelle aller Lügen liegt: Man ist ein anderer im Privatleben als in der Öffentlichkeit. »In der Wahrheit leben« bedeutet für ihn, die Barriere zwischen Privat und Öffentlich niederzureißen. Er zitiert gern den Satz von André Breton, der besagt, daß er gern »in einem Glashaus« gelebt hätte, »wo es keine Geheimnisse gibt und das allen Blicken offensteht«.

Als er hörte, wie seine Frau zu Sabina sagte, »Dieser Schmuck ist scheußlich!«, da wurde ihm klar, daß er nicht länger in der Lüge leben konnte. Denn in jenem Moment hätte er für Sabina Partei ergreifen müssen. Er hatte es unterlassen, weil er fürchtete, ihre heimliche Liebe zu verraten.

Am Tag nach diesem Cocktail wollte er mit Sabina für zwei Tage nach Rom fahren. Im Geiste hörte er ständig den Satz »Dieser Schmuck ist scheußlich!«, und er sah seine Frau plötzlich mit anderen Augen als das ganze Leben zuvor. Ihre unbeirrbare, lautstarke, temperamentvolle Aggressivität befreite ihn von der Bürde der Güte, die er dreiundzwanzig Ehejahre lang geduldig getragen hatte. Er erinnerte sich an den riesigen Innenraum der Kathedrale von Amsterdam und spürte wieder diese eigenartige, unbegreifliche Begeisterung, die diese Leere in ihm ausgelöst hatte.

Er war beim Kofferpacken, als Marie-Claude das Zimmer betrat; sie sprach über die Gäste des letzten Abends, billigte einige der aufgeschnappten Ansichten und verurteilte andere in spöttischem Ton.

Franz sah sie lange an und sagte: »Es gibt keine Konferenz in Rom.«

Sie begriff nicht: »Warum fährst du dann hin?«

Er antwortete: »Ich habe seit einem Dreivierteljahr eine Geliebte. Ich möchte nicht in Genf mit ihr zusammensein. Deshalb verreise ich so oft. Ich finde, du solltest darüber im Bilde sein.«

Nach seinen ersten Worten erschrak er plötzlich; der anfängliche Mut verließ ihn. Er wandte den Blick ab, um nicht die Verzweiflung in Marie-Claudes Gesicht zu sehen, die er mit seinen Worten bei ihr auszulösen meinte.

Nach einer kurzen Pause hörte er ein »Ich finde allerdings auch, ich sollte im Bilde sein.«

Die Stimme klang fest und Franz hob die Augen: Marie-Claude war nicht im geringsten erschüttert. Sie glich immer noch der Frau, die am Vorabend mit Posaunenstimme gesagt hatte: »Dieser Schmuck ist scheußlich!«

Sie fuhr fort: »Wenn du schon den Mut hast, mir zu sagen, daß du mich seit einem Dreivierteljahr betrügst, kannst du mir auch verraten, mit wem?«

Er hatte sich immer gesagt, daß er Marie-Claude nicht weh tun durfte, um die Frau in ihr zu achten. Aber was war aus dieser Frau in Marie-Claude geworden? Mit anderen Worten, was war aus dem Bild seiner Mutter geworden, das er mit dem seiner Frau verband? Seine Mama, seine traurige, verletzte Mama mit zwei verschiedenen Schuhen an den Füßen, sie hatte Marie-Claude verlassen; vielleicht nicht einmal verlassen, da sie niemals in ihr gewesen war. In einem plötzlichen Anfall von Haß wurde er sich dessen bewußt.

»Ich sehe keinen Grund, es dir zu verschweigen«, sagte er.

Da seine Untreue sie nicht verletzt hatte, würde es sie sicher verletzen zu erfahren, wer ihre Rivalin war. Er erzählte ihr deswegen von Sabina und sah ihr dabei ins Gesicht.

Etwas später traf er Sabina auf dem Flughafen. Die Maschine stieg immer höher und er fühlte sich immer leichter. Er sagte sich, daß er nach neun Monaten endlich wieder in der Wahrheit lebte.

8.

Für Sabina war es, als hätte Franz gewaltsam die Türen ihrer Intimität aufgebrochen. Als würden auf einmal Köpfe hereinschauen, der Kopf Marie-Claudes, der Kopf Marie-Annes, der Kopf des Malers Alan und der des Bildhauers, der sich immer den Finger hielt, die Köpfe aller Leute, die sie in Genf kannte. Gegen ihren Willen würde sie nun zur Rivalin einer Frau, die ihr völlig gleichgültig war. Franz würde sich scheiden lassen und sie in einem breiten Ehebett den Platz an seiner Seite einnehmen. Alle würden von fern oder nah zuschauen; sie würde vor allen irgendwie Theater spielen müssen; statt Sabina zu sein, würde sie die Rolle der Sabina spielen und überlegen müssen, wie man das machte. Die publik gemachte Liebe gewönne an Schwere, würde zur Last. Sabina krümmte sich schon im voraus unter dieser Schwere.

Sie aßen in einem Restaurant in Rom zu Abend und tranken Wein. Sie war einsilbig.

»Bist du mir wirklich nicht böse?« fragte Franz.

Sie versicherte, ihm nicht böse zu sein. Sie war noch immer

verwirrt, wußte nicht, ob sie sich freuen sollte oder nicht. Sie erinnerte sich an den Moment, als sie sich im Schlafwagen nach Amsterdam getroffen hatten. Damals hatte sie vor ihm auf die Knie fallen und ihn bitten wollen, daß er sie notfalls mit Gewalt bei sich behielte und sie nie mehr gehen ließe. Sie hatte sich gewünscht, endlich dem gefährlichen Weg von Verrat zu Verrat ein Ende zu setzen. Sie hatte stehenbleiben wollen.

Nun versuchte sie, den Wunsch von damals so intensiv wie möglich heraufzubeschwören, um sich darauf zu berufen, sich daran festzuhalten. Vergebens. Der Widerwille war stärker.

Sie kehrten durch die abendlichen Straßen in ihr Hotel zurück. Mit all den lärmenden, schreienden, gestikulierenden Italienern um sie herum konnten sie wortlos Seite an Seite gehen, ohne das eigene Schweigen zu hören.

Sabina zog ihre Toilette im Badezimmer in die Länge, während Franz unter der Bettdecke auf sie wartete. Das Lämpchen brannte, wie immer.

Als sie aus dem Badezimmer kam, löschte sie das Licht. Es war das erste Mal, daß sie das tat. Franz hätte diese Geste besser beachten sollen. Er widmete ihr keine Aufmerksamkeit, weil das Licht für ihn keine Bedeutung hatte. Wie wir wissen, schloß er beim Lieben die Augen.

Und dieser geschlossenen Augen wegen hatte Sabina das Licht gelöscht. Sie wollte die gesenkten Lider keine Sekunde länger sehen. Die Augen sind das Fenster der Seele, sagt ein Sprichwort. Franz' Körper, der sich immer mit geschlossenen Augen auf ihr bewegte, war für sie ein Körper ohne Seele. Er glich einem jungen Tier, das noch blind war und hilflose Töne ausstieß, weil es Durst hatte. Dieser Franz mit seinen prächtigen Muskeln war beim Koitus wie ein riesiges Hündchen, das sie an ihrer Brust stillte. Übrigens hielt er ihre Brustwarze tatsächlich in seinem Mund, als saugte er Milch! Die Vorstellung, daß er unten ein ausgewachsener Mann war und oben ein Neugeborenes, das gestillt werden will, daß sie also mit einem Säugling schlief, diese Vorstellung lag für sie an der Grenze des Ekels. Nein, sie will nie mehr sehen, wie er sich verzweifelt auf ihr bewegt, sie will ihm nie mehr die Brust geben wie eine Hündin ihrem Jungen, heute ist es das letzte Mal, unwiderruflich das letzte Mal!

Sie wußte natürlich, daß ihre Entscheidung den Gipfel der Ungerechtigkeit darstellte, daß Franz der beste aller Männer war, die sie je besessen hatte: er war intelligent, verstand ihre Bilder, war gutaussehend und gütig. Je mehr sie sich dessen bewußt wurde, desto stärker wurde ihr Verlangen, dieser Intelligenz, dieser Güte, dieser hilflosen Kraft Gewalt anzutun.

In dieser Nacht liebte sie ihn so leidenschaftlich wie noch nie zuvor, erregt von dem Wissen, daß es das letzte Mal war. Sie liebte ihn und sie war schon woanders, weit weg. Wieder hörte sie aus der Ferne die goldene Trompete des Verrats und wußte, daß sie unfähig sein würde, diesem Klang zu widerstehen. Es schien ihr, als läge vor ihr ein grenzenloser Raum der Freiheit, und die Weite dieses Raumes erregte sie. Wahnsinnig und wild liebte sie Franz, wie sie ihn nie zuvor geliebt hatte.

Franz stöhnte auf ihrem Körper und war sicher, alles zu verstehen: Obwohl Sabina beim Abendessen schweigsam gewesen war und ihm nicht gesagt hatte, was sie von seinem Entschluß hielt, gab sie ihm nun eine Antwort. Sie zeigte ihm ihre Freude, ihr Einverständnis, ihren Wunsch, für immer mit ihm zusammenzubleiben.

Er kam sich vor wie ein Reiter, der auf seinem Pferd in eine wundervolle Leere reitet, eine Leere ohne Ehefrau, ohne Tochter, ohne Haushalt, in eine wundervolle, vom Herkulesbesen saubergefegte Leere, in eine wundervolle Leere, die er mit seiner Liebe ausfüllen würde.

Sie beide ritten aufeinander wie auf Pferden. Sie ritten in jene fernen Gefilde, nach denen sie sich sehnten. Beide waren sie berauscht von einem Verrat, der sie frei machte. Franz ritt auf Sabina und verriet seine Frau. Sabina ritt auf Franz und verriet Franz.

9.

Über zwanzig Jahre lang hatte er in seiner Frau seine Mutter gesehen, ein schwaches Wesen, das beschützt werden mußte; diese Vorstellung war zu tief in ihm verwurzelt, als daß er sich innerhalb von zwei Tagen von ihr hätte lösen können. Als er nach Hause zurückkehrte, hatte er Gewissensbisse: er fürchtete, sie sei nach seiner Abreise doch noch zusammengebrochen und er würde sie von Trauer zerquält antreffen. Zaghaft schloß er die Tür auf und ging in sein Zimmer. Einen Augenblick lang blieb er still stehen und horchte: ja, sie war zu Hause. Nach kurzem Zögern ging er, ihr guten Tag zu sagen, wie er es gewohnt war.

Mit gespielter Verwunderung zog sie die Augenbrauen hoch: »Du kommst hierher zurück?«

»Wohin sollte ich denn sonst gehen?« wollte er (aufrichtig verwundert) sagen, aber er schwieg.

Sie fuhr fort: »Damit alles klar ist zwischen uns, ich habe nichts dagegen, wenn du sofort zu ihr ziehst.«

Als er ihr am Tag der Abreise alles gestand, hatte er keinen konkreten Plan. Er war bereit, nach der Rückkehr in aller Freundschaft zu besprechen, wie alles geregelt werden könnte, damit er sie so wenig wie möglich verletzte. Er hatte nicht damit gerechnet, daß sie selbst kalt und beharrlich darauf bestehen würde, daß er auszog.

Obwohl das seine Situation erleichterte, konnte er sich der Enttäuschung nicht erwehren. Sein Leben lang hatte er gefürchtet, sie zu verletzen; nur aus diesem Grunde hatte er sich die freiwillige Disziplin einer verdummenden Monogamie auferlegt. Und nun mußte er nach zwanzig Jahren feststellen, daß seine Rücksicht völlig fehl am Platze gewesen war und er aufgrund dieses Mißverständnisses andere Frauen verloren hatte.

Nach seiner Nachmittags-Vorlesung ging er von der Universität direkt zu Sabina. Er wollte sie fragen, ob er bei ihr übernachten konnte. Er klingelte, aber es öffnete niemand. Er ging in eine Kneipe gegenüber und beobachtete ihren Hauseingang.

Es war schon spät, und er wußte nicht, was er tun sollte. Das ganze Leben hatte er mit Marie-Claude in einem Bett geschlafen. Wenn er jetzt nach Hause käme, wo sollte er sich hinlegen? Er könnte sein Bett auf dem Sofa im Nebenzimmer herrichten. Wäre das aber nicht eine zu demonstrative Geste? Würde das nicht nach Feindseligkeit aussehen? Er wollte doch weiterhin gut auskommen mit seiner Frau! Sich neben sie zu legen war auch nicht möglich. Er hörte bereits die ironische Frage, warum er denn nicht Sabinas Bett vorzöge. Schließlich mietete er ein Hotelzimmer.

Am folgenden Tag klingelte er wieder von morgens bis abends vergeblich an Sabinas Tür.

Am dritten Tag suchte er die Hausmeisterfrau auf. Sie wußte von nichts und verwies ihn an die Besitzerin, die das Atelier vermietete. Er rief sie an und erfuhr, daß Sabina vor zwei Tagen gekündigt hatte.

Mehrere Tage lang versuchte er sein Glück, Sabina doch noch zu Hause anzutreffen, bis er die Wohnung einmal geöffnet vorfand. Drinnen standen drei Männer in blauen Overalls, die Möbel und Bilder in einen Möbelwagen luden, der vor dem Haus stand.

Er fragte sie, wohin sie die Möbel transportierten.

Sie antworteten, sie hätten strengste Anweisungen, die Adresse geheimzuhalten.

Erst wollte er ihnen Geld zustecken, um ihnen das Geheimnis zu entlocken, hatte aber plötzlich nicht mehr die Kraft dazu. Er war gelähmt vor Trauer. Er verstand nichts, konnte sich nichts erklären und wußte nur, daß er auf diesen Augenblick gewartet hatte, seit er Sabina kannte. Es war geschehen, was geschehen mußte. Franz wehrte sich nicht dagegen.

Er fand eine Wohnung in der Altstadt. Wenn er sicher sein konnte, weder Tochter noch Frau anzutreffen, ging er in seine frühere Wohnung, um Kleider und die wichtigsten Bücher zu holen. Er achtete darauf, nichts mitzunehmen, was Marie-Claude hätte vermissen können.

Eines Tages entdeckte er sie hinter den Scheiben eines Cafés. Sie saß dort mit zwei anderen Damen, und ihr Gesicht, in das die ungezügelte Mimik längst schon viele Fältchen eingegraben hatte, war in temperamentvoller Bewegung. Die Damen hörten ihr zu und lachten ununterbrochen. Franz konnte sich des Gefühls nicht erwehren, daß sie über ihn redete. Sie hatte sicherlich erfahren, daß Sabina genau in dem Moment aus Genf verschwunden war, da Franz sich entschlossen hatte, mit ihr zu leben. Eine wahrhaft komische Geschichte! Er brauchte sich nicht zu wundern, daß er zum Gespött der Freundinnen seiner Frau wurde.

Er kehrte in seine neue Wohnung zurück, wo er zu jeder vollen Stunde die Glocken der Sankt-Peters-Kathedrale läuten hörte. An diesem Tag wurde ihm von einem Kaufhaus ein Tisch geliefert. Er vergaß Marie-Claude und ihre Freundinnen. Sogar Sabina konnte er für einen Augenblick vergessen. Er setzte sich an seinen neuen Tisch. Er freute sich, ihn selbst ausgesucht zu haben. Zwanzig Jahre lang hatte er mit Möbeln gelebt, die nicht er ausgewählt hatte. Alles war von Marie-Claude eingerichtet worden. Zum ersten Mal in seinem Leben hatte er aufgehört, ein kleiner Junge zu sein und war selbständig geworden. Für den nächsten Tag hatte er den Schreiner bestellt, der ihm die Bücherregale anfertigen sollte. Franz war schon tagelang damit beschäftigt, seine Bibliothek zu entwerfen, ihre Ausmaße und ihren Standort festzulegen.

Plötzlich stellte er fest, daß er gar nicht unglücklich war. Sabinas Gegenwart war viel weniger wichtig, als er geglaubt hatte. Wichtig war die goldene Spur, die Zauberspur, die sie seinem Leben aufgedrückt hatte, diese Spur, die ihm niemand nehmen konnte. Bevor sie aus seinem Blickfeld verschwand, hatte sie die Zeit gefunden, ihm den Herkulesbesen in die Hand zu drücken, mit dem er all das aus seinem Leben gefegt hatte, was er nicht mochte. Dieses unverhoffte Glück, dieses Wohlgefühl, diese Freude an der Freiheit und an seinem neuen Leben, sie waren ein Geschenk, das sie ihm zurückgelassen hatte.

Übrigens hatte er das Unwirkliche stets dem Wirklichen vorgezogen. Genauso wie er sich bei Demonstrationszügen (die, wie gesagt, nur Theater und Traum sind) besser fühlte als hinter dem Katheder, wo er seine Vorlesungen hielt, genauso war er glücklicher mit der Sabina, die sich in eine unsichtbare Göttin verwandelt hatte, als mit der Sabina, die mit ihm in der Welt herumgereist war und um deren Liebe er ständig hatte bangen müssen. Sie hatte ihm unerwartet die Freiheit eines Mannes gegeben, der allein lebt; sie hatte ihm den Reiz eines Verführers geschenkt. Er wurde attraktiv für Frauen; eine seiner Studentinnen verliebte sich in ihn.

So hat sich die Szenerie seines Lebens in unglaublich kurzer Zeit vollkommen verändert. Eben noch hat er in einer großen, bürgerlichen Wohnung mit Dienstmädchen, mit einer Tochter und einer Ehefrau gelebt, nun bewohnt er eine kleine Wohnung in der Altstadt, und seine junge Freundin übernachtet fast täglich bei ihm. Mit ihr muß er nicht in Hotels irgendwo auf der Welt reisen, sie können sich in der eigenen Wohnung lieben, im eigenen Bett, umgeben von seinen Büchern und mit seinem Aschenbecher auf dem Nachttisch!

Das Mädchen war anspruchslos, nicht besonders schön, aber sie bewunderte Franz, wie Franz noch vor kurzem Sabina bewundert hatte. Das war ihm nicht unangenehm. Und obwohl er den Tausch von Sabina gegen die Studentin mit der Brille vielleicht als kleinen Abstieg ansehen konnte, sorgte seine Güte doch dafür, daß er die neue Geliebte mit Freuden akzeptierte und eine väterliche Liebe für sie empfand, die er nie hatte ausleben können, weil Marie-Anne sich nicht wie eine Tochter, sondern wie eine zweite Marie-Claude benommen hatte.

Eines Tages besuchte er seine Frau und sagte ihr, daß er gern wieder heiraten würde.

Marie-Claude schüttelte den Kopf.

»Aber es ändert doch nichts, wenn wir uns scheiden lassen! Du verlierst gewiß nichts. Ich lasse dir das ganze Vermögen!«

»Es geht mir nicht um das Vermögen«, sagte sie.

»Worum denn?«

»Um die Liebe.«

»Um die Liebe?« fragte er verwundert.

»Die Liebe ist ein Kampf«, lächelte sie. »Ich werde lange kämpfen. Bis zum Ende.«

»Die Liebe ist ein Kampf? Ich habe aber nicht die geringste Lust zu kämpfen«, sagte Franz und ging.

10.

Nach vier Jahren in Genf ließ Sabina sich in Paris nieder. Sie erholte sich nicht von ihrer Melancholie. Hätte sie jemand gefragt, was ihr zugestoßen sei, sie hätte keine Worte gefunden dafür.

Das Drama eines menschlichen Lebens kann man immer mit der Metapher der Schwere ausdrücken. Man sagt, eine Last ist einem auf die Schultern gefallen. Man vermag sie zu tragen oder auch nicht: man bricht unter ihr zusammen, kämpft gegen sie, verliert oder gewinnt. Was ist Sabina aber wirklich zugestoßen? Nichts. Sie hat einen Mann verlassen, weil sie ihn verlassen wollte. Hat er sie verfolgt? Hat er sich gerächt? Nein. Ihr Drama ist nicht das Drama des Schweren, sondern des Leichten. Auf Sabina ist keine Last gefallen, sondern die unerträgliche Leichtigkeit des Seins.

Bis jetzt haben die Momente des Verrats sie mit Erregung erfüllt und mit Freude darüber, daß ein neuer Weg sich vor ihr auftat, an dessen Ende ein neues Abenteuer des Verrats stand. Was aber wird sein, wenn dieser Weg einmal zu Ende geht? Man kann die Eltern, den Ehemann, die Liebe und die Heimat verraten, wenn es aber keine Eltern, keinen Ehemann, keine Liebe und keine Heimat mehr gibt, was bleibt dann noch zu verraten?

Sabina spürte die Leere um sich herum. Wenn nun aber gerade diese Leere das Ziel all ihres Verrats gewesen ist?

Bis jetzt war sie sich dessen nicht bewußt, und das ist nur verständlich: das Ziel, das man verfolgt, bleibt immer verschleiert. Ein junges Mädchen, das von der Ehe träumt, träumt von etwas, das ihr ganz unbekannt ist. Ein junger Mann, der dem Ruhm nachjagt, weiß nicht, was Ruhm ist. Was unserem Handeln einen Sinn gibt, ist stets völlig unbekannt. Auch Sabina weiß nicht, welches Ziel sich hinter ihrem Verlangen nach Verrat versteckt. Die unerträgliche Leichtigkeit des Seins, ist sie das Ziel? Nach ihrem Wegzug aus Genf ist sie ihr um vieles nähergekommen.

Sie war bereits drei Jahre in Paris, als sie einen Brief aus Böhmen erhielt. Er war von Tomas' Sohn. Er hatte irgendwie von ihr gehört, ihre Adresse ausfindig gemacht und ihr als der »besten Freundin« seines Vaters geschrieben. Er teilte ihr den Tod von Tomas und Teresa mit: Sie hatten die letzten Jahre in einem Dorf verbracht, wo Tomas als Lastwagenfahrer arbeitete. Sie fuhren öfter zusammen in die Nachbarstadt, wo sie in einem bescheidenen Hotel übernachteten. Der Weg war steil und führte über Serpentinen, und ihr Lastwagen war einen Berghang hinabgestürzt. Man fand ihre Körper völlig zermalmt. Später stellte die Polizei fest, daß die Bremsen in einem katastrophalen Zustand gewesen waren.

Sie konnte sich kaum von dieser Nachricht erholen. Der letzte Faden, der sie mit der Vergangenheit verbunden hatte, war gerissen.

Nach alter Gewohnheit wollte sie sich durch einen Spaziergang auf dem Friedhof beruhigen. Der Friedhof von Montparnasse lag am nächsten. Auf den Gräbern standen winzige Häuser, Miniaturkapellen. Sabina verstand nicht, warum die Toten solche Palastimitationen über sich haben wollten. Dieser Friedhof war die zu Stein gewordene Eitelkeit. Statt nach dem Tode Vernunft anzunehmen, waren die Friedhofsbewohner noch törichter als zu Lebzeiten. Sie stellten ihre Wichtigkeit in Denkmälern zur Schau. Hier ruhten keine Väter, Brüder, Söhne und Großmütter, sondern Würdenträger und Amtsinhaber, Inhaber von Titeln, Graden und Ehren; sogar ein Postbeamter stellte seinen Rang und seine soziale Position zur Schau – seine Würde.

Als sie durch die Friedhofshalle schritt, sah sie, daß nicht weit vom Weg eine Beerdigung stattfand. Der Zeremonienmeister hatte die Hände voller Blumen, die er an die Hinterbliebenen verteilte. Auch Sabina überreichte er eine. Sie schloß sich dem Trauerzug an. Sie mußten um mehrere Gräber herumgehen, um zu dem Grab zu gelangen, dessen Steinplatte abgehoben war. Sie beugte sich vor. Die Grube war unendlich tief. Sabina ließ ihre Blume fallen. In kleinen, kreisförmigen Bewegungen senkte sie sich auf den Sarg nieder. So tiefe Gräber gab es in Böhmen nicht. In Paris waren die Gräber so tief wie die Häuser hoch. Ihr Blick fiel auf die Steinplatte, die neben dem Grab lag. Sie wurde von Entsetzen gepackt und eilte nach Hause.

Sie mußte den ganzen Tag an diesen Stein denken. Warum hatte er sie dermaßen entsetzt?

Sie antwortete: Wenn das Grab mit einem Stein zugedeckt ist, kann der Tote nie mehr herauskommen.

Aber der Tote kann ohnehin nicht wieder herauskommen! Ist es dann nicht einerlei, ob er unter der Erde oder unter einem Stein liegt?

Nein, es ist nicht einerlei: wenn man das Grab mit einem Stein zudeckt, so will man nicht, daß der Tote zurückkommt. Der schwere Stein sagt zum Toten: »Bleib, wo du bist!«

Sabina erinnert sich an das Grab ihres Vaters. Über seinem Sarg liegt Erde, aus dieser Erde wachsen Blumen, und ein Ahornbaum streckt seine Wurzeln bis zum Sarg hinunter, so daß man sich vorstellen kann, daß der Tote durch diese Wurzeln und Blumen aus dem Grab steigt. Wäre ihr Vater mit einem Stein zugedeckt, so hätte sie nach seinem Tode nie mehr mit ihm sprechen können, nie mehr in der Baumkrone seine Stimme gehört, die ihr verzieh.

Wie sieht wohl der Friedhof aus, auf dem Teresa und Tomas ruhen?

Von neuem kehrten ihre Gedanken zu den beiden zurück. Sie fuhren öfter in die Nachbarstadt und übernachteten in einem Hotel. Diese Briefstelle hatte sie sehr berührt. Sie deutete darauf hin, daß sie glücklich waren. Wieder sah sie Tomas vor sich, als wäre er eines ihrer Bilder: im Vordergrund ein Don Juan, wie ein Bühnenbild, von einem naiven Maler gemalt, aber durch einen Riß in der Dekoration sieht man einen Tristan. Er war als Tristan gestorben, nicht als Don Juan. Sabinas Eltern waren in derselben Woche gestorben. Tomas und Teresa in derselben Sekunde. Plötzlich hatte sie Sehnsucht nach Franz.

Als sie ihm einst von ihren Streifzügen durch die Friedhöfe erzählt hatte, da schauderte es ihn, und er nannte den Friedhof einen Schuttplatz für Knochen und Steine. In jenem Moment tat sich ein Abgrund des Unverständnisses zwischen ihnen auf. Erst heute, auf dem Friedhof von Montparnasse, verstand sie, was er gemeint hatte. Es tat ihr leid, daß sie so ungeduldig gewesen war. Wären sie länger zusammengeblieben, hätten sie vielleicht die Worte verstanden, die sie einander sagten. Der Wortschatz des einen hätte sich verschämt und langsam dem des anderen genähert, wie zwei schüchterne Liebende, und die Musik des einen hätte angefangen, in der Musik des anderen aufzugehen. Nun aber war es zu spät.

Ja, es ist zu spät, und Sabina weiß, daß sie nicht in Paris bleiben, sondern weiterziehen wird, noch weiter weg. Würde sie nämlich hier sterben, würde man sie unter einen Stein sperren, und für eine Frau, die nirgends zur Ruhe kommen kann, ist die Vorstellung unerträglich, daß ihrer Flucht für immer ein Ende gesetzt wird.

11.

Alle Freunde von Franz hatten von Marie-Claude gewußt, und alle wußten von seiner Studentin mit der großen Brille. Nur von Sabina wußte niemand. Franz hatte sich geirrt, als er meinte, seine Frau hätte ihren Freundinnen von ihr erzählt. Sabina war eine schöne Frau, und Marie-Claude hatte nicht gewollt, daß man ihre Gesichter miteinander verglich. Weil er fürchtete, entdeckt zu werden, hatte er weder ein Bild noch eine Zeichnung von ihr besessen, nicht einmal ein Foto. So war sie spurlos aus seinem Leben verschwunden. Er hatte keinen greifbaren Beweis dafür, daß er das schönste Jahr seines Lebens mit ihr verbracht hatte.

Um so mehr gefällt es ihm, Sabina treu zu bleiben.

Wenn sie allein im Zimmer sind, hebt seine junge Freundin manchmal den Blick von ihrem Buch und schaut ihn forschend an: »Woran denkst du?«

Franz sitzt in einem Sessel, die Augen an die Decke geheftet. Was immer er ihr antworten mag, ganz gewiß denkt er an Sabina.

Wenn er eine Studie in einer Fachzeitschrift publiziert, dann ist die Studentin seine erste Leserin und will mit ihm darüber diskutieren. Er aber denkt daran, was Sabina wohl zu diesem Text sagen würde. Alles, was er tut, tut er für Sabina, und zwar so, daß es ihr gefallen würde.

Das ist eine sehr unschuldige Untreue, die ganz genau auf Franz zugeschnitten ist, der seiner Freundin mit der Brille nie weh tun könnte. Dem Sabinakult huldigt er eher aus Religiosität denn aus Liebe.

Aus der Theologie seiner Religion geht hervor, daß die junge Geliebte ihm von Sabina geschickt worden ist. Seine irdische und seine überirdische Liebe stehen in einem perfekten Einklang. Die überirdische Liebe enthält notwendigerweise (weil sie überirdisch ist) einen großen Teil an Unerklärbarem und Unverständlichem (erinnern wir uns an das Verzeichnis der unverstandenen Wörter, diese lange Auflistung von Mißverständnissen), seine irdische Liebe hingegen beruht auf dem wahrhaftigen Verstehen des anderen.

Die Studentin ist viel jünger als Sabina, die Komposition ihres Lebens ist kaum skizziert, und sie webt dankbar Motive ein, die sie von Franz übernimmt. Franz' Großer Marsch ist auch ihr Glaubensbekenntnis. Musik ist für sie dionysischer Rausch, genau wie für ihn. Oft gehen sie zusammen tanzen. Sie leben in der Wahrheit, haben vor den anderen keine Geheimnisse. Sie suchen die Gesellschaft von Freunden, Kollegen, Studenten und Unbekannten, sitzen gern mit ihnen zusammen, trinken und plaudern. Oft machen sie Wanderungen in den Alpen. Franz beugt sich vor und das Mädchen springt ihm auf den Rücken, er trabt mit ihr über die Wiesen und rezitiert mit lauter Stimme ein langes deutsches Gedicht, das seine Mutter ihm beigebracht hat, als er noch klein war. Das Mädchen lacht, hält seinen Hals umschlungen und bewundert seine Beine, seine Schultern, seine Lungen.

Nur Franz' sonderbare Sympathie für alle Länder, die unter dem Joch des russischen Reiches stehen, bleibt ihr unverständlich. Zum Jahrestag der Invasion organisiert ein tschechischer Verein in Genf eine Gedenkfeier. Im Saal sitzen nur wenige Leute. Der Redner hat graues Haar mit einer Dauerwelle. Er hält eine lange Rede, mit der er selbst die letzten Enthusiasten langweilt, die gekommen sind, um ihn zu hören. Er spricht ein fehlerfreies Französisch, aber mit einem gräßlichen Akzent. Um seine Gedanken zu unterstreichen, hebt er immer wieder den Zeigefinger, als wollte er dem Publikum im Saal drohen.

Das Mädchen mit der Brille sitzt neben Franz und unterdrückt ein Gähnen. Doch Franz lächelt selig. Er schaut auf den grauhaarigen Mann, den er trotz seines wunderlichen Zeigefingers sympathisch findet. Dieser Mann scheint ihm ein geheimer Bote zu sein, ein Engel, der die Verbindung zwischen ihm und seiner Göttin aufrechterhält. Er schließt die Augen und beginnt zu träumen. Er schließt die Augen, wie er sie auf Sabinas Körper geschlossen hat, in fünfzehn europäischen und einem amerikanischen Hotel.

Vierter Teil

Körper und Seele

1.

Teresa kam gegen halb zwei in der Nacht nach Hause, ging ins Badezimmer, zog einen Pyjama an und legte sich zu Tomas. Er schlief. Sie neigte sich über sein Gesicht, und als sie es küßte, stellte sie fest, daß sein Haar sonderbar roch. Sie schnupperte wieder und wieder. Wie ein Hund schnüffelte sie an seinem Kopf herum und begriff: es war der Geruch eines weiblichen Schoßes.

Um sechs klingelte der Wecker. Das war Karenins Zeit. Er wachte immer viel früher auf als sie beide, wagte aber nicht, sie zu stören. Ungeduldig wartete er auf das Rasseln, das ihm erlaubte, aufs Bett zu springen, auf ihren Körpern herumzutapsen und sie mit der Schnauze anzustoßen. Vor langer Zeit hatten sie ihm das abgewöhnen wollen, indem sie ihn vom Bett warfen, er war aber hartnäckiger als sie und hatte sich schließlich seine Rechte erkämpft. Teresa hatte vor kurzer Zeit erst festgestellt, daß es nicht unangenehm war, von Karenin am neuen Tag begrüßt zu werden. Für ihn war das Aufwachen ein Moment vollkommenen Glücks: naiv und töricht wunderte er sich, wieder auf der Welt zu sein und freute sich aufrichtig. Sie hingegen wachte widerwillig auf, sie wünschte sich, die Nacht zu verlängern und die Augen nicht zu öffnen.

Nun stand er im Flur und schaute zur Garderobe hinauf, wo Halsband und Leine hingen. Teresa legte ihm das Halsband um, und sie gingen zusammen in den Laden, wo sie Milch, Brot und Butter kaufte, und, wie immer, ein Hörnchen für ihn. Auf dem Heimweg trottete er mit dem Hörnchen in der Schnauze neben ihr her. Stolz schaute er um sich, es tat ihm sichtlich gut, wenn man auf ihn aufmerksam wurde und auf ihn zeigte.

Zu Hause legte er sich mit dem Hörnchen im Maul auf die Schwelle und wartete, bis Tomas ihn bemerkte, niederkauerte, zu knurren anfing und tat, als wollte er ihm das Hörnchen wegnehmen. Das wiederholte sich jeden Morgen: mindestens fünf Minuten lang jagten sie sich durch die Wohnung, bis Karenin schließlich unter den Tisch kroch und sein Hörnchen verschlang.

Diesmal wartete er vergebens auf die Morgenzeremonie. Tomas saß am Tisch vor einem Transistorradio und hörte gespannt zu.

2.

Im Radio wurde eine Sendung über die tschechische Emigration ausgestrahlt: eine Montage von heimlich abgehörten Privatgesprächen, aufgenommen von einem tschechischen Spion, der sich unter die Emigranten gemischt hatte, um dann unter großem Hurra wieder nach Hause zurückzukehren. Es handelte sich um belanglose Plaudereien, in denen ab und zu scharfe Worte über das Besatzungsregime in der Heimat fielen, aber auch Sätze, in denen Emigranten sich gegenseitig als Idioten und Betrüger beschimpften. Gerade diese Passagen wurden in der Reportage besonders hervorgehoben: sie sollten beweisen, daß diese Leute nicht nur über die Sowjetunion schlecht redeten (was niemanden empörte), sondern sich auch gegenseitig verleumdeten und mit Schimpfwörtern bewarfen. Das ist sehr interessant: man sagt von früh bis spät Grobheiten daher, hört man aber einen bekannten und verehrten Menschen im Radio nach jedem Satz ›Scheiße‹ sagen, so ist man irgendwie enttäuscht.

»All das hat mit Prochazka angefangen«, sagte Tomas und hörte weiter zu.

Jan Prochazka war ein tschechischer Schriftsteller, ein Vierzigjähriger mit der Vitalität eines Stiers, der schon vor 1968 angefangen hatte, die öffentlichen Verhältnisse laut zu kritisieren. Er war einer der beliebtesten Männer des Prager Frühlings, jener schwindelerregenden Liberalisierung des Kommunismus, die mit der russischen Invasion endete. Kurz nach dem Einmarsch fingen alle Zeitungen an, gegen ihn zu hetzen; je mehr sie aber hetzten, desto lieber hatten ihn die Leute. Aus diesem Grund begann der Rundfunk (im Jahre 1970), in Fortsetzungen die privaten Gespräche zu senden, die Prochazka zwei Jahre zuvor (im Frühjahr 1968) mit einem Universitätsprofessor geführt hatte. Keiner der beiden hatte damals geahnt, daß in der Wohnung des Professors eine Abhöranlage installiert war und sie längst auf Schritt und Tritt überwacht wurden! Prochazka hatte seine Freunde immer mit Übertreibungen und Absurditäten amüsiert. Dann aber waren diese Absurditäten in Fortsetzungen im Radio zu hören. Die Geheimpolizei, die das Programm redigiert hatte, hob absichtlich die Stellen hervor, wo der Schriftsteller sich über seine Freunde lustig machte, zum Beispiel über Dubček. Obwohl alle Welt bei jeder Gelegenheit über Freunde herzieht, waren die Leute über ihren geliebten Prochazka entrüsteter als über die verhaßte Geheimpolizei.

Tomas stellte das Radio ab und sagte: »Eine Geheimpolizei gibt es überall auf der Welt. Daß sie aber ihre Tonbänder öffentlich im Radio sendet, das gibt es nur bei uns! Das schreit doch zum Himmel!«

»Ach, woher denn«, sagte Teresa, »als ich vierzehn war, habe ich heimlich Tagebuch geführt. Ich zitterte beim Gedanken, jemand könnte es lesen und versteckte es auf dem Dachboden. Die Mutter hat es trotzdem aufgestöbert. Einmal, beim Mittagessen, als alle den Kopf über dem Suppenteller hatten, zog sie es aus der Tasche und sagte: Nun hört mal alle gut zu! Sie las daraus vor und krümmte sich nach jedem Satz vor Lachen. Alle anderen lachten mit und konnten gar nicht mehr essen.«

3.

Er wollte sie immer überreden, ihn allein frühstücken zu lassen und weiterzuschlafen. Aber sie wollte davon nichts wissen. Tomas arbeitete von sieben bis vier und sie von vier bis Mitternacht. Hätte sie nicht mit ihm gefrühstückt, hätten sie nur noch sonntags miteinander reden können. Deshalb stand sie mit ihm auf, und wenn er weggegangen war, legte sie sich wieder hin und schlief weiter.

An diesem Tag fürchtete sie aber, nochmals einzuschlafen, weil sie um zehn in der Sauna der Badeanstalt auf der Sophieninsel sein wollte. Es gab immer viele Interessenten und wenige Plätze, und man bekam eigentlich nur durch Beziehungen Zutritt. Zum Glück war die Kassiererin die Frau eines Professors, der von der Universität gejagt worden war. Der Professor war ein Freund eines ehemaligen Patienten von Tomas. Tomas hatte es dem Patienten gesagt, der Patient dem Professor, der Professor seiner Frau, und Teresa hatte einmal pro Woche ihren Platz in der Sauna.

Sie ging zu Fuß. Sie verabscheute die ständig überfüllten Straßenbahnen, wo man sich mit gehässiger Umarmung aneinanderdrückte, sich auf die Füße trat, die Knöpfe von den Mänteln riß und sich Beleidigungen ins Gesicht schleuderte.

Es nieselte. Die Leute hasteten, öffneten ihre Regenschirme, und plötzlich herrschte auch auf dem Gehsteig ein Gedränge. Die Schirmdächer stießen gegeneinander. Die Männer waren höflich und hoben ihre Schirme hoch, um Teresa durchzulassen. Die Frauen aber wichen keinen Zentimeter aus. Sie schauten stur vor sich hin, und jede erwartete von der anderen, daß sie als die Schwächere nachgab. Die Begegnung der Schirme war eine Kraftprobe. Anfangs wich Teresa aus, als sie aber einsah, daß ihre Höflichkeit nicht erwidert wurde, hielt sie ihren Schirm genauso fest in der Hand wie die anderen. Ein paarmal stieß sie heftig gegen einen Nebenschirm, doch sagte niemand »Verzeihung!« Meistens fiel kein Wort, zwei- oder dreimal hörte sie ein »Dumme Kuh!« oder »Ziege!«.

Es gab alte und junge schirmbewaffnete Frauen, die erbittertsten Streiterinnen fanden sich aber unter den jungen. Teresa mußte an die Tage der Invasion zurückdenken. Junge Mädchen in Miniröcken waren mit der Nationalflagge an Fahnenstangen herumgelaufen. Es war ein sexuelles Attentat auf die russischen Soldaten, die jahrelang in erniedrigender Askese gehalten wurden. Sie mußten sich in Prag wie auf einem Planeten vorkommen, der von einem Science-Fiction-Autor erfunden war, auf dem Planeten der unglaublich eleganten Frauen, die ihre Verachtung ausdrückten, indem sie auf schönen langen Beinen einherschritten, wie ganz Rußland sie seit fünf oder sechs Jahrhunderten nicht mehr gesehen hatte.

In jenen Tagen hatte sie viele Aufnahmen von diesen jungen Frauen vor dem Hintergrund der Panzer gemacht. Wie sie sie bewundert hatte! Und nun kamen ihr genau dieselben Frauen entgegen, frech und böse. Statt der Flagge hielten sie einen Regenschirm in der Hand, und sie hielten ihn mit demselben Stolz. Sie waren bereit, genauso verbissen gegen die Schirme zu kämpfen, die ihnen den Weg versperrten, wie gegen eine fremde Armee.

4.

Sie gelangte zum Altstädter Ring mit der strengen Teinkirche und den Barockhäusern, die in einem unregelmäßigen Viereck um den Platz herum gebaut waren. Das Rathaus, ein Bauwerk aus dem vierzehnten Jahrhundert, das einstmals die ganze Länge des Platzes eingenommen hatte, lag nun schon seit siebenundzwanzig Jahren als Ruine da. Warschau, Dresden, Berlin, Köln, Budapest – sie alle sind im letzten Krieg grauenhaft zerstört worden, aber ihre Bewohner haben sie wieder aufgebaut und meistens die alten historischen Viertel mit großer Sorgfalt restauriert. Die Prager fühlten sich diesen Städten gegenüber minderwertig. Das einzige berühmte Bauwerk, das der Krieg ihnen zerstört hatte, war das Altstädter Rathaus. Sie beschlossen, die Ruine als ewiges Mahnmal stehenzulassen, damit kein Pole oder Deutscher ihnen vorwerfen konnte, sie hätten nicht genug gelitten. Vor diesem berühmten Schutthaufen, der auf ewig den Krieg anklagen sollte, war eine Tribüne aus Metallröhren aufgebaut, die für eine Kundgebung bestimmt war, zu der die kommunistische Partei die Bevölkerung Prags gestern gejagt hatte oder morgen jagen würde.

Teresa blickte auf das zerstörte Rathaus und mußte plötzlich an die Mutter denken: dieses perverse Bedürfnis, seinen Schutt zur Schau zu stellen, sich seiner Häßlichkeit zu rühmen, seine Armseligkeit zu zeigen, den Stumpf seines amputierten Armes zu entblößen und die ganze Welt zu zwingen, sich ihn anzuschauen. Alles erinnerte sie in letzter Zeit an die Mutter. Es kam ihr vor, als kehrte die Welt der Mutter, der sie vor zehn Jahren entronnen war, zu ihr zurück und umzingelte sie von allen Seiten. Deshalb hatte sie am Morgen davon erzählt, wie die Mutter der lachenden Familie aus ihrem Tagebuch vorlas. Wenn ein Privatgespräch bei einem Glas Wein öffentlich im Radio gesendet wird, was heißt das anderes, als daß die Welt sich in ein Konzentrationslager verwandelt hat?

Teresa gebrauchte dieses Wort schon seit ihrer Jugend, um auszudrücken, wie ihr das Leben in ihrer Familie vorkam. Ein Konzentrationslager ist eine Welt, in der die Menschen ständig zusammengepfercht leben müssen, Tag und Nacht. Grausamkeit und Gewalttätigkeit sind nur sekundäre (und keineswegs notwendige) Merkmale. Konzentrationslager bedeutet: Liquidierung des Privaten. Prochazka, der sich nicht einmal im Schutz der Intimität mit seinem Freund bei einem Glas Wein unterhalten konnte, lebte (ohne es zu ahnen, was ein fataler Irrtum war) in einem Konzentrationslager. Als Teresa bei der Mutter wohnte, lebte sie in einem Konzentrationslager. Seither weiß sie, daß ein Konzentrationslager nichts Außergewöhnliches ist, nichts, worüber man sich wundern müßte. Es ist etwas Gegebenes, etwas Grundlegendes, in das hinein man geboren wird und dem man nur unter großem Kraftaufwand entrinnen kann.

5.

Auf drei stufenförmig angeordneten Bänken saßen die Frauen so dicht nebeneinander, daß sie sich berührten. Neben Teresa schwitzte eine etwa dreißigjährige Frau mit einem sehr hübschen Gesicht. Zwischen ihren Schultern hingen zwei unglaublich große Brüste, die bei der geringsten Bewegung schaukelten. Die Frau erhob sich, und Teresa stellte fest, daß ihr Hinterteil zwei riesigen Ranzen glich und in keinem Verhältnis zu ihrem Gesicht stand.

Mag sein, daß auch diese Frau oft vor dem Spiegel stand, ihren Körper betrachtete und durch ihn hindurch ihre Seele sehen wollte, wie Teresa es von klein auf tat. Gewiß hatte auch sie törichterweise geglaubt, daß der Körper das Aushängeschild der Seele sei. Doch was mußte das für eine monströse Seele sein, die diesem Körper glich, diesem Kleiderständer mit den vier Säcken?

Teresa stand auf und stellte sich unter die Dusche. Dann trat sie hinaus ins Freie. Es nieselte noch immer. Sie stand auf einem Holzsteg, unter dem die Moldau durchfloß; ein Bretterverschlag schützte die Damen vor den Blicken der Stadt. Als sie hinunterschaute, sah sie im Wasser das Gesicht der Frau, an die sie gerade gedacht hatte.

Die Frau lächelte sie an. Sie hatte eine zarte Nase, große, braune Augen und einen kindlichen Blick.

Sie stieg die Stufen herauf, und unter dem zarten Gesicht kamen wieder die zwei Ranzen zum Vorschein, die auf und ab hopsten und kalte Wassertröpfchen verspritzten.

6.

Sie zog sich an. Sie stand vor einem großen Spiegel.

Nein, an ihrem Körper gab es nichts Monströses. Unterhalb der Schultern hatte sie keine Säcke, sondern ziemlich kleine Brüste. Die Mutter hatte sich darüber lustig gemacht, weil sie nicht groß genug waren, nicht so waren, wie sie sein sollten, worauf Teresa Komplexe bekam, von denen erst Tomas sie befreite. Obwohl sie jetzt fähig war, ihre kleinen Brüste zu akzeptieren, störten sie die zu großen und zu dunklen Höfe rund um die Brustwarzen. Hätte sie ihren Körper selbst entwerfen können, so hätte sie unauffällige, zarte Brustwarzen, die nur ganz leicht von der Brustrundung abstanden und sich in der Farbe nur unmerklich von der übrigen Haut unterschieden. Diese großen, dunkelroten Ringe kamen ihr vor wie von einem Dorfmaler hingepinselt, der erotische Kunst für Bedürftige malen wollte.

Sie sah sich an und stellte sich vor, daß ihre Nase jeden Tag einen Millimeter länger würde. Nach wie vielen Tagen wäre ihr Gesicht unkenntlich?

Wenn die verschiedenen Körperteile anfingen, sich zu vergrößern oder zu verkleinern, bis sie jede Ähnlichkeit mit sich selbst verloren hätte, wäre sie dann noch sie selbst, wäre sie noch Teresa?

Natürlich. Selbst wenn Teresa überhaupt nicht mehr Teresa gliche, wäre ihre Seele im Inneren noch immer dieselbe und würde nur entsetzt zuschauen, was mit ihrem Körper vor sich ging.

Wie sähe dann aber das Verhältnis zwischen Teresa und ihrem Körper aus? Hätte ihr Körper überhaupt ein Anrecht auf den Namen Teresa? Und wenn nicht, worauf bezöge sich ihr Name? Nur auf etwas Nicht-Körperliches, Nicht-Materielles?

(Es sind immer dieselben Fragen, die Teresa seit ihrer Kindheit beschäftigen. Wirklich ernsthaft sind nämlich nur Fragen, die auch ein Kind stellen kann. Nur die naivsten Fragen sind wirklich ernsthaft. Es sind die Fragen, auf die es keine Antwort gibt. Eine Frage, auf die es keine Antwort gibt, ist eine Barriere, über die man nicht hinausgehen kann. Anders ausgedrückt: Gerade durch die Fragen, auf die es keine Antwort gibt, sind die Möglichkeiten des Menschen abgesteckt, die Grenzen seiner Existenz gezogen.)

Teresa steht wie verhext vor dem Spiegel und betrachtet ihren Körper, als wäre er ihr fremd; fremd und dennoch ihr zugesprochen. Sie verspürt Abneigung gegen diesen Körper, der nicht die Kraft hatte, zum einzigen Körper in Tomas' Leben zu werden. Dieser Körper hat sie enttäuscht und verraten. Eine ganze Nacht lang hat sie nun den Geruch eines fremden Schoßes in seinem Haar einatmen müssen!

Sie hat plötzlich Lust, ihren Körper zu entlassen wie ein Dienstmädchen. Nur noch als Seele mit Tomas zusammenzusein und den Körper in die Welt hinauszujagen, damit er sich dort benehme wie andere weibliche Körper sich mit männlichen Körpern benehmen! Da Teresas Körper es nicht geschafft hat, zum einzigen Körper für Tomas zu werden und er den größten Kampf in ihrem Leben verloren hat, so soll er doch gehen, dieser Körper!

7.

Sie kehrte nach Hause zurück und aß in der Küche stehend lustlos zu Mittag. Um halb vier nahm sie Karenin an die Leine und ging mit ihm (wie immer zu Fuß) in das Hotel in einem Prager Vorort, wo sie arbeitete. Sie war Barfrau geworden, nachdem man sie beim Wochenblatt hinausgeworfen hatte. Das war einige Monate nach ihrer Rückkehr aus Zürich; man konnte es ihr doch nicht verzeihen, daß sie sieben Tage lang russische Panzer fotografiert hatte. Die Stelle in der Bar hatte sie durch die Vermittlung von Freunden gefunden: auch andere Leute, die zur gleichen Zeit ihre Arbeit verloren hatten, fanden dort Zuflucht. Die Buchhaltung führte ein ehemaliger Theologieprofessor, in der Rezeption saß ein ehemaliger Botschafter.

Sie hatte wieder Angst um ihre Beine. Als sie damals im Restaurant in der Kleinstadt arbeitete, hatte sie entsetzt die Krampfadern in den Waden ihrer Kolleginnen beobachtet. Das war die Krankheit aller Serviererinnen, die gezwungen waren, ihr Leben im Gehen, Laufen und Stehen mit schwerbeladenen Armen zu verbringen. Die jetzige Arbeit war trotz allem angenehmer als damals in der Provinz. Zwar mußte sie vor Beginn des Dienstes schwere Bier- und Sprudelkisten schleppen, doch die restliche Zeit verbrachte sie hinter der Theke, schenkte den Gästen Getränke aus und wusch zwischendurch die Gläser in einem kleinen Spülbecken neben der Bar. Karenin lag die ganze Zeit über geduldig zu ihren Füßen.

Mitternacht war längst vorüber, wenn sie mit der Abrechnung fertig war und dem Hoteldirektor das Geld brachte. Dann verabschiedete sie sich von dem Botschafter, der den Nachtdienst machte. Hinter dem langen Rezeptionstresen führte eine Tür in ein kleines Zimmer, in dem man auf einer schmalen Pritsche ein Schläfchen halten konnte. Über der Pritsche hingen gerahmte Fotografien; darauf sah man ihn immer wieder mit anderen Leuten, die in den Apparat lächelten, ihm die Hand schüttelten oder neben ihm an einem Tisch saßen und etwas unterschrieben. Einige Fotografien trugen eigenhändige Widmungen. An einer besonders sichtbaren Stelle hing eine Aufnahme, auf der man neben dem Kopf des Botschafters das lächelnde Gesicht von John F. Kennedy sah.

In dieser Nacht unterhielt sich der Botschafter nicht mit dem amerikanischen Präsidenten, sondern mit einem unbekannten Mann in den Sechzigern, der bei Teresas Anblick verstummte.

»Das ist eine Freundin«, sagte der Botschafter, »du kannst ruhig weiterreden.« Dann wandte er sich an Teresa: »Gerade heute hat man seinen Sohn zu fünf Jahren verurteilt.«

Sie erfuhr, daß der Sohn des Unbekannten zusammen mit Freunden in den ersten Tagen der Invasion den Eingang eines Gebäudes überwacht hatte, in dem sich ein Sonderdienst der russischen Armee einquartiert hatte. Sie wußten, daß die Tschechen, die aus diesem Gebäude kamen, Agenten in russischen Diensten waren. Sie folgten ihnen, identifizierten ihre Autokennzeichen und gaben die Informationen an die Redakteure eines tschechischen Geheimsenders weiter, der die Bevölkerung vor diesen Leuten warnte. Einen von ihnen hatte er mit Hilfe seiner Freunde verprügelt.

Der Unbekannte sagte: »Dieses Foto war der einzige Beweis. Er hat alles abgestritten bis zu dem Moment, da man es ihm vorlegte.«

Er zog einen Zeitungsausschnitt aus der Brusttasche: »Es ist im Herbst 1968 in der Times erschienen.«

Auf der Fotografie war ein junger Mann zu sehen, der einen anderen am Kragen packte. Die Leute ringsum schauten zu. Darunter war zu lesen: Bestrafung eines Kollaborateurs.

Teresa atmete auf. Nein, die Aufnahme stammte nicht von ihr.

Dann machte sie sich mit Karenin auf den Heimweg durch das nächtliche Prag. Sie dachte an die Tage zurück, als sie Panzer fotografiert hatte. Was für Narren waren sie doch alle gewesen, als sie geglaubt hatten, ihr Leben für das Vaterland aufs Spiel zu setzen! Statt dessen hatten sie, ohne es zu wissen, für die russische Polizei gearbeitet.

Sie kam um halb zwei nach Hause. Tomas schlief schon. Sein Haar roch nach einem weiblichen Schoß.

8.

Was ist Koketterie? Man könnte vielleicht sagen, es sei ein Verhalten, in dem man dem anderen zu verstehen gibt, daß eine sexuelle Annäherung möglich ist, ohne daß man diese Möglichkeit als sicher erscheinen läßt. Mit anderen Worten: Koketterie ist ein Versprechen zum Koitus, aber ein Versprechen ohne Gewähr.

Teresa steht hinter der Theke, und die Gäste, denen sie Getränke ausschenkt, machen Annäherungsversuche. Ist dieser endlose Schwall von Komplimenten, Zweideutigkeiten, Anekdoten, Anträgen, Lächeln und Blicken ihr unangenehm? Keineswegs. Sie verspürt ein unbezwingbares Verlangen, ihren Körper (ihren fremden Körper, den sie in die Welt hinausjagen möchte) dieser Brandung auszusetzen.

Tomas hat immer wieder versucht, sie davon zu überzeugen, daß die Liebe und der Liebesakt zwei verschiedene Dinge sind. Sie wollte das nicht verstehen. Nun ist sie von Männern umgeben, für die sie nicht die geringste Sympathie hegt. Wie wäre es, mit ihnen ins Bett zu gehen? Sie will es versuchen, wenigstens in Form des Versprechens ohne Gewähr, das man Koketterie nennt.

Damit keine Mißverständnisse entstehen: sie will nicht Tomas etwas heimzahlen. Sie will einen Ausweg aus dem Irrgarten finden. Sie weiß, daß sie ihn belastet: sie nimmt die

Dinge zu ernst, macht aus allem eine Tragödie, kann die Leichtigkeit der körperlichen Liebe, deren kurzweilige Unverbindlichkeit nicht verstehen. Diese Leichtigkeit möchte sie lernen! Sie wünscht sich, daß jemand sie lehre, nicht mehr anachronistisch zu sein!

Ist die Koketterie für andere Frauen eine zweite Natur, eine nichtssagende Routine, so ist sie für Teresa zu einem wichtigen Forschungsfeld geworden, auf dem sie herausfinden will, wozu sie fähig ist. Aber gerade weil die Koketterie für sie so wichtig und so ernst ist, hat sie alle Leichtigkeit verloren, sie wirkt gezwungen, gewollt, übertrieben. Das Gleichgewicht zwischen Versprechen und fehlender Gewähr (auf dem die echte Virtuosität der Koketterie beruht!) ist gestört. Sie verspricht allzu eifrig, ohne die fehlende Gewähr klar genug zum Ausdruck zu bringen. Mit anderen Worten, sie erscheint für jedermann außerordentlich zugänglich. Fordern die Männer aber die Erfüllung dessen, was ihnen vermeintlich versprochen worden ist, so stoßen sie auf heftigen Widerstand, den sie sich nicht anders erklären können, als daß Teresa raffiniert und boshaft sein muß.

9.

Ein etwa sechzehnjähriger Junge setzte sich auf einen freien Barhocker. Er sagte ein paar provozierende Sätze, die im Gespräch stehenblieben wie ein falscher Strich in einer Zeichnung, den man weder weiterführen noch ausradieren kann.

»Sie haben schöne Beine«, sagte er.

Sie schnitt ihm das Wort ab: »Als ob man das durch diese Holzwand sehen könnte!«

»Ich kenne Sie. Ich sehe Sie öfter auf der Straße«, erklärte er, aber sie hatte sich schon von ihm abgewandt und kümmerte sich um einen anderen Gast. Der Junge bestellte einen Cognac. Sie verweigerte ihn.

»Ich bin schon achtzehn«, protestierte er.

»Dann zeigen Sie mir Ihren Personalausweis.«

»Mach ich nicht.«

»Dann trinken Sie Limonade!«

Der Junge glitt wortlos vom Barhocker und verschwand. Nach einer halben Stunde kehrte er zurück und setzte sich wieder schwungvoll an die Bar. Er stank auf drei Meter nach Alkohol.

»Eine Limonade!« befahl er.

»Sie sind ja betrunken!« sagte Teresa.

Der Junge wies auf die gedruckte Anweisung an der Wand hinter Teresa: *Es ist verboten, Jugendlichen unter achtzehn Jahren alkoholische Getränke auszuschenken.*

»Sie dürfen mir keinen Alkohol ausschenken«, sagte er und wies mit einer ausholenden Geste auf Teresa, »aber es steht nirgends geschrieben, daß ich nicht betrunken sein darf!«

»Wo haben Sie sich so zugerichtet?« fragte Teresa.

»In der Kneipe gegenüber«, lachte er und verlangte nochmals eine Limonade.

»Und warum sind Sie nicht dort geblieben?«

»Weil ich Sie sehen will«, sagte der Junge, »ich liebe Sie!«

Sein Gesicht war eigenartig verzerrt, als er das sagte. Teresa begriff nicht: Machte er sich lustig? Kokettierte er? Scherzte er? Oder wußte er ganz einfach nicht, was er sagte, weil er betrunken war?

Sie stellte eine Limonade vor ihn hin und kümmerte sich wieder um die anderen Gäste. Der Satz »Ich liebe Sie!« schien die Kräfte des Jungen erschöpft zu haben. Er sagte nichts mehr, legte schweigend sein Geld auf die Theke und verschwand, ohne daß Teresa es bemerkte.

Kaum war er weg, ergriff ein untersetzter Mann mit Glatze, der schon drei Glas Wodka getrunken hatte, das Wort: »Fräulein, Sie wissen doch, daß man Minderjährigen keinen Alkohol ausschenken darf!«

»Ich habe ihm keinen Alkohol gegeben! Er hat eine Limonade bekommen!«

»Ich habe genau gesehen, was Sie ihm in die Limonade geschüttet haben!«

»Das ist doch Unsinn!« schrie Teresa.

»Noch einen Wodka«, gebot der Glatzkopf und fügte hinzu: »Ich beobachte Sie bereits seit längerer Zeit!«

»Dann seien Sie zufrieden, daß Sie eine schöne Frau ansehen dürfen und halten Sie das Maul!« ertönte die Stimme eines großen Mannes, der sich vor einer Weile an die Theke gestellt und die ganze Szene mitverfolgt hatte.

»Mischen Sie sich nicht ein! Sie geht das nichts an!« schrie der Glatzkopf.

»Und können Sie mir erklären, was Sie das angeht?« fragte der Große.

Teresa goß dem Glatzkopf den bestellten Wodka ein. Er trank ihn in einem Zug aus, zahlte und ging.

»Ich danke Ihnen«, sagte Teresa zu dem Großen.

»Das ist nicht der Rede wert«, sagte er und ging ebenfalls.

10.

Einige Tage später tauchte er wieder an der Bar auf. Als sie ihn sah, lächelte sie ihm zu wie einem Freund. »Ich muß Ihnen nochmals danken. Dieser Kahlkopf kommt häufig her, ein schrecklich unangenehmer Typ.«

»Vergessen Sie ihn.«

»Warum hat er mich angegriffen?«

»Das ist nur ein Säufer ohne jede Bedeutung. Ich möchte Sie nochmals bitten: vergessen Sie ihn.«

»Wenn Sie mich darum bitten, will ich ihn gern vergessen.«

Der große Mann sah ihr in die Augen: »Versprechen Sie es mir!«

»Ich verspreche es!«

»Wie schön, aus Ihrem Mund zu hören, daß Sie mir etwas versprechen«, sagte der Mann und sah ihr immer noch in die Augen.

Da war sie, die Koketterie: das Verhalten, das dem anderen zu verstehen gibt, daß eine sexuelle Annäherung zwar möglich, diese Möglichkeit aber gleichzeitig ohne Gewähr ist und rein theoretisch.

»Wie kommt es, daß man im häßlichsten aller Prager Stadtteile eine Frau wie Sie antrifft?«

»Und Sie? Was machen Sie im häßlichsten Stadtteil von Prag?«

Er sagte ihr, daß er nicht weit entfernt wohnte, Ingenieur sei und neulich durch puren Zufall hereingeschaut hätte, auf dem Heimweg von seiner Arbeit.

11.

Sie schaute Tomas an, ihr Blick war aber nicht auf seine Augen gerichtet, sondern zehn Zentimeter höher, auf sein Haar, das nach einem fremden Schoß roch.

Sie sagte: »Tomas, ich halte es nicht mehr aus. Ich weiß, ich darf mich nicht beklagen. Seit du meinetwegen nach Prag zurückgekehrt bist, habe ich mir die Eifersucht verboten. Ich will nicht mehr eifersüchtig sein, aber ich bin nicht stark genug, um mich dagegen zu wehren. Hilf mir, bitte!«

Er faßte sie am Arm und führte sie in einen Park, in dem sie vor Jahren oft spazierengegangen waren. Es gab dort Bänke, blaue, gelbe und rote. Sie setzten sich und Tomas sagte:

»Ich verstehe dich. Ich weiß, was du willst und habe alles arrangiert. Du gehst jetzt auf den Laurenziberg.«

Auf einmal bekam sie Angst: »Auf den Laurenziberg? Warum denn auf den Laurenziberg?«

»Du steigst ganz hinauf und du wirst alles verstehen.«

Sie hatte überhaupt keine Lust zu gehen; ihr Körper war so schwach, daß sie sich nicht von der Bank erheben konnte. Aber sie war unfähig, Tomas nicht zu gehorchen. Unter großer Mühe stand sie auf.

Sie blickte zurück. Er saß immer noch auf der Bank und lächelte ihr fast fröhlich zu. Er machte mit seiner Hand eine Geste, die sie zum Weggehen aufmuntern sollte.

12.

Als sie am Fuß des Laurenziberges stand, dieses grünen Hügels mitten in Prag, stellte sie verwundert fest, daß kein Mensch dort war. Seltsam, denn normalerweise gingen Massen von Pragern in diesen Alleen spazieren. Sie hatte Angst im Herzen, der Berg war aber so still und die Stille so besänftigend, daß sie sich nicht mehr wehrte und sich seiner Umarmung hingab. Sie stieg hinauf, hielt von Zeit zu Zeit inne und schaute zurück: unter ihr lagen die vielen Türme und Brücken; die Heiligen drohten mit den Fäusten, die starren Steinaugen den Wolken zugewandt. Es war die schönste Stadt der Welt.

Sie kam oben an. Hinter den Buden mit Eis, Ansichtskarten und Keksen (in denen kein einziger Verkäufer stand) erstreckte sich ein endloser Rasen, der spärlich mit Bäumen bestanden war. Sie sah dort einige Männer stehen. Je mehr sie sich ihnen näherte, desto langsamer wurden ihre Schritte. Es waren sechs Männer. Sie standen einfach da, oder schlenderten langsam umher, wie Spieler auf einem Golfplatz, die das Terrain auskundschaften, den Schläger in der Hand wiegen und sich vor dem Spiel konzentrieren.

Sie ging ganz nahe an sie heran. Von den sechs unterschied sie mit Sicherheit drei, die hier dieselbe Rolle zu spielen hatten, wie sie selbst: sie waren unsicher, sie sahen aus, als wollten sie viele Fragen stellen, hatten aber Angst, lästig zu werden, so daß sie lieber schwiegen und nur fragende Blicke auf ihre Umgebung warfen.

Die drei anderen strahlten eine geduldige Freundlichkeit aus. Einer von ihnen hielt eine Flinte in der Hand. Als er Teresa erblickte, winkte er ihr lächelnd zu: »Ja, Sie sind hier richtig.«

Sie grüßte mit einem Nicken des Kopfes, ihr war angst und bange.

Der Mann fügte hinzu: »Damit keine Mißverständnisse entstehen, geschieht es auf *Ihren* Wunsch?«

Es wäre einfach gewesen zu sagen, ›Nein, nein, es ist nicht mein Wunsch!‹, aber es war für sie unvorstellbar, Tomas zu enttäuschen. Womit könnte sie sich bei ihm entschuldigen, wenn sie wieder nach Hause zurückkehrte? Darum sagte sie: »Ja, gewiß. Es geschieht auf meinen Wunsch.«

Der Mann mit der Flinte fuhr fort: »Damit Sie verstehen, weshalb ich frage. Wir tun es nur, wenn wir die Gewißheit haben, daß die Leute, die zu uns kommen, selber ausdrücklich zu sterben wünschen. Wir erweisen ihnen bloß einen Dienst.«

Forschend musterte er Teresa, worauf sie ihm nochmals versichern mußte: »Nein, haben Sie keine Bedenken. Es ist mein Wunsch.«

»Wollen Sie als erste drankommen?« fragte er.

Sie wollte die Hinrichtung wenigstens noch etwas aufschieben und sagte: »Nein, bitte nicht. Wenn es möglich ist, so wäre ich gern die letzte.«

»Wie Sie wollen«, sagte er und ging wieder zu den anderen zurück. Seine beiden Helfer trugen keine Waffen, sie waren nur da, um sich den Menschen zu widmen, die zum Sterben gekommen waren. Sie faßten sie am Arm und geleiteten sie auf den Rasen. Die Grasfläche breitete sich aus, so weit das Auge reichte. Die Todeskandidaten durften sich ihren Baum selber aussuchen. Sie blieben stehen, sahen sich um und konnten sich lange nicht entscheiden. Zwei von ihnen wählten schließlich eine Platane aus, doch der dritte ging immer weiter, und kein Baum schien ihm geeignet für seinen Tod. Der Helfer, der ihn sachte am Arm hielt, begleitete ihn geduldig, bis der Mann schließlich den Mut verlor weiterzugehen und vor einem weitausladenden Ahorn stehenblieb.

Darauf verbanden die Helfer allen dreien die Augen mit einem Tuch.

So standen auf dem endlosen Rasen drei Männer an drei Bäume gelehnt, jeder eine Binde vor den Augen und den Kopf zum Himmel gewandt.

Der Mann mit der Flinte zielte und schoß. Außer dem Singen der Vögel hörte man kein Geräusch. Die Flinte war mit einem Schalldämpfer ausgerüstet. Man konnte nur sehen, wie der Mann am Ahorn langsam zusammenbrach.

Ohne sich von der Stelle zu rühren, drehte sich der Mann

mit der Flinte in eine andere Richtung, und der Mann an der Platane brach ebenfalls in vollkommener Stille zusammen, und einen Augenblick später (der Mann mit der Flinte hatte sich nochmals etwas gedreht) fiel auch der dritte Hingerichtete auf den Rasen.

13.

Einer der Helfer trat schweigend auf Teresa zu. In der Hand hielt er ein dunkelblaues Tuch.

Sie begriff, daß er ihr die Augen verbinden wollte. Sie schüttelte den Kopf und sagte: »Nein, ich will alles sehen.«

Das war aber nicht der eigentliche Grund ihrer Weigerung. Sie hatte nichts von einer Heldin an sich, die fest entschlossen ist, dem Erschießungskommando standhaft in die Augen zu sehen. Sie wollte nur den Tod hinausschieben. Ihr schien, als wäre sie mit der Binde vor den Augen bereits im Vorzimmer des Todes, von wo es kein Zurück mehr gab.

Der Mann wollte sie nicht drängen und faßte sie am Arm. So schritten sie über den weiten Rasen, und Teresa konnte sich für keinen Baum entscheiden. Niemand hielt sie zur Eile an, doch wußte sie, daß es ohnehin kein Entrinnen gab. Als sie einen blühenden Kastanienbaum vor sich sah, blieb sie stehen. Sie lehnte sich mit dem Rücken an den Stamm und schaute nach oben: sie sah sonnendurchtränktes Grün und hörte in der Ferne das Summen der Stadt, sanft und süß, als erklängen Tausende von Geigen.

Der Mann setzte die Flinte an.

Teresa spürte, wie der Mut sie verließ. Sie war verzweifelt über ihre Schwäche, vermochte sie jedoch nicht zu bezwingen und sagte: »Es ist aber nicht *mein* Wunsch.«

Augenblicklich senkte der Mann den Gewehrlauf und sagte sehr milde: »Wenn es nicht *Ihr* Wunsch ist, so können wir es nicht tun. Dazu haben wir kein Recht.«

Seine Stimme klang freundlich, als wollte er sich bei Teresa dafür entschuldigen, daß er sie nicht erschießen konnte, weil sie es nicht selber wünschte. Diese Freundlichkeit brach ihr das Herz, sie wandte ihr Gesicht der Baumrinde zu und fing an zu weinen.

14.

Ihr ganzer Körper wurde vom Weinen geschüttelt, und sie umarmte den Baum, als wäre es nicht ein Baum, sondern ihr Vater, den sie verloren, ihr Großvater, den sie nie gekannt hatte, ihr Urgroßvater, ihr Ururgroßvater, irgendein unendlich alter Mann, der aus den entferntesten Tiefen der Zeit gekommen war, um ihr sein Gesicht in Form einer rauhen Baumrinde zuzuwenden.

Dann drehte sie sich um. Die drei Männer waren bereits weit weg, sie schlenderten auf dem Rasen umher wie Golfspieler, und die Flinte in der Hand des einen sah tatsächlich aus wie ein Golfschläger.

Sie ging den Laurenziberg hinunter, in der Seele eine wehmütige Sehnsucht nach dem Mann, der sie hätte erschießen sollen und es nicht getan hatte. Sie sehnte sich nach seiner Nähe. Jemand mußte ihr doch helfen können! Tomas half ihr nicht. Tomas schickte sie in den Tod. Helfen konnte ihr nur ein anderer!

Je näher sie der Stadt kam, desto stärker wurde ihre Sehnsucht nach diesem Mann, desto größer ihre Angst vor Tomas. Er würde ihr nicht verzeihen, daß sie ihr Versprechen nicht gehalten hatte. Er würde ihr nicht verzeihen, daß sie nicht tapfer genug war und ihn verraten hatte. Schon befand sie sich in der Straße, wo sie wohnten, und wußte, daß sie ihn im nächsten Augenblick sehen würde. Davor hatte sie eine solche Angst, daß ihr übel wurde und sie glaubte, erbrechen zu müssen.

15.

Der Ingenieur hatte sie zu sich nach Hause eingeladen. Zweimal hatte sie die Einladung ausgeschlagen. Nun hatte sie eingewilligt.

Wie immer aß sie stehend zu Mittag und ging dann weg. Es war noch nicht zwei Uhr.

Sie näherte sich dem Haus, in dem er wohnte, und spürte, daß sich ihre Schritte wie von selbst verlangsamten, unabhängig von ihrem Willen.

Doch dann überlegte sie, daß es im Grunde Tomas war, der sie zu ihm schickte. Er war es ja, der ihr stets von neuem erklärte, daß Liebe und Sex nichts miteinander zu tun hätten. Sie wollte ganz einfach sehen, ob seine Worte sich bestätigten. Sie hörte seine Stimme: Ich verstehe dich. Ich weiß, was du willst und habe alles arrangiert. Du gehst jetzt ganz hinauf, und du wirst alles verstehen.

Ja, sie tat nichts anderes, als Tomas' Befehle auszuführen.

Sie wollte nur kurz bei dem Ingenieur bleiben; gerade so lange, um eine Tasse Kaffee zu trinken, damit sie erfuhr, was es bedeutete, bis zur Grenze der Untreue zu gehen. Sie wollte ihren Körper an diese Grenze stoßen, ihn dort eine Zeitlang wie am Pranger stehenlassen, und dann, wenn der Ingenieur sie umarmen wollte, würde sie zu ihm sagen wie zum Mann mit der Flinte auf dem Laurenziberg: »Es ist aber nicht mein Wunsch.«

Daraufhin würde der Mann den Gewehrlauf senken und mit freundlicher Stimme sagen: »Wenn es nicht Ihr Wunsch ist, so kann ich es nicht tun. Dazu habe ich kein Recht.«

Sie würde sich zum Baumstamm hinwenden und anfangen zu weinen.

16.

Es war eine Mietskaserne aus der Jahrhundertwende in einem Prager Arbeitervorort. Sie betrat einen Hausflur mit schmutzigen gekalkten Wänden. Eine ausgetretene Steintreppe mit Eisengeländer führte in den ersten Stock. Sie wandte sich nach links. Die zweite Tür, ohne Namenschild, ohne Klingel. Sie klopfte.

Er öffnete.

Die Wohnung bestand aus einem einzigen Raum, der zwei Meter hinter der Tür durch einen Vorhang abgeteilt war, wodurch eine Art Ersatz für das fehlende Vorzimmer geschaffen wurde. Darin standen ein Tisch mit einer Kochplatte und ein Kühlschrank. Als sie weiterging, erblickte sie das vertikale Rechteck eines Fensters am Ende des engen, langgezogenen Zimmers; auf der einen Seite standen Bücherregale, auf der anderen eine Couch und ein Sessel.

»Meine Wohnung ist sehr bescheiden«, sagte der Ingenieur, »ich hoffe, es macht Ihnen nichts aus.«

»Nein, überhaupt nichts«, sagte Teresa mit einem Blick auf die Wand, die ganz mit Bücherregalen bedeckt war. Dieser Mann hatte keinen richtigen Tisch, aber Hunderte von Büchern. Das war Teresa lieb, und die Beklommenheit, mit der sie hergekommen war, legte sich etwas. Seit ihrer Kindheit betrachtete sie das Buch als Zeichen einer geheimen Bruderschaft. Ein Mensch mit einer solchen Bibliothek würde ihr nichts Böses antun können.

Er fragte sie, was er ihr anbieten könnte. Wein?

Nein, nein, Wein wollte sie nicht. Wenn überhaupt etwas, dann Kaffee.

Er verschwand hinter dem Vorhang, und sie trat vor die Bibliothek. Ein Buch fiel ihr sofort ins Auge. Eine Übersetzung des Ödipus von Sophokles. Wie sonderbar, daß dieses Buch hier stand! Vor Jahren hatte Tomas es ihr geschenkt, mit der Bitte, es zu lesen, und er hatte lange darüber gesprochen. Er hatte seine Überlegungen für eine Zeitung zu Papier gebracht, und eben dieser Artikel hatte ihrer beider Leben völlig auf den Kopf gestellt. Sie schaute auf den Buchrücken, und dieser Anblick beruhigte sie. Als hätte Tomas hier absichtlich eine Spur hinterlassen, eine Botschaft, die besagte, daß er das alles arrangiert hatte. Sie zog das Buch heraus und öffnete es. Wenn der große Mann zurückkäme, würde sie ihn fragen, warum er dieses Buch besaß, ob er es gelesen hatte und was er davon hielt. Sie würde das Gespräch durch diese List aus dem gefährlichen Terrain der fremden Wohnung in die vertraute Welt von Tomas' Denken hinüberleiten.

Sie spürte eine Hand auf ihrer Schulter. Der Mann nahm ihr das Buch aus der Hand, stellte es wortlos ins Regal zurück und führte sie zur Couch.

Wieder kam ihr der Satz in den Sinn, den sie dem Henker auf dem Laurenziberg gesagt hatte. Sie sprach ihn jetzt laut aus: »Es ist aber nicht mein Wunsch!«

Sie hatte geglaubt, es handelte sich um eine Zauberformel, die die Situation augenblicklich verändern würde, aber in diesem Zimmer hatten die Worte ihre magische Kraft verloren. Mir scheint sogar, daß sie den Mann zu noch stärkerer Entschlossenheit angespornt haben: er preßte Teresa an sich und legte seine Hand auf ihre Brust.

Sonderbar: diese Berührung befreite sie plötzlich von ihrer Beklommenheit. Der Ingenieur hatte mit dieser Berührung auf ihren Körper verwiesen, und ihr wurde bewußt, daß es nicht um sie (um ihre Seele) ging, sondern einzig und allein um ihren Körper. Um diesen Körper, der sie verraten hatte, und den sie in die Welt hinausgejagt hatte zu anderen Körpern.

17.

Er begann, ihre Bluse aufzuknöpfen und bedeutete ihr, selbst weiterzumachen. Sie folgte dieser Aufforderung jedoch nicht. Sie hatte ihren Körper in die Welt hinausgejagt, wollte aber keine Verantwortung für ihn übernehmen. Sie wehrte sich nicht und half ihm nicht. Ihre Seele wollte auf diese Weise zu verstehen geben, daß sie zwar mit dem, was vor sich ging, nicht einverstanden war, aber dennoch beschlossen hatte, sich neutral zu verhalten.

Er zog sie aus, und sie blieb dabei fast regungslos. Als er sie küßte, erwiderten ihre Lippen den Druck nicht. Dann spürte sie plötzlich, wie ihr Schoß feucht wurde, und erschrak.

Sie spürte ihre Erregung, die um so stärker war, als sie gegen ihren Willen entstanden war. Ihre Seele hatte insgeheim bereits in alles, was passierte, eingewilligt, sie wußte aber, daß diese Einwilligung unausgesprochen bleiben mußte, wenn die starke Erregung andauern sollte. Würde sie ihr Ja laut aussprechen und die Liebesszene freiwillig mitspielen, so ließe die Erregung nach. Denn die Seele war gerade dadurch erregt, daß der Körper gegen seinen Willen handelte, daß er sie verriet und sie diesem Verrat zuschaute.

Dann zog er ihr den Slip aus; sie war jetzt nackt. Die Seele sah den entblößten Körper in der Umarmung eines fremden Mannes, und es kam ihr unglaublich vor, als schaute sie aus der Nähe auf den Planeten Mars. Im Lichte dieser Unglaublichkeit verlor ihr Körper zum ersten Mal seine Banalität, zum ersten Mal betrachtete sie ihn wie verzaubert; all das, was an ihm einzigartig und unnachahmlich war, trat in den Vordergrund. Es war nicht mehr der gewöhnlichste aller Körper (wie sie ihn bisher gesehen hatte), sondern der ungewöhnlichste. Die Seele konnte ihren Blick nicht von diesem runden braunen Fleck, einem Muttermal direkt über dem Schamhaar, losreißen; es schien ihr, als sei dieses Mal ihr Siegel, das sie (die Seele) dem Körper aufgedrückt hatte, und daß ein fremdes Glied sich so schändlich nahe bei diesem heiligen Siegel bewegte.

Als sie sein Gesicht sah, wurde ihr wieder bewußt, niemals eingewilligt zu haben, daß der Körper, auf den die Seele ihre Unterschrift gesetzt hatte, in den Armen von jemandem lag, den sie nicht kannte und nicht kennen wollte. Ein betäubender Haß ergriff Besitz von ihr. Sie sammelte ihren Speichel, um ihn dem fremden Mann ins Gesicht zu spucken. Sie beobachteten sich gegenseitig mit derselben Begierde; er bemerkte ihre Wut, und seine Bewegungen auf ihrem Körper wurden noch schneller. Teresa fühlte, wie von ferne die Lust auf sie zukam, und sie fing zu schreien an: »Nein, nein, nein!« Sie wehrte sich gegen das aufkommende Lustgefühl, und gerade weil sie sich dagegen wehrte, floß die aufgestaute Lust in ihren ganzen Körper, aus dem es keinen Ausweg gab; die Lust breitete sich in ihr aus wie Morphium in den Adern. Teresa tobte in den Armen des Mannes, schlug um sich und spuckte ihm ins Gesicht.

18.

In modernen Badezimmern wachsen die Klosettbecken wie die weißen Blüten der Seerosen aus dem Boden. Der Architekt tut alles, um den Körper sein Elend vergessen zu lassen, und man weiß nicht, was mit den Abfällen aus den Eingeweiden geschieht, wenn das Wasser aus dem Reservoir rauschend darüber zusammenschlägt. Obwohl die Röhren der Kanalisation mit ihren Fangarmen bis in unsere Wohnungen reichen, sind sie sorgfältig vor unseren Blicken verborgen, und wir wissen nichts vom unsichtbaren Venedig der Scheiße, über dem unsere Badezimmer, unsere Schlafzimmer, unsere Tanzsäle und unsere Parlamente gebaut sind.

Die Toiletten des alten Wohnblocks in dem Prager Arbeitervorort waren weniger verlogen; der Fußboden war mit grauen Kacheln ausgelegt, über denen sich die Kloschüssel verwaist und erbärmlich erhob. Ihre Form erinnerte nicht an eine Seerose, sondern sah aus wie das, was sie war: ein erweitertes Rohrende. Sogar die Holzbrille fehlte, Teresa mußte sich auf das kalte Email setzen, das sie frösteln ließ.

Sie saß auf dem Klosett, und der Wunsch, ihre Eingeweide zu entleeren, der sie plötzlich befallen hatte, war der Wunsch, bis ans Ende der Erniedrigung zu gehen, so stark wie möglich, so vollkommen wie möglich nur noch Körper zu sein, dieser Körper, von dem die Mutter immer gesagt hatte, er sei nur zur Verdauung und zur Ausscheidung da. Teresa entleerte ihre Eingeweide mit einem Gefühl grenzenloser Trauer und Einsamkeit. Es gab nichts Elenderes als ihren nackten

Körper, der auf diesem erweiterten Ende eines Abwasserrohrs saß.

Die Seele hatte die Neugierde eines Zuschauers, ihre Boshaftigkeit und ihren Stolz verloren; sie war wieder tief in den Körper zurückgekehrt, in den hintersten Winkel der Eingeweide, und wartete verzweifelt, ob sie nicht jemand rief.

19.

Sie erhob sich vom Klosett, zog die Wasserspülung und trat in der Vorraum. Die Seele zitterte im nackten und verstoßenen Körper. Sie spürte noch die Berührung des Papiers, mit dem sie sich den Hintern abgewischt hatte.

Und da geschah etwas, das sie nie mehr vergessen sollte: sie hatte Lust, zu ihm ins Zimmer zurückzugehen und seine Stimme zu hören, die ihren Namen sagte. Hätte er sie mit einer ruhigen, tiefen Stimme angesprochen, so hätte ihre Seele es gewagt, an die Oberfläche des Körpers zu treten, und sie hätte zu weinen angefangen. Sie hätte ihn umarmt, wie sie im Traum den mächtigen Stamm der Kastanie umarmt hatte.

Sie stand im Vorraum und kämpfte gegen die grenzenlose Lust an, vor ihm in Tränen auszubrechen. Wenn sie nicht dagegen ankämpfte, das wußte sie, dann würde etwas geschehen, was sie nicht wollte. Sie würde sich in ihn verlieben.

In diesem Augenblick ertönte seine Stimme aus dem Inneren des Zimmers. Als sie diese Stimme hörte (ohne gleichzeitig die hochgewachsene Gestalt des Ingenieurs zu sehen), war sie überrascht: sie klang dünn und hoch. Wie kam es, daß sie das noch nicht bemerkt hatte?

Vielleicht verdankte sie es diesem unerwartet unangenehmen Eindruck seiner Stimme, daß sie die Versuchung verscheuchen konnte. Sie kehrte zurück in das Zimmer, hob die am Boden liegenden Kleider auf, zog sich rasch an und ging.

20.

Sie kam mit Karenin, der sein Hörnchen in der Schnauze trug, vom Einkaufen zurück. Es war ein kalter Morgen mit leichtem Frost. Sie gingen gerade an einer Siedlung vorbei, deren Bewohner die großen Flächen zwischen den Häusern in kleine Gärten verwandelt hatten. Auf einmal blieb Karenin stehen und starrte unverwandt in eine Richtung. Auch sie sah dorthin, ohne etwas Außergewöhnliches zu bemerken. Karenin zerrte an der Leine, und sie ließ sich führen. Schließlich sah sie auf der gefrorenen Erde eines brachliegenden Beetes ein schwarzes Krähenköpfchen mit einem großen Schnabel. Das körperlose Köpfchen bewegte sich sachte, und der Schnabel stieß ab und zu einen traurigen, heiseren Ton aus.

Karenin war so aufgeregt, daß er das Hörnchen fallen ließ. Teresa mußte ihn an einem Baum festbinden, damit er der Krähe nichts antun konnte. Dann kniete sie nieder und versuchte, die festgestampfte Erde rund um den Körper des lebendig begrabenen Vogels zu lockern. Es war nicht einfach. Sie brach sich einen Fingernagel ab und blutete.

In diesem Moment fiel nicht weit von ihr ein Stein zu Boden. Sie sah sich um und erblickte zwei knapp zehnjährige Jungen hinter einer Hausecke. Sie stand auf. Als die Jungen ihre Reaktion und den Hund am Baum bemerkten, rannten sie weg.

Sie kniete sich wieder hin und kratzte die Erde weg, bis sie die Krähe schließlich aus ihrem Grab befreit hatte. Aber der Vogel war lahm, konnte weder gehen noch fliegen. Sie hüllte ihn in ihren roten Schal, den sie um den Hals trug, und drückte ihn mit der linken Hand an ihren Körper. Mit der rechten band sie Karenin vom Baum los. Sie mußte all ihre Kräfte aufbieten, um ihn zu bändigen und bei Fuß zu halten.

Sie klingelte, da sie keine Hand frei hatte, um den Schlüssel in der Tasche zu suchen. Tomas öffnete ihr. Sie streckte ihm Karenins Leine entgegen. »Halt ihn fest!« befahl sie und trug die Krähe ins Badezimmer. Sie legte den Vogel auf den Boden unter das Waschbecken. Die Krähe zuckte, konnte sich aber nicht fortbewegen. Eine dicke gelbe Flüssigkeit rann an ihrem Körper herunter. Teresa baute ihr unter dem Waschbecken ein Nest aus alten Lumpen, damit ihr auf den Steinplatten nicht zu kalt wurde. Immer wieder versuchte der Vogel verzweifelt, seinen lahmen Flügel zu bewegen; sein Schnabel ragte in die Luft wie ein Vorwurf.

21.

Sie saß auf dem Rand der Badewanne und konnte ihren Blick nicht von der sterbenden Krähe abwenden. In der verwaisten Verlassenheit des Vogels sah sie das Bild ihres eigenen Schicksals und sagte sich immer wieder: Auf der ganzen weiten Welt habe ich niemanden außer Tomas.

Hat die Geschichte mit dem Ingenieur sie gelehrt, daß Liebesabenteuer nichts mit Liebe zu tun haben? Daß sie leicht sind und nichts wiegen? Ist sie ruhiger geworden?

Keineswegs.

Eine Szene ließ ihr keine Ruhe: sie kam aus der Toilette, und ihr Körper stand nackt und verstoßen im Vorraum. Die aufgeschreckte Seele zitterte tief in den Eingeweiden. Hätte der Mann im Zimmer in jenem Moment ihre Seele angesprochen, wäre sie in Tränen ausgebrochen und ihm in die Arme gefallen.

Sie stellte sich vor, daß an ihrer Stelle eine von Tomas' Freundinnen auf dem Flur neben der Toilette gestanden hätte, und Tomas drinnen an Stelle des Ingenieurs. Er hätte dem Mädchen nur ein einziges Wort sagen müssen, und sie hätte ihn weinend umarmt.

Teresa weiß, daß der Augenblick, in dem die Liebe geboren wird, so aussieht: eine Frau kann der Stimme, die ihre aufgeschreckte Seele an die Oberfläche ruft, nicht widerstehen; ein Mann kann der Frau nicht widerstehen, deren Seele auf seine Stimme anspricht. Tomas ist niemals sicher vor den Fallen der Liebe, und Teresa muß jede Stunde, jede Minute um ihn fürchten.

Was besitzt sie als Waffe? Nichts als ihre Treue. Gleich zu Anfang hat sie ihm ihre Treue angeboten, gleich am ersten Tag, als wäre ihr bewußt gewesen, daß sie ihm nichts anderes zu bieten hatte. Ihre Liebe hat eine sonderbar asymmetrische Architektur: sie beruht auf der sicheren Stütze von Teresas Treue, wie ein riesiger Palast auf einer einzigen Säule.

Die Krähe bewegte kaum noch die Flügel, nur ab und zu zuckte sie mit dem verletzten, gebrochenen Füßchen. Teresa wollte sie nicht allein lassen, als wachte sie am Lager einer sterbenden Schwester. Schließlich ging sie doch in die Küche, um in Eile Abendbrot zu essen.

Als sie wiederkam, war die Krähe tot.

22.

Im ersten Jahr ihrer Liebe schrie Teresa, wenn sie sich liebten, und dieser Schrei, wie gesagt, sollte ihre Sinne blind und taub machen. Später schrie sie seltener, ihre Seele war aber noch immer geblendet von der Liebe und sah nichts. Erst als sie mit dem Ingenieur geschlafen hatte, machte das Fehlen der Liebe ihre Seele sehend.

Sie war wieder in der Sauna und stand vor dem Spiegel. Sie schaute sich an und sah jene Liebesszene in der Wohnung des Ingenieurs vor sich. Was sie davon im Gedächtnis behalten hatte, war nicht etwa der Liebhaber. Ehrlich gesagt, sie hätte ihn nicht beschreiben können, vielleicht hatte sie nicht einmal bemerkt, wie er nackt aussah. Woran sie sich erinnerte (und was sie nun, erregt, im Spiegel betrachtete), war ihr eigener Körper; ihr Geschlecht und der runde Fleck dicht darüber. Dieser Fleck, bis dahin nichts weiter als ein gewöhnlicher Schönheitsfehler, hatte sich in ihre Gedanken eingeprägt. Sie wollte ihn wieder und wieder in dieser unglaublichen Nähe eines fremden männlichen Gliedes sehen.

Ich möchte nochmals betonen: Sie wollte nicht das Geschlecht des fremden Mannes sehen. Sie wollte ihre eigene Scham in der Nähe eines fremden Gliedes sehen. Sie begehrte nicht den Körper des Liebhabers. Sie begehrte ihren eigenen, ihren plötzlich entdeckten, diesen ihr allernächsten, allerfremdesten und erregendsten aller Körper.

Sie sah ihren Körper bedeckt von feinen Tröpfchen, die noch vom Duschen auf der Haut hafteten, und dachte daran, daß der Ingenieur in den nächsten Tagen wieder in der Bar vorbeikommen würde. Sie wünschte sich, daß er kommen und sie zu sich einladen würde! Und wie sie sich das wünschte!

23.

Tag für Tag fürchtete sie, daß der Ingenieur an der Bar auftauchte, und sie nicht nein sagen könnte. Die Tage verflossen, und die Befürchtung, er könnte kommen, verwandelte sich in die Angst, er könnte nicht kommen.

Es verging ein Monat, und der Ingenieur ließ sich nicht blicken. Für Teresa war das unerklärlich. Das enttäuschte Verlangen trat in den Hintergrund, um einer Beunruhigung Platz zu machen: *Warum* war er nicht gekommen?

Sie bediente ihre Gäste. Der Mann mit der Glatze, der ihr damals vorgeworfen hatte, sie habe Alkohol an Minderjährige ausgeschenkt, war wieder da. Er gab mit lauter Stimme eine schlüpfrige Anekdote zum besten, wie sie sie schon zu Hunderten von Betrunkenen gehört hatte, als sie noch in der Kleinstadt Bier servierte. Wieder schien die Welt der Mutter zu ihr zurückgekehrt zu sein, und deshalb unterbrach sie den Glatzkopf sehr unwirsch.

Der Mann war beleidigt: »Sie haben mir nichts zu befehlen. Sie können froh sein, daß wir Sie hinter dieser Theke überhaupt arbeiten lassen.«

»Wer *wir*? Wer ist das, *wir*?«

»Wir«, sagte der Mann und bestellte einen weiteren Wodka. »Und denken Sie daran, mich werden Sie nicht beleidigen!«

Dann zeigte er auf Teresas Hals, um den sie eine billige

Perlenkette trug. »Wo haben Sie denn diese Perlen her? Die haben Sie sicher nicht von Ihrem Mann, dem Fensterputzer! Der kann Ihnen doch solche Geschenke nicht bezahlen! Kriegen Sie sowas von den Gästen? Und wofür wohl?«

»Halten Sie augenblicklich das Maul!« zischte Teresa.

Der Mann versuchte, das Halsband zwischen die Finger zu nehmen: »Und merken Sie sich, bei uns ist die Prostitution verboten!«

Karenin richtete sich auf, legte die Vorderpfoten auf die Theke und fing an zu knurren.

24.

Der Botschafter sagte: »Das war ein Spitzel.«

»Ein Spitzel würde sich nicht so auffällig benehmen«, gab Teresa zu bedenken. »Was ist das für eine Geheimpolizei, die aufgehört hat, geheim zu sein?«

Der Botschafter setzte sich mit untergeschlagenen Beinen auf die Pritsche, wie er es beim Yoga gelernt hatte. Über seinem Kopf lächelte Kennedy, was seinen Worten eine besondere Würde verlieh.

»Frau Teresa«, sagte er väterlich, »Spitzel haben mehrere Funktionen. Die erste ist klassisch. Mithören, was die Leute sich so erzählen, und es den Vorgesetzten weitermelden.

Die zweite Funktion ist die Einschüchterung. Sie geben einem zu verstehen, daß sie Macht über einen haben, sie wollen einem Angst einflößen. Was Ihr Kahlkopf soeben versucht hat.

Die dritte Funktion besteht im Inszenieren von kompromittierenden Situationen. Heute ist niemand mehr daran interessiert, uns staatsfeindlicher Umtriebe zu bezichtigen, das würde uns nur noch mehr Sympathien verschaffen. So versucht man lieber, in unseren Taschen Haschisch zu finden oder zu beweisen, daß wir ein zwölfjähriges Mädchen mißbraucht haben. Es läßt sich immer ein Mädchen finden, das dies bezeugt.«

Wieder kam ihr der Ingenieur in den Sinn. Warum nur war er nicht mehr gekommen?

Der Botschafter fuhr fort: »Sie müssen die Leute in eine Falle locken, um sie für ihre Dienste zu gewinnen und mit ihrer Hilfe wieder Fallen für andere Leute zu stellen. So machen sie nach und nach aus dem ganzen Volk eine Einheitsorganisation von Spitzeln.«

Teresa dachte an nichts anderes mehr, als daß der Ingenieur von der Polizei auf sie angesetzt worden war. Und wer war der komische Junge gewesen, der sich in der Kneipe gegenüber betrunken und ihr eine Liebeserklärung gemacht hatte? Seinetwegen hatte der Spitzel mit der Glatze sie angegriffen und der Ingenieur sie verteidigt. Alle drei hatten sie ihre Rolle gespielt in einem abgekarteten Spiel, dessen Ziel es war, ihre Zuneigung zu wecken für den Mann, der die Aufgabe hatte, sie zu verführen.

Weshalb war ihr das nicht früher eingefallen? Mit dieser Wohnung war doch etwas faul, sie paßte überhaupt nicht zu diesem Menschen! Warum sollte dieser elegant gekleidete Ingenieur in einer so ärmlichen Wohnung hausen? War er überhaupt ein Ingenieur? Falls ja, wieso hatte er um zwei Uhr nachmittags frei? Und seit wann lasen Ingenieure Sophokles? Nein, das war nicht die Bibliothek eines Ingenieurs! Der Raum sah eher aus wie die beschlagnahmte Wohnung eines mittellosen Intellektuellen, den man inhaftiert hatte. Als sie zehn Jahre alt war und man ihren Vater verhaftete, wurde ebenfalls die Wohnung mit der ganzen Bibliothek beschlagnahmt. Wer weiß, wozu sie dann gedient hat.

Nun ist auch klar, warum der Ingenieur nicht wiedergekommen ist. Er hat seine Mission erfüllt. Welche? Der betrunkene Spitzel hat es ihr wider Willen verraten, als er sagte: »Merken Sie sich, bei uns ist die Prostitution verboten!« Dieser vermeintliche Ingenieur wird aussagen, daß sie mit ihm geschlafen und dafür Geld verlangt habe! Er wird ihr mit einem Skandal drohen und sie erpressen, damit sie die Leute denunziert, die sich an ihrer Bar betrinken.

»Ihre Geschichte ist nicht im geringsten gefährlich«, versuchte der Botschafter sie zu beruhigen.

»Schon möglich«, antwortete sie mit erstickter Stimme und ging mit Karenin hinaus auf die nächtlichen Straßen von Prag.

25.

Die meisten Menschen flüchten in die Zukunft, um ihrem Leiden zu entgehen. Sie stellen sich vor, daß es auf der Bahn der Zeit eine Linie gibt, jenseits derer das momentane Leiden aufhören wird. Doch Teresa sah keine solche Linie vor sich. Nur der Blick zurück konnte ihr Trost spenden. Es war wieder einmal Sonntag. Sie setzten sich ins Auto, um aus Prag wegzufahren.

Tomas saß am Steuer, Teresa neben ihm und Karenin hinten; er streckte von Zeit zu Zeit seinen Kopf nach vorn, um ihre Ohren zu lecken. Nach zwei Stunden Fahrt gelangten sie in einen kleinen Kurort, wo sie vor etwa sechs Jahren ein paar Tage zusammen verbracht hatten. Sie wollten dort übernachten.

Sie parkten auf dem Marktplatz und stiegen aus. Nichts hatte sich verändert. Gegenüber stand das Hotel, in dem sie damals gewohnt hatten, davor immer noch die alte Linde. Links erstreckte sich die alte Holzkolonnade, an deren Ende eine Quelle in ein Marmorbecken sprudelte. Damals wie heute beugten sich Menschen mit Trinkgläsern in der Hand darüber.

Tomas wies auf das Hotel. Etwas hatte sich doch verändert. Früher war es das Grand Hotel, und nun hieß es, der Aufschrift zufolge, Bajkal. Sie blickten auf das Schild an der Hausecke: Moskauer Platz. Sie schritten alle Straßen ab, die sie kannten (Karenin folgte allein, ohne Leine) und schauten nach den Namen: es gab eine Stalingradstraße, eine Leningradstraße, eine Rostowstraße, eine Nowosibirskstraße, eine Kiewstraße und eine Odessastraße, es gab ein Kurhaus Tschaikowski, ein Kurhaus Tolstoi und ein Kurhaus Rimski-Korsakow, es gab ein Hotel Suworow, ein Gorki-

Kino und ein Café Puschkin. Alle Namen waren der Geographie und der Geschichte Rußlands entnommen.

Teresa dachte an die ersten Tage der Invasion zurück. In allen Städten hatte man die Straßenschilder und die Wegweiser mit den Namen der Städte abgerissen. Über Nacht war das Land namenlos geworden. Sieben Tage lang irrte die russische Armee umher, ohne zu wissen, wo sie war. Die Offiziere suchten die Gebäude von Redaktionen, Rundfunk und Fernsehen, um sie zu besetzen, doch konnten sie nichts finden. Sie fragten die Leute, aber diese zuckten bloß mit den Schultern oder gaben falsche Namen und verkehrte Richtungen an.

Jahre später schien es nun, als sei diese Anonymität gefährlich gewesen für das Land. Straßen und Häuser hatten ihre ursprünglichen Namen nicht wieder annehmen dürfen. So war aus einem böhmischen Kurort von einem Tag auf den anderen ein kleines, imaginäres Rußland geworden, und Teresa stellte fest, daß ihre Vergangenheit, auf deren Spuren sie hergekommen war, beschlagnahmt worden war. Sie konnten dort unmöglich die Nacht verbringen.

26.

Schweigend kehrten sie zum Wagen zurück. Sie dachte daran, daß alle Dinge und alle Menschen in Verkleidungen auftraten. Die alte böhmische Stadt hatte sich mit russischen Namen zugedeckt. Die Tschechen, die bei der Invasion fotografiert hatten, arbeiteten in Wirklichkeit der russischen Geheimpolizei zu. Der Mensch, der sie in den Tod geschickt hatte, trug Tomas' Maske vor dem Gesicht. Der Polizist gab sich für einen Ingenieur aus, und der Ingenieur wollte die Rolle des Mannes vom Laurenziberg spielen. Das Zeichen des Buches in seiner Wohnung war falsch und sollte sie auf einen Irrweg führen.

Als sie jetzt an das Buch dachte, das sie dort in die Hand genommen hatte, kam ihr plötzlich etwas in den Sinn, das sie erröten ließ: Wie war das doch gewesen? Der Ingenieur hatte gesagt, er würde Kaffee kochen gehen. Sie war zur Bibliothek getreten und hatte den Ödipus von Sophokles aus dem Regal genommen. Dann war der Ingenieur zurückgekommen. Aber ohne Kaffee!

Immer wieder kehrten ihre Gedanken zu dieser Situation zurück; als er Kaffee kochen gegangen war, wie lange war er weggeblieben? Mindestens eine Minute, vielleicht auch zwei oder drei. Und was hatte er in dieser Zeit in dem winzigen Vorraum gemacht? War er auf die Toilette gegangen? Teresa versuchte sich zu erinnern, ob sie das Schließen der Tür gehört hatte oder die Wasserspülung. Nein, Wasser hatte sie bestimmt nicht gehört, daran könnte sie sich erinnern. Und sie war sich fast sicher, daß sie kein Türgeräusch gehört hatte. Was hatte er also im Vorraum gemacht?

Plötzlich schien ihr alles nur allzu klar. Wollte man sie in einer Falle fangen, so war die Aussage eines Ingenieurs nicht ausreichend. Man brauchte einen unwiderlegbaren Beweis. Während dieser verdächtig langen Abwesenheit hatte der Mann im Vorraum eine Kamera installiert. Oder, was wahrscheinlicher war, er hatte jemanden mit einem Fotoapparat hereingelassen, der hinter dem Vorhang versteckt Aufnahmen machte.

Noch vor ein paar Wochen hatte sie sich über Prochazka lustig gemacht, weil er nicht wußte, daß er in einem Konzentrationslager lebte, wo es keine Privatsphäre gab. Und sie? Als sie das Haus der Mutter verließ, hatte sie, Närrin, geglaubt, sie sei ein für allemal Herrin ihres Privatlebens geworden. Das Reich der Mutter erstreckte sich jedoch über die ganze Welt und griff überall nach ihr. Nirgends würde Teresa sich ihm entziehen können.

Zwischen Gärten stiegen sie die Stufen zum Marktplatz hinunter, wo sie das Auto geparkt hatten.

»Was hast du?« fragte Tomas.

Noch bevor sie antworten konnte, wurde er von jemandem begrüßt.

27.

Es war ein Mann in den Fünfzigern, mit einem vom Wetter gegerbten Gesicht, ein Mann vom Land, den Tomas einst operiert hatte. Seitdem wurde er jedes Jahr in dieses Heilbad zur Kur geschickt. Er lud Tomas und Teresa zu einem Glas Wein ein. Da es verboten war, Hunde in Lokale mitzunehmen, brachte Teresa Karenin ins Auto; die beiden Männer gingen voraus in das Kaffeehaus. Als sie zu ihnen zurückgekehrt war, sagte der Mann vom Lande: »Bei uns herrscht Ruhe. Ich bin vor zwei Jahren sogar zum Vorsitzenden der Genossenschaft gewählt worden.«

»Gratuliere«, sagte Tomas.

»So ist das eben auf dem Land, wissen Sie. Die Leute laufen weg. Die dort oben müssen froh sein, daß überhaupt noch jemand bleibt. Uns können sie nicht entlassen.«

»Das wäre der ideale Ort für uns«, sagte Teresa.

»Sie würden sich dort langweilen, junge Frau. Dort gibt es nichts. Rein gar nichts.«

Teresa blickte in das verwitterte Gesicht des Landwirts. Er war ihr sehr sympathisch. Nach so langer Zeit war ihr endlich wieder einmal jemand sympathisch! Vor ihren Augen tauchte eine ländliche Idylle auf: ein Dorf mit Kirchturm, Felder, Wälder, ein Hase, der durch die Furchen hoppelte, ein Jäger im grünen Filzhut. Sie hatte nie auf dem Land gelebt. Dieses Bild kannte sie nur aus Erzählungen. Oder aus Büchern. Oder es waren ferne Vorfahren, die es so in ihr Unterbewußtsein eingeprägt hatten. Jedenfalls war das Bild klar und deutlich in ihr, wie das Foto der Urgroßmutter im Familienalbum, wie ein alter Stich.

»Haben Sie noch Beschwerden?« fragte Tomas.

Der Landwirt bezeichnete den Punkt im Nacken, wo Schädel und Wirbelsäule aufeinanderstießen. »Hier schmerzt es manchmal noch.«

Ohne aufzustehen tastete Tomas die Stelle mit den Fingern ab und stellte seinem ehemaligen Patienten noch einige Fragen. Dann sagte er: »Ich habe nicht mehr das Recht, Rezepte auszustellen. Aber sagen Sie Ihrem Arzt zu Hause, daß Sie mit mir gesprochen haben und ich das da empfehle.« Er zog einen Notizblock aus der Brusttasche und riß ein Blatt ab. In Großbuchstaben notierte er den Namen des Medikaments.

28.

Sie fuhren zurück nach Prag.

Teresa dachte an die Fotografie, auf der ihr nackter Körper in der Umarmung des Ingenieurs lag. Sie versuchte sich zu trösten: angenommen, eine solche Aufnahme existierte wirklich, so würde Tomas sie nie zu Gesicht bekommen. Das Foto war für diese Leute nur von Interesse, weil Teresa damit zu erpressen war. In dem Moment, da sie es Tomas schickten, würde es diesen Wert augenblicklich verlieren.

Was aber, wenn die Polizei beschloß, daß Teresa für sie nicht mehr von Bedeutung war? In diesem Fall würde das Foto zum reinen Scherz. Niemand könnte verhindern, daß es jemand in einen Umschlag steckte und an Tomas adressierte, vielleicht nur so zum Spaß.

Was würde geschehen, wenn Tomas eine solche Aufnahme erhielte? Würde er sie fortjagen? Vielleicht nicht. Wohl kaum. Aber das zerbrechliche Gerüst ihrer Liebe bräche gänzlich zusammen, weil dieses Bauwerk nur auf der einzigen Säule ihrer Treue ruhte und Liebesgeschichten Imperien gleichen: wenn der Gedanke, auf dem sie gebaut sind, untergeht, so gehen sie mit ihm unter.

Vor ihren Augen schwebte das Bild: Hase in einer Furche hoppelnd, Jäger mit grünem Filzhut, Kirchturm über dem Wald.

Sie wollte Tomas sagen, daß sie aus Prag wegziehen sollten. Weg von den Kindern, die lebende Krähen in der Erde begruben, weg von den Spitzeln, weg von den mit Regenschirmen bewaffneten Mädchen. Sie wollte ihm sagen, daß sie aufs Land ziehen sollten. Daß dies der einzige Weg zur Rettung sei.

Sie wandte ihm den Kopf zu. Tomas schwieg jedoch und

schaute unverwandt auf die Straße. Sie war unfähig, die Mauer des Schweigens zu durchbrechen, die sich zwischen ihnen aufgerichtet hatte. Sie verlor den Mut zu sprechen. Es war ihr zumute wie damals, als sie den Laurenziberg hinuntergestiegen war. Sie spürte, daß ihr übel wurde, sie glaubte, erbrechen zu müssen. Sie hatte Angst vor Tomas. Er war zu stark für sie, und sie war zu schwach. Er erteilte ihr Befehle, die sie nicht verstand. Sie versuchte, sie auszuführen, doch sie konnte es nicht.

Sie wollte auf den Laurenziberg zurück und den Mann mit der Flinte bitten, daß er ihr die Augen verband und sie sich an den Stamm der Kastanie lehnen durfte. Sie wollte sterben.

29.

Sie wachte auf und stellte fest, daß sie allein zu Hause war.

Sie ging nach draußen und spazierte zum Fluß hinunter. Sie wollte die Moldau sehen, am Ufer stehen und lange in die Wellen schauen, weil der Blick auf fließendes Wasser beruhigt und heilt. Hunderte von Jahren fließt der Fluß dahin, und die Geschicke der Menschen spielen sich an seinen Ufern ab. Sie spielen sich ab, um morgen schon wieder vergessen zu sein, während der Fluß weiterfließt.

Sie lehnte sich ans Geländer und schaute hinunter. Es war am Rande von Prag. Die Moldau hatte die Stadt bereits durchflossen und den Glanz des Hradschin und der Kirchen hinter sich gelassen. Die Moldau war wie eine Schauspielerin nach der Vorstellung, müde und gedankenverloren. Sie floß zwischen schmutzigen Ufern dahin, an denen hinter Zäunen und Mauern Fabriken und verwaiste Sportplätze lagen.

Lange schaute sie ins Wasser, das ihr hier noch trostloser und dunkler erschien, und plötzlich sah sie auf dem Fluß etwas, etwas Rotes, ja, es war eine Bank. Eine Holzbank mit Metallfüßen, wie es so viele in den Parkanlagen von Prag gab. Gemächlich schwamm sie mitten in der Moldau dahin. Und dahinter noch eine Bank und noch eine, und erst jetzt sah Teresa, daß die Bänke der Prager Parkanlagen angeschwommen kamen, es waren viele und wurden immer mehr, sie schwammen im Wasser wie Herbstblätter, die der Fluß aus den Wäldern anschwemmte, sie waren rot und gelb und blau

Sie sah sich um, als wollte sie jemanden fragen, was das zu bedeuten habe. Warum schwammen die Banke der Prager Parkanlagen fort? Doch alle Leute gingen gleichgültig an ihr vorbei, es interessierte sie nicht, daß ein Fluß schon jahrhundertelang durch ihre vergängliche Stadt floß.

Sie blickte wieder auf das Wasser. Sie war unendlich traurig, weil sie begriff, daß das, was sie sah, ein Abschied war.

Fast alle Bänke waren aus ihrem Blickfeld entschwunden, es tauchten nur noch einige Nachzügler auf, eine gelbe Bank und noch eine, eine blaue, die letzte.

Fünfter Teil

Das Leichte und das Schwere

1.

Als Teresa unverhofft zu Tomas nach Prag gekommen war, liebte er sie, wie ich es im ersten Teil beschrieben habe, noch am selben Tag, in derselben Stunde, aber gleich anschließend bekam sie Fieber. Sie lag auf seinem Bett, er stand über sie gebeugt und hatte das unabweisbare Gefühl, sie sei ein Kind, das man in ein Körbchen gelegt und auf dem Wasser ausgesetzt hatte, um es ihm zu schicken.

Seitdem hatte er eine Vorliebe für das Bild des ausgesetzten Kindes und dachte oft an die alten Mythen, in denen es vorkam. Das war vermutlich auch der heimliche Grund, weshalb er eines Tages die Übersetzung des Ödipus von Sophokles zur Hand nahm.

Die Geschichte von Ödipus ist bekannt: Ein Hirte fand den ausgesetzten Säugling und brachte ihn seinem König Polybos, der ihn aufzog. Als junger Mann begegnete Ödipus auf einer Reise durchs Gebirge einem Wagen, in dem ein unbekannter Edelmann saß. Es entstand ein Streit, in dessen Verlauf Ödipus den Edelmann tötete. Später heiratete er die Königin Iokaste und wurde Herrscher über Theben. Er ahnte nicht, daß der Mann, den er einst in den Bergen getötet hatte, sein Vater war, und die Frau, mit der er schlief, seine Mutter. Das Schicksal verschwor sich gegen seine Untertanen und suchte sie mit Krankheiten heim. Als Ödipus begriff, daß er selbst an ihren Qualen schuld war, stach er sich mit einer Nadel die Augen aus und verließ Theben als Blinder.

2.

Wer glaubt, die kommunistischen Regime in Mitteleuropa seien ausschließlich das Werk von Verbrechern, dem entgeht eine grundlegende Wahrheit: die Verbrecherregime wurden nicht von Verbrechern, sondern von Enthusiasten geschaffen, die überzeugt waren, den einzigen Weg zum Paradies gefunden zu haben. Diesen verteidigten sie vehement und brachten dafür viele Menschen um. Später stellte sich dann heraus, daß es kein Paradies gab und die Enthusiasten folglich Mörder waren.

Zu diesem Zeitpunkt begannen alle, die Kommunisten anzuschreien: Ihr seid verantwortlich für das Unglück des Landes (es verarmte und verlotterte), für den Verlust seiner Unabhängigkeit (es geriet in die Abhängigkeit von Rußland), für die Justizmorde!

Die Angeklagten antworteten: Wir haben es nicht gewußt! Wir sind irregeführt worden! Wir haben geglaubt! Wir sind im Grunde unseres Herzens unschuldig!

Der Streit beschränkte sich also auf die Frage: Haben sie es wirklich nicht gewußt? Oder tun sie bloß so, als hätten sie es nicht gewußt?

Tomas verfolgte diesen Streit (wie das ganze zehn Millionen zählende tschechische Volk) und sagte sich, daß es unter den Kommunisten gewiß Leute gegeben hatte, die nicht ganz so ahnungslos waren. (Sie mußten doch von den Greueltaten wissen, die auch im nachrevolutionären Rußland noch immer verübt wurden.) Doch ist es wahrscheinlich, daß die Mehrheit wirklich nichts wußte.

Er sagte sich: die Grundfrage laute nicht: Haben sie es gewußt oder nicht?, sondern: Ist der Mensch unschuldig, weil er unwissend ist? Ist ein Dummkopf auf dem Thron von aller Verantwortung freigesprochen, nur weil er ein Dummkopf ist?

Nehmen wir einmal an, daß ein tschechischer Staatsanwalt, der Anfang der fünfziger Jahre für einen Unschuldigen den Tod forderte, von der russischen Geheimpolizei und der Regierung seines Landes irregeführt worden ist. Wie aber ist es möglich, daß heute, da man weiß, daß die Anklagen absurd und die Hingerichteten unschuldig waren, derselbe Staatsanwalt die Reinheit seiner Seele verteidigt und sich an die Brust schlägt: Mein Gewissen ist rein, ich habe nichts gewußt, ich habe geglaubt! Liegt seine untilgbare Schuld nicht gerade in seinem »Ich habe nichts gewußt, ich habe geglaubt!«?

Und da kam Tomas die Geschichte von Ödipus in den Sinn: Ödipus wußte nicht, daß er mit der eigenen Mutter schlief, und als ihm klar wurde, was geschehen war, fühlte er sich dennoch nicht unschuldig. Er konnte den Blick auf das Unglück, das er unwissend verursacht hatte, nicht ertragen, stach sich die Augen aus und verließ Theben als Blinder.

Tomas hörte das Geschrei der Kommunisten, die ihre innere Reinheit verteidigten, und sagte sich: Eure Unwissenheit ist schuld daran, daß dieses Land, vielleicht für Jahrhunderte, seine Freiheit verloren hat, und ihr schreit, ihr fühlt euch unschuldig? Wie ist es möglich, daß ihr euch das mitansehen könnt? Wie ist es möglich, daß ihr nicht entsetzt seid? Könnt ihr überhaupt sehen? Hättet ihr Augen, so müßtet ihr sie euch ausstechen und Theben verlassen!

Dieser Vergleich gefiel ihm so gut, daß er ihn häufig im Gespräch mit Freunden erwähnte, wobei ihm allmählich immer präzisere und elegantere Formulierungen einfielen.

Wie alle Intellektuellen las er in dieser Zeit die Wochenzeitung des Tschechischen Schriftstellerverbandes, die in einer Auflage von etwa 300 000 Exemplaren erschien und sich innerhalb des Regimes eine beachtliche Autonomie erkämpft hatte. Sie brachte Dinge zur Sprache, über die andere sich öffentlich nicht zu äußern wagten. In dieser Zeitung der Schriftsteller konnte man sogar lesen, wer in welchem Maße an den Justizmorden während der politischen Prozesse zu Beginn der kommunistischen Machtausübung Schuld hatte.

In all diesen Streitgesprächen tauchte immer wieder dieselbe Frage auf: Haben sie es gewußt oder haben sie es nicht gewußt? Weil die Frage für Tomas zweitrangig war, schrieb er seine Überlegungen zu Ödipus eines Tages nieder und schickte sie an die Redaktion des Blattes. Einen Monat später erhielt er eine Antwort. Man bat ihn, in der Redaktion vorbeizukommen. Als er eintrat, wurde er von einem untersetzten Redakteur begrüßt, der kerzengerade dastand und ihm vorschlug, in einem Satz die Wortstellung zu ändern. Der Text erschien dann tatsächlich auf der vorletzten Seite in der Rubrik Leserbriefe.

Tomas war keineswegs erfreut darüber. Da hatte man es für nötig befunden, ihn wegen seiner Einwilligung zu einer Änderung im Satzbau in die Redaktion zu zitieren, um dann den Text stark zu kürzen, ohne ihn zu fragen, so daß seine Überlegungen auf eine (etwas zu schematische und aggressive) Grundthese reduziert worden waren und ihm nicht mehr gefielen.

Das war im Frühling 1968. Alexandr Dubček war damals an der Macht, zusammen mit Kommunisten, die sich schuldig fühlten und willens waren, diese Schuld wiedergutzumachen. Die anderen Kommunisten aber, die schrien, sie seien unschuldig, hatten Angst, das aufgebrachte Volk könnte sie vor Gericht bringen. Tag für Tag gingen sie zum russischen Botschafter, um sich zu beschweren und ihn um Unterstützung zu bitten. Als Tomas' Brief erschien, schrien sie: So weit ist es gekommen! Man schreibt bereits öffentlich, man sollte uns die Augen ausstechen!

Zwei oder drei Monate später beschlossen die Russen, daß freie Diskussionen in ihren Provinzen unzulässig seien, und sie besetzten mit ihrer Armee Tomas' Heimatland im Laufe einer einzigen Nacht.

3.

Nachdem Tomas von Zürich nach Prag zurückgekehrt war, arbeitete er wieder in demselben Krankenhaus. Aber bald schon ließ sein Chef ihn zu sich kommen.

»Schließlich und endlich, verehrter Kollege«, sagte er zu ihm, »sind Sie weder Schriftsteller noch Journalist noch der Erretter des Volkes, sondern Arzt und Wissenschaftler. Ich würde sie ungern verlieren und werde alles tun, um Sie hierzubehalten. Aber Sie müssen Ihren Ödipus-Artikel widerrufen. Liegt er Ihnen sehr am Herzen?«

»Herr Doktor«, sagte Tomas und dachte daran, daß man seinen Text um ein Drittel beschnitten hatte, »an nichts liegt mir weniger als daran.«

»Sie wissen also, worum es geht«, sagte der Chefarzt.

Das wußte er allerdings. Zwei Dinge lagen auf der Waagschale: auf der einen Seite seine Ehre (die verlangte, daß er nichts widerrief, was er einmal geschrieben hatte), auf der anderen Seite das, was er gewöhnlich als Sinn seines Lebens betrachtete (seine Arbeit als Wissenschaftler und Arzt).

Der Chefarzt fuhr fort: »Diese Aufforderung, öffentlich zu widerrufen, was man früher einmal gesagt hat, ist sehr mittelalterlich. Was heißt überhaupt ›widerrufen‹? In der modernen Zeit kann man Gedanken nur widerlegen, nicht widerrufen. Und weil es unmöglich ist, Herr Kollege, einen Gedanken zu widerrufen, weil dies etwas rein Verbales, Formales und Magisches ist, sehe ich keinen Grund, weshalb Sie nicht tun sollten, was man von Ihnen verlangt. In einer vom Terror regierten Gesellschaft sind Deklarationen unverbindlich, weil sie erzwungen sind, und es ist die Pflicht eines jeden ehrlichen Menschen, sie nicht zur Kenntnis zu nehmen, sie ganz einfach nicht zu hören. Ich sage Ihnen, Herr Kollege, es liegt in meinem Interesse und im Interesse Ihrer Patienten, daß Sie Ihre Arbeit fortsetzen können.«

»Da haben Sie sicher recht«, sagte Tomas mit unglücklicher Miene.

»Aber?« versuchte der Chefarzt seine Gedanken zu erraten.

»Ich fürchte, ich würde mich schämen.«

»Vor wem denn? Haben Sie eine so hohe Meinung von den Menschen um Sie herum, daß Ihnen daran gelegen ist, was sie von Ihnen denken?«

»Nein, ich habe keine hohe Meinung von ihnen«, sagte Tomas.

»Übrigens«, ergänzte der Chefarzt, »man hat mir versichert, daß es sich nicht um eine öffentliche Erklärung handeln würde. Es sind eben Bürokraten. Die brauchen in ihren Akten einen Beweis, daß Sie kein Regimegegner sind, damit sie sich darauf berufen können, falls man ihnen vorwerfen sollte, daß sie Ihnen diesen Posten gelassen haben. Man hat mir garantiert, Ihre Deklaration würde unter uns bleiben, und man beabsichtigte nicht, sie zu veröffentlichen.«

»Geben Sie mir eine Woche Bedenkzeit«, schloß Tomas das Gespräch ab.

4.

Tomas galt als der beste Arzt des Krankenhauses. Man munkelte schon, daß der Chefarzt, der seiner Pensionierung entgegenging, ihm bald seine Stelle überlassen würde. Als bekannt wurde, daß übergeordnete Organe von Tomas eine Selbstkritik forderten, zweifelte niemand daran, daß er gehorchen würde.

Das war das erste, was ihn überraschte: obwohl er nie den geringsten Anlaß dazu gegeben hatte, setzte man auf seine Ehrlosigkeit und nicht auf seine Ehrlichkeit.

Die zweite Überraschung war die Reaktion seiner Kollegen auf sein zu erwartendes Verhalten. Ich könnte sie in zwei Grundtypen einteilen:

Den ersten Reaktionstypus zeigten Leute, die (entweder sie selbst oder ihnen Nahestehende) etwas widerrufen hatten, die gezwungen worden waren, ihre Zustimmung zum Okkupationsregime auszusprechen, oder es zu tun bereit waren (wenn auch ungern; niemand tat es gern).

Diese Leute begegneten ihm mit einem seltsamen Lächeln, das er bisher nicht gekannt hatte: mit dem schüchternen Lächeln heimlicher Komplizenschaft. Es ist das Lächeln zweier Männer, die sich zufällig im Bordell begegnen; sie schämen sich ein bißchen, gleichzeitig freuen sie sich, daß diese Scham gegenseitig ist; es entsteht zwischen ihnen ein Band der Bruderschaft.

Sie lächelten ihm um so zufriedener zu, als er nie im Ruf eines Konformisten gestanden hatte. Sein vorausgesetztes Eingehen auf den Vorschlag des Chefarztes wurde zum Beweis, daß die Feigheit langsam, aber sicher zur Verhaltensnorm und demzufolge bald nicht mehr als das wahrgenommen wurde, was sie war. Diese Leute hatten nie zu seinen Freunden gezählt. Mit Schrecken wurde Tomas klar, daß sie ihn zu sich nach Hause zum Wein einladen und gut Freund mit ihm sein wollten, falls er diese Erklärung tatsächlich abgab.

Der zweite Reaktionstypus war bei Leuten zu beobachten, die (entweder sie selbst oder ihnen Nahestehende) verfolgt wurden und sich weigerten, auf irgendwelche Kompromisse mit der Besatzungsmacht einzugehen, oder aber Leute, von denen niemand einen Kompromiß oder eine Deklaration erwartete (weil sie zum Beispiel zu jung waren und in nichts hatten verwickelt werden können) und die überzeugt waren, daß sie sich nie auf so etwas einlassen würden.

Einer von ihnen, der sehr begabte junge Arzt S., fragte Tomas: »Also, hast du sie ihnen abgegeben?«

»Ich bitte dich, wovon redest du?« fragte Tomas.

»Von deiner Selbstkritik«, sagte S. Er meinte es nicht böse, er lächelte sogar. Das war nun wieder ein ganz anderes Lächeln aus dem reichen Herbarium des Lächelns: es war das Lächeln selbstzufriedener moralischer Überlegenheit.

Tomas sagte: »Hör mal, was weißt du denn von meiner Selbstkritik? Hast du sie gelesen?«

»Nein«, antwortete S.

»Was quatschst du also?« sagte Tomas.

S. lächelte immer noch selbstzufrieden: »Schau mal, man weiß doch, wie das läuft. Solche Erklärungen werden in Form eines Briefes an einen Direktor, einen Minister oder weiß Gott wen geschrieben, die dann versprechen, der Brief werde nicht veröffentlicht, damit der Verfasser sich nicht erniedrigt fühle. Ist es nicht so?«

Tomas zuckte die Schultern und hörte weiter zu.

»Die Deklaration wartet dann hübsch in einer Schreibtisch-Schublade, und der Verfasser weiß, daß sie jederzeit veröffentlicht werden kann. Unter dieser Voraussetzung wird er nie mehr etwas sagen, nichts mehr kritisieren, gegen nichts mehr protestieren können, weil in dem Falle die Erklärung publik gemacht würde und er vor allen entwürdigt wäre. So betrachtet ist es eine recht zuvorkommende Methode. Man kann sich Schlimmeres vorstellen.«

»Eine zuvorkommende Methode, gewiß«, sagte Tomas,

»mich würde nur interessieren, wer dir gesagt hat, daß ich auf so etwas eingegangen bin.«

Der Kollege zuckte mit den Schultern, ohne daß sein Lächeln aus dem Gesicht verschwand.

Tomas begriff etwas Merkwürdiges: *alle* lächelten ihn an, *alle* wünschten sich, daß er den Widerruf schriebe, *allen* hätte er damit eine Freude bereitet! Die einen freuten sich, weil die Inflation der Feigheit ihr eigenes Handeln banalisierte und ihnen die verlorene Ehre zurückgab. Die anderen hatten sich daran gewöhnt, ihre Ehre als besonderes Privileg zu betrachten, das sie nicht aufgeben wollten. Deshalb hegten sie eine heimliche Liebe für die Feiglinge; ohne sie würde ihre eigene Standhaftigkeit zu einer alltäglichen, überflüssigen, von niemandem bewunderten Mühe.

Tomas konnte dieses Lächeln nicht ertragen und er glaubte, es überall zu sehen, selbst auf den Gesichtern von Unbekannten auf der Straße. Er konnte nicht mehr schlafen. Wie ist das möglich? Mißt er diesen Leuten ein solches Gewicht bei? Nein. Er denkt nichts Gutes über sie und ist wütend auf sich selbst, weil er sich von ihren Blicken so sehr beirren läßt. Darin liegt keine Logik. Wie kommt es aber, daß jemand, der so wenig von den Menschen hält, so von ihrer Meinung abhängig ist?

Sein tiefes Mißtrauen gegen die Menschen (seine Zweifel, ob sie ein Recht haben, über ihn zu entscheiden und zu urteilen) hat wohl schon seine Berufswahl beeinflußt, durch die er ausschloß, den Blicken der Öffentlichkeit ausgesetzt zu sein. Wer sich zum Beispiel für eine politische Laufbahn entscheidet, macht das Publikum freiwillig zu seinem Richter, in dem naiven und unverhohlenen Glauben, sich dessen Gunst erwerben zu können. Eventuelle Meinungsverschiedenheiten mit der Masse spornen ihn zu noch größeren Leistungen an, so wie Tomas in einer komplizierten Diagnose einen Anreiz sah.

Im Gegensatz zu einem Politiker oder Schauspieler wird ein Arzt nur von seinen Patienten und den allernächsten Kollegen beurteilt, also zwischen vier Wänden und von Mensch zu Mensch. Auf die Blicke derer, die ihn beurteilen, kann er im selben Augenblick mit seinem eigenen Blick antworten, etwas erklären oder sich verteidigen. Nun aber befand sich Tomas (zum ersten Mal in seinem Leben) in einer Lage, in der mehr Blicke auf ihn gerichtet waren, als er wahrnehmen konnte. Er vermochte weder mit seinem eigenen Blick noch mit seinen eigenen Worten darauf zu antworten. Er war ihnen ausgeliefert. Innerhalb und außerhalb des Krankenhauses wurde über ihn geredet (zu jener Zeit verbreiteten sich im unruhigen Prag die Nachrichten darüber, wer resignierte, wer denunzierte, wer kollaborierte, mit der ungewöhnlichen Geschwindigkeit afrikanischer Trommeln). Tomas wußte es und konnte dennoch nichts dagegen unternehmen. Er war selbst überrascht, wie unerträglich das für ihn war, in welche Panik es ihn versetzte. Das Interesse all dieser Leute für seine Person war ihm zuwider wie ein Gedränge oder die Berührungen von Menschen, die uns in unseren Alpträumen die Kleider vom Leib reißen.

Er ging zum Chefarzt und eröffnete ihm, daß er nichts unterschreiben werde.

Der Chefarzt drückte ihm die Hand, stärker als je zuvor, und sagte, er habe diese Entscheidung vorausgesehen.

Tomas sagte: »Herr Doktor, vielleicht könnten Sie mich auch ohne diese Erklärung hierbehalten«, womit er andeuten wollte, daß es genügte, wenn alle seine Kollegen mit Kündigung drohten für den Fall, daß er entlassen würde.

Es fiel jedoch niemandem ein, mit Kündigung zu drohen, und so mußte Tomas wenig später seine Stelle im Krankenhaus aufgeben (der Chefarzt drückte ihm die Hand noch starker, so daß blaue Flecken zurückblieben).

5.

Zunächst verschlug es ihn in eine Provinzklinik, etwa achtzig Kilometer von Prag entfernt. Täglich fuhr er mit dem Zug dorthin und kehrte todmüde zurück. Nach einem Jahr gelang es ihm, in einer nahen Poliklinik eine angenehmere Stelle zu finden, die jedoch einen Abstieg bedeutete. Er durfte nicht mehr als Chirurg praktizieren, sondern mußte als einfacher Arzt arbeiten. Das Wartezimmer war ständig überfüllt, er konnte dem einzelnen Patienten kaum fünf Minuten widmen; er verschrieb ihnen Aspirin, füllte Arbeitsunfähigkeitszeugnisse aus und schickte die Kranken zu Spezialuntersuchungen. Er betrachtete sich nicht mehr als Arzt, sondern als Schreibkraft.

Eines Tages erhielt er nach der Sprechstunde Besuch von einem etwa fünfzigjährigen Mann, dessen füllige Erscheinung ihm eine gewisse Würde verlieh. Er stellte sich als Referent des Innenministeriums vor und lud Tomas in die Wirtschaft gegenüber ein.

Er bestellte eine Flasche Wein. Tomas protestierte: »Ich bin mit dem Auto da. Wenn mich die Polizei schnappt, verliere ich meinen Führerschein.« Der Mann vom Innenministerium lachte: »Wenn Ihnen etwas passiert, berufen Sie sich auf mich«, und er überreichte Tomas eine Visitenkarte, auf der sein (sicher falscher) Name und die Telefonnummer des Innenministeriums standen.

Dann redete er lange darüber, wie sehr er Tomas schätzte. Allen im Ministerium täte es leid, daß ein Chirurg seines Formates in einer Vorstadt-Poliklinik Aspirin verschreiben müßte. Er gab ihm indirekt zu verstehen, daß die Polizei mit dem allzu drastischen Vorgehen bei der Eliminierung von Fachleuten von ihren Posten nicht einverstanden war, was sie allerdings nicht laut sagen durfte.

Da Tomas schon lange von niemandem mehr gelobt worden war, hörte er dem dicklichen Mann aufmerksam zu, und er war verdutzt, wie genau und detailliert dieser über seine Berufserfolge informiert war. Wie machtlos man doch gegen Schmeicheleien ist! Tomas konnte nicht umhin, das ernst zu nehmen, was der Mann vom Ministerium sagte.

Und zwar nicht etwa nur aus Eitelkeit, sondern viel mehr aus Unerfahrenheit. Sitzt man jemandem gegenüber, der liebenswürdig, ehrerbietig und höflich ist, so fällt es einem schwer, sich immer wieder klarzumachen, daß *nichts* von alldem, was er sagt, wahr ist, und *nichts* ehrlich gemeint. Es nicht zu glauben (ständig, systematisch, ohne jeden Zweifel), erfordert einen ungeheuren Kraftaufwand und außerdem

Übung, das heißt, häufige Polizeiverhöre. Diese Übung fehlte Tomas.

Der Mann vom Ministerium fuhr fort: »Wir wissen, Herr Doktor, Sie hatten in Zürich eine ausgezeichnete Position. Und wir schätzen es sehr, daß sie zurückgekehrt sind. Das war sehr schön von Ihnen. Sie haben gewußt, wo Ihr Platz ist.« Und dann fügte er hinzu, als wollte er Tomas etwas vorwerfen: »Aber Ihr Platz ist am Operationstisch!«

»Da bin ich mit Ihnen ganz einer Meinung«, sagte Tomas.

Es folgte eine kurze Pause, und dann sagte der Mann vom Ministerium mit bekümmerter Stimme: »Aber sagen Sie, Herr Doktor, meinen Sie wirklich, man sollte den Kommunisten die Augen ausstechen? Kommt es Ihnen nicht sonderbar vor, daß jemand wie Sie, der so vielen Menschen die Gesundheit wiedergegeben hat, so etwas sagt?«

»Das ist doch völliger Unsinn«, setzte sich Tomas zur Wehr, »lesen Sie doch genau, was ich geschrieben habe!«

»Ich habe es gelesen«, sagte der Mann vom Ministerium in einem Ton, der betrübt klingen sollte.

»Und steht dort vielleicht, man sollte den Kommunisten die Augen ausstechen?«

»Alle haben es so verstanden«, sagte der Mann vom Ministerium, und seine Stimme wurde immer trauriger.

»Hätten Sie den ganzen Text gelesen, so wie ich ihn geschrieben habe, wären Sie nicht auf diese Idee gekommen. Er ist gekürzt erschienen.«

»Was?« sagte der Mann vom Ministerium und spitzte die Ohren, »man hat Ihren Text nicht so gedruckt, wie Sie ihn geschrieben haben?«

»Er ist gekürzt worden.«

»Viel?«

»Etwa um ein Drittel.«

Der Mann vom Ministerium schien aufrichtig empört zu sein: »Das war aber kein ehrliches Spiel von der anderen Seite.«

Tomas zuckte die Schultern.

»Sie hätten sich dagegen verwahren sollen! Eine sofortige Richtigstellung verlangen!«

»Gleich danach sind doch die Russen einmarschiert! Da hatten wir andere Sorgen«, sagte Tomas.

»Und warum sollte man die Leute in dem Glauben lassen, daß Sie als Arzt verlangen, man sollte gewissen Menschen das Augenlicht nehmen?«

»Aber ich bitte Sie, dieser Artikel wurde irgendwo hinten zwischen den Leserbriefen abgedruckt. Niemand hat ihn beachtet. Außer der russischen Botschaft, weil er der gerade gelegen kam.«

»Sagen Sie das nicht, Herr Doktor! Ich habe persönlich mit vielen Leuten gesprochen, die über Ihren Artikel diskutiert und sich gewundert haben, wie Sie so etwas schreiben konnten. Nun aber ist mir manches klarer, nachdem Sie mir gesagt haben, daß der Artikel nicht so erschienen ist, wie Sie ihn geschrieben haben. Sind Sie aufgefordert worden, den Beitrag zu schreiben?«

»Nein«, sagte Tomas, »ich habe ihn aus eigenem Antrieb eingesandt.«

»Kennen Sie diese Leute?«

»Welche Leute?«

»Die Ihren Artikel gedruckt haben.«

»Nein.«

»Sie haben nie mit ihnen gesprochen?«

»Nur einmal. Ich mußte in der Redaktion vorbeikommen.«

»Warum?«

»Wegen dieses Artikels.«

»Und mit wem haben Sie gesprochen?«

»Mit einem Redakteur.«

»Wie hat er geheißen?«

Erst jetzt wurde Tomas klar, daß er verhört wurde. Er begriff plötzlich, daß jedes Wort jemanden in Gefahr bringen konnte. Er kannte den Namen des Redakteurs, leugnete es aber: »Ich weiß nicht.«

»Aber, aber, Herr Doktor«, sagte der Mann, ganz entrüstet über Tomas' Unaufrichtigkeit, »er hat sich doch sicher vorgestellt!«

Es hat etwas Tragikomisches, daß gerade unsere gute Erziehung zum Verbündeten der Polizei geworden ist. Wir verstehen nicht zu lügen. Der Imperativ »Sag die Wahrheit!«, der uns von Mutter und Vater eingehämmert worden ist, hat zur Folge, daß wir uns unwillkürlich für eine Lüge schämen, sogar vor dem Polizisten, der uns verhört. Es ist für uns viel einfacher, mit ihm zu streiten und ihn zu beleidigen (was völlig sinnlos ist), als ihm ins Gesicht zu lügen (was das einzig Richtige wäre).

Als der Mann vom Ministerium Tomas Unaufrichtigkeit vorwarf, kam dieser sich fast schuldig vor; er mußte eine moralische Barriere durchbrechen, um weiter auf seiner Lüge zu beharren: »Vermutlich hat er sich vorgestellt«, sagte er, »da der Name mir aber nichts sagte, habe ich ihn wieder vergessen.«

»Wie sah er aus?«

Der Redakteur, mit dem er damals verhandelt hatte, war klein und trug einen blonden Bürstenhaarschnitt. Tomas versuchte, gerade gegenteilige Angaben zu machen: »Er war groß. Er hatte lange schwarze Haare.«

»Aha«, sagte der Mann vom Ministerium, »und ein großes Kinn.«

»Genau«, sagte Tomas.

»Etwas vornübergebeugt.«

»Ja«, pflichtete Tomas bei und wurde sich in dem Moment bewußt, daß der Mann vom Ministerium denjenigen bereits identifiziert hatte, um den es ihm ging. Tomas hatte nicht nur einen armen Redakteur denunziert, seine Denunziation war darüber hinaus auch noch falsch.

»Aber warum hat er Sie eingeladen? Worüber haben Sie gesprochen?«

»Es ging um eine Veränderung im Satzbau.«

Das klang nach einer lachhaften Ausflucht. Der Mann vom Ministerium war erneut empört, daß Tomas ihm nicht die Wahrheit sagen wollte. »Aber Herr Doktor! Soeben haben Sie mir bestätigt, daß Ihr Text um ein Drittel gekürzt worden ist, und nun sagen Sie, Sie hätten über eine Veränderung im Satzbau diskutiert. Das ist doch nicht logisch!«

Tomas konnte nun wieder leichter antworten, weil das, was er sagte, der Wahrheit entsprach: »Es ist nicht logisch, aber es ist so«, lachte er, »man hat mich um die Erlaubnis gebeten, in einem Satz die Wortfolge zu ändern, und dann hat man einfach ein Drittel gestrichen.«

Der Mann vom Ministerium schüttelte wieder den Kopf, als könnte er ein so unmoralisches Verhalten nicht verstehen, und sagte: »Das war Ihnen gegenüber aber gar nicht korrekt von diesen Leuten.«

Er leerte sein Glas und schloß: »Herr Doktor, Sie sind einer Manipulation zum Opfer gefallen. Es wäre schade, wenn Sie und Ihre Patienten dafür büßen müßten. Wir, Herr Doktor, sind uns völlig im klaren, welche Qualitäten Sie besitzen. Wir werden sehen, was sich machen läßt.«

Er reichte Tomas die Hand und schüttelte sie herzlich. Sie verließen die Wirtschaft, und jeder ging zu seinem Wagen.

6.

Nach dieser Begegnung verfiel Tomas in eine schreckliche Stimmung. Er warf sich vor, daß er auf den jovialen Ton des Gesprächs eingegangen war. Wenn er sich schon nicht geweigert hatte, mit dem Polizisten zu sprechen (er war nicht auf eine solche Situation vorbereitet und wußte nicht, was das Gesetz gestattete), so hätte er es zumindest ablehnen müssen, mit ihm wie mit einem Freund im Wirtshaus Wein zu trinken! Wenn ihn nun jemand gesehen hatte, der diesen Typen kannte? Er müßte daraus schließen, daß Tomas in den Diensten der Polizei stand! Und warum hatte er ihm gesagt, daß sein Artikel gekürzt worden war? Warum hatte er ihm diese völlig überflüssige Information geliefert? Er war ganz und gar unzufrieden mit sich selbst.

Vierzehn Tage später kam der Mann vom Ministerium wieder. Er wollte wieder in die Wirtschaft gegenüber gehen, doch Tomas bat ihn, im Sprechzimmer zu bleiben.

»Ich verstehe Sie, Herr Doktor«, sagte er lächelnd.

Dieser Satz ließ Tomas aufhorchen. Der Mann vom Ministerium sprach wie ein Schachspieler, der seinem Gegner bestätigt, mit dem vorangehenden Zug einen Fehler gemacht zu haben.

Sie saßen sich auf ihren Stühlen gegenüber, zwischen

ihnen stand Tomas' Schreibtisch. Nach etwa zehn Minuten, in denen sie sich über die grassierende Grippe-Epidemie unterhielten, sagte der Mann: »Wir haben über Ihren Fall nachgedacht, Herr Doktor. Würde es nur um uns gehen, so wären die Dinge einfach. Wir müssen aber auf die öffentliche Meinung Rücksicht nehmen. Ob Sie es wollen oder nicht, Sie haben mit Ihrem Artikel die antikommunistische Hysterie geschürt. Ich will Ihnen nicht verheimlichen, daß man sogar vorgeschlagen hat, Sie wegen Ihres Artikels vor Gericht zu stellen. Dafür gibt es einen Paragraphen. Öffentliche Anstiftung zur Gewalt.«

Der Mann vom Ministerium verstummte und sah Tomas in die Augen. Tomas zuckte die Schultern. Der Mann schlug einen beschwichtigenden Ton an: »Wir haben diesen Vorschlag abgelehnt. Wie immer es um Ihre Schuld stehen mag, es liegt im Interesse der Gesellschaft, daß Sie dort arbeiten, wo Ihre Fähigkeiten am besten eingesetzt werden können. Ihr Chefarzt schätzt Sie sehr. Und wir haben auch Berichte von Ihren Patienten. Sie sind ein großer Spezialist, Herr Doktor! Niemand kann von einem Arzt verlangen, daß er sich in der Politik auskennt. Sie haben sich aufs Glatteis führen lassen. Man sollte die Sache bereinigen. Wir möchten Ihnen deshalb den Text der Erklärung vorschlagen, die Sie unserer Meinung nach der Presse zur Verfügung stellen sollten. Wir werden dafür sorgen, daß sie zum richtigen Zeitpunkt veröffentlicht wird«, und er überreichte Tomas ein Papier.

Tomas las, was darauf geschrieben stand, und erstarrte vor Schreck. Das war weit schlimmer als das, was sein Chefarzt vor zwei Jahren von ihm verlangt hatte. Es war nicht einfach ein Widerruf seines Ödipus-Artikels. Da gab es Sätze über die Liebe zur Sowjetunion, über die Treue zur kommunistischen Partei, es ging um die Verurteilung von Intellektuellen, die das Land angeblich in den Bürgerkrieg hatten führen wollen, vor allem aber enthielt der Text eine Denunziation der Redakteure der Wochenzeitung der Schriftsteller, in der der große, gebeugte Redakteur namentlich erwähnt wurde (Tomas hatte ihn nie getroffen, kannte ihn aber dem Namen nach und von Fotografien her). Diese hätten seinen Text bewußt mißbraucht, indem sie ihm einen anderen Sinn gegeben hätten, um ihn in einen konterrevolutionären Aufruf zu verwandeln; sie selber seien zu feige gewesen, einen solchen Artikel zu verfassen und hätten sich hinter einem naiven Arzt versteckt.

Der Mann vom Ministerium bemerkte das Entsetzen in Tomas' Augen. Er neigte sich vor und klopfte ihm unter dem Tisch kameradschaftlich aufs Knie: »Herr Doktor, das ist nur ein Vorschlag! Sie werden es sich überlegen, und wenn Sie die eine oder die andere Formulierung abändern wollen, so können wir uns selbstverständlich darüber einigen. Schließlich ist es *Ihr* Text.«

Tomas gab dem Polizisten das Papier zurück, als fürchtete er, es auch nur eine Sekunde länger in seinen Händen zu halten. Er ließ es beinahe fallen, als glaubte er, jemand könnte darauf seine Fingerabdrücke suchen.

Statt das Papier an sich zu nehmen, breitete der Mann vom Ministerium in gespielter Verwunderung die Arme aus (es war dieselbe Geste, mit der der Papst vom Balkon herab die Menschenmenge segnet): »Aber Herr Doktor, warum wollen Sie mir das zurückgeben? Behalten Sie es ruhig. Überdenken Sie es zu Hause in Ruhe.«

Tomas schüttelte den Kopf und hielt das Papier geduldig in der ausgestreckten Hand. Der Mann vom Ministerium hörte auf, den segnenden Papst nachzuahmen, und mußte das Papier schließlich zurücknehmen.

Tomas wollte ihm sehr energisch sagen, daß er niemals etwas schreiben oder unterschreiben würde. Im letzten Augenblick änderte er dann aber den Ton: »Ich bin schließlich kein Analphabet. Warum sollte ich etwas unterschreiben, das ich nicht selbst geschrieben habe?«

»Schon gut, Herr Doktor, wir können auch anders herum vorgehen. Erst schreiben Sie es selbst, und dann schauen wir es uns zusammen an. Das, was Sie gelesen haben, könnte Ihnen aber wenigstens als Vorlage dienen.«

Warum hat Tomas den Vorschlag des Polizisten nicht entschieden abgelehnt?

Folgende Überlegung ist ihm durch den Kopf geschossen: Abgesehen davon, daß Erklärungen dieser Art das ganze

Volk demoralisieren (worauf offenbar die generelle Strategie der Russen angelegt ist), verfolgte die Polizei in seinem Fall vermutlich ein noch konkreteres Ziel: vielleicht war ein Prozeß gegen die Redakteure der Zeitung, in der Tomas' Artikel erschienen war, in Vorbereitung. Falls dem so war, brauchten sie Tomas' Erklärung als Beweisstück für die Verhandlung und als Teil der Pressekampagne, die gegen die Redakteure eröffnet würde. Lehnte er in diesem Augenblick kategorisch und energisch ab, so setzte er sich der Gefahr aus, daß die Polizei den vorbereiteten Text mit seiner gefälschten Unterschrift veröffentlichte. Keine einzige Zeitung würde jemals sein Dementi publizieren! Kein Mensch auf der Welt würde glauben, daß er den Text nicht geschrieben und unterzeichnet hatte! Er hatte längst begriffen, daß sich die Menschen viel zu sehr über die moralische Erniedrigung eines anderen freuten, als daß sie sich dieses Vergnügen durch irgendwelche Erklärungen verderben ließen.

Indem er der Polizei die Hoffnung machte, den Text selbst zu schreiben, gewann er Zeit. Gleich am nächsten Tag reichte er schriftlich seine Kündigung ein. Er setzte (zu Recht) voraus, daß die Polizei die Macht über ihn verlieren würde und aufhörte, sich für ihn zu interessieren, sobald er freiwillig auf die unterste Sprosse der gesellschaftlichen Leiter herabgestiegen war (wohin übrigens damals Tausende von Intellektuellen aus anderen Fachgebieten abstiegen). Unter solchen Umständen würden sie keine angeblich von ihm unterzeichnete Erklärung mehr abdrucken können, weil das ganz einfach unglaubwürdig wäre. Die schmachvollen öffentlichen Erklärungen waren stets mit dem Aufstieg und nicht mit dem Abstieg des Unterzeichneten verbunden.

In Tomas' Land sind die Ärzte jedoch Staatsangestellte, und der Staat kann, muß sie aber nicht aus seinen Diensten entlassen. Der Beamte, der mit Tomas über die Kündigung verhandelte, kannte dessen guten Ruf. Er schätzte Tomas und versuchte, ihn zu überreden, seine Stelle nicht aufzugeben. Tomas merkte mit einem Mal, daß er gar nicht sicher war, ob er sich richtig entschieden hatte. Er fühlte sich jedoch seinem Entschluß durch eine Art Treueversprechen verpflichtet und beharrte darauf. So wurde er Fensterputzer.

7.

Als Tomas vor Jahren von Zürich nach Prag zurückkehrte, sagte er sich im stillen: »Es muß sein!« und dachte dabei an seine Liebe zu Teresa. Unmittelbar nach dem Passieren der Grenze begann er zu zweifeln, ob es wirklich hatte sein müssen: er vergegenwärtigte sich, daß einzig eine Kette von lächerlichen Zufällen ihn zu Teresa geführt hatte, Zufälle, die sich vor sieben Jahren zugetragen hatten (und an deren Anfang der Ischias seines Chefs stand), und die ihn jetzt in den Käfig zurückführten, aus dem es kein Entrinnen geben würde.

Bedeutet das, daß es in seinem Leben kein »Es muß sein!«, keine wirkliche Notwendigkeit gibt? Ich glaube, sie war trotz allem vorhanden. Es war nicht die Liebe, sondern der Beruf. Zur Medizin hatten ihn weder Zufall noch Berechnung geführt, sondern ein tiefes inneres Bedürfnis.

Sofern es überhaupt möglich ist, die Menschen in Kategorien einzuteilen, kann man das sicher nach ihren existentiellen Bedürfnissen tun, die sie zu dieser oder jener Lebenstätigkeit hinlenken. Jeder Franzose ist anders. Aber alle Schauspieler dieser Welt gleichen sich, ob in Paris, in Prag oder an dem kleinsten Provinztheater. Wer von Kind auf damit einverstanden ist, sein Leben lang einem anonymen Publikum preisgegeben zu sein, ist ein Schauspieler. Ohne dieses grundlegende Einverständnis, das nichts mit Talent zu tun hat, das etwas Tieferes ist als Talent, wird man nicht Schauspieler. Ähnlich ist derjenige ein Arzt, der einwilligt, sich sein Leben lang bis zur letzten Konsequenz mit dem menschlichen Körper zu beschäftigen. Dieses grundlegende Einverständnis (und keineswegs Begabung oder Geschicklichkeit) ermöglicht es ihm, im ersten Studienjahr den Seziersaal zu betreten und sechs Jahre später Arzt zu sein.

Die Chirurgie führt den grundlegenden Imperativ des Arztberufes an die äußerste Grenze, wo Menschliches und Göttliches sich berühren. Schlägt man jemandem mit aller Kraft einen Knüppel auf den Kopf, so bricht er zusammen und hört für immer auf zu atmen. Einmal würde er aber ohnehin aufhören zu atmen. So ein Mord nimmt nur vorweg, was Gott etwas später selbst besorgt hätte. Man kann sogar annehmen, daß Gott mit dem Mord gerechnet hat, nicht aber mit der Chirurgie. Er konnte nicht vermuten, daß man es wagen würde, die Hand ins Innere des Mechanismus zu stecken, den er sich ausgedacht, sorgfältig in Haut verpackt, versiegelt und vor dem menschlichen Auge verschlossen hat. Als Tomas zum ersten Mal das Skalpell an die Haut eines unter Narkose liegenden Mannes setzte, um mit entschiedener Geste diese Haut mit einem präzisen Schnitt aufzuschneiden (als wäre sie ein Stück lebloser Stoff, ein Mantel, ein Rock oder ein Vorhang), da hatte er, kurz aber intensiv, das Gefühl, ein Sakrileg zu begehen. Aber genau das war es, was ihn anzog! Das war das »Es muß sein!«, das tief in ihm verwurzelt lag, zu dem ihn kein Zufall geführt hatte, kein Ischias des Chefarztes, nichts Äußerliches.

Wie ist es möglich, daß er etwas, das so sehr zu ihm gehörte, so schnell, entschlossen und leicht hat aufgeben können?

Er würde uns antworten, er habe es getan, damit die Polizei ihn nicht mißbrauchen könne. Obwohl es theoretisch möglich war (und es solche Fälle tatsächlich gab), so war es, ehrlich gesagt, nicht sehr wahrscheinlich, daß die Polizei eine falsche Erklärung mit seiner Unterschrift veröffentlicht hätte.

Man hat natürlich das Recht, sich auch vor wenig wahrscheinlichen Gefahren zu fürchten. Man kann auch annehmen, daß Tomas auf sich selbst wütend war, auf seine Ungeschicktheit, und daß er weiteren Kontakten mit der Polizei, die sein Gefühl der Machtlosigkeit nur noch verstärkt hätten, aus dem Weg gehen wollte. Man kann außerdem annehmen, daß er seinen Beruf ohnehin schon verloren hatte, weil die mechanische Arbeit in der Poliklinik, wo er Aspirin verschrieb, mit seiner Vorstellung vom Arztberuf nichts mehr gemeinsam hatte. Trotz alledem kommt mir die Abruptheit seiner Entscheidung sonderbar vor. Liegt dahinter nicht etwas anderes verborgen, etwas Tieferliegendes, das seinen Überlegungen entgangen ist?

8.

Obwohl Tomas Teresa zuliebe begonnen hatte, Beethoven zu lieben, verstand er gleichwohl nicht viel von Musik, und ich zweifle, ob er die wahre Geschichte von Beethovens berühmtem Motiv »Muß es sein? Es muß sein!« kannte.

Das war so: Ein gewisser Herr Dembscher schuldete Beethoven fünfzig Gulden, und der Komponist, der ewig in Geldnöten war, erinnerte ihn daran. »Muß es sein?« seufzte Herr Dembscher unglücklich, und Beethoven lachte aufgeräumt: »Es muß sein!« Er schrieb diese Worte sogleich in sein Notenheft und komponierte auf dieses realistische Motiv ein kleines Musikstück für vier Stimmen: drei Stimmen singen »Es muß sein, es muß sein, ja, ja, ja«, und die vierte Stimme fügt hinzu: »Heraus mit dem Beutel!«

Dasselbe Motiv wurde ein Jahr später zum Grundthema des vierten Satzes seines letzten Quartetts, opus 135. Damals dachte Beethoven nicht mehr an Dembschers Geldbeutel. Die Worte »Es muß sein!« nahmen für ihn einen immer feierlicheren Ton an, als hätte das Schicksal selbst sie ausgesprochen. In der Sprache Kants kann selbst ein gebührend betontes »Guten Tag« zu einer metaphysischen These werden. Die deutsche Sprache ist die Sprache der schweren Wörter. »Es muß sein!« war keineswegs ein Scherz, und noch viel weniger »Der schwer gefaßte Entschluß«.

Beethoven hatte also eine spaßige Inspiration in ein ernstes Quartett verwandelt, einen Scherz in eine metaphysische Wahrheit. Das ist ein interessantes Beispiel für den Übergang vom Leichten ins Schwere (oder nach Parmenides: für den Übergang vom Positiven ins Negative). Erstaunlicherweise überrascht uns eine solche Verwandlung nicht. Andererseits wären wir entrüstet, wenn Beethoven den Ernst seines Quartetts in den leichten Scherz eines vierstimmigen Kanons über Dembschers Geldbeutel verwandelt hätte. Dabei hätte er ganz im Geiste des Parmenides gehandelt: er hätte Schweres in Leichtes, Negatives in Positives umgewandelt! Am Anfang hätte (als unvollendete Skizze) eine große metaphysische Wahrheit gestanden, am Ende (als vollendetes Werk) ein federleichter Scherz! Wir aber können nicht mehr wie Parmenides denken.

Mir scheint, dieses aggressive, feierlich strenge »Es muß sein!« hat Tomas insgeheim schon lange irritiert, und in seinem Inneren ruhte eine tiefe Sehnsucht, im Geiste des Parmenides Schweres in Leichtes umzuwandeln. Denken wir daran zurück, wie er sich in einer einzigen Minute entschlossen hatte, weder seine erste Frau noch seinen Sohn künftig wiederzusehen, und wie erleichtert er vernahm, daß seine Eltern mit ihm gebrochen hatten. Was war das anderes als eine heftige und nicht vom Verstand geleitete Geste, mit der er von sich stieß, was ihm als schwere Pflicht, als ein »Es muß sein!« eingebleut worden war?

Damals war es allerdings ein äußerliches, auf gesellschaftlichen Konventionen beruhendes »Es muß sein!«, während das »Es muß sein!« seiner Liebe zur Medizin aus seinem Inneren kam. Um so schlimmer. Ein innerer Imperativ ist noch stärker, spornt noch mehr zur Auflehnung an.

Chirurg zu sein bedeutet, die Oberfläche der Dinge aufzuschneiden und zu schauen, was sich in ihrem Inneren verbirgt. Vielleicht hat gerade dieser Wunsch Tomas dazu geführt, wissen zu wollen, was auf der *anderen* Seite dieses »Es muß sein!« liegt; anders gesagt: wissen zu wollen, was vom Leben übrigbleibt, wenn man sich von dem befreit, was man bisher als seine Berufung angesehen hat.

Als er sich bei der gutmütigen Leiterin des Prager Unternehmens zur Reinigung von Vitrinen und Fenstern vorstellte, sah er das Ergebnis seines Entschlusses auf einmal in aller Deutlichkeit und Unabwendbarkeit vor sich, und er erschrak. Mit diesem Schrecken verbrachte er die ersten Tage in seinem neuen Beruf. Nachdem er aber (nach etwa einer Woche) die erstaunliche Fremdheit seines neuen Lebens überwunden hatte, begriff er plötzlich, daß lange Ferien angebrochen waren.

Er tat Dinge, an denen ihm überhaupt nichts lag, und das genoß er. Er begriff plötzlich das Glück von Menschen (die er bisher bemitleidet hatte), die einem Beruf nachgehen, zu dem sie kein inneres »Es muß sein!« nötigt, den sie in dem Moment vergessen können, da sie ihren Arbeitsplatz verlassen. Diese glückselige Gleichgültigkeit hatte er noch nie empfunden. Wenn ihm manchmal auf dem Operationstisch etwas nicht so geglückt war, wie er es wollte, war er verzweifelt und konnte nicht schlafen. Oft verlor er sogar die Lust auf Frauen. Das »Es muß sein!« seines Berufes war wie ein Vampir, der ihm das Blut aussaugte.

Nun wanderte er mit seiner Fensterputzstange in der Hand in Prag herum und stellte überrascht fest, daß er sich zehn Jahre jünger fühlte. Die Verkäuferinnen der Warenhäuser redeten ihn mit »Herr Doktor« an (die Prager Trommeln hatten perfekt funktioniert) und fragten ihn um Rat zu Schnupfen, Rückenschmerzen und unregelmäßigen Menstruationen. Sie beobachteten ihn fast beschämt, wenn er das Fensterglas mit Wasser übergoß, die Bürste auf die Stange setzte und die Scheibe zu reinigen begann. Hätten sie die Kunden im Geschäft stehenlassen können, so hätten sie ihm gewiß die Stange aus der Hand genommen und die Vitrine selbst geputzt.

Tomas arbeitete vor allem in Warenhäusern, oft aber schickte ihn seine Firma auch zu Privatpersonen. Die Leute erlebten die Massenverfolgungen tschechischer Intellektueller damals noch in einer Art euphorischer Solidarität. Als seine ehemaligen Patienten erfuhren, daß Tomas Fenster putzte, riefen sie bei seiner Firma an, um ihn zu bestellen. Sie hießen ihn mit einer Flasche Champagner oder Sliwowitz willkommen, schrieben in seinen Arbeitsbericht, er habe dreizehn Fenster geputzt, plauderten zwei Stunden mit ihm und stießen auf sein Wohl an. Tomas ging in bester Laune zur nächsten Wohnung, zum nächsten Geschäft. Die Familien der russischen Offiziere ließen sich im Lande nieder, aus dem Radio ertönten Drohreden von Beamten des Innenministeriums, die an die Stelle der hinausgeworfenen Redakteure getreten waren, und er torkelte betrunken durch die Straßen von Prag und es schien ihm, als ginge er von einem Fest zum anderen. Das waren seine großen Ferien.

Er kehrte in die Zeit seiner Junggesellenjahre zurück. Er war nämlich plötzlich ohne Teresa. Er sah sie nur nachts, wenn sie aus der Bar zurückkam und er kurz aus dem ersten Schlaf aufwachte, und dann wieder frühmorgens, wenn sie noch schlaftrunken war und er schon zur Arbeit eilen mußte. Er hatte sechzehn Stunden für sich allein, und das war ein Freiraum, der sich ihm unerwartet eröffnet hatte. Freiraum bedeutete für ihn seit frühester Jugend: Frauen.

9.

Wenn Freunde ihn fragten, wie viele Frauen er in seinem Leben besessen habe, antwortete er ausweichend, und wenn sie insistierten, sagte er: »Vielleicht so an die zweihundert.« Einige Neider behaupteten, er würde übertreiben. Er verwahrte sich dagegen: »Das ist gar nicht so viel. Seit etwa fünfundzwanzig Jahren habe ich Beziehungen zu Frauen. Teilt mal zweihundert durch fünfundzwanzig. Das macht etwa acht Frauen pro Jahr. Das ist doch nicht viel.«

Seit er mit Teresa zusammenlebte, stießen seine erotischen Aktivitäten auf Organisationsschwierigkeiten; er konnte ihnen (zwischen Operationstisch und Heim) nur noch eine schmale Zeitspanne einräumen, die er zwar intensiv nutzte (wie ein Bergbauer intensiv sein schmales Feld bestellt), die aber unmöglich mit einem Zeitraum von sechzehn Stunden zu vergleichen war, den er plötzlich geschenkt bekommen hatte. (Ich sage sechzehn, weil auch die acht Stunden Fensterputzen mit dem Kennenlernen neuer Verkäuferinnen, Sekretärinnen und Hausfrauen ausgefüllt waren, mit denen er sich verabreden konnte.)

Was er bei ihnen suchte? Was ihn zu ihnen hinzog? Ist denn die körperliche Liebe nicht ewige Wiederholung des Gleichen?

Nein. Es bleibt immer ein kleiner Prozentsatz an Unvorstellbarem. Sah er eine Frau in Kleidern, so konnte er sich zwar vorstellen, wie sie nackt aussehen würde (hier ergänzte die Erfahrung des Arztes die Erfahrung des Liebhabers), doch blieb zwischen dem Ungefähren der Vorstellung und der Präzision der Wirklichkeit ein kleiner Spielraum für das Unvorstellbare, und genau das war es, was ihm keine Ruhe ließ. Die Jagd nach dem Unvorstellbaren endet aber nicht etwa mit der Entdeckung der Nacktheit, sie geht weiter: Wie wird sie sich verhalten, wenn er sie auszieht? Was wird sie sagen, wenn er sie liebt? Wie werden ihre Seufzer klingen? Welche Grimasse wird sich im Moment der Lust auf ihrem Gesicht abzeichnen?

Die Einzigartigkeit des menschlichen Ich liegt gerade in dem verborgen, was an ihm unvorstellbar ist. Vorstellen können wir uns nur, was an allen Menschen gleich, was allgemein ist. Das Individuelle des Ich ist das, was es vom Allgemeinen unterscheidet, was sich also nicht von vornherein abschätzen und berechnen läßt, was man am anderen erst enthüllen, entdecken und erobern muß.

Tomas, der sich in den letzten zehn Jahren seiner Tätigkeit als Arzt ausschließlich mit dem menschlichen Gehirn beschäftigt hatte, wußte, daß nichts schwieriger zu erfassen war, als das »Ich«. Zwischen Hitler und Einstein, zwischen Breschnew und Solschenizyn gibt es viel mehr Ähnlichkeiten als Unterschiede. Wollte man es in Zahlen ausdrücken, so gäbe es zwischen ihnen ein Millionstel Unähnliches und neunhundertneunundneunzigtausendneunhundertneunundneunzig Millionstel Gleiches.

Tomas ist besessen von dem Wunsch, sich dieses einen Millionstels zu bemächtigen, und darin liegt für ihn der Sinn seiner Frauenbesessenheit. Er ist nicht von den Frauen besessen, sondern davon, was an ihnen unvorstellbar ist, mit anderen Worten: er ist besessen von diesem Millionstel an Unähnlichem, das die eine Frau von der anderen unterscheidet.

(Vielleicht treffen sich an diesem Punkt die Leidenschaft des Chirurgen und die Leidenschaft des Frauenhelden. Er legt das imaginäre Skalpell selbst dann nicht aus der Hand, wenn er mit seinen Geliebten zusammen ist. Es verlangt ihn danach, sich dessen zu bemächtigen, was tief in ihrem Inneren verborgen liegt, um dessentwillen er ihre Oberfläche aufschneiden muß.)

Allerdings kann man sich zu Recht fragen, warum er dieses Millionstel an Unähnlichem gerade im Sex suchen mußte. Konnte er es nicht in der Gangart, den kulinarischen

Vorlieben oder den künstlerischen Interessen der Frauen finden?

Sicher, das Millionstel an Ungleichem ist in allen Bereichen des menschlichen Lebens gegenwärtig, nur liegt es unverhüllt da, und man braucht es nicht erst zu entdecken, man braucht kein Skalpell. Hat eine Frau als Nachtisch lieber Käse als Süßes, oder mag eine andere keinen Blumenkohl, so ist das zwar ein Zeichen von Originalität, doch man erkennt sofort, daß diese Art von Originalität völlig belanglos und überflüssig ist, daß es keinen Sinn hat, ihr Aufmerksamkeit zu schenken und in ihr irgendeinen Wert zu suchen.

Einzig in der Sexualität erscheint dieses Millionstel von Ungleichem als etwas Kostbares, weil es nicht öffentlich zugänglich ist und man es sich erobern muß. Noch vor einem halben Jahrhundert mußte man einer solchen Eroberung viel Zeit widmen (manchmal Wochen, ja sogar Monate), so daß die Zeit, die man der Eroberung widmete, zum Wertmaß des Eroberten wurde. Selbst heute, da die Zeit der Eroberung sich unwahrscheinlich verkürzt hat, erscheint die Sexualität immer noch als Tresor, in dem das Geheimnis des weiblichen Ich verborgen liegt.

So war es keinesfalls der Wunsch nach Wollust (die stellte sich später als eine Art Prämie ein), sondern der Wunsch, sich der Welt zu bemächtigen (mit dem Skalpell den daliegenden Körper der Welt zu öffnen), der ihn dazu bewegte, den Frauen nachzujagen.

10.

Männer, die einer Vielzahl von Frauen nachjagen, lassen sich leicht in zwei Kategorien einteilen. Die einen suchen in allen Frauen ihren eigenen, subjektiven und stets gleichen Traum von der Frau. Die anderen werden vom Verlangen getrieben, sich der unendlichen Buntheit der objektiven weiblichen Welt zu bemächtigen.

Die Besessenheit der einen ist *lyrisch*: sie suchen in den Frauen sich selbst, ihr Ideal, und sind immer von neuem enttäuscht, denn ein Ideal ist bekanntlich etwas, das man nie finden kann. Die Enttäuschung, die sie von einer Frau zur anderen treibt, verleiht ihrer Unbeständigkeit eine romantische Entschuldigung, so daß viele sentimentale Damen ihre hartnäckige Polygamie rührend finden.

Die Besessenheit der anderen ist *episch*, und darin sehen Frauen nichts Rührendes: der Mann projiziert kein subjektives Ideal auf die Frauen; daher interessiert ihn alles, und nichts kann ihn enttäuschen. Gerade diese Unfähigkeit, enttäuscht zu werden, hat etwas Ungehöriges an sich. Die Besessenheit des epischen Frauenhelden kommt einem billig vor, weil sie nicht durch Enttäuschung erkauft wurde.

Da der lyrische Frauenheld immer denselben Frauentyp verfolgt, bemerkt niemand, daß er die Geliebten wechselt; seine Freunde verursachen dauernd Mißverständnisse, weil sie unfähig sind, die Frauen auseinanderzuhalten, und alle mit demselben Namen anreden.

Epische Frauenhelden (und Tomas gehört natürlich zu dieser Kategorie) entfernen sich auf ihrer Jagd nach Erkenntnis mehr und mehr vom konventionellen weiblichen Schönheitsideal, von dem sie in kürzester Zeit übersättigt sind, und sie enden unweigerlich als Kuriositätensammler. Sie sind sich dessen bewußt und schämen sich ein wenig; sie zeigen sich mit ihren Geliebten nicht in der Öffentlichkeit, um ihre Freunde nicht in Verlegenheit zu bringen.

Tomas war schon seit fast zwei Jahren Fensterputzer, als eine neue Kundin ihn zu sich bestellte. Die Merkwürdigkeit ihrer Erscheinung fesselte ihn sofort, als er sie das erste Mal in der Tür stehen sah. Das Merkwürdige an ihr war diskret und unauffällig und hielt sich in den Grenzen angenehmer Banalität (Tomas' Vorliebe für Kuriositäten hatte nichts mit Fellinis Vorliebe für Ungeheuer zu tun): sie war außergewöhnlich groß, etwas größer als er, hatte eine feine, sehr lange Nase, und ihr Gesicht war so ungewöhnlich, daß man nicht hätte sagen können, ob sie hübsch war (jedermann hätte dagegen protestiert!), obwohl sie (zumindest nach Tomas' Worten) auch nicht unhübsch war. Sie trug Hosen und eine weiße Bluse und sah aus wie eine wundersame Kreuzung zwischen einem zarten Jüngling, einer Giraffe und einem Storch.

Sie sah ihn forschend an, mit einem langen, aufmerksamen Blick, dem ein Anflug intelligenter Ironie nicht fehlte.

»Treten Sie ein, Herr Doktor«, sagte sie.

Offensichtlich wußte die Frau, wer er war. Er hatte keine Lust, darauf einzugehen, und fragte: »Wo kann ich Wasser holen?«

Sie öffnete die Tür zum Badezimmer. Er sah ein Waschbecken, eine Wanne und eine Kloschüssel, davor lagen kleine rosarote Teppiche.

Die storchenartige Giraffenfrau lächelte und blinzelte mit den Augen, so daß alles, was sie sagte, voll von geheimem Sinn oder geheimer Ironie war.

»Das Badezimmer steht ganz zu Ihrer Verfügung, Herr Doktor«, sagte sie, »Sie können darin tun und lassen, was Sie wollen.«

»Sogar ein Bad nehmen?« fragte Tomas.

»Baden Sie gern?« fragte sie.

Er füllte seinen Kübel mit warmem Wasser und kehrte in den Salon zurück. »Wo soll ich anfangen?«

»Das hängt ganz von Ihnen ab«, sagte sie schulterzuckend.

»Kann ich die Fenster in den anderen Zimmern sehen?«

»Möchten Sie meine Wohnung kennenlernen?« Sie lächelte, als wäre das Fensterputzen eine seiner Schrullen, für die sie sich nicht interessierte.

Er betrat das Nebenzimmer. Es war ein Raum mit einem großen Fenster, zwei zusammengerückten Betten und einem Bild mit einer Herbstlandschaft mit Birken und Sonnenuntergang.

Als er zurückkam, standen eine offene Weinflasche und zwei Gläser auf dem Tisch. »Wollen Sie sich nicht etwas stärken vor dieser schweren Arbeit?«

»Sehr gern«, sagte Tomas und setzte sich.

»Das muß eine interessante Erfahrung für Sie sein, so viele Haushalte kennenzulernen«, sagte sie.

»Es ist nicht schlecht«, sagte Tomas.

»Überall warten Frauen auf Sie, deren Männer zur Arbeit gegangen sind.«

»Viel häufiger sind es Omas und Schwiegermütter.«

»Und Ihr früherer Beruf fehlt Ihnen nicht?«

»Sagen Sie mir lieber, wie Sie von meinem Beruf erfahren haben.«

»Ihre Firma lobt Sie sehr«, sagte die Storchenfrau.

»Immer noch?« wunderte sich Tomas.

»Als ich dort anrief, daß man mir einen Fensterputzer schicken sollte, fragte man mich, ob ich Sie haben wollte. Sie seien ein berühmter Chirurg, den man aus dem Krankenhaus hinausgeworfen habe. Das hat mich natürlich interessiert.«

»Sie sind so herrlich neugierig.«

»Sieht man mir das an?«

»Gewiß, Ihrem Blick.«

»Und wie ist der?«

»Sie blinzeln. Und stellen in einem fort Fragen.«

»Antworten Sie etwa nicht gern?«

Es war ihr zu verdanken, daß die Unterhaltung von Anfang an einen koketten Reiz hatte. Nichts von dem, was sie sagte, hatte mit der Umgebung zu tun, alles bezog sich direkt auf sie beide. Und weil das Gespräch von Anfang an ihn und sie zum Hauptthema erkoren hatte, gab es nichts Einfacheres, als die Worte durch Berührungen zu ergänzen, und während Tomas von ihren blinzelnden Augen redete, streichelte er sie. Sie erwiderte jede seiner Berührungen, tat das aber nicht spontan, sondern gewollt und systematisch, als spielte sie das Spiel »Wie du mir, so ich dir«. So saßen sie sich gegenüber, und jeder hatte die Hände auf dem Körper des anderen.

Erst als Tomas versuchte, ihren Schoß zu berühren, wehrte sie sich. Er konnte nicht abschätzen, inwieweit ihre Abwehr ernst gemeint war, jedenfalls war viel Zeit verstrichen, und er mußte in zehn Minuten beim nächsten Kunden sein.

Er erhob sich und erklärte ihr, er müsse nun gehen. Ihre Wangen glühten.

»Ich muß noch Ihren Arbeitsbericht unterschreiben«, sagte sie.

»Ich habe doch gar nicht gearbeitet«, wehrte er ab.

»Das war meine Schuld«, sagte sie und fügte dann mit

leiser, unschuldig klingender Stimme hinzu: »Ich werde Sie nochmals kommen lassen müssen, damit Sie das zu Ende bringen, was Sie meinetwegen nicht haben anfangen können.«

Als Tomas sich weigerte, ihr den Bericht zum Unterschreiben zu geben, sagte sie zärtlich, als bäte sie ihn um einen Gefallen: »Bitte, geben Sie ihn mir.« Dann fügte sie hinzu, indem sie mit den Augen blinzelte: »Das bezahle ja nicht ich, sondern mein Mann. Und bezahlt werden nicht Sie, sondern ein Staatsbetrieb. Diese Transaktion betrifft uns beide überhaupt nicht.«

11.

Die sonderbare Unproportioniertheit dieser giraffenähnlichen Storchenfrau erregte ihn noch in der Erinnerung: mit Ungeschicklichkeit gekoppelte Koketterie; eindeutige sexuelle Lust, ergänzt durch ironisches Lächeln; das vulgär Konventionelle der Wohnung und das Unkonventionelle ihrer Besitzerin. Wie würde sie wohl sein, wenn sie sich liebten? Er versuchte es sich vorzustellen, aber es war nicht einfach. Mehrere Tage lang konnte er an nichts anderes denken.

Als sie ihn zum zweiten Mal bestellte, standen der Wein und die zwei Gläser schon auf dem Tisch. Diesmal ging alles sehr schnell. Bald schon standen sie sich im Schlafzimmer gegenüber (auf dem Bild mit den Birken ging die Sonne unter) und küßten sich. Er sagte ihr sein obligates »Ziehen Sie sich aus!«, doch statt zu gehorchen, forderte sie ihn auf: »Nein, zuerst Sie!«

Das war er nicht gewohnt, und er geriet etwas in Verlegenheit. Sie begann, ihm die Hose aufzuknöpfen. Er befahl ihr noch ein paarmal (mit komischem Mißerfolg): »Ziehen Sie sich aus!«, doch blieb ihm nichts anderes übrig, als auf einen Kompromiß einzugehen; nach den Spielregeln, die sie ihm bereits beim ersten Mal aufgezwungen hatte (»Wie du mir, so ich dir!«) zog sie ihm die Hose aus und er ihr den Rock, dann sie ihm das Hemd und er ihr die Bluse, bis sie sich endlich nackt gegenüberstanden. Er hatte die Hand in ihren feuchten Schoß gelegt und ließ die Finger zur Afteröffnung gleiten, zu der Stelle, die er an allen weiblichen Körpern am meisten mochte. Die ihre war ungewöhnlich hervortretend, was in ihm die Vorstellung eines langen Verdauungsrohrs wachrief, das hier leicht vorragend endete. Er tastete den festen, gesunden Ring ab, diesen schönsten aller Fingerringe, in der Sprache der Medizin Schließmuskel genannt, und auf einmal spürte er ihre Finger an derselben Stelle auf seinem eigenen Hinterteil. Sie wiederholte alle seine Gesten mit der Präzision eines Spiegels.

Obwohl er, wie ich bereits gesagt habe, etwa zweihundert Frauen gekannt hatte (und seit er Fensterputzer war, noch viele mehr), war es ihm noch nie passiert, daß eine Frau, die auch noch größer war als er, vor ihm stand, mit den Augen blinzelte und ihm die Afteröffnung abtastete. Um seine Betretenheit zu überwinden, warf er sie aufs Bett.

Seine Bewegung war so abrupt, daß er sie überrumpelte. Ihre hohe Gestalt fiel auf den Rücken, das Gesicht war von roten Flecken bedeckt und es lag darin der erschrockene Ausdruck eines Menschen, der das Gleichgewicht verloren hat. Als er so vor ihr stand, faßte er sie unter den Knien und hob ihre leicht gespreizten Beine in die Höhe, so daß sie auf einmal aussahen wie die hocherhobenen Arme eines Soldaten, der sich erschreckt vor gezückter Waffe ergibt.

Die mit Leidenschaftlichkeit gepaarte Ungeschicklichkeit, die mit Ungeschicklichkeit gepaarte Leidenschaftlichkeit erregten Tomas wunderbar. Sie liebten sich sehr lange. Er beobachtete dabei ihr von roten Flecken bedecktes Gesicht und suchte darin den erschrockenen Ausdruck einer Frau, der jemand das Bein gestellt hat und die hingefallen ist, diesen unnachahmlichen Ausdruck, der ihm gerade das Blut der Erregung in den Kopf getrieben hatte.

Dann ging er ins Badezimmer, um sich zu waschen. Sie begleitete ihn und erklärte ihm lang und breit, wo die Seife und wo der Waschlappen waren und wie man das warme Wasser andrehte. Es kam ihm sonderbar vor, daß sie ihm diese simplen Dinge so ausführlich erklärte. Schließlich sagte er, er habe alles begriffen und gab ihr zu verstehen, daß er gern allein im Badezimmer sein wollte.

Sie sagte in bettelndem Ton: »Sie lassen mich nicht bei Ihrer Toilette assistieren?«

Zu guter Letzt schaffte er es doch, sie hinauszuschicken. Er wusch sich, urinierte ins Waschbecken (eine weitverbreitete Gewohnheit tschechischer Ärzte), und es schien ihm, als ginge sie ungeduldig auf und ab und suchte einen Vorwand, um in das Badezimmer einzudringen. Als er den Wasserhahn zudrehte und in der Wohnung völlige Stille herrschte, hatte er das Gefühl, daß sie ihn beobachtete. Er war fast sicher, daß sie ein Loch in die Badezimmertür gebohrt hatte und ihr schönes, blinzelndes Auge darauf drückte.

Er verließ sie in glänzender Laune. Er versuchte, sich das Wesentliche noch einmal zu vergegenwärtigen, es in der Erinnerung zu abstrahieren und auf eine chemische Formel zu bringen, um ihre Einzigartigkeit (ihr Millionstel an Unähnlichem) zu definieren. Schließlich kam er auf eine aus drei Punkten bestehende Formel:

1. mit Leidenschaftlichkeit gepaarte Ungeschicklichkeit;
2. erschrockenes Gesicht von jemandem, der das Gleichgewicht verliert und hinfällt;
3. hochgehobene Beine, wie die Arme eines Soldaten, der sich vor gezückter Waffe ergibt.

Als er sich das wiederholte, hatte er das glückliche Gefühl, sich wieder eines Stücks Welt bemächtigt zu haben; mit seinem imaginären Skalpell wieder einen schmalen Stoffstreifen aus der unendlichen Leinwand des Alls herausgeschnitten zu haben.

12.

Etwa zur gleichen Zeit trug sich folgende Geschichte zu: Er traf sich ein paarmal mit einem jungen Mädchen in einer

Wohnung, die ihm ein alter Freund täglich bis Mitternacht zur Verfügung stellte. Nach ein oder zwei Monaten erinnerte sie ihn an ein Zusammensein: sie hätten sich auf dem Teppich unter dem Fenster geliebt, während draußen Blitze zuckten und Donner grollte. Sie hätten sich während des ganzen Gewitters geliebt, und es sei etwas Unvergeßliches gewesen!

Tomas erschrak: gewiß, er erinnerte sich, sie auf dem Teppich geliebt zu haben (sein Freund hatte nur ein schmales Sofa in der Wohnung stehen, auf dem er sich nicht wohl fühlte), das Gewitter aber hatte er vergessen! Sonderbar: er konnte sich an die wenigen Begegnungen mit ihr erinnern, er hatte sogar die Art und Weise registriert, wie sie sich liebten, (sie weigerte sich, sich von hinten lieben zu lassen), er erinnerte sich an ein paar ihrer Aussprüche beim Lieben (sie bat ihn immer, er möge sie fest an den Hüften halten und protestierte, wenn er sie ansah), er erinnerte sich sogar an den Schnitt ihrer Wäsche, doch von einem Gewitter wußte er nichts.

Sein Gedächtnis registrierte von all seinen Liebesabenteuern nur den steilen und schmalen Weg der sexuellen Eroberung: die erste verbale Aggression, die erste Berührung, die erste Obszönität, die sie einander sagten, alle winzigen Perversionen, zu denen er sie nach und nach bewegen konnte, und auch diejenigen, die sie ablehnte. Der Rest war (irgendwie pedantisch) aus seinem Gedächtnis verbannt. Er vergaß sogar den Ort, wo er diese oder jene Frau zum ersten Mal gesehen hatte, weil dieser Augenblick noch vor dem eigentlichen sexuellen Angriff lag.

Das Mädchen redete über das Gewitter, lächelte verträumt und er sah sie verwundert und fast beschämt an: sie hatte etwas Schönes erlebt, was er nicht miterlebt hatte. In der Art und Weise, wie ihr und sein Gedächtnis auf das abendliche Gewitter reagierten, lag der ganze Unterschied zwischen Liebe und Unliebe.

Mit dem Wort Unliebe will ich nicht sagen, daß er sich zu dem Mädchen wie ein Zyniker verhielt und in ihr, wie man so sagt, nur ein Sexualobjekt sah, im Gegenteil, er mochte sie als Freundin, er schätzte ihren Charakter und ihre Intelligenz, er war bereit, ihr zu helfen, wann immer sie es brauchte. Das war nicht er selbst, der sich ihr gegenüber schlecht benahm, es war sein Gedächtnis, das sie ohne sein Zutun aus der Sphäre der Liebe ausgeschlossen hatte.

Allem Anschein nach gibt es im Gehirn eine ganz spezielle Zone, die man *poetisches Gedächtnis* nennen könnte, und die aufzeichnet, was unser Leben schön macht. Seit der Zeit, da er Teresa kannte, hatte keine einzige Frau mehr das Recht, in diesem Teil des Gehirns auch nur die flüchtigste Spur zu hinterlassen.

Teresa hielt sein poetisches Gedächtnis despotisch besetzt und hatte die Spuren anderer Frauen darin verwischt. Das war ungerecht, weil zum Beispiel das Mädchen, das er während des Gewitters auf dem Teppich geliebt hatte, der Poesie nicht weniger würdig war als Teresa. Sie schrie ihn an: »Schließ die Augen! Halt meine Hüften! Halt mich fest!«, sie konnte es nicht ertragen, daß Tomas beim Lieben die Augen konzentriert und beobachtend offenhielt und mit seinem leicht von ihr abgehobenen Körper ihre Haut nicht berührte. Sie wollte nicht studiert werden. Sie wollte ihn in den Strom der Verzückung hineinreißen, dem man sich nur mit geschlossenen Augen hingeben kann. Aus diesem Grund weigerte sie sich, auf die Knie zu gehen, denn in dieser Position berührten sich ihre Körper nicht, und er konnte sie aus einem Abstand von einem halben Meter beobachten. Sie haßte diesen Abstand. Sie wollte in ihm zerfließen. So behauptete sie beharrlich, sie hätte keine Lust dabei verspürt, obwohl der ganze Teppich naß war von ihrem Orgasmus: »Ich suche nicht die Lust«, sagte sie, »ich suche das Glück, und Lust ohne Glück ist keine Lust.« Mit anderen Worten, sie pochte an das Tor seines poetischen Gedächtnisses. Doch das Tor blieb geschlossen. Im poetischen Gedächtnis gab es für sie keinen Platz. Einen Platz für sie gab es nur auf dem Teppich.

Sein Abenteuer mit Teresa hatte genau dort angefangen, wo die Abenteuer mit den anderen Frauen aufhörten. Es spielte sich auf der anderen Seite des Imperativs ab, der ihn hinter den Frauen herjagen ließ. An Teresa wollte er nichts enthüllen. Er hatte sie schon enthüllt bekommen. Er hatte mit ihr geschlafen, noch bevor er Zeit fand, sein imaginäres

Skalpell zur Hand zu nehmen, mit dem er den vor sich liegenden Körper der Welt öffnete. Noch bevor er Zeit fand, sich zu fragen, wie sie während der Liebe sein würde, liebte er sie schon.

Ihre Liebesgeschichte begann erst danach: sie bekam Fieber, und er konnte sie nicht nach Hause schicken wie die anderen Frauen. Er kniete an ihrem Bett, und es fiel ihm ein, daß jemand sie in ein Körbchen gelegt und auf dem Wasser ausgesetzt hatte. Ich habe schon gesagt, daß Metaphern gefährlich sind. Die Liebe beginnt mit einer Metapher. Anders gesagt: Die Liebe beginnt in dem Moment, da eine Frau sich mit ihrem ersten Wort in unser poetisches Gedächtnis einprägt.

13.

Gerade vor einigen Tagen hatte sie sich wieder in sein Denken eingeprägt: wie immer kam sie morgens mit der Milch nach Hause, und als er ihr öffnete, hielt sie in ihrem roten Schal eine Krähe an ihre Brust gepreßt. Zigeunerinnen trugen ihre Kinder so in den Armen. Er würde es nie vergessen: ein riesiger, anklagender Krähenschnabel neben ihrem Gesicht.

Sie hatte den Vogel in der Erde vergraben gefunden. So waren einst die Kosaken mit ihren gefangengenommenen Feinden verfahren. »Das haben Kinder gemacht«, sagte sie, und in diesem Satz lag nicht nur eine Feststellung, sondern ein plötzlicher Abscheu vor den Menschen. Er erinnerte sich, wie sie ihm kürzlich gesagt hatte: »Ich bin dir langsam dankbar, daß du nie Kinder haben wolltest.«

Gestern hatte sie sich beklagt, daß ein Typ sie in der Bar belästigt habe. Er habe mit der Hand nach ihrer billigen Halskette gegriffen und behauptet, sie hätte den Schmuck durch Prostitution verdient. Sie war darüber sehr aufgebracht gewesen, mehr als notwendig, dachte Tomas. Auf einmal war er entsetzt darüber, wie wenig er sie in den letzten

Jahren gesehen, wie selten er die Gelegenheit hatte, ihre Hände lange in den seinen zu halten, damit sie zu zittern aufhörten.

Mit diesen Gedanken ging er frühmorgens ins Büro, wo eine Angestellte den Putzern die Tagesarbeit zuteilte. Eine Privatperson hatte ausdrücklich verlangt, daß Tomas ihre Fenster putzte. Er ging ungern zu dieser Adresse, er befürchtete, es hätte ihn wieder eine Frau zu sich bestellt. In Gedanken war er bei Teresa und hatte keine Lust auf Abenteuer.

Als sich die Tür öffnete, atmete er auf. Vor ihm stand ein Mann von hoher, leicht gebeugter Gestalt. Er hatte ein großes Kinn und erinnerte ihn an jemanden.

Er lächelte: »Treten Sie ein, Herr Doktor«, und führte ihn in ein Zimmer.

Dort stand ein junger Mann. Er war rot im Gesicht, sah Tomas an und versuchte zu lächeln.

»Ich glaube, ich brauche sie einander nicht vorzustellen«, sagte der Mann.

»Nein«, sagte Tomas, ohne zu lächeln, und reichte dem jungen Mann die Hand. Es war sein Sohn.

Dann erst stellte sich der Mann mit dem großen Kinn vor.

»Ich wußte doch, daß Sie mich an jemanden erinnern!« sagte Tomas. »Wie auch nicht! Natürlich kenne ich Sie. Dem Namen nach.«

Sie setzten sich in die Sessel, zwischen denen ein niedriger Tisch stand. Tomas dachte daran, daß diese beiden Männer ihm gegenüber unfreiwillig seine Geschöpfe waren. Den Sohn zu produzieren hatte seine erste Frau ihn gezwungen, die Züge des hochgewachsenen Mannes zu beschreiben hatte der Polizist ihn genötigt, der ihn verhörte.

Um seine Gedanken zu verscheuchen, sagte er: »Also, mit welchem Fenster soll ich anfangen?«

Die beiden Männer lachten herzlich.

Es war klar, hier ging es nicht ums Fensterputzen. Er war nicht bestellt, um Fenster zu putzen, er war in eine Falle gelockt worden. Er hatte noch nie mit seinem Sohn gesprochen. Es war das erste Mal, daß er ihm die Hand drückte. Er kannte ihn nur vom Sehen und wollte ihn auch gar nicht anders kennen. Er wünschte sich, nichts von ihm zu wissen und wollte, daß sein Sohn sich dasselbe wünschte.

»Ein schönes Plakat, nicht wahr?« sagte der Redakteur und wies auf eine große, eingerahmte Zeichnung, die Tomas gegenüber an der Wand hing.

Jetzt erst sah Tomas sich die Wohnung an. An den Wänden hingen interessante Bilder, viele Fotografien und Plakate. Die Zeichnung, auf die der Redakteur zeigte, war 1969 in einer der letzten Nummern seiner Wochenzeitung veröffentlicht worden, bevor die Russen deren Erscheinen verboten. Es war eine Imitation des berühmten Plakates aus dem russischen Bürgerkrieg von 1918, das für den Eintritt in die Rote Armee warb: ein Soldat mit rotem Stern auf der Mütze und ungewöhnlich strengem Blick schaut dem Betrachter in die Augen und droht mit dem Zeigefinger der ausgestreckten Hand. Der ursprüngliche russische Text lautete: »Bürger, hast du dich schon bei der Roten Armee registrieren lassen?« Dieser Text war durch einen tschechischen ersetzt: »Bürger, hast auch du die Zweitausend Worte unterschrieben?«

Ein ausgezeichneter Witz! Die Zweitausend Worte waren das erste berühmte Manifest des Prager Frühlings, in dem zu einer radikalen Demokratisierung des kommunistischen Regimes aufgerufen wurde. Es war von zahlreichen Intellektuellen unterzeichnet worden, und die einfachen Leute kamen dann, um es ebenfalls zu unterschreiben, bis so viele Unterschriften zusammengekommen waren, daß niemand mehr imstande war, sie zu zählen. Nachdem die Rote Armee einmarschiert war und als die politischen Säuberungen begannen, lautete eine der Fragen, die den Bürgern am Arbeitsplatz vorgelegt wurde: »Hast auch du die Zweitausend Worte unterschrieben?« Wer es zugab, wurde kommentarlos entlassen.

»Eine schöne Zeichnung. Ich erinnere mich daran«, sagte Tomas.

Der Redakteur lächelte: »Hoffen wir, dieser Rotarmist hört nicht mit, was wir hier reden.«

Dann fügte er in ernstem Tonfall hinzu: »Damit Ihnen alles klar ist, Herr Doktor. Diese Wohnung gehört nicht mir. Es ist die Wohnung eines Freundes. Es ist also nicht sicher, ob die Polizei in diesem Moment mithört. Es ist aber möglich. Hätte ich Sie zu mir nach Hause eingeladen, so wäre es sicher gewesen.«

Dann fuhr er in leichterem Tonfall fort: »Aber ich gehe davon aus, daß wir vor niemandem etwas zu verstecken haben. Übrigens, stellen Sie sich den Vorteil vor, den die Historiker der Zukunft haben werden! Sie werden in den Polizeiarchiven das Leben aller tschechischen Intellektuellen auf Tonband aufgezeichnet finden! Wissen Sie, was für Mühe es einen Literaturwissenschaftler kostet, sich das sexuelle Leben eines Voltaire, Balzac oder Tolstoj konkret vorzustellen? Bei den tschechischen Schriftstellern werden keine Zweifel auftreten. Alles ist registriert. Jeder Seufzer.«

Dann wandte er sich an die imaginären Mikrophone in den Wänden und sagte noch lauter: »Meine Herren, wie immer bei ähnlichen Anlässen möchte ich Sie zu Ihrer Arbeit ermutigen und Ihnen in meinem Namen und im Namen der künftigen Historiker danken!«

Alle drei lachten eine Weile, und dann erzählte der Redakteur davon, wie seine Zeitung verboten wurde, was der Zeichner nun machte, der sich diese Karikatur ausgedacht hatte, und womit all die anderen tschechischen Maler, Philosophen und Schriftsteller sich beschäftigten. Nach der russischen Invasion hatten sie alle ihre Arbeit verloren und waren Fensterputzer, Parkwächter, Nachtportiers, Heizer öffentlicher Gebäude geworden, im besten Falle Taxifahrer, aber dazu waren gute Beziehungen notwendig.

Es war nicht uninteressant, was der Redakteur sagte, aber Tomas war unfähig, sich zu konzentrieren. Er dachte an seinen Sohn. Er erinnerte sich, daß er ihn schon seit einigen Monaten häufiger auf der Straße traf. Wohl kaum zufällig. Er war überrascht, ihn nun in Gesellschaft des verfolgten Redakteurs zu sehen. Tomas' erste Frau war orthodoxe Kommunistin und Tomas hatte automatisch angenommen, sein Sohn stünde unter ihrem Einfluß. Er wußte nichts über ihn. Nun hätte er ihn geradeheraus fragen können, wie sein Verhältnis zur Mutter sei, doch in Gegenwart einer fremden Person schien ihm das taktlos.

Endlich kam der Redakteur zum Kern der Sache. Er sagte,

es säßen immer mehr Leute einzig dafür im Gefängnis, daß sie eine eigene Meinung vertraten, und er schloß seine Ausführungen mit den Worten: »Und da haben wir uns gesagt, man sollte etwas dagegen unternehmen.«

»Und was wollt ihr tun?« fragte Tomas.

In diesem Moment ergriff sein Sohn das Wort. Es war das erste Mal, daß er ihn sprechen hörte. Überrascht stellte er fest, daß er stotterte.

»Wir haben Nachrichten«, sagte er, »daß politische Gefangene schlecht behandelt werden. Einige sind in einem sehr kritischen Zustand. Da haben wir uns gesagt, es wäre gut, eine Petition zu verfassen, die von bedeutenden tschechischen Intellektuellen unterschrieben würde, deren Namen auch heute noch Gewicht haben.«

Nein, es war kein Stottern, es war eher ein leichtes Stocken, das den Fluß seiner Rede etwas hemmte, so daß jedes ausgesprochene Wort wider seinen Willen betont und hervorgehoben wirkte. Er war sich dessen offensichtlich bewußt, und sein Gesicht, das eben erst die normale Farbe zurückgewonnen hatte, errötete wieder.

»Wollt ihr von mir einen Rat, an wen ihr euch in meinem Fachgebiet wenden sollt?« fragte Tomas.

»Nein«, lachte der Redakteur, »Ihren Rat wollen wir nicht. Wir wollen Ihre Unterschrift!«

Schon wieder fühlte er sich geschmeichelt. Schon wieder war er erfreut, daß man noch nicht vergessen hatte, daß er Chirurg war! Er wehrte nur aus Bescheidenheit ab: »Hören Sie! Die Tatsache, daß ich vor die Tür gesetzt worden bin, beweist noch lange nicht, daß ich ein bedeutender Arzt bin!«

»Wir haben nicht vergessen, was Sie in unserer Zeitung geschrieben haben«, sagte der Redakteur lächelnd zu Tomas.

In einer Art Begeisterung, die Tomas vermutlich entging, seufzte sein Sohn: »Ja!«

Tomas sagte: »Ich weiß nicht, ob mein Name auf einer Petition politischen Häftlingen helfen kann. Sollten das nicht vielmehr diejenigen unterschreiben, die noch nicht in Ungnade gefallen sind und sich wenigstens einen minimalen Einfluß auf die Machthaber erhalten haben?«

Wieder lachte der Redakteur: »Natürlich sollten sie das!«

Auch Tomas' Sohn lachte, und es war das Lachen eines Menschen, der schon manches im Leben begriffen hatte: »Nur werden diese Leute niemals unterschreiben.«

Der Redakteur fuhr fort: »Das heißt nicht etwa, daß wir sie nicht besucht hätten! So nett sind wir nun auch wieder nicht, ihnen diese Verlegenheit zu ersparen«, lachte er, »Sie hätten ihre Ausreden hören sollen. Einfach großartig!«

Der Sohn lachte zustimmend.

Der Redakteur fuhr fort: »Alle behaupten selbstverständlich, sie seien völlig mit uns einverstanden, aber man sollte anders vorgehen; taktischer, vernünftiger und diskreter. Sie haben Angst zu unterschreiben und fürchten gleichzeitig, daß wir schlecht über sie denken, wenn sie nicht unterschreiben.«

Der Sohn und der Redakteur lachten wieder.

Der Redakteur überreichte Tomas ein Blatt Papier mit einem kurzen Text, der den Präsidenten der Republik in verhältnismäßig ehrerbietigem Ton aufforderte, die politischen Gefangenen zu amnestieren.

Tomas versuchte, rasch zu überlegen: die politischen Gefangenen amnestieren? Würde man sie deshalb amnestieren, weil einige vom Regime geächtete Leute (also potentielle politische Gefangene) den Präsidenten darum baten? So eine Petition konnte doch nur zur Folge haben, daß man die politischen Gefangenen nicht amnestieren würde, selbst wenn man sie zufällig gerade amnestieren wollte!

Der Sohn unterbrach seine Überlegungen: »Es geht hauptsächlich darum, bekanntzumachen, daß es in diesem Land noch eine Handvoll Leute gibt, die keine Angst haben. Und zu zeigen, wer in Wirklichkeit wo steht. Die Spreu vom Weizen zu trennen.«

Tomas überlegte: Ja, das ist wahr; was hatte das aber mit den politischen Gefangenen zu tun? Entweder ging es darum, ihre Amnestie zu erwirken, oder die Spreu vom Weizen zu trennen. Das waren zwei grundverschiedene Dinge.

»Sie zögern, Herr Doktor?« fragte der Redakteur.

Ja. Er zögerte. Aber er hatte Angst, es zuzugeben. Ihm gegenüber hing an der Wand das Bild des Soldaten, der mit seinem Finger drohte und sagte: »Du zögerst noch, in die Rote Armee einzutreten?« Oder: »Du hast die Zweitausend Worte noch nicht unterschrieben?« Oder: »Du willst die Petition für die Amnestie nicht unterschreiben?« Was immer er auch sagen mochte, er drohte.

Der Redakteur hatte schon vor einer Weile gesagt, was er von denen hielt, die zwar einverstanden waren, daß die politischen Gefangenen amnestiert würden, aber tausend Gründe erfanden, um die Petition nicht zu unterschreiben. Seiner Ansicht nach waren solche Überlegungen bloße Ausflüchte, hinter denen sich Feigheit versteckte. Was sollte Tomas also sagen?

Es war still, und nun mußte auch er auf einmal lachen; er wies auf die Zeichnung an der Wand: »Der da droht mir und fragt, ob ich unterschreibe oder nicht. Unter seinem Blick läßt sich schwer überlegen!«

Alle drei lachten.

Tomas sagte dann: »Gut. Ich will es mir überlegen. Könnten wir uns irgendwann in den nächsten Tagen sehen?«

»Es wird mir immer eine Freude sein, Sie zu sehen«, sagte der Redakteur, »aber für diese Petition wäre es dann schon zu spät. Wir wollen sie morgen dem Präsidenten übergeben.«

»Morgen?« Tomas erinnerte sich, wie der dickliche Polizist ihm das Papier mit dem vorgefaßten Text hingehalten hatte, mit dem er gerade diesen hochgewachsenen Mann mit dem großen Kinn hätte denunzieren sollen. Alle wollten ihn zwingen, Texte zu unterschreiben, die er nicht selber geschrieben hatte.

Der Sohn sagte: »Hier gibt es doch nichts zu überlegen.«

Die Worte waren aggressiv, der Tonfall jedoch fast bittend. Sie schauten sich in die Augen, und Tomas bemerkte, daß sein Sohn die Oberlippe leicht nach links hochzog, wenn er sich konzentrierte. Diese Grimasse kannte er aus seinem eigenen Gesicht, wenn er sich aufmerksam im Spiegel betrachtete und kontrollierte, ob er sauber rasiert war. Er konnte sich eines gewissen Unbehagens nicht erwehren, als er diesen Tick nun in einem fremden Gesicht erblickte.

Wenn die Eltern von Anfang an mit ihren Kindern zusammenleben, gewöhnen sie sich an solche Ähnlichkeiten, die ihnen banal vorkommen, und wenn sie sie manchmal doch bemerken, können sie sie sogar amüsant finden. Aber für Tomas war es das erste Mal, daß er mit seinem Sohn sprach! Er war es nicht gewohnt, der eigenen schiefen Lippe gegenüberzusitzen!

Stellen Sie sich vor, man amputiert Ihnen eine Hand und näht sie einem anderen Menschen an. Dieser Mensch säße Ihnen dann gegenüber und würde mit der Hand in allernächster Nähe gestikulieren. Sie würden sie anstarren wie ein Gespenst. Und obwohl es sich um die Ihnen bestens vertraute eigene Hand handelte, wären Sie entsetzt bei der Vorstellung, von ihr berührt zu werden!

Der Sohn fuhr fort: »Du bist doch auf der Seite der Verfolgten!«

Die ganze Zeit über hatte Tomas überlegt, ob sein Sohn ihn wohl siezen oder duzen würde. Bisher hatte er die Sätze so formuliert, daß er einer Entscheidung ausweichen konnte. Nun endlich hatte er sich entschieden. Er duzte ihn, und Tomas war auf einmal sicher, daß es in dieser Szene nicht um die Amnestie politischer Gefangener ging, sondern um seinen Sohn: Unterschrieb er, so würden ihre Schicksale einander näherkommen und Tomas würde mehr oder weniger verpflichtet sein, sich mit ihm anzufreunden. Unterschrieb er nicht, so blieb ihre Beziehung auf dem Nullpunkt wie bisher, aber diesmal nicht durch seinen, sondern durch den Willen des Sohnes, der sich von seinem Vater wegen dessen Feigheit lossagen würde.

Er befand sich in der Lage eines Schachspielers, der keinen Zug mehr hat, um der Niederlage zu entrinnen, und die Partie aufgeben muß. Es war ohnehin egal, ob er unterschrieb oder nicht. Es änderte nichts, weder an seinem Schicksal noch am Schicksal der politischen Gefangenen.

»Gebt es her«, sagte er und nahm das Papier.

14.

Als wollte er ihn für seinen Entschluß belohnen, sagte der Redakteur: »Über Ödipus haben Sie sehr schön geschrieben.«

Der Sohn reichte ihm den Füllfederhalter und fügte hinzu: »Einige Gedanken sind wie Attentate.«

Das Lob des Redakteurs freute ihn, aber die Metapher seines Sohnes schien ihm zu hochtrabend und außerdem fehl am Platze. Er sagte: »Leider hat dieses Attentat nur mich getroffen. Wegen dieses Artikels kann ich nicht mehr operieren.«

Es klang kühl und fast feindselig.

Offenbar um diese kleine Dissonanz zu beseitigen, sagte der Redakteur (als wollte er sich entschuldigen): »Aber Ihr Artikel hat vielen Menschen geholfen!«

Unter den Worten »den Menschen helfen« hatte Tomas sich von Kindheit an nur eine einzige Tätigkeit vorstellen können: Arzt zu sein. Irgendein Artikel sollte den Menschen geholfen haben? Was wollten diese beiden Männer ihm da einreden? Sie hatten sein Leben auf einen armseligen Gedanken über Ödipus reduziert und eigentlich auf etwas noch viel Geringeres: auf ein simples »Nein!«, das er dem Regime offen ins Gesicht geschleudert hatte.

Er sagte (und seine Stimme klang immer noch kühl, obwohl er sich dessen kaum bewußt war): »Mir ist nicht bekannt, daß dieser Artikel jemandem geholfen hätte. Als Chirurg hingegen habe ich manchen Menschen das Leben gerettet.«

Wieder herrschte eine Weile Stille. Sie wurde vom Sohn unterbrochen: »Gedanken können Menschen auch das Leben retten.«

Tomas sah den eigenen Mund im Gesicht seines Sohnes und dachte: Sonderbar, den eigenen Mund stottern zu sehen.

»In deinem Artikel stand etwas Wunderbares«, fuhr der Sohn fort, und man konnte sehen, daß es ihn Mühe kostete: »Die Kompromißlosigkeit. Diese Fähigkeit kommt uns allmählich abhanden, der Sinn für eine klare Unterscheidung von Gut und Böse. Man weiß nicht mehr, was es heißt, sich schuldig zu fühlen. Die Kommunisten haben die Ausrede, Stalin hätte sie hinters Licht geführt. Der Mörder entschuldigt sich, indem er sagt, seine Mutter hätte ihn nicht geliebt und er wäre frustriert. Du aber hast auf einmal gesagt: Es gibt keine Ausrede. Niemand war in seinem Inneren unschuldiger als Ödipus. Und trotzdem hat er sich selbst bestraft, als er einsah, was er getan hatte.«

Tomas riß den Blick mit Gewalt von seiner Lippe im Gesicht des Sohnes los und versuchte, den Redakteur anzusehen. Er war gereizt, hatte Lust zu widersprechen und sagte: »Wissen Sie, das ist alles ein Mißverständnis. Die Grenzen zwischen Gut und Böse sind furchtbar undeutlich. Es ist mir überhaupt nicht darum gegangen, daß jemand bestraft werden sollte. Jemanden zu bestrafen, der nicht wußte, was er tat, ist Barbarei. Der Ödipusmythos ist sehr schön. Aber so mit ihm umzugehen . . .« Er wollte noch etwas sagen, erinnerte sich dann aber, daß die Wohnung möglicherweise abgehört wurde. Er hatte nicht den geringsten Ehrgeiz, von den Historikern kommender Jahrhunderte zitiert zu werden. Viel eher hegte er Bedenken, die Polizei könnte ihn zitieren. Es war ja gerade die Verurteilung seines eigenen Artikels, die man von ihm gefordert hatte. Es war ihm unangenehm, daß die Polizei es nun endlich aus seinem eigenen Munde hören konnte. Er wußte, daß alles, was man in diesem Land aussprach, jederzeit im Rundfunk gesendet werden konnte. Er verstummte.

»Was hat Sie zu diesem Gesinnungswandel bewogen?« fragte der Redakteur.

»Ich frage mich eher, was mich damals bewogen hat, diesen Artikel zu schreiben . . .«, sagte Tomas, und in diesem Moment fiel es ihm ein: sie war an seinem Bett gestrandet wie ein Kind, das man in einen Korb gelegt und auf dem Wasser ausgesetzt hatte. Ja, deswegen hatte er jenes Buch in die Hand genommen, deswegen war er zu den Geschichten von Romulus, Moses und Ödipus zurückgekehrt. Plötzlich war sie hier bei ihm. Er sah sie vor sich, wie sie die in den roten Schal gehüllte Krähe an die Brust drückte. Dieses Bild tröstete ihn. Als wäre es aufgetaucht, um ihm zu sagen, daß

Teresa lebte, daß sie in diesem Moment in derselben Stadt war wie er, und alles andere bedeutungslos sei.

Der Redakteur unterbrach das Schweigen: »Ich verstehe Sie, Herr Doktor. Mir gefällt es auch nicht, daß man bestraft. Wir fordern aber keine Strafe«, lächelte er, »wir fordern das Erlassen der Strafe.«

»Ich weiß«, sagte Tomas. Er hatte sich bereits damit abgefunden, in den nächsten Sekunden etwas zu tun, das vielleicht edelmütig, gewiß aber völlig überflüssig war (weil es den politischen Häftlingen nicht half), und ihm persönlich unangenehm (weil es unter Umständen geschah, die ihm aufgezwungen worden waren).

Der Sohn sagte (fast bittend): »Es ist deine Pflicht zu unterschreiben.«

Seine Pflicht? Sein Sohn erinnerte ihn an seine Pflichten? Das war das Schlimmste, was man ihm sagen konnte. Wieder erschien vor seinen Augen das Bild Teresas, wie sie die Krähe in den Armen hielt. Er erinnerte sich daran, daß sie gestern in der Bar von einem Spitzel belästigt worden war. Ihre Hände zitterten wieder. Sie war alt geworden.

Ihm liegt an nichts, außer an ihr. Sie, die aus sechs Zufällen Geborene, sie, die aus dem Ischias des Chefarztes entsprossene Blüte, sie, die jenseits aller »Es muß sein!« steht, sie ist das einzige, was ihm wirklich wichtig ist.

Warum überlegt er, ob er unterschreiben soll oder nicht? Für sämtliche Entscheidungen gibt es nur ein Kriterium: er darf nichts tun, was ihr schaden könnte. Tomas kann keine politischen Gefangenen retten, wohl aber Teresa glücklich machen. Nein, nicht einmal das kann er. Unterzeichnet er aber die Petition, ist es so gut wie sicher, daß die Spitzel sie noch häufiger belästigen und ihre Hände noch stärker zittern werden.

Er sagte: »Es ist viel wichtiger, eine lebendig begrabene Krähe zu befreien, als dem Präsidenten eine Petition zu schicken.«

Er wußte, daß der Satz unverständlich war, und gerade deswegen gefiel er ihm noch besser. Er empfand plötzlich einen unerwarteten Rausch. Es war derselbe Rausch wie damals, als er seiner Frau feierlich verkündet hatte, daß er weder sie noch seinen Sohn je wiedersehen wollte. Es war derselbe Rausch wie damals, als er das Schreiben in den Briefkasten geworfen hatte, mit dem er sich für immer vom Arztberuf lossagte. Er war gar nicht sicher, richtig zu handeln, doch war er sicher, so zu handeln, wie er handeln wollte.

Er sagte: »Seid mir nicht böse. Ich werde nicht unterschreiben.«

15.

Nach ein paar Tagen las er in allen Zeitungen Berichte über die Petition.

Nirgends stand allerdings geschrieben, daß es sich um ein höfliches Gesuch zugunsten der politischen Gefangenen handelte und man deren Freilassung forderte. Keine einzige Zeitung zitierte auch nur einen Satz des kurzen Textes. Statt dessen wurde lang und breit in unklaren, drohenden Formulierungen von einem staatsfeindlichen Aufruf gesprochen, der zur Basis eines neuen Kampfes gegen den Sozialismus hätte werden sollen. Diejenigen, die den Text unterschrieben hatten, wurden namentlich aufgeführt, und ihre Namen waren von Verleumdungen und Angriffen begleitet, bei denen es Tomas kalt über den Rücken lief.

Gewiß, das war vorauszusehen gewesen. In jener Zeit wurde jede öffentliche Aktion (jede Versammlung, Petition, Ansammlung auf der Straße), die nicht von der kommunistischen Partei organisiert war, automatisch als gesetzwidrig eingestuft und stellte eine Gefahr für die Teilnehmer dar. Jedermann wußte das. Gerade darum ärgerte es Tomas um so mehr, daß er die Petition nicht unterschrieben hatte. Warum eigentlich nicht? Er verstand die Motive seiner Entscheidung selbst nicht mehr so ganz.

Wieder sehe ich ihn vor mir, wie er mir am Anfang des Romans erschienen ist. Er steht am Fenster und schaut über den Hof auf die Mauer des Wohnblocks gegenüber.

Das ist das Bild, aus dem er geboren ist. Wie ich schon

gesagt habe, werden Romanpersonen nicht wie lebendige Menschen aus einem Mutterleib, sondern aus einer Situation, einem Satz, einer Metapher geboren, in deren Kern eine Möglichkeit des Menschen verborgen liegt, von der der Autor meint, daß sie noch nicht entdeckt oder daß noch nichts Wesentliches darüber gesagt worden sei.

Oder stimmt es, daß ein Autor nur über sich selbst reden kann?

Hilflos über den Hof zu schauen und nicht zu wissen, was tun; das Rumoren des eigenen Bauches im Moment verliebter Erregung zu hören; zu verraten und nicht innehalten zu können auf dem schönen Weg von Verrat zu Verrat; die Faust zu erheben im Zug des Großen Marsches; seinen Scharfsinn vor den geheimen Mikrophonen der Polizei zur Schau zu stellen – alle diese Situationen habe ich selbst kennengelernt und erlebt, und trotzdem ist aus keiner die Person erwachsen, die ich selbst in meinem curriculum vitae bin. Die Personen meines Romans sind meine eigenen Möglichkeiten, die sich nicht verwirklicht haben. Deshalb habe ich sie alle gleich gern, deshalb machen sie mir alle die gleiche Angst. Jede von ihnen hat eine Grenze überschritten, der ich selbst ausgewichen bin. Gerade diese unüberschrittene Grenze (die Grenze, jenseits derer mein Ich endet) zieht mich an. Erst dahinter beginnt das große Geheimnis, nach dem der Roman fragt. Ein Roman ist nicht die Beichte eines Autors, sondern die Erforschung dessen, was das menschliche Leben bedeutet in der Falle, zu der die Welt geworden ist. Aber genug. Kehren wir zu Tomas zurück.

Er ist allein in der Wohnung und schaut über den Hof auf die schmutzige Mauer des Wohnblocks gegenüber. Er fühlt eine Art Sehnsucht nach dem hochgewachsenen Mann mit dem großen Kinn und nach dessen Freunden, die er nicht kennt und zu denen er nicht gehört. Es kommt ihm vor, als habe er auf einem Bahnsteig eine schöne Unbekannte getroffen, die, noch bevor er sie ansprechen konnte, in den Schlafwagen eines Zuges gestiegen ist, der nach Istanbul oder Lissabon fährt.

Wieder versuchte er sich vorzustellen, wie er sich hätte richtig verhalten sollen. Und obwohl er bemüht war, alle

Gefühle zur Seite zu schieben (die Bewunderung für den Redakteur, die Gereiztheit, die sein Sohn in ihm auslöste), war er immer noch nicht sicher, ob er den Text, den sie ihm vorgelegt hatten, hätte unterschreiben sollen.

Ist es richtig, die Stimme zu erheben, wenn ein Mensch zum Schweigen gebracht wird? Ja.

Aber auf der anderen Seite: Warum haben die Zeitungen dieser Petition so viel Platz eingeräumt? Die (total vom Staat manipulierte) Presse hätte doch die ganze Affäre ebensogut verschweigen können, und niemand hätte etwas erfahren. Wenn sie darüber berichtete, bedeutete dies, daß sie den Herrschern des Landes gelegen kam! Sie war ein Geschenk des Himmels, um eine neue, große Verfolgungswelle zu rechtfertigen und in Gang zu setzen.

Wie hätte er sich also richtig verhalten sollen? Unterschreiben oder nicht unterschreiben?

Man kann die Frage auch so formulieren: Ist es besser zu schreien und so sein eigenes Ende zu beschleunigen? Oder zu schweigen und sich so ein langsameres Sterben zu erkaufen?

Gibt es überhaupt eine Antwort auf diese Fragen?

Und von neuem kam ihm ein Gedanke, den wir schon kennen: das menschliche Leben findet nur einmal statt, und deshalb werden wir niemals feststellen können, welche von unseren Entscheidungen gut und welche schlecht waren, weil wir uns in einer gegebenen Situation nur einmal entscheiden können. Es wurde uns kein zweites, drittes oder viertes Leben geschenkt, so daß wir verschiedene Entscheidungen miteinander vergleichen könnten.

Mit der Geschichte verhält es sich ähnlich wie mit dem Leben des Individuums. Es gibt nur eine Geschichte der Tschechen. Eines Tages wird sie zu Ende sein wie das Leben von Tomas, und sie wird sich nicht ein zweites Mal wiederholen können.

Im Jahre 1618 erkühnten sich die böhmischen Stände, ihre Religionsfreiheit zu verteidigen; sie waren wütend auf den in Wien residierenden Kaiser und warfen zwei seiner hohen Würdenträger aus einem Fenster der Prager Burg. So begann der Dreißigjährige Krieg, der zu einer fast vollständigen Vernichtung des tschechischen Volkes führte. Hätten die

Tschechen damals mehr Vorsicht als Mut an den Tag legen sollen? Die Antwort scheint einfach, ist es aber nicht.

Dreihundertzwanzig Jahre später, im Jahre 1938, nach der Münchner Konferenz, beschloß die ganze Welt, das Land der Tschechen Hitler zu opfern. Hätten sie nun versuchen sollen, allein gegen eine achtfache Übermacht zu kämpfen? Im Unterschied zum Jahre 1618 zeigten sie dieses Mal mehr Vorsicht als Mut. Mit ihrer Kapitulation begann der Zweite Weltkrieg, der zum (endgültigen) Verlust der Freiheit ihres Volkes führte, für viele Jahrzehnte oder gar Jahrhunderte. Hätten sie jetzt mehr Mut als Vorsicht zeigen sollen? Was hätten sie tun sollen?

Könnte sich die Geschichte der Tschechen wiederholen, wäre es gewiß nicht schlecht, jedesmal die andere Möglichkeit zu erproben und dann die beiden Ergebnisse zu vergleichen. Ohne ein solches Experiment bleiben jedoch alle Überlegungen ein Spiel von Hypothesen.

Einmal ist keinmal. Die Geschichte Böhmens wird sich nicht ein zweites Mal wiederholen, und ebensowenig die Geschichte Europas. Die Geschichte Böhmens und die Geschichte Europas sind zwei von der fatalen Unerfahrenheit der Menschheit gezeichnete Skizzen. Die Geschichte ist genauso leicht wie ein einzelnes Menschenleben, unerträglich leicht, leicht wie Federn, wie aufgewirbelter Staub, wie etwas, das morgen nicht mehr sein wird.

Noch einmal erinnerte sich Tomas mit einer Art Wehmut, ja fast mit Liebe, an den langen, gebeugten Redakteur. Dieser Mensch hatte so gehandelt, als wäre die Geschichte nicht eine Skizze, sondern ein vollendetes Bild. Er handelte so, als könnte sich alles, was er tat, in der Ewigen Wiederkehr unzählige Male wiederholen, und er war dabei sicher, nie über sein Tun in Zweifel zu geraten. Er war von seiner Wahrheit überzeugt und betrachtete dies keineswegs als Zeichen einer Beschränkung, sondern als Merkmal der Ehrenhaftigkeit. Dieser Mensch lebte in einer anderen Geschichte als Tomas: in einer Geschichte, die nicht Skizze war (oder es von sich nicht wußte).

16.

Einige Tage später fiel Tomas ein Gedanke ein, den ich als Ergänzung zum vorigen Kapitel hier anführen will: Nehmen wir an, daß es im Weltall einen Planeten gibt, auf dem alle Menschen noch einmal geboren werden. Sie werden sich an ihr Leben auf der Erde erinnern und sich aller Erfahrungen, die sie dort gesammelt haben, bewußt sein.

Vielleicht gibt es noch einen Planeten, auf dem wir alle ein drittes Mal geboren werden, mit den Erfahrungen der beiden vorangegangenen Leben.

Und vielleicht gibt es noch weit mehr Planeten, auf denen die Menschheit neu geboren wird, immer um einen Grad (um ein Leben) reifer.

Das ist Tomas' Version von der Ewigen Wiederkehr.

Wir auf der Erde (auf dem Planeten Nummer eins, auf dem Planeten der Unerfahrenheit), wir können uns nur eine sehr unklare Vorstellung machen, was mit dem Menschen auf den anderen Planeten geschehen wird. Wird er klüger sein? Liegt die Reife überhaupt in den Möglichkeiten des Menschen? Kann er sie durch Wiederholung erlangen?

Einzig in der Perspektive dieser Utopie ist es möglich, die Begriffe Optimismus und Pessimismus sinnvoll zu verwenden: ein Optimist ist jemand, der glaubt, auf dem Planeten Nummer fünf sei die Geschichte der Menschheit weniger blutig. Ein Pessimist ist jemand, der das nicht glaubt.

17.

Ein berühmter Roman von Jules Verne, den Tomas als Kind gelesen hatte, heißt ›Zwei Jahre Ferien‹, und in der Tat, zwei Jahre sind das Höchstmaß für Ferien. Tomas war nun schon das dritte Jahr Fensterputzer.

Gerade in diesen Wochen wurde ihm (halb traurig, halb im stillen lachend) klar, daß er körperlich müde war (er bestritt jeden Tag ein bis zwei Liebesturniere), und ohne die Lust verloren zu haben, bemächtigte er sich der Frauen mit seinen letzten Kräften (ich füge hinzu: nicht den sexuellen, sondern den physischen Kräften; er hatte keine Schwierigkeiten mit seiner Potenz, wohl aber mit dem Atmen, und gerade darin lag etwas Komisches).

Eines Tages versuchte er, für den Nachmittag eine Verabredung zu vereinbaren, aber wie das manchmal so ist, konnte er keine der Frauen telefonisch erreichen, so daß der Nachmittag unausgefüllt zu bleiben drohte. Er war darüber verzweifelt. Er hatte schon zehnmal versucht, eine junge Frau anzurufen, eine sehr attraktive Schauspielschülerin, deren Körper an einem Nacktbade-Strand in Jugoslawien so ebenmäßig braungebrannt war, als hätte man sie dort an einem erstaunlich präzise funktionierenden Bratspieß langsam geröstet.

Erfolglos telefonierte er aus allen Geschäften, in denen er arbeitete, und als sein Dienst zu Ende und er gegen vier Uhr auf dem Rückweg ins Büro war, um die unterschriebenen Arbeitsberichte abzuliefern, hielt ihn plötzlich im Zentrum von Prag eine unbekannte Frau an. Sie lächelte: »Herr Doktor, wohin sind Sie mir denn entschwunden? Ich habe Sie völlig aus den Augen verloren!«

Tomas überlegte angestrengt, woher er sie kannte. War es eine ehemalige Patientin? Sie benahm sich aber so, als wären sie sehr enge Freunde. Er versuchte, ihr zu antworten, ohne sich anmerken zu lassen, daß er sie nicht erkannte. Er überlegte bereits, wie er sie dazu überreden könnte, mit ihm in die Wohnung seines Freundes zu gehen, zu der er den Schlüssel in der Tasche hatte, als er an einer zufälligen Bemerkung erkannte, wer die Frau war: es war die herrlich braungebrannte Schauspielschülerin, die er den ganzen Tag über ununterbrochen zu erreichen versucht hatte.

Diese Geschichte amüsierte und entsetzte ihn gleichermaßen: er war müde, aber nicht nur körperlich, sondern auch geistig; die zwei Jahre Ferien konnten sich nicht unendlich verlängern.

18.

Die Ferien vom Operationstisch waren gleichzeitig Ferien von Teresa: sechs Tage in der Woche sahen sie sich kaum, nur am Sonntag waren sie zusammen. Und obwohl sie einander begehrten, mußten sie aus weiter Ferne aufeinander zukommen, wie damals, als er aus Zürich zurückgekehrt war. Die Liebe brachte ihnen zwar Lust, aber keinen Trost. Sie schrie nicht mehr wie früher, und beim Orgasmus schien ihr Gesicht Schmerz und eine seltsame Abwesenheit auszudrücken. Nur im Schlaf waren sie jede Nacht zärtlich verbunden. Sie hielten sich fest an der Hand, und sie vergaß den Abgrund (den Abgrund des Tageslichts), der sie beide voneinander trennte. Doch reichten die Nächte für Tomas nicht aus, Teresa zu beschützen und zu behüten. Wenn er sie morgens ansah, zog sich sein Herz wieder in Angst um sie zusammen: sie sah traurig und krank aus.

An einem Sonntag bat sie ihn, mit ihr aufs Land hinauszufahren. Sie fuhren in den Kurort, in dem alle Straßen durch russische Namen umbenannt worden waren, und wo sie einen ehemaligen Patienten von Tomas trafen. Diese Begegnung erschütterte ihn. Auf einmal hatte ihn wieder jemand als Arzt angesprochen, und er spürte, wie sein früheres Leben wieder auf ihn zukam, das Leben mit seiner angenehmen Regelmäßigkeit, mit der Untersuchung der Kranken, mit ihren vertrauensvollen Blicken, denen er keine besondere Aufmerksamkeit zu widmen schien, die ihn in Wirklichkeit aber freuten und die er brauchte.

Dann fuhren sie nach Hause zurück, und Tomas dachte darüber nach, daß ihre Rückkehr von Zürich nach Prag eine katastrophale Fehlentscheidung gewesen war. Seine Augen waren krampfhaft auf die Straße gerichtet, da er Teresa nicht ansehen wollte. Er war ihr böse. Ihre Gegenwart an seiner Seite offenbarte sich ihm in ihrer unerträglichen Zufälligkeit. Warum sitzt sie hier neben ihm? Wer hat sie ins Körbchen gelegt und auf dem Wasser ausgesetzt? Und warum mußte sie gerade am Ufer *seines* Bettes stranden? Und warum gerade sie und nicht eine andere Frau?

Sie fuhren dahin, und keiner sprach ein Wort.

Zu Hause aßen sie schweigend ihr Abendbrot.

Das Schweigen lag wie ein Unglück zwischen ihnen. Von Minute zu Minute wurde es schwerer. Um sich davon zu befreien, gingen sie früh schlafen. In der Nacht mußte er sie wecken, weil sie weinte.

Sie erzählte ihm: »Ich war begraben. Schon lange. Du hast mich jede Woche einmal besucht. Du hast ans Grab geklopft, und ich bin herausgekommen. Ich hatte die Augen voller Erde.

Du hast gesagt: So kannst du ja gar nichts sehen, und hast mir die Erde aus den Augen gewischt.

Und ich habe zu dir gesagt: Ich sehe ohnehin nichts. Ich habe Löcher statt Augen.

Dann bist du eines Tages für lange Zeit weggeblieben, und ich wußte, daß du bei einer fremden Frau bist. Es vergingen Wochen, und du kamst nicht wieder. Ich hatte Angst, dich zu verpassen, und habe überhaupt nicht geschlafen. Endlich hast du wieder ans Grab geklopft, doch ich war so erschöpft nach diesen schlaflosen Wochen, daß ich fast keine Kraft mehr fand, nach oben zu gehen. Als ich es endlich doch geschafft hatte, sahst du ganz enttäuscht aus. Du hast mir gesagt, ich sähe schlecht aus. Ich fühlte, daß du mich häßlich fandest mit meinen eingefallenen Wangen und den fahrigen Gesten.

Ich habe mich entschuldigt: Sei mir nicht böse, ich habe die ganze Zeit nicht geschlafen.

Und du hast mit beschwichtigender Stimme, die aber falsch klang, gesagt: Siehst du. Du mußt dich ausruhen. Du solltest einen Monat Urlaub nehmen.

Und ich wußte sehr wohl, was du unter Urlaub verstehst! Ich wußte, daß du mich wieder einen ganzen Monat lang nicht sehen wolltest, weil du mit einer anderen zusammen sein würdest. Du bist fortgegangen und ich bin ins Grab hinabgestiegen, und wieder wußte ich, daß ich nicht schlafen würde, um dich nicht zu verpassen, und wenn du nach einem Monat wiederkämest, wäre ich noch häßlicher als heute und du wärest noch enttäuschter.«

Niemals hatte er etwas Qualvolleres gehört als diese Erzählung. Er hielt Teresa fest in seinen Armen, er fühlte, wie ihr Körper zitterte und es schien ihm, daß er seine Liebe zu ihr nicht mehr ertragen konnte.

Die Erdkugel könnte durch eine Bombenexplosion erbeben, das Vaterland jeden Tag von einem anderen Eindringling geplündert werden, alle Einwohner seiner Straße könnten zur Hinrichtung abgeführt werden, all das hätte er leichter ertragen, als er sich einzugestehen wagte. Doch die Traurigkeit eines einzigen Traumes von Teresa, die konnte er nicht ertragen.

Er kehrte ins Innere des Traumes zurück, den sie ihm gerade erzählt hatte. Er stellte sich vor, wie er ihr Gesicht streichelte und unauffällig, damit sie es nicht bemerkte, die Erde aus ihren Augenhöhlen wischte. Dann hörte er, wie sie ihm den unvorstellbar qualvollen Satz sagte: »Ich sehe ohnehin nichts. Ich habe Löcher statt Augen.«

Sein Herz zog sich zusammen, und er glaubte, einem Infarkt nahe zu sein.

Teresa war wieder eingeschlafen, aber er konnte keinen Schlaf mehr finden. Er stellte sich ihren Tod vor. Sie war tot und hatte Alpträume; da sie aber tot war, konnte er sie nicht wecken. Ja, das ist der Tod: Teresa schläft, hat Alpträume und er kann sie nicht wecken.

19.

In den fünf Jahren, die vergangen waren, seit die russische Armee in Tomas' Heimat eingedrungen war, hatte Prag sich sehr verändert. Die Menschen, die Tomas in den Straßen traf, waren nicht mehr die gleichen wie früher. Die Hälfte seiner Bekannten war emigriert, und von der zurückgebliebenen Hälfte war die Hälfte gestorben. Das ist eine Tatsache, die von keinem Historiker erwähnt wird: Die Jahre nach der Invasion waren eine Periode der Begräbnisse; die Sterbequote lag viel höher als sonst. Ich spreche dabei nicht von den (eher seltenen) Fällen, wo jemand zu Tode gehetzt wurde wie Jan Prochazka. Vierzehn Tage, nachdem der Rundfunk täglich seine Privatgespräche ausgestrahlt hatte, mußte er ins Krankenhaus gebracht werden. Der Krebs, der vermutlich schon vorher ruhig in seinem Körper geschlummert hatte, brach plötzlich auf wie eine Rose. Die Operation fand unter Assistenz der Polizei statt, die sich allerdings nicht weiter für ihn interessierte, als sie feststellte, daß der Romancier unheilbar und zum Tode verurteilt war, und man ließ ihn in den Armen seiner Frau sterben. Aber es starben auch Menschen, die nicht direkt verfolgt worden waren. Die Hoffnungslosigkeit, die das Land ergriffen hatte, drang durch die Seele in den Körper ein und zermürbte ihn. Einzelne flüchteten verzweifelt vor dem Wohlwollen des Regimes, das sie mit Ehren beglücken und auf diese Weise zwingen wollte, sich an der Seite der neuen Machthaber zu zeigen. So starb der Dichter František Hrubín auf der Flucht vor der Liebe der Partei. Der Kulturminister, vor dem er sich verzweifelt versteckt hatte, holte ihn erst ein, als er im Sarg lag. An diesem Sarg hielt er eine Rede über die Liebe des Dichters zur Sowjetunion. Vielleicht wollte er Hrubín mit dieser Schändlichkeit wieder auferwecken. Doch die Welt war so häßlich geworden, daß niemand von den Toten auferstehen wollte.

Tomas ging ins Krematorium, um dem Begräbnis eines berühmten Biologen beizuwohnen, der aus der Universität und der Akademie hinausgeworfen worden war. Auf der Todesanzeige durfte die Stunde der Beisetzung nicht genannt werden, damit die Zeremonie sich nicht etwa in eine Demonstration verwandelte, und erst in letzter Minute erfuhren die Hinterbliebenen, daß der Tote um halb sieben Uhr morgens eingeäschert würde.

Als Tomas den Saal des Krematoriums betrat, begriff er zunächst nicht, was da vor sich ging: Der Raum war hellerleuchtet wie ein Filmstudio. Überrascht schaute er sich um und bemerkte, daß an drei Stellen tatsächlich Kameras angebracht waren. Nein, es war nicht das Fernsehen, es war die Polizei, die das Begräbnis filmte, um danach herausfinden zu können, wer daran teilgenommen hatte. Ein alter Kollege des toten Wissenschaftlers, der immer noch Akademiemitglied war, brachte den Mut auf, am Sarg zu sprechen. Er hatte sicher nicht damit gerechnet, an diesem Tag zum Filmschauspieler zu werden.

Als die Zeremonie beendet war und alle der Familie des Verschiedenen kondoliert hatten, sah Tomas in einer Ecke des Saales eine kleine Gruppe von Männern stehen, unter ihnen auch den hochgewachsenen, gebeugten Redakteur. Wieder empfand er eine Art Wehmut für diese Menschen, die sich vor nichts fürchteten und gewiß untereinander in großer Freundschaft verbunden waren. Er ging auf sie zu, lächelte und wollte den gebeugten Mann begrüßen, doch der sagte: »Passen Sie auf, Herr Doktor, treten Sie lieber nicht näher!«

Der Satz war sonderbar. Er konnte ihn als aufrichtige, freundschaftliche Warnung auslegen (»Passen Sie auf, wir werden gefilmt, wenn Sie mit uns reden, so kann das für Sie ein Verhör mehr bedeuten«), oder aber er war ironisch gemeint (»Sie hatten nicht den Mut, eine Petition zu unterschreiben, seien Sie also konsequent und verkehren Sie nicht mit uns!«). Welche Bedeutung auch immer die richtige sein mochte, Tomas gehorchte und entfernte sich. Er hatte das Gefühl, die schöne Frau auf dem Bahnsteig sei in diesem Moment in den Schlafwagen des Schnellzuges gestiegen, und als er ihr sagen wollte, daß er sie bewunderte, hatte sie den Finger auf den Mund gelegt und ihm zu sprechen verboten.

20.

Am Nachmittag desselben Tages hatte er noch eine andere interessante Begegnung. Er putzte das Schaufenster eines großen Schuhgeschäftes, als sich ein junger Mann neben ihn stellte. Er drückte seine Nase an die Scheibe und studierte die Preisschilder.

»Sie haben die Preise erhöht«, sagte Tomas, ohne aufzuhören, mit dem Wischer die Scheibe zu trocknen.

Der Mann sah sich um. Er war der Kollege aus dem Krankenhaus, den ich S. genannt habe, der Mann, der sich einst lächelnd darüber entrüstet hatte, daß Tomas eine Selbstkritik schreiben würde. Tomas war erfreut über die Begegnung (aus reiner, naiver Freude, die unvorhergesehene Begegnungen einem bereiten), doch bemerkte er im Blick seines Kollegen (in der ersten Sekunde, noch bevor S. die Zeit fand, sich zu sammeln), daß er unangenehm überrascht war.

»Wie geht es dir?« fragte S.

Bevor Tomas etwas antworten konnte, begriff er, daß S. sich für seine Frage schämte. Selbstverständlich war es dumm, daß ein Arzt, der seinen Beruf ausüben durfte, einen Arzt, der Fenster putzte, fragte, »Wie geht es dir?«

Um ihm seine Verlegenheit zu nehmen, antwortete Tomas so fröhlich wie nur möglich: »Es geht mir blendend!«, doch fühlte er sofort, daß dieses »blendend« gegen seinen Willen (und gerade, weil er es so fröhlich hatte aussprechen wollen) wie bittere Ironie klang.

Deshalb fügte er unverzüglich hinzu: »Was gibt es Neues in der Klinik?«

S. antwortete: »Nichts. Alles läuft normal.«

Auch diese Antwort war, obwohl sie so neutral wie möglich sein sollte, absolut fehl am Platze, und beide wußten es, und sie wußten auch, daß der andere es wußte. Wie konnte alles normal sein, wenn einer von ihnen Fenster putzen mußte?

»Und der Chefarzt?« fragte Tomas.

»Seht ihr euch denn nicht?« fragte S.

»Nein«, antwortete Tomas.

Das entsprach der Wahrheit. Seit er das Krankenhaus verlassen hatte, hatte er den Chefarzt nicht mehr gesehen, obwohl sie früher ausgezeichnet zusammengearbeitet hatten und fast geneigt waren, sich als Freunde zu betrachten. Was immer er auch tun mochte, das »Nein«, das er eben ausgesprochen hatte, enthielt eine Art Trauer, und Tomas ahnte, daß S. es ihm übelnahm, diese Frage überhaupt gestellt zu haben, weil er, S., sich ebensowenig wie der Chefarzt bei Tomas erkundigt hatte, wie es ihm gehe und ob er etwas brauche.

Das Gespräch zwischen den beiden ehemaligen Kollegen war unmöglich geworden, wenn auch beide, insbesondere Tomas, dies bedauerten. Er war seinen Kollegen nicht böse, daß sie ihn vergessen hatten. Er hätte dies dem jungen Mann gern erklärt. Er hätte ihm gern gesagt: Du brauchst dich nicht zu schämen! Es ist normal und ganz in Ordnung, daß ihr nicht mit mir verkehrt. Deswegen brauchst du keine Komplexe zu haben. Ich bin ganz einfach froh, dich zu sehen! Aber selbst das fürchtete er zu sagen, weil all seine bisherigen Worte so anders geklungen hatten, als er es wollte, und auch dieser Satz für seinen Kollegen ironisch und aggressiv gewesen wäre.

»Sei mir nicht böse«, sagte S. schließlich, »ich habe es sehr eilig«, und er reichte ihm die Hand. »Ich werde dich anrufen.«

Als seine Kollegen ihn seinerzeit für seine vermeintliche Feigheit verachteten, hatten sie ihm alle zugelächelt. Nun, da sie ihn nicht mehr verachten konnten, da sie ihn sogar achten mußten, gingen sie ihm aus dem Weg.

Übrigens luden ihn auch seine einstigen Patienten nicht mehr ein und begrüßten ihn nicht mehr mit Champagner. Die Situation deklassierter Intellektueller war nichts Außergewöhnliches mehr; sie war zu einem Dauerzustand geworden, dem zuzuschauen erbärmlich war.

21.

Er kehrte nach Hause zurück, legte sich hin und schlief früher ein als sonst. Nach etwa einer Stunde wurde er durch Magenschmerzen geweckt. Es waren die altbekannten Beschwerden, die immer in Momenten der Depression auftraten. Er öffnete die Hausapotheke und fluchte. Es waren keine Medikamente da. Er hatte vergessen, neue zu besorgen. Er versuchte, den Anfall durch Willenskraft zu unterdrücken, und es gelang ihm einigermaßen, doch einschlafen konnte er nicht mehr. Als Teresa um halb zwei früh zurückkam, hatte er Lust, mit ihr zu plaudern. Er erzählte ihr von dem Begräbnis, von dem Redakteur, der sich geweigert hatte, mit ihm zu sprechen, und von seiner Begegnung mit dem Kollegen S.

»Prag ist häßlich geworden«, sagte Teresa.

»Das stimmt«, sagte Tomas.

Nach einer Weile sagte Teresa leise: »Das beste wäre, wir würden von hier wegziehen.«

»Gewiß«, sagte Tomas, »nur kann man nirgendwohin gehen.«

Er saß im Pyjama auf dem Bettrand, sie setzte sich neben ihn und legte ihren Arm um seinen Körper.

Sie sagte: »Aufs Land.«

»Aufs Land?« wunderte er sich.

»Dort wären wir allein. Dort würdest du weder den Redakteur noch deine ehemaligen Kollegen treffen. Dort sind die Menschen anders und die Natur ist so geblieben, wie sie immer war.«

Tomas verspürte in diesem Augenblick wieder leichte Schmerzen im Magen, er kam sich alt vor und es schien ihm, als sehnte er sich nur noch nach ein wenig Ruhe und Frieden.

»Vielleicht hast du recht«, sagte er mit Mühe, weil er nur schwer atmen konnte, wenn er Schmerzen hatte.

Teresa fuhr fort: »Wir hätten dort ein Häuschen mit einem Stück Garten und Karenin könnte nach Herzenslust herumtollen.«

»Ja«, sagte Tomas.

Und dann stellte er sich vor, wie es wäre, wenn sie tatsächlich aufs Land zögen. Auf dem Dorf wäre es schwierig, jede Woche eine andere Frau zu haben. Es wäre das Ende seiner erotischen Abenteuer.

»Aber du würdest dich auf dem Dorf mit mir langweilen«, sagte Teresa, als hätte sie seine Gedanken erraten.

Die Schmerzen wurden immer heftiger. Er konnte nicht mehr sprechen. Es fiel ihm ein, daß seine Jagd auf Frauen auch irgendein »Es muß sein!« war, ein Imperativ, der ihn zum Sklaven machte. Er sehnte sich nach Ferien. Aber nach richtigen Ferien, nach Ruhe vor *allen* Imperativen, vor allen »Es muß sein!«. Wenn er sich für immer vom Operationstisch des Krankenhauses hatte lossagen können, warum sollte es nicht möglich sein, sich vom Operationstisch der Welt zu verabschieden, auf dem er mit seinem imaginären

Skalpell die Hülle öffnete, in der die Frauen das trügerische Millionstel an Unähnlichem versteckten?

»Du hast Magenschmerzen!« stellte Teresa erst jetzt fest.

Er gab es zu.

»Hast du dir eine Spritze gegeben?«

Er schüttelte den Kopf: »Ich habe vergessen, Medikamente zu besorgen.«

Sie warf ihm seine Fahrlässigkeit vor und streichelte seine schweißbedeckte Stirn.

»Es geht schon etwas besser«, sagte er.

»Leg dich hin«, sagte sie und deckte ihn zu. Dann ging sie ins Badezimmer und legte sich etwas später neben ihn.

Er wandte ihr seinen Kopf auf dem Kissen zu und war erschüttert; die Trauer, die aus ihren Augen sprach, war unerträglich.

Er sagte: »Teresa, sag mir doch, was mit dir los ist. In letzter Zeit ist etwas mit dir geschehen. Ich spüre es. Ich weiß es.«

Sie schüttelte den Kopf: »Nein, ich habe nichts.«

»Streite es doch nicht ab!«

»Es ist immer dasselbe«, sagte sie.

»Immer dasselbe« bedeutete, daß sie eifersüchtig war und er untreu.

Aber Tomas bohrte weiter: »Nein, Teresa. Diesmal ist es etwas anderes. So schlecht ist es dir noch nie gegangen.«

Teresa sagte: »Dann will ich es dir sagen. Geh dir die Haare waschen.«

Er verstand sie nicht.

Sie sagte traurig, ohne Aggressivität und fast zärtlich: »Deine Haare riechen schon seit Monaten sehr stark. Sie riechen nach einem weiblichen Schoß. Ich wollte es dir nicht sagen. Aber schon so viele Nächte lang muß ich den Schoß einer deiner Frauen einatmen.«

Kaum hatte sie das gesagt, begann sein Magen wieder zu schmerzen. Er war verzweifelt. Dabei wusch er sich so gründlich! Sorgfältig schrubbte er den ganzen Körper, die Hände, das Gesicht, damit keine Spur eines fremden Geruchs an ihm haften blieb. Er vermied es, in fremden Badezimmern parfümierte Seifen zu benutzen. Er hatte seine eigene Kernseife immer bei sich. Doch die Haare hatte er vergessen! Nein, das wäre ihm nicht eingefallen, auch noch an die Haare zu denken!

Und er erinnerte sich an die Frau, die sich rittlings über sein Gesicht setzte und wollte, daß er sie mit seinem ganzen Gesicht bis zum Scheitel liebte. In diesem Moment haßte er sie. Solche idiotischen Einfälle! Er sah ein, daß es unmöglich war, etwas abzustreiten, und er nur dämlich lachen und ins Badezimmer gehen konnte, um sich die Haare zu waschen.

Sie streichelte ihn wieder und sagte: »Bleib ruhig liegen. Es lohnt sich jetzt nicht mehr. Ich habe mich daran gewöhnt.«

Der Magen tat ihm weh und er sehnte sich nach Ruhe und Frieden.

Er sagte: »Ich werde dem Patienten schreiben, den wir im Kurort getroffen haben. Kennst du die Gegend, wo das Dorf liegt?«

»Nein«, sagte Teresa.

Tomas konnte nur noch mit Mühe reden. Er konnte nur noch sagen: »Wälder . . . Hügel . . .«

»Ja, das ist gut. Laß uns von hier wegziehen. Aber sprich jetzt nicht mehr«, sagte sie und streichelte immer noch seine Stirn. Sie lagen nebeneinander und schwiegen. Der Schmerz flaute allmählich ab. Kurz danach schliefen sie beide ein.

22.

Mitten in der Nacht wachte er auf und stellte überrascht fest, daß er lauter erotische Träume gehabt hatte. Ganz klar konnte er sich nur noch an den letzten erinnern: in einem Schwimmbecken schwamm eine riesige nackte Frau auf dem Rücken, sie war mindestens fünfmal größer als er und ihr Bauch war über und über mit einem dichten Haarpelz bedeckt, vom Schambein bis zum Nabel. Er schaute vom Beckenrand auf sie nieder und war wahnsinnig erregt.

Wie konnte er bloß erregt sein in einem Moment, da sein

Körper durch Magenschmerzen geschwächt war? Und wie konnte er erregt sein beim Anblick einer Frau, die in wachem Zustand nur Ekel in ihm hätte erregen können?

Er sagte sich: Im Uhrwerk unseres Kopfes drehen sich zwei Zahnräder gegenläufig. Auf dem einen sind die Visionen, auf dem anderen die Körperreaktionen. Der Zahn, auf dem die Vision einer nackten Frau eingezeichnet ist, berührt den Zahn gegenüber, in den der Befehl zur Erektion eingraviert ist. Verschieben sich die Rädchen aus Versehen und gerät der Zahn der Erregung in Kontakt mit dem Zahn, auf den das Bild einer fliegenden Schwalbe gemalt ist, so richtet sich unser Glied beim Anblick einer Schwalbe auf.

Übrigens kannte er die Studie eines Kollegen, der den Schlaf des Menschen untersucht hatte und behauptete, daß ein Mann in jedem Traum eine Erektion habe. Das bedeutete, daß die Verbindung zwischen Erektion und nackter Frau nur eine von tausend Arten war, die der Schöpfer gewählt hatte, um den Uhrmechanismus im Kopf des Mannes einzustellen.

Was hat das alles mit der Liebe zu tun? Nichts. Es genügt, daß sich ein Rädchen in Tomas' Kopf verschiebt, und er wird beim Anblick einer Schwalbe erregt sein, aber das ändert nichts an seiner Liebe zu Teresa.

Wenn die Erregung ein Mechanismus ist, den wir einer Laune unseres Schöpfers zu verdanken haben, so gehört die Liebe im Gegensatz dazu nur uns allein, und durch sie entziehen wir uns dem Schöpfer. Die Liebe ist unsere Freiheit. Die Liebe steht jenseits von »Es muß sein!«.

Aber auch das ist nicht die ganze Wahrheit. Obwohl die Liebe etwas anderes ist als das Uhrwerk der Sexualität, das der Schöpfer sich zu seinem Vergnügen ausgedacht hat, so ist sie dennoch ein Anhängsel dieses Mechanismus. Sie ist an ihn gebunden wie eine nackte zarte Frau an das Pendel einer Standuhr.

Tomas sagte sich: Die Liebe mit der Sexualität zu verbinden, war einer der bizarrsten Einfälle des Schöpfers.

Und dann sagte er sich noch: Die einzige Art und Weise, die Liebe vor der Dummheit der Sexualität zu bewahren, wäre, die Uhren in unseren Köpfen anders zu stellen und beim Anblick einer Schwalbe erregt zu sein.

Mit diesem schönen Gedanken schlief er ein. Und an der Schwelle des Schlafes, in diesem verzauberten Bereich der verworrenen Vorstellungen, war er plötzlich sicher, soeben die Lösung aller Rätsel gefunden zu haben, den Schlüssel zum Geheimnis, eine neue Utopie, das Paradies: eine Welt, in der man beim Anblick einer Schwalbe erregt ist und Teresa liebhaben kann, ohne von der aggressiven Dummheit der Sexualität belästigt zu werden.

Und so schlief er ein.

23.

Er befand sich inmitten einiger halbnackter Frauen, die um ihn herumschwirrten, und er fühlte sich müde. Um ihnen zu entrinnen, öffnete er eine Tür, die in ein Nebenzimmer führte. Gegenüber erblickte er ein junges Mädchen auf einem Diwan. Auch sie war halbnackt, nur mit einem Slip bekleidet. Sie lag auf der Seite und stützte sich auf einen Ellbogen. Lächelnd sah sie ihn an, als hätte sie gewußt, daß er kommen würde.

Er ging auf sie zu. Ein unendliches Glücksgefühl überkam ihn, weil er sie endlich gefunden hatte und mit ihr zusammensein konnte. Er setzte sich neben sie, sagte etwas zu ihr, und sie sagte etwas zu ihm. Sie strahlte Ruhe aus. Die Bewegungen ihrer Hände waren langsam und anmutig. Sein Leben lang hatte er sich nach diesen ruhigen Gesten gesehnt. Gerade diese weibliche Ruhe hatte ihm sein Leben lang gefehlt.

Aber in diesem Moment glitt er vom Traum ins Wachsein hinüber. Er befand sich im Niemandsland, wo man nicht mehr schläft und noch nicht richtig wach ist. Er fürchtete, das Mädchen aus den Augen zu verlieren und sagte sich: Mein Gott, ich darf sie nicht verlieren! Verzweifelt versuchte er, sich zu erinnern, wer dieses Mädchen war, wo er sie getroffen und was er mit ihr erlebt hatte. Wie war es möglich, daß er es nicht mehr wußte, wo er sie doch so gut kannte? Er nahm sich vor, sie am nächsten Tag anzurufen. Kaum hatte er sich das gesagt, erschrak er, denn er konnte sie nicht anrufen, weil er ihren Namen vergessen hatte. Doch wie konnte er den Namen von jemandem vergessen, den er so gut kannte? Dann war er beinahe wach, hatte die Augen geöffnet und sagte sich: Wo bin ich? Ja, ich bin in Prag, aber das Mädchen, ist sie überhaupt aus Prag? Habe ich sie nicht woanders getroffen? Ist es vielleicht ein Mädchen aus der Schweiz? Es dauerte noch eine Weile, bis er begriffen hatte, daß er das Mädchen gar nicht kannte, daß sie weder aus Zürich noch aus Prag stammte, daß es ein Mädchen aus seinem Traum war und von nirgendwo sonst.

Er war so verwirrt darüber, daß er sich auf den Bettrand setzte. Teresa atmete tief im Schlaf. Er dachte daran, daß das Mädchen aus dem Traum keiner der Frauen glich, denen er in seinem Leben begegnet war. Das Mädchen, das ihm so vertraut, so *bekannt* vorkam, war ihm in Wirklichkeit ganz *unbekannt*. Aber gerade nach ihr hatte er sich immer gesehnt. Existierte für ihn ein persönliches Paradies, so müßte er in diesem Paradies an ihrer Seite leben. Diese Frau war das »Es muß sein!« seiner Liebe.

Er erinnerte sich an den bekannten Mythos aus Platons ›Gastmahl‹: zunächst waren die Menschen Hermaphroditen, und dann spaltete Gott sie in zwei Hälften, die seither in der Welt umherirren und einander suchen. Die Liebe ist die Sehnsucht nach der verlorenen Hälfte von uns selbst.

Nehmen wir an, es sei so, daß jeder von uns irgendwo auf der Welt einen Partner besitzt, mit dem er einst einen einzigen Körper gebildet hat. Diese zweite Hälfte von Tomas ist das Mädchen, von dem er geträumt hat. Nur findet man seine zweite Hälfte niemals wieder. Statt dessen wird einem in einem Körbchen eine Teresa übers Wasser geschickt. Und was geschieht, wenn man danach tatsächlich die Frau trifft, die für einen bestimmt war, seine eigene zweite Hälfte? Wem gibt man den Vorzug? Der Frau aus dem Körbchen oder der Frau aus Platons Mythos?

Er stellt sich vor, daß er in einer idealen Welt mit dem Mädchen aus seinem Traum lebt. Und schon geht Teresa an den geöffneten Fenstern ihrer Villa entlang. Sie ist allein, bleibt auf dem Gehsteig stehen und schaut ihn mit ihren unendlich traurigen Augen an. Und er hält diesen Blick nicht aus. Schon wieder spürt er ihren Schmerz in seinem eigenen Herzen. Schon wieder ist er in der Gewalt des Mitgefühls und verfällt Teresas Seele. Er springt durch das Fenster ins Freie. Doch sie sagt ihm bitter, er solle dort bleiben, wo er sich glücklich fühle. Ihre Gesten sind fahrig und zusammenhanglos, die Gesten, die ihn stets an ihr gestört haben, die Gesten, die ihm immer mißfallen haben. Er faßt ihre nervösen Hände, hält sie in den seinen, um sie zu beruhigen. Und er weiß, daß er das Haus seines Glücks von einem Augenblick zum andern verlassen wird, sein Paradies, wo er mit dem Mädchen aus dem Traum lebt, daß er das »Es muß sein!« seiner Liebe verraten wird, um mit Teresa fortzugehen, mit dieser aus sechs lächerlichen Zufällen geborenen Frau.

Er saß noch immer auf dem Bettrand und blickte auf die Frau, die neben ihm lag und ihm im Schlaf die Hand hielt. Er empfand eine unaussprechliche Liebe für sie. Ihr Schlaf mußte in diesem Moment sehr leicht sein, denn sie öffnete die Augen und sah ihn verwirrt an.

»Wohin schaust du?« fragte sie.

Er wußte, er durfte sie nicht wecken, er mußte sie in den Schlaf zurückführen, und daher versuchte er, so zu antworten, daß seine Worte in ihrem Geist zum Anfangsbild eines neuen Traumes wurden.

»Ich schaue die Sterne an«, sagte er.

»Lüg doch nicht, du schaust nicht die Sterne an, du schaust ja nach unten!«

»Weil wir in einem Flugzeug sitzen. Die Sterne sind unter uns«, antwortete Tomas.

»Ach so, im Flugzeug«, sagte Teresa. Sie drückte Tomas' Hand noch fester und schlief wieder ein. Tomas wußte, daß Teresa jetzt durch ein kreisrundes Fenster eines Flugzeuges schaute, das hoch über den Sternen dahinflog.

Sechster Teil

Der Große Marsch

1.

Erst im Jahre 1980 erfuhr man aus der Sunday Times, wie Stalins Sohn Iakov gestorben war. Er war im Zweiten Weltkrieg als Gefangener zusammen mit englischen Offizieren in einem deutschen Lager interniert. Sie hatten eine gemeinsame Latrine. Stalins Sohn hinterließ sie immer verschmutzt. Den Engländern gefiel es nicht, sich eine mit Scheiße verschmierte Latrine ansehen zu müssen, auch wenn es sich um die Scheiße des Sohnes des damals mächtigsten Mannes der Welt handelte. Sie machten ihm Vorwürfe. Er war beleidigt. Sie wiederholten ihre Vorwürfe immer wieder und zwangen ihn, die Latrine zu reinigen. Er wurde wütend, stritt und prügelte sich mit ihnen. Schließlich bat er den Lagerleiter um eine Audienz. Er wollte, daß dieser ihren Streit schlichtete. Der hochnäsige Deutsche weigerte sich jedoch, über Scheiße zu sprechen. Stalins Sohn konnte diese Erniedrigung nicht ertragen. Wilde russische Flüche zum Himmel schreiend rannte er gegen die elektrisch geladenen Drähte, die das Lager umzäunten. Er stürzte sich in das Stacheldrahtgeflecht. Sein Körper, der nie mehr den Engländern die Latrinen verschmutzen würde, blieb darin hängen.

2.

Stalins Sohn hat es nicht leicht gehabt. Sein Vater hatte ihn mit einer Frau gezeugt, die er allem Anschein nach später erschießen ließ. So war der junge Stalin also Gottes Sohn (weil sein Vater wie Gott verehrt wurde) und zugleich von diesem verdammt. Die Leute fürchteten ihn doppelt: er konnte ihnen durch seine Macht schaden (er war trotz allem Stalins Sohn), aber auch durch seine Gunst (der Vater konnte den Freund an Stelle des verdammten Sohnes bestrafen).

Verdammung und Privileg, Glück und Unglück: niemand hat am eigenen Leib stärker gefühlt, wie auswechselbar diese Gegensätze sind und was für ein kleiner Schritt zwischen den beiden Polen der menschlichen Existenz liegt.

Gleich zu Beginn des Krieges wurde er von den Deutschen gefangengenommen, und andere Gefangene, Angehörige eines Volkes, das ihm in seiner unverständlichen Verschlossenheit immer von Grund auf unsympathisch gewesen war, beschuldigten ihn, schmutzig zu sein. Er, der auf seinen Schultern das erhabenste aller denkbaren Dramen trug (war er doch Gottes Sohn und zugleich ein gefallener Engel), sollte sich nun verurteilen lassen? Und nicht etwa für würdige (Gott und die Engel betreffende) Dinge, sondern wegen Scheiße? Liegt denn das erhabenste aller Dramen in so schwindelerregender Nähe des Niedrigsten?

Schwindelerregende Nähe? Kann Nähe denn Schwindel hervorrufen?

Ja. Wenn Nordpol und Südpol sich so nahe kommen, daß sie sich berühren, wird die Erde verschwinden und der Mensch sich in einer Leere befinden, die ihn schwindeln macht und zum Fallen verführt.

Wenn Verdammung und Privileg ein und dasselbe sind, wenn es keinen Unterschied zwischen dem Erhabenen und dem Niedrigen gibt, wenn der Sohn Gottes wegen Scheiße verurteilt werden kann, dann verliert die menschliche Existenz ihre Dimensionen und wird unerträglich leicht. Stalins Sohn rennt gegen die elektrisch geladenen Drähte, um seinen Körper daraufzuwerfen wie auf eine Waagschale, die kläglich in die Höhe steigt, emporgehoben durch die unendliche Leichtheit einer Welt, die ihre Dimensionen verloren hat.

Stalins Sohn hat sein Leben für Scheiße hingegeben. Ein Tod für Scheiße ist aber kein sinnloser Tod. Die Deutschen, die ihr Leben geopfert haben, um ihr Reich weiter nach Osten auszudehnen, die Russen, die gestorben sind, damit die Macht ihres Vaterlandes weiter nach Westen reicht, ja, sie alle sind für eine Dummheit gestorben, und ihr Tod war sinnlos, ohne allgemeine Bedeutung. Im Gegensatz dazu war der Tod von Stalins Sohn inmitten der universellen Dummheit des Krieges der einzige metaphysische Tod.

3.

Als ich klein war und mir das für Kinder nacherzählte Alte Testament anschaute, das mit Radierungen von Gustave Doré illustriert war, sah ich den lieben Gott auf einer Wolke sitzen. Er war ein alter Mann, hatte Augen, eine Nase und einen langen Bart, und ich sagte mir, wenn er einen Mund hat, muß er auch essen. Und wenn er ißt, muß er auch Därme haben. Dieser Gedanke jedoch hat mich erschreckt, denn ich fühlte, obwohl ich aus einer eher ungläubigen Familie stammte, daß die Vorstellung von göttlichen Därmen Blasphemie ist.

Ohne jegliche theologische Vorbildung habe ich schon als Kind ganz spontan die Unvereinbarkeit von Scheiße und Gott begriffen und folglich auch die Fragwürdigkeit der Grundthese christlicher Anthropologie, nach der der Mensch als Ebenbild Gottes geschaffen wurde. Entweder oder: entweder wurde der Mensch als Ebenbild Gottes geschaffen und dann hat Gott Därme, oder aber Gott hat keine Därme und der Mensch gleicht ihm nicht.

Die alten Gnostiker haben das genauso klar gesehen wie ich mit meinen fünf Jahren: um dieses verzwickte Problem endgültig zu lösen, hat Valentin, ein großer Meister der Gnosis im zweiten Jahrhundert, behauptet: »Jesus hat gegessen und getrunken, nicht aber defäkiert.«

Die Scheiße ist ein schwierigeres theologisches Problem als das Böse. Gott hat dem Menschen die Freiheit gegeben, und so kann man annehmen, daß er nicht für die Verbrechen der Menschheit verantwortlich ist. Doch die Verantwortung für die Scheiße trägt einzig und allein derjenige, der den Menschen geschaffen hat.

4.

Der heilige Hieronymus hat im vierten Jahrhundert entschieden den Gedanken verworfen, Adam und Eva könnten im Paradies miteinander geschlafen haben. Johannes Scottus Eriugena, ein bedeutender Theologe des neunten Jahrhunderts, ließ diese Idee hingegen gelten. Er stellte sich aber vor, daß Adam sein Glied aufrichten konnte, wie man einen Arm oder ein Bein hebt, also wann immer er wollte und wie er wollte. Man sollte hinter dieser Vorstellung jedoch nicht den ewigen Traum des Mannes suchen, der vom Gedanken an die drohende Impotenz besessen ist. Der Gedanke von Scottus Eriugena hat eine andere Bedeutung. Wenn das männliche Glied sich einfach auf Befehl des Gehirns aufrichten kann, so bedeutet dies, daß die Erregung überflüssigerweise existiert. Das Glied richtet sich nicht auf, weil man erregt ist, sondern weil man es ihm befiehlt. Was diesem großen Theologen mit dem Paradies unvereinbar schien, war also nicht der Koitus und die damit verbundene Wollust. Unvereinbar mit dem Paradies war die Erregung. Merken wir es uns gut: im Paradies existierte die Wollust, nicht aber die Erregung.

In der Betrachtung des Scottus Eriugena kann man den Schlüssel zu einer Art theologischer Rechtfertigung (anders gesagt, zu einer Theodizee) der Scheiße finden. Solange der Mensch im Paradies sein durfte, defäkierte er nicht (ähnlich wie Jesus Christus in Valentins Vorstellungen) oder (was wahrscheinlicher ist) die Scheiße wurde nicht als etwas Widerwärtiges angesehen. In dem Moment, da Gott den Menschen aus dem Paradies vertrieb, gab er ihm zu verstehen, wie ekelhaft er war. Der Mensch begann, das, wofür er sich schämte, zu verstecken, und in dem Moment, als er den Schleier lüftete, wurde er von einem grellen Licht geblendet. So lernte er im Anschluß an den Ekel die Erregung kennen. Ohne die Scheiße (im wörtlichen wie im übertragenen Sinne) wäre die sexuelle Liebe nicht so, wie wir sie kennen: begleitet von Herzklopfen und Verblendung der Sinne.

Im dritten Teil dieses Romans habe ich erzählt, wie Sabina halbnackt und mit der Melone auf dem Kopf neben dem angekleideten Tomas steht. Damals habe ich aber etwas verschwiegen. Während sie sich im Spiegel ansah, verspürte sie eine Erregung, weil sie lächerlich gemacht wurde, und sie stellte sich vor, daß Tomas sie so, mit der Melone auf dem Kopf, aufs Klosett setzen und sie vor ihm ihre Därme entleeren würde. Diese Vorstellung ließ ihr Herz schneller schlagen und verwirrte sie völlig, sie zerrte Tomas auf den Teppich und schrie kurz darauf vor Lust.

5.

Der Streit zwischen denen, die behaupten, die Welt sei von Gott erschaffen, und denen, die denken, sie sei von selbst entstanden, beruht auf etwas, das unsere Vernunft und unsere Erfahrung übersteigt. Sehr viel realer ist der Unterschied zwischen denjenigen, die am Sein zweifeln, so wie es dem Menschen gegeben wurde (wie und von wem auch immer), und denen, die vorbehaltlos mit ihm einverstanden sind.

Hinter allen europäischen Glaubensrichtungen, den religiösen wie den politischen, steht das erste Kapitel der Genesis, aus dem hervorgeht, daß die Welt so erschaffen wurde, wie sie sein sollte, daß das Sein gut und es daher richtig sei, daß der Mensch sich mehre. Nennen wir diesen grundlegenden Glauben das *kategorische Einverständnis mit dem Sein.*

Wurde noch vor kurzer Zeit das Wort Scheiße in Büchern durch Pünktchen ersetzt, so geschah das nicht aus moralischen Gründen. Sie wollen doch nicht etwa behaupten, Scheiße sei unmoralisch! Die Mißbilligung der Scheiße ist metaphysischer Natur. Der Moment der Defäkation ist der tägliche Beweis für die Unannehmbarkeit der Schöpfung. Entweder oder: entweder ist die Scheiße annehmbar (dann schließen Sie sich also nicht auf der Toilette ein!) oder aber wir sind als unannehmbare Wesen geschaffen worden.

Daraus geht hervor, daß das ästhetische Ideal des *kategorischen Einverständnisses mit dem Sein* eine Welt ist, in der die

Scheiße verneint wird und alle so tun, als existierte sie nicht. Dieses ästhetische Ideal heißt *Kitsch*.

Es ist ein deutsches Wort, das mitten im sentimentalen neunzehnten Jahrhundert entstanden und in alle Sprachen eingegangen ist. Durch häufige Verwendung ist die ursprüngliche metaphysische Bedeutung verwischt worden: Kitsch ist die absolute Verneinung der Scheiße; im wörtlichen wie im übertragenen Sinne: Kitsch schließt alles aus seinem Blickwinkel aus, was an der menschlichen Existenz im wesentlichen unannehmbar ist.

6.

Sabinas erste innere Auflehnung gegen den Kommunismus war nicht ethischer, sondern ästhetischer Natur. Was sie als abstoßend empfand, war weniger die Häßlichkeit der kommunistischen Welt (die in Kuhställe umgewandelten Schlösser), als die Maske der Schönheit, die sie sich aufgesetzt hatte, anders gesagt, der kommunistische Kitsch. Das Modell für diesen Kitsch ist die Feier des sogenannten Ersten Mai.

Sie hatte Maiumzüge zu einer Zeit miterlebt, als die Leute noch begeistert waren oder zumindest diese Begeisterung beflissen vorspielten. Die Frauen trugen rote, weiße und blaue Blusen und bildeten, von Balkonen und Fenstern aus gesehen, verschiedene Muster: fünfzackige Sterne, Herzen, Buchstaben. Zwischen den einzelnen Abteilungen des Umzugs schritten kleine Orchester, die Marschmusik spielten. Näherte sich der Umzug der Tribüne, so erstrahlten selbst die gelangweiltesten Gesichter in einem Lächeln, als wollten sie beweisen, daß sie sich gebührend freuten, oder genauer, daß sie gebührend einverstanden waren. Es ging jedoch nicht einfach um das politische Einverständnis mit dem Kommunismus, sondern um das Einverständnis mit dem Sein als solchem. Die Feier des Ersten Mai wurde aus dem tiefen Brunnen des *kategorischen Einverständnisses mit dem Sein* getränkt. Die ungeschriebene, unausgesprochene Parole des

Umzugs lautete nicht »Es lebe der Kommunismus!«, sondern »Es lebe das Leben!«. Die Stärke und die List kommunistischer Politik lagen darin, sich diese Parole zu eigen gemacht zu haben. Gerade diese idiotische Tautologie (»Es lebe das Leben!«) riß auch Menschen mit in den kommunistischen Umzug, denen die Thesen des Kommunismus gleichgültig waren.

7.

Zehn Jahre später (sie lebte schon in Amerika) fuhr sie einmal mit einem amerikanischen Senator, einem Freund von Freunden, in dessen riesigem Wagen. Auf dem Rücksitz drängten sich vier Kinder. Der Senator hielt an; die Kinder stiegen aus und rannten über den weiten Rasen auf das Stadion zu, in dem sich eine Kunsteisbahn befand. Der Senator saß am Steuer, schaute verträumt auf die vier rennenden Gestalten und wandte sich dann an Sabina: »Schauen Sie sich das an!« Er beschrieb mit der Hand einen Kreis, der das Stadion, den Rasen und die Kinder umfaßte: »Das nenne ich Glück.«

In diesen Worten lag nicht nur Freude darüber, daß die Kinder rannten und das Gras wuchs, sondern auch ein Ausdruck des Verständnisses für eine Frau, die aus einem kommunistischen Land kam, wo nach der festen Überzeugung des Senators weder das Gras wächst noch die Kinder rennen.

Sabina jedoch stellte sich gerade in dem Moment vor, dieser Senator stünde auf einer Tribüne irgendeines Platzes in Prag. Auf seinem Gesicht lag nämlich genau dasselbe Lächeln, das kommunistische Staatsmänner von ihrer Tribüne herab auf die Bürger richten, die im Umzug vorbeiziehen und ebenfalls lächeln.

8.

Wie konnte dieser Senator wissen, daß Kinder Glück bedeuteten? Sah er ihnen etwa in die Seele? Und wenn nun, kaum waren sie aus seinem Blickfeld verschwunden, drei von ihnen sich auf das vierte stürzten und es zusammenschlugen?

Der Senator hatte nur ein einziges Argument für seine Behauptung: sein Gefühl. Wenn das Herz spricht, ziemt es sich nicht, daß der Verstand etwas dagegen einwendet. Im Reich des Kitsches herrscht die Diktatur des Herzens.

Das durch den Kitsch hervorgerufene Gefühl muß allerdings so beschaffen sein, daß die Massen es teilen können. Deshalb kann der Kitsch nicht auf einer ungewöhnlichen Situation beruhen, sondern nur auf den Urbildern, die einem ins Gedächtnis geprägt sind: die undankbare Tochter, der verratene Vater, auf dem Rasen rennende Kinder, die verlassene Heimat, die Erinnerung an die erste Liebe.

Der Kitsch ruft zwei nebeneinander fließende Tränen der Rührung hervor. Die erste Träne besagt: wie schön sind doch auf dem Rasen rennende Kinder!

Die zweite Träne besagt: wie schön ist es doch, gemeinsam mit der ganzen Menschheit beim Anblick von auf dem Rasen rennenden Kindern gerührt zu sein!

Erst diese zweite Träne macht den Kitsch zum Kitsch.

Die Verbrüderung aller Menschen dieser Welt wird nur durch den Kitsch zu begründen sein.

9.

Niemand weiß das besser als die Politiker. Ist ein Fotoapparat in der Nähe, stürzen sie sich sofort auf das erstbeste Kind, um es auf den Arm zu nehmen und auf die Wangen zu küssen. Der Kitsch ist das ästhetische Ideal aller Politiker, aller Parteien und aller politischen Bewegungen.

In einer Gesellschaft, in der verschiedene politische Richtungen nebeneinander existieren, deren Einfluß sich gegenseitig behindert und begrenzt, kann man der Inquisition durch den Kitsch noch entkommen; der einzelne kann seine Originalität wahren, der Künstler unerwartete Werke schaffen. Wo aber eine einzige politische Bewegung alle Macht hat, befinden wir uns im Reich des *totalitären* Kitsches.

Sage ich totalitär, so bedeutet dies, daß alles, was den Kitsch beeinträchtigen könnte, aus dem Leben verbannt wird: jede Äußerung von Individualismus (jede Abweichung ist Spucke ins Gesicht der lächelnden Brüderlichkeit), jeder Skeptizismus (wer an Kleinigkeiten zu zweifeln beginnt, wird damit enden, das Leben an sich anzuzweifeln), jede Ironie (im Reiche des Kitsches ist alles unbedingt ernst zu nehmen), aber auch die Mutter, die ihre Familie verlassen hat oder der Mann, der die Männer den Frauen vorzieht und so die hochheilige Parole »Liebet und mehret euch« in Frage stellt.

Unter diesem Gesichtspunkt kann man den sogenannten Gulag als Klärgrube betrachten, in die der totalitäre Kitsch seinen Abfall wirft.

10.

Das erste Jahrzehnt nach dem Zweiten Weltkrieg war die Epoche des schrecklichsten stalinistischen Terrors. Damals wurde Teresas Vater wegen einer Lappalie verhaftet und das zehnjährige Mädchen aus der Wohnung gejagt. Sabina war zu der Zeit zwanzig Jahre alt und studierte an der Kunstakademie. Der Professor für Marxismus erklärte ihr und ihren Kommilitonen folgende These der sozialistischen Kunst: Die sowjetische Gesellschaft ist in ihrer Entwicklung so weit fortgeschritten, daß es den Konflikt zwischen Gut und Böse nicht mehr gibt, sondern nur noch den zwischen Gut und Besser. Die Scheiße (das, was grundsätzlich unannehmbar ist) konnte folglich nur »auf der anderen Seite« (z. B. in Amerika) existieren, und nur von dort, also von draußen, als

Fremdkörper (z. B. in der Gestalt eines Spions) in die Welt der »Guten und Besseren« eindringen.

Tatsächlich waren die sowjetischen Filme, die gerade in dieser mehr als grausamen Zeit die Kinos aller kommunistischen Länder überschwemmten, von einer unglaublichen Unschuld durchdrungen. Der größte Konflikt, der sich zwischen zwei Russen abspielen konnte, war ein amouröses Mißverständnis: er glaubt, daß sie ihn nicht mehr liebt, und sie glaubt dasselbe von ihm. Am Ende fallen sie sich in die Arme, und Tränen des Glücks stürzen aus ihren Augen.

Die übliche Interpretation dieser Filme lautet heute: sie zeigten ein kommunistisches Ideal, während die kommunistische Wirklichkeit weit schlimmer war.

Sabina lehnte sich gegen eine solche Interpretation auf. Bei der Vorstellung, die Welt des sowjetischen Kitsches könnte Wirklichkeit werden und sie müßte darin leben, liefen ihr kalte Schauer über den Rücken. Ohne einen Moment zu zögern, gäbe sie dem Leben in einem wirklich kommunistischen Regime den Vorzug, trotz all der Verfolgungen und Schlangen vor den Fleischereien. In einer wirklich kommunistischen Welt kann man leben. In der Welt des Wirklichkeit gewordenen kommunistischen Ideals, in dieser Welt der lächelnden Idioten, mit denen sie nie ein Wort hätte wechseln können, wäre sie binnen einer Woche vor Grauen gestorben.

Es scheint mir, daß das Gefühl, das der sowjetische Kitsch in Sabina hervorrief, dem Entsetzen gleicht, das Teresa im Traum erlebt hatte, als sie mit den nackten Frauen um das Schwimmbecken marschieren und vergnügte Lieder singen mußte. Unter dem Wasserspiegel schwammen Leichen. Teresa konnte weder mit einer der Frauen sprechen noch Fragen stellen. Sie hätte als Antwort nur die nächste Strophe des Liedes gehört. Keiner einzigen konnte sie heimlich zuzwinkern. Sie hätten sie sofort bei dem Mann angezeigt, der in dem Korb über dem Bassin stand, und er hätte sie erschossen.

Teresas Traum enthüllt die wahre Funktion des Kitsches: Der Kitsch ist eine spanische Wand, hinter der sich der Tod verbirgt.

11.

Im Reich des totalitären Kitsches sind die Antworten von vornherein gegeben und schließen jede Frage aus. Daraus geht hervor, daß der eigentliche Gegner des totalitären Kitsches ein Mensch ist, der Fragen stellt. Die Frage gleicht einem Messer, das die gemalte Leinwand eines Bühnenbildes zerschneidet, damit man sehen kann, was sich dahinter verbirgt. So hatte Sabina Teresa einst den Sinn ihrer Bilder erklärt: vorne ist die verständliche Lüge, und von hinten schimmert die unverständliche Wahrheit durch.

Diejenigen aber, die gegen die sogenannten totalitären Regime kämpfen, können schwerlich mit Fragen und Zweifeln zu Felde ziehen. Auch sie brauchen ihre Sicherheiten und einfachen Wahrheiten, die möglichst vielen verständlich sein und kollektives Tränenvergießen hervorrufen müssen.

Einmal hatte eine politische Gruppierung in Deutschland für Sabina eine Ausstellung organisiert. Sabina nahm den Katalog zur Hand: über ihr Foto war ein Stacheldraht gezeichnet. Die abgedruckte Biographie glich einer Hagiographie von Märtyrern: sie hatte gelitten, gegen Ungerechtigkeit gekämpft, ihr gefoltertes Vaterland verlassen müssen, und sie kämpfte weiter. »Sie kämpft mit ihren Bildern für das Glück«, lautete der letzte Satz des Textes.

Sie protestierte, doch man verstand sie nicht.

Ist es denn nicht wahr, daß in den kommunistischen Ländern die moderne Kunst verfolgt wird?

Wütend sagte sie: »Mein Feind ist nicht der Kommunismus, sondern der Kitsch.«

Seitdem umwob sie ihre Biographie mit Mystifikationen, und als sie später in Amerika lebte, gelang es ihr sogar zu verheimlichen, daß sie Tschechin war. Es war der verzweifelte Versuch, dem Kitsch, den man aus ihrem Leben machen wollte, zu entrinnen.

12.

Sie stand vor der Staffelei mit einem unvollendeten Bild. Hinter ihrem Rücken saß ein alter Mann in einem Sessel und verfolgte jeden ihrer Pinselstriche.

Dann schaute er auf seine Uhr: »Ich glaube, wir sollten jetzt gehen.«

Sie legte die Palette aus der Hand und ging ins Badezimmer, um sich frisch zu machen. Der alte Mann erhob sich aus dem Sessel und beugte sich vor, um nach seinem Stock zu fassen, der an den Tisch gelehnt war. Die Tür des Ateliers führte direkt auf den Rasen. Es dunkelte. In zwanzig Metern Entfernung stand ein weißgestrichenes Holzhaus, dessen Fenster im Erdgeschoß erleuchtet waren. Sabina war über diese beiden Fenster, die in der Abenddämmerung leuchteten, gerührt.

Ihr Leben lang hat sie behauptet, ihr Feind sei der Kitsch. Aber trägt sie ihn nicht selbst in sich? Ihr Kitsch ist das Bild eines ruhigen, lieblichen, harmonischen Heims, in dem eine liebende Mutter und ein weiser Vater regieren. Dieses Bild ist nach dem Tode ihrer Eltern in ihr entstanden. Je weniger ihr Leben diesem süßen Traum glich, desto empfänglicher wurde sie für seinen Zauber, und schon einige Male mußte sie sich die Tränen wegwischen, wenn sie im Fernsehen eine sentimentale Geschichte sah, in der eine undankbare Tochter ihren verratenen Vater umarmte und ein erleuchtetes Fenster mit einer glücklichen Familie dahinter in der Abenddämmerung leuchtete.

Den alten Mann hatte sie in New York kennengelernt. Er war reich und liebte Bilder. Er lebte mit seiner Frau, die so alt war wie er, in einer Villa auf dem Lande. Auf seinem Grundstück der Villa gegenüber stand ein alter Stall. Er hatte ihn für Sabina zu einem Atelier umbauen lassen und sie dorthin eingeladen. Seitdem beobachtete er tagein tagaus die Bewegungen ihres Pinsels.

Nun sitzen sie alle drei beim Abendessen. Die alte Frau redet Sabina mit »mein Töchterchen« an, aber allem Anschein nach ist es gerade umgekehrt: Sabina ist hier wie eine Mama mit zwei Kindern, die an ihr hängen, die sie bewundern und die bereit wären, ihr zu gehorchen, falls sie ihnen etwas befehlen würde.

Hat sie also an der Schwelle zum Alter die Eltern gefunden, von denen sie sich als Kind losgesagt hat? Hat sie endlich die Kinder gefunden, die sie selbst nie hatte?

Sie weiß, daß es eine Illusion ist. Ihr Aufenthalt bei den alten Leuten ist nur ein kurzer Halt. Der alte Herr ist ernsthaft krank, und sobald seine Frau allein zurückbleibt, wird sie zu ihrem Sohn nach Kanada ziehen. Sabina wird den Weg von Verrat zu Verrat weitergehen, und von Zeit zu Zeit wird aus ihrem Innersten ein lächerlich sentimentales Lied in die unerträgliche Leichtigkeit des Seins klingen, ein Lied von zwei erleuchteten Fenstern, hinter denen eine glückliche Familie lebt.

Dieses Lied rührt Sabina, doch nimmt sie ihre eigene Rührung nicht ernst. Sie weiß nur zu gut, daß dieses Lied eine schöne Lüge ist. Und in dem Moment, da der Kitsch als Lüge entlarvt wird, gerät er in den Kontext des Nicht-Kitsches. Er verliert seine autoritäre Macht und ist rührend wie jede andere menschliche Schwäche. Keiner von uns ist ein Übermensch, der völlig gegen den Kitsch gefeit wäre. Wir können ihn noch so verabscheuen, der Kitsch gehört nun einmal zum menschlichen Dasein.

13.

Die Quelle des Kitsches ist das kategorische Einverständnis mit dem Sein.

Was aber ist die Grundlage des Seins? Gott? Der Mensch? Der Kampf? Die Liebe? Der Mann? Die Frau?

Darüber gibt es so verschiedene Ansichten, wie es verschiedene Arten von Kitsch gibt: den katholischen, den protestantischen, den jüdischen, den kommunistischen, den faschistischen, den demokratischen, den feministischen, den europäischen, den amerikanischen, den nationalen und den internationalen.

Seit der Französischen Revolution nennt sich die eine Hälfte Europas *Linke*, während die andere sich die Bezeichnung *Rechte* erworben hat. Es ist nahezu unmöglich, den einen oder den anderen Begriff aufgrund irgendwelcher theoretischer Prinzipien, auf die er sich stützte, zu definieren. Das ist nicht weiter verwunderlich: politische Bewegungen beruhen nicht auf rationalen Haltungen, sondern auf Vorstellungen, Bildern, Wörtern und Archetypen, die als Ganzes diesen oder jenen *politischen Kitsch* bilden.

Die Vorstellung des Großen Marsches, von der sich Franz berauschen läßt, ist der politische Kitsch, der die Linken aller Zeiten und aller Richtungen vereinigt. Der Große Marsch, das ist der großartige Weg vorwärts, der Weg zur Brüderlichkeit, zur Gleichheit, zur Gerechtigkeit, zum Glück und noch weiter über alle Hindernisse hinweg, denn Hindernisse muß es geben, damit der Marsch ein Großer Marsch ist.

Diktatur des Proletariates oder Demokratie? Verdammung der Konsumgesellschaft oder Erhöhung der Produktion? Guillotine oder Abschaffung der Todesstrafe? Darauf kommt es überhaupt nicht an. Das, was einen Linken zu einem Linken macht, ist nicht diese oder jene Theorie, sondern seine Fähigkeit, jede Theorie zum Bestandteil des Kitsches zu machen, den man den Großen Marsch vorwärts nennt.

14.

Franz ist keineswegs ein Mensch des Kitsches. Die Vorstellung vom Großen Marsch spielt in seinem Leben ungefähr dieselbe Rolle, wie das sentimentale Lied von den zwei erleuchteten Fenstern in Sabinas Leben. Welche politische Partei wählt Franz? Ich fürchte, er wählt gar nicht und macht am Wahltag lieber einen Ausflug in die Berge. Das bedeutet allerdings nicht, daß der Große Marsch ihn nicht mehr bewegt. Es war schön zu träumen, Teil einer marschierenden Menge zu sein, die im Laufe von Jahrhunderten vorwärts schreitet, und Franz hat diesen schönen Traum nie vergessen.

Eines Tages riefen ihn Freunde aus Paris an. Sie würden einen Marsch nach Kambodscha organisieren und er sollte sich ihnen anschließen.

Kambodscha hatte zu jener Zeit einen Bürgerkrieg, die amerikanischen Bombardements und das Wüten der einheimischen Kommunisten hinter sich, die dieses kleine Volk um ein Fünftel reduziert hatten, und schließlich folgte die Okkupation durch das benachbarte Vietnam, das damals nichts anderes als ein Instrument Rußlands war. In Kambodscha herrschte Hungersnot, und die Menschen starben ohne ärztliche Hilfe. Internationale Ärzteorganisationen hatten schon mehrmals verlangt, man sollte ihnen die Einreise in das Land erlauben, doch die Vietnamesen lehnten ab. Namhafte westliche Intellektuelle wollten daher zu Fuß zur kambodschanischen Grenze marschieren und mit diesem großen, vor den Augen aller Welt aufgeführten Spektakel die Einreise der Ärzte in das besetzte Land erzwingen.

Der Freund, der Franz angerufen hatte, war einer der Kollegen, mit denen er früher im Demonstrationszug durch die Straßen von Paris marschiert war. Zunächst war Franz ganz begeistert von diesem Vorschlag, aber dann fiel sein Blick auf die Studentin mit der großen Brille. Sie saß ihm gegenüber in einem Sessel, und ihre Augen wirkten noch größer hinter den runden Gläsern. Franz hatte das Gefühl, als würden diese Augen ihn bitten, nicht wegzufahren. Er sagte ab.

Kaum aber hatte er den Hörer aufgelegt, bereute er es. Zwar tat er seiner irdischen Geliebten einen Gefallen, doch vernachlässigte er seine himmlische Liebe. Ist Kambodscha nicht eine Variante von Sabinas Heimat? Ein von der benachbarten kommunistischen Armee besetztes Land! Ein Land, auf das die Faust Rußlands niedergefahren war! Auf einmal schien es Franz, als habe sein fast vergessener Freund ihn auf einen geheimen Wink Sabinas hin angerufen.

Himmlische Wesen wissen alles und sehen alles. Nähme er an diesem Marsch teil, so würde ihm Sabina zuschauen und sich darüber freuen. Sie würde begreifen, daß er ihr treu geblieben war.

»Bist du mir böse, wenn ich dennoch hinfahre?« fragte er seine Freundin mit der Brille, der es um jeden Tag ohne ihn leid tat, aber sie konnte ihm nichts abschlagen.

Einige Tage später saß er in einer großen Maschine auf dem Pariser Flughafen, mit zwanzig Ärzten und etwa fünfzig Intellektuellen (Professoren, Schriftsteller, Abgeordnete, Sänger, Schauspieler und Bürgermeister), die von vierhundert Journalisten und Fotografen begleitet wurden.

15.

Das Flugzeug landete in Bangkok. Die vierhundertsiebzig Ärzte, Intellektuellen und Journalisten begaben sich in den Empfangssaal eines internationalen Hotels, wo sie von weiteren Ärzten, Schauspielern, Sängern und Philologen erwartet wurden, die wiederum von mehreren Hundert Journalisten mit Notizblöcken, Tonbandgeräten, Fotoapparaten und Filmkameras begleitet waren. An der Stirnseite des Saales befand sich ein Podium mit einem langen Tisch, an dem etwa zwanzig Amerikaner saßen, die bereits begonnen hatten, die Versammlung zu leiten.

Die französischen Intellektuellen, die mit Franz eingetreten waren, fühlten sich zurückgesetzt und erniedrigt. Der Marsch nach Kambodscha war ihre Idee gewesen, und nun waren es auf einmal die Amerikaner, die mit bewundernswerter Selbstverständlichkeit die Leitung übernommen hatten und darüber hinaus auch noch englisch sprachen, ohne daß es ihnen eingefallen wäre, daß Franzosen oder Dänen sie vielleicht nicht verstehen könnten. Die Dänen hatten allerdings schon lange vergessen, daß sie einmal eine Nation gewesen waren, und so konnten sich von allen Europäern nur die Franzosen zu einem Protest aufraffen. Da sie ihre Prinzipien hatten, weigerten sie sich, auf englisch zu protestieren und wandten sich in ihrer Muttersprache an die Amerikaner auf dem Podium. Die Amerikaner reagierten mit freundlichem und beipflichtendem Lächeln, weil sie kein Wort verstanden.

Schließlich blieb den Franzosen nichts anderes übrig, als ihren Einwand auf englisch zu formulieren: »Warum wird auf dieser Versammlung englisch gesprochen, wenn auch Franzosen anwesend sind?«

Die Amerikaner waren sehr verdutzt über einen so sonderbaren Einwand, hörten jedoch nicht auf zu lächeln und erklärten sich einverstanden, daß sämtliche Reden übersetzt würden. Lange suchte man nach einem Dolmetscher, bevor die Versammlung fortgesetzt werden konnte. Jeder Satz mußte englisch und französisch vorgetragen werden, so daß die Versammlung doppelt so lange dauerte, ja eigentlich noch länger, weil alle Franzosen Englisch konnten und den Dolmetscher ständig unterbrachen, korrigierten und sich mit ihm um jedes Wort zankten.

Der Höhepunkt der Veranstaltung war der Augenblick, als eine berühmte amerikanische Filmdiva das Podium bestieg. Ihretwegen stürzten noch mehr Fotografen und Kameraleute in den Saal, und nach jeder Silbe der Schauspielerin hörte man das Klicken eines Apparates. Die Filmschauspielerin sprach über die leidenden Kinder, die Barbarei der kommunistischen Diktatur, das Recht des Menschen auf Sicherheit, die Bedrohung der traditionellen Werte der zivilisierten Gesellschaft, die unantastbare Freiheit des menschlichen Individuums und über den Präsidenten Carter, der betrübt sei über das, was in Kambodscha vor sich gehe. Die letzten Worte stieß sie unter Tränen hervor.

In diesem Moment stand ein junger französischer Arzt mit rotem Schnurrbart auf und schrie: »Wir sind hier, um Menschen vor dem Tode zu retten! Wir sind nicht zum Ruhm des Präsidenten Carter hier! Das darf nicht zu einem amerikanischen Propagandazirkus ausarten! Wir sind nicht hierhergekommen, um gegen den Kommunismus zu protestieren, sondern um Kranke zu heilen!«

Weitere Franzosen schlossen sich dem Arzt mit dem Schnurrbart an. Der Dolmetscher bekam es mit der Angst zu tun und wagte nicht zu übersetzen, was sie sagten. Die zwanzig Amerikaner auf dem Podium sahen sie also wieder mit ihrem Lächeln voller Sympathie an, und einige nickten zustimmend mit dem Kopf. Einer hob sogar die Faust, weil er wußte, daß die Europäer in Momenten kollektiver Euphorie gern diese Geste machen.

16.

Wie ist es überhaupt möglich, daß Linksintellektuelle (denn der Arzt mit dem Schnurrbart war einer) bereit sind, gegen die Interessen eines kommunistischen Landes zu marschieren, obwohl der Kommunismus stets als Bestandteil der Linken betrachtet wurde?

Als in dem Land, das Sowjetunion genannt wird, die Verbrechen allzu skandalös wurden, hatte ein Linker zwei Möglichkeiten: entweder auf sein bisheriges Leben zu spucken und mit dem Marschieren aufzuhören, oder aber (mit mehr oder weniger Bedenken) die Sowjetunion unter die Hindernisse auf dem Großen Marsch einzureihen und weiterzumarschieren.

Ich habe bereits gesagt, daß es der Kitsch des Langen Marsches ist, der aus einem Linken einen Linken macht. Die Identität des Kitsches wird nicht durch eine politische Strategie bestimmt, sondern durch Bilder, Metaphern und Wortwahl. Also ist es möglich, die Gewohnheit zu durchbrechen und gegen die Interessen eines kommunistischen Landes zu marschieren. Es ist aber nicht möglich, Wörter durch andere Wörter zu ersetzen. Es ist möglich, mit erhobener Faust gegen die vietnamesische Armee zu protestieren. Es ist nicht möglich, ihr »Nieder mit dem Kommunismus!« zuzuschreien. »Nieder mit dem Kommunismus!« ist nämlich die Parole der Feinde des Großen Marsches, und wer sein Gesicht wahren will, muß der Reinheit des eigenen Kitsches treu bleiben.

Ich sage das nur, um das Mißverständnis zwischen dem französischen Arzt und der amerikanischen Diva zu erklären, die in ihrer Egozentrik glaubte, ein Opfer von Haß oder Frauenfeindlichkeit geworden zu sein. In Wirklichkeit hatte der Franzose bewiesen, daß er ästhetisches Feingefühl besaß:

die Wörter »Präsident Carter«, »unsere traditionellen Werte«, »die Barbarei des Kommunismus« gehören zum Wortschatz des *amerikanischen Kitsches* und haben mit dem Kitsch des Großen Marsches überhaupt nichts zu tun.

17.

Am nächsten Morgen stiegen alle in die Autobusse und fuhren durch ganz Thailand bis zur kambodschanischen Grenze. Am Abend erreichten sie ein kleines Dorf, wo einige auf Pfählen gebaute Häuschen für sie gemietet worden waren. Der ständig mit Hochwasser drohende Fluß zwang die Menschen, oben zu wohnen, während sich am Fuße der Pfähle die Schweine drängten. Franz schlief mit vier anderen Professoren zusammen in einem Raum. Von unten wiegte ihn das Grunzen der Schweine in den Schlaf und von nebenan das Schnarchen eines berühmten Mathematikers.

Am Morgen setzten sich alle wieder in die Autobusse. Bereits zwei Kilometer vor der Grenze begann das Fahrverbot. Es gab nur noch eine schmale, militärisch bewachte Landstraße, die zum Grenzposten führte. Die Busse hielten an. Als die Franzosen ausstiegen, mußten sie feststellen, daß sie wieder einmal von den Amerikanern überholt worden waren, die sich schon an der Spitze des Zuges aufgestellt hatten. Das war ein äußerst heikler Moment. Wieder mußte der Dolmetscher eingreifen, und der Streit war in vollem Gange. Schließlich konnte man sich einigen: die Spitze des Zuges wurde von einem Amerikaner, einem Franzosen und einer kambodschanischen Dolmetscherin übernommen. Anschließend kamen die Ärzte und dann erst alle anderen; die amerikanische Schauspielerin befand sich am Schluß.

Die Landstraße war schmal und führte durch ein Minenfeld. Jeden Moment stießen sie auf eine Barrikade: zwei Betonblöcke mit Stacheldraht und einem schmalen Durchgang in der Mitte. Sie mußten im Gänsemarsch gehen.

Etwa fünf Meter vor Franz marschierte ein berühmter

deutscher Poet und Popsänger, der schon neunhundertdreißig Lieder gegen den Krieg und für den Frieden geschrieben hatte. An einer langen Stange trug er eine weiße Fahne, die gut zu seinem schwarzen Vollbart paßte und ihn von den anderen unterschied.

Neben diesem langen Zug liefen Fotografen und Kameraleute hin und her. Sie klickten und schnurrten mit ihren Apparaten, liefen nach vorne, blieben stehen, rannten zurück, knieten nieder und standen wieder auf, um nach vorn zu laufen. Hin und wieder riefen sie einen berühmten Mann oder eine berühmte Frau beim Namen, worauf diese sich unwillkürlich umdrehten, so daß die Fotografen auf den Auslöser drücken konnten.

18.

Irgend etwas lag in der Luft. Die Teilnehmer verlangsamten den Schritt und drehten sich um.

Die amerikanische Filmdiva, die man am Ende des Zuges plaziert hatte, weigerte sich, diese Schmach länger zu ertragen und entschloß sich zum Angriff. Sie rannte nach vorn. Es sah aus wie beim Fünftausendmeterlauf, wenn ein Läufer, der bisher seine Kräfte geschont hatte und am Schluß der Gruppe geblieben war, plötzlich ausbrach und alle anderen Konkurrenten überholte.

Die Männer lächelten verlegen und traten zur Seite, um der berühmten Läuferin den Sieg zu ermöglichen, die Frauen aber schrien: »Reihen Sie sich ein! Das ist kein Umzug für Filmstars!«

Die Schauspielerin ließ sich nicht einschüchtern und lief weiter nach vorn, gefolgt von fünf Fotografen und zwei Kameramännern.

Da packte eine französische Linguistin die Schauspielerin am Handgelenk und sagte (in grauenhaftem Englisch) zu ihr: »Das hier ist ein Zug von Ärzten, die todkranke Kambodschaner retten wollen, und kein Spektakel für Filmstars!«

Das Handgelenk der Schauspielerin lag fest in der Hand der Linguistikprofessorin, und sie hatte nicht die Kraft, sich ihrem Griff zu entwinden.

Sie sagte (in hervorragendem Englisch): »Leck mich! Ich habe schon Hunderte solcher Umzüge mitgemacht! Überall müssen Stars zu sehen sein! Das ist unsere Arbeit! Unsere moralische Verpflichtung!«

»Scheiße«, sagte die Linguistikprofessorin (in hervorragendem Französisch).

Die amerikanische Filmdiva verstand sie und brach in Tränen aus.

»Bleib so!« schrie ein Kameramann und kniete vor ihr nieder. Die Diva schaute lange ins Objektiv; Tränen kullerten über ihre Wangen.

19.

Die Linguistikprofessorin ließ das Handgelenk der Filmdiva endlich los. In diesem Moment rief der deutsche Sänger mit dem schwarzen Bart und der weißen Fahne den Namen der Schauspielerin.

Die amerikanische Filmdiva hatte zwar noch nie von ihm gehört, war aber in diesem Augenblick der Demütigung empfänglicher als sonst für Sympathiebezeugungen und lief zu ihm. Der Sänger nahm die Fahnenstange in die rechte Hand und legte die linke auf die Schulter der Diva.

Wieder hüpften Fotografen und Kameraleute um die Diva und den Sänger herum. Ein berühmter amerikanischer Fotograf wollte die beiden Gesichter samt der Fahne in seinem Objektiv sehen, was schwierig war, denn die Stange war lang. So lief er rückwärts in ein Reisfeld. Dabei trat er auf eine Mine. Eine Explosion war zu hören: sein zerfetzter Körper flog durch die Luft und besprengte die internationale Intelligentsia mit einem Blutregen.

Der Sänger und die Filmdiva waren entsetzt und blieben wie angewurzelt stehen. Sie hoben die Augen zur Fahne empor. Sie war blutbespritzt. Wieder waren sie entsetzt. Sie schauten noch einige Male zaghaft nach oben und fingen dann an zu lächeln. Ein seltsamer, bisher noch nicht gekannter Stolz erfüllte sie, weil die Fahne, die sie trugen, mit Blut geweiht war. Und sie marschierten weiter.

20.

Die Grenze wurde von einem kleinen Fluß gebildet, den man aber nicht sehen konnte, weil entlang seinem Ufer eine endlose, anderthalb Meter hohe Mauer errichtet worden war, auf der Sandsäcke für die thailändischen Schützen lagen. Nur an einer einzigen Stelle war die Mauer durchbrochen. Dort wölbte sich eine Brücke über den Fluß. Es war verboten, sie zu betreten. Auf der anderen Seite standen die vietnamesischen Besatzungstruppen, die man aber nicht sehen konnte. Ihre Stellungen waren perfekt getarnt. Es war jedoch sicher, daß die unsichtbaren Vietnamesen das Feuer eröffnen würden, sobald jemand seinen Fuß auf die Brücke setzte.

Die Teilnehmer des Zuges gingen auf die Mauer zu und stellten sich auf die Zehenspitzen. Franz lehnte sich in eine Lücke zwischen zwei Säcken und versuchte, etwas zu sehen. Er sah aber nichts, weil er von einem Fotografen, der sich berechtigt fühlte, seinen Platz einzunehmen, weggestoßen wurde.

Franz sah sich um. In der mächtigen Krone eines einsamen Baumes saßen wie ein Schwarm riesiger Raben sieben Fotografen, die Augen auf das andere Ufer gerichtet.

In diesem Moment legte die Dolmetscherin, die an der Spitze des Zuges marschiert war, einen Schalltrichter an den Mund und rief in der Khmersprache zur anderen Flußseite: »Hier sind Ärzte, die die Erlaubnis haben wollen, kambodschanisches Gebiet zu betreten, um ärztliche Hilfe zu leisten. Ihre Aktion hat nichts mit politischer Einmischung zu tun; sie kommen aus Sorge um das menschliche Leben.«

Die Antwort von der anderen Seite war ein unheimliches

Schweigen. Ein so absolutes Schweigen, daß alle von der Angst gepackt wurden. In dieser Stille hörte man nur das Klicken der Fotoapparate wie das Zirpen eines exotischen Insekts.

Franz hat plötzlich das Gefühl, der Große Marsch sei zu Ende. Um Europa herum zieht sich die Grenze des Schweigens zusammen, und der Raum, in dem der Große Marsch stattfindet, ist nichts als ein winziges Podium inmitten des Planeten. Die Massen, die sich einst um das Podium scharten, haben ihr Gesicht längst abgewandt, und der Große Marsch geht weiter, in der Einsamkeit und ohne Zuschauer. Ja, sagt sich Franz, der Große Marsch geht weiter, obwohl die Welt sich nicht mehr für ihn interessiert, aber er ist unruhig und hektisch geworden, gestern gegen die amerikanische Besetzung Vietnams, heute gegen die vietnamesische Besetzung Kambodschas, gestern für Israel, heute für die Palästinenser, gestern für Kuba, morgen gegen Kuba, und immer gegen Amerika, zu allen Zeiten gegen die Massaker und zu allen Zeiten für die Unterstützung anderer Massaker, Europa marschiert, und um dem Rhythmus der Ereignisse standzuhalten und ja keines zu versäumen, werden die Schritte immer schneller, so daß der Große Marsch nun ein Marsch von eilig herumspringenden Menschen geworden ist und der Schauplatz immer kleiner wird, bis er eines Tages auf einen Punkt zusammengeschrumpft sein wird.

21.

Die Dolmetscherin schrie ihren Aufruf zum zweiten Mal in den Schalltrichter. Die Antwort war wieder ein endloses und unendlich gleichgültiges Schweigen.

Franz sah sich um. Das Schweigen auf der anderen Seite des Flusses schlug allen ins Gesicht wie eine Ohrfeige. Sogar der Sänger mit der weißen Fahne und die amerikanische Filmdiva waren bedrückt und verlegen und wußten nicht mehr, was sie tun sollten.

Franz begriff plötzlich, daß sie alle lächerlich waren, er und all die anderen, aber diese Erkenntnis trennte ihn nicht etwa von ihnen, sie erfüllte ihn nicht mit Ironie. Im Gegenteil, gerade jetzt empfand er eine unendliche Liebe für sie, eine Liebe, wie man sie für Verurteilte empfindet. Gewiß, der Lange Marsch ging seinem Ende entgegen, war das aber ein Grund, daß Franz ihn verriet? Ging sein eigenes Leben nicht ebenfalls dem Ende entgegen? Sollte er etwa über den Exhibitionismus derer lachen, die die tapferen Ärzte zur Grenze begleitet hatten? Was konnten all diese Menschen denn anderes tun, als Theater zu spielen? Blieb ihnen eine bessere Möglichkeit?

Franz hat recht. Ich denke an den Redakteur, der in Prag die Unterschriftenaktion für die Amnestie der politischen Gefangenen organisiert hat. Er wußte ganz genau, daß diese Aktion den Gefangenen nicht helfen würde. Das eigentliche Ziel lag nicht in der Befreiung von Gefangenen, sondern darin zu zeigen, daß es noch Menschen gab, die sich nicht fürchteten. Was er tat, war Theater. Aber er hatte keine andere Möglichkeit. Er konnte nicht zwischen Tat und Theater wählen. Er stand vor der Wahl: entweder Theater zu spielen oder gar nichts zu tun. Es gibt Situationen, in denen man zum Theaterspielen *verurteilt* ist. Der Kampf gegen die schweigende Macht (gegen die schweigende Macht jenseits des Flusses, gegen die Polizei, die sich in schweigende Mikrophone in der Wand verwandelt hat) ist der Kampf einer Theatertruppe, die eine Armee angegriffen hat.

Franz sah, wie sein Freund von der Sorbonne die Faust hob und dem Schweigen auf der anderen Seite drohte.

22.

Die Dolmetscherin schrie ihren Aufruf zum dritten Mal in den Schalltrichter.

Das Schweigen, das ihr abermals antwortete, verwandelte Franz' Angst in wilde Wut. Er stand nicht weit von der

Brücke entfernt, die Thailand von Kambodscha trennte, und es überkam ihn große Lust, sich darauf zu stürzen, schreckliche Schimpfwörter zum Himmel zu schreien und im gewaltigen Donner der Geschosse zu sterben.

Diese plötzliche Lust von Franz erinnert uns an etwas; ja, sie erinnert uns an Stalins Sohn, der lief, um sich in den elektrisch geladenen Drähten zu erhängen, weil er nicht mit ansehen konnte, wie die beiden Pole der menschlichen Existenz sich zum Berühren nahe kamen, bis es keinen Unterschied mehr gab zwischen dem Erhabenen und dem Niedrigen, zwischen Engel und Fliege, zwischen Gott und Scheiße.

Franz will nicht wahrhaben, daß der Ruhm des Langen Marsches nichts anderes ist als die lachhafte Eitelkeit derer, die mitmarschieren, daß der grandiose Lärm der europäischen Geschichte in endlosem Schweigen versinkt und es keinen Unterschied mehr gibt zwischen der Geschichte und dem Schweigen. In diesem Moment hätte er sein eigenes Leben auf die Waagschale geworfen, um zu beweisen, daß der Lange Marsch mehr wiegt als die Scheiße.

Doch so etwas läßt sich nicht beweisen. Auf der einen Waagschale lag ein Haufen Scheiße, auf der anderen lag Stalins Sohn mit seinem ganzen Körpergewicht, und die Waage bewegte sich nicht.

Statt sich erschießen zu lassen, ließ Franz den Kopf hängen und ging zusammen mit den anderen im Gänsemarsch zu den Autobussen zurück.

23.

Wir alle haben das Bedürfnis, von jemandem gesehen zu werden. Man könnte uns in vier Kategorien einteilen, je nach der Art von Blick, unter dem wir leben möchten.

Die erste Kategorie sehnt sich nach dem Blick von unendlich vielen anonymen Augen, anders gesagt, nach dem Blick eines Publikums. Das trifft auf den deutschen Sänger zu, auf die amerikanische Filmdiva und auch auf den Redakteur mit dem großen Kinn. Er war an seine Leser gewöhnt, und als die Russen eines Tages seine Wochenzeitung verboten, hatte er das Gefühl, sich in einer hundertmal dünneren Atmosphäre aufzuhalten. Niemand konnte ihm den Blick der unbekannten Augen ersetzen. Er hatte den Eindruck zu ersticken. Bis er dann bemerkte, daß er auf Schritt und Tritt von der Polizei überwacht und sein Telefon abgehört wurde, daß man ihn sogar auf der Straße heimlich fotografierte. Die anonymen Augen begleiteten ihn auf einmal wieder, er konnte wieder atmen! Theatralisch redete er zu den Mikrophonen in der Wand. Er hatte in der Polizei sein verlorenes Publikum wiedergefunden.

Zur zweiten Kategorie gehören die Leute, die zum Leben den Blick vieler vertrauter Augen brauchen. Das sind die nimmermüden Organisatoren von Cocktails und Parties. Sie sind glücklicher als die Menschen der ersten Kategorie, die das Gefühl haben, im Saal ihres Lebens sei das Licht ausgegangen, wenn sie ihr Publikum verlieren. Irgendwann passiert das fast jedem von ihnen. Die Menschen der zweiten Kategorie hingegen verschaffen sich immer irgendwelche Blicke. Zu ihnen gehören Marie-Claude und ihre Tochter.

Dann gibt es die dritte Kategorie derer, die im Blickfeld des geliebten Menschen sein müssen. Ihre Situation ist genauso gefährlich wie die von Leuten der ersten Kategorie. Einmal schließen sich die Augen des geliebten Menschen und es wird dunkel im Saal. Zu diesen Menschen gehören Teresa und Tomas.

Und dann gibt es noch die vierte und seltenste Kategorie derer, die unter dem imaginären Blick abwesender Menschen leben. Das sind die Träumer. Zum Beispiel Franz. Er ist nur Sabinas wegen zur kambodschanischen Grenze gefahren. Der Autobus rattert über eine thailändische Landstraße, und er fühlt, wie ihr langer Blick auf ihm ruht.

In dieselbe Kategorie gehört auch Tomas' Sohn. Ich will ihn Simon nennen. (Es wird ihn freuen, wie sein Vater einen biblischen Namen zu tragen.) Die Augen, nach denen er sich sehnt, sind die Augen von Tomas. Nachdem er sich in die Unterschriftenaktion verwickelt hatte, wurde er von der Universität gejagt. Das Mädchen, mit dem er befreundet war,

war die Nichte eines Dorfpfarrers. Er heiratete sie und wurde Traktorist in einer Genossenschaft, gläubiger Katholik und Familienvater. Dann erfuhr er, daß auch Tomas auf dem Lande lebte und freute sich: das Schicksal hatte ihr Leben symmetrisch gemacht. Das ermutigte ihn, seinem Vater einen Brief zu schreiben. Er erbat keine Antwort. Er wollte nur, daß Tomas einen Blick auf sein Leben warf.

24.

Franz und Simon sind die Träumer dieses Romans. Im Unterschied zu Franz hat Simon seine Mutter nicht geliebt. Seit seiner Kindheit war er auf der Suche nach seinem Vater. Er war bereit zu glauben, daß seinem Vater früher ein Unrecht widerfahren war, das die Ungerechtigkeit rechtfertigte, die er ihm zugefügt hatte. Nie war er ihm deswegen böse gewesen, weil er nicht zum Verbündeten der Mutter werden wollte, die seinen Papa ständig verleumdete.

Er wohnte bei ihr, bis er achtzehn war, und zog dann nach Prag, um zu studieren. Zu der Zeit war Tomas bereits Fensterputzer. Simon wartete oft auf der Straße, um eine zufällige Begegnung herauszufordern. Doch sein Vater blieb nie stehen.

Er hatte sich nur deshalb dem ehemaligen Redakteur mit dem großen Kinn angeschlossen, weil dessen Schicksal ihn an das seines Vaters erinnerte. Der Redakteur kannte Tomas' Namen nicht. Der Artikel über Ödipus war längst vergessen, und er erfuhr erst durch Simon davon, der ihn bat, mit ihm zu seinem Vater zu gehen und ihn um seine Unterschrift zu bitten. Der Redakteur willigte nur ein, weil er dem Jungen, den er mochte, eine Freude machen wollte.

Wenn Simon an dieses Treffen zurückdachte, schämte er sich für sein Lampenfieber. Bestimmt hatte er dem Vater nicht gefallen. Dafür hatte der Vater ihm gefallen. Er erinnerte sich an jedes Wort und mußte ihm mehr und mehr recht geben. Ein Satz vor allem hatte sich ihm eingeprägt: »Diejenigen zu bestrafen, die nicht wissen, was sie tun, ist Barbarei.« Als der Onkel seiner Freundin ihm eine Bibel in die Hand drückte, war er sehr beeindruckt von den Worten Jesu: »Vergib ihnen, denn sie wissen nicht, was sie tun.« Er wußte, daß sein Vater nicht gläubig war, doch sah er in der Ähnlichkeit der beiden Sätze ein geheimes Zeichen: sein Vater billigte den Weg, den er gewählt hatte.

Er lebte schon im dritten Jahr auf dem Dorf, als er einen Brief erhielt, in dem Tomas ihn zu einem Besuch einlud. Die Begegnung verlief freundschaftlich, Simon fühlte sich wohl und stotterte nicht ein einziges Mal. Wahrscheinlich war es ihm gar nicht aufgefallen, daß sie sich nicht allzu gut verstanden. Etwa vier Monate später erhielt er ein Telegramm. Tomas und seine Frau waren tot, zermalmt von einem Lastwagen.

Damals erfuhr er von der Frau, die einmal die Geliebte seines Vaters gewesen war und nun in Frankreich lebte. Er machte ihre Adresse ausfindig. Weil er verzweifelt ein imaginäres Auge brauchte, das weiterhin sein Leben beobachtete, schrieb er ihr von Zeit zu Zeit lange Briefe.

25.

Bis an ihr Lebensende wird Sabina von diesem traurigen Dorfpoeten Briefe erhalten. Viele werden ungelesen bleiben, weil sie sich immer weniger für das Land, aus dem sie stammt, interessiert.

Der alte Mann ist gestorben, und Sabina ist nach Kalifornien gezogen. Immer weiter nach Westen, immer weiter weg von Böhmen.

Ihre Bilder verkaufen sich gut, und sie liebt Amerika. Aber nur auf der Oberfläche. Unter der Oberfläche liegt eine fremde Welt. Dort unten hat sie keinen Großvater und keinen Onkel. Sie hat Angst davor, in einen Sarg eingeschlossen und in die amerikanische Erde hinuntergelassen zu werden.

Deshalb schrieb sie eines Tages ein Testament, in dem sie

bestimmte, daß ihr Leichnam verbrannt und die Asche in alle Winde verstreut werden sollte. Teresa und Tomas sind unter dem Zeichen des Schweren gestorben. Sie will unter dem Zeichen des Leichten sterben. Sie wird leichter sein als Luft. Nach Parmenides ist dies die Verwandlung vom Negativen ins Positive.

26.

Der Autobus hielt vor einem Hotel in Bangkok. Niemand hatte Lust, weitere Versammlungen zu veranstalten. Man verstreute sich in kleinen Gruppen in der Stadt, besuchte die Tempel oder ging ins Bordell. Der Freund von der Sorbonne schlug Franz vor, den Abend gemeinsam zu verbringen, aber er wollte lieber allein sein.

Es dunkelte schon, als er auf die Straße ging. Er dachte unablässig an Sabina und fühlte ihren langen Blick auf sich ruhen, diesen Blick, unter dem er immer an sich selbst zu zweifeln begann, weil er nicht wußte, was Sabina wirklich dachte. Auch jetzt machte dieser Blick ihn verlegen. Lachte sie ihn aus? Fand sie den Kult, den er mit ihr trieb, albern? Wollte sie ihm sagen, er sollte endlich erwachsen werden und sich ganz der Freundin widmen, die sie selbst ihm geschickt hatte?

Er stellte sich das Gesicht mit der großen Brille vor. Er begriff, wie glücklich er mit seiner Studentin war. Die Reise nach Kambodscha kam ihm auf einmal lächerlich und bedeutungslos vor. Warum war er überhaupt hierhergekommen? Jetzt wußte er es. Er war hierhergekommen, um endlich zu begreifen, daß weder die Demonstrationszüge noch Sabina sein wirkliches, sein einzig wirkliches Leben waren, sondern seine Studentin mit der Brille. Er war hierhergekommen, um sich davon zu überzeugen, daß die Wirklichkeit mehr ist als der Traum, viel mehr als der Traum!

Dann tauchte aus dem Halbdunkel eine Gestalt auf und sprach ihn in einer unbekannten Sprache an. Er sah sie verwundert und zugleich mitleidig an. Der unbekannte Mann verbeugte sich lächelnd und kauderwelschte unaufhörlich in einem sehr dringlichen Ton. Was wollte er ihm sagen? Es schien ihm, als forderte er ihn auf, ihm zu folgen. Der Mann nahm ihn bei der Hand und zog ihn mit sich. Franz sagte sich, daß jemand seine Hilfe brauchte. Vielleicht war er doch nicht vergebens hergekommen? War er doch noch dazu berufen, hier jemandem zu helfen?

Plötzlich standen noch zwei Gestalten neben dem kauderwelschenden Mann, und der eine forderte auf englisch Geld von Franz.

In diesem Moment verschwand das Mädchen mit der Brille aus seinen Gedanken, und es war wieder Sabina, die ihn ansah, die irreale Sabina mit ihrem großartigen Schicksal, Sabina, vor der er sich so klein fühlte. Zornig und unzufrieden ruhte ihr Blick auf ihm: ließ er sich schon wieder übertölpeln? Mißbrauchte schon wieder jemand seine idiotische Güte?

Mit einem Ruck riß er sich von dem Mann los, der ihn am Ärmel festhielt. Er wußte, daß Sabina seine Stärke immer gemocht hatte. Er packte den Arm, den der andere Mann nach ihm ausstreckte, umklammerte ihn fest und schleuderte den Mann mit einem perfekten Judogriff über seinen Kopf.

Jetzt war er mit sich zufrieden. Sabinas Augen waren noch immer auf ihn gerichtet. Sie würden ihn nie wieder erniedrigt sehen! Sie würden ihn nie wieder zurückweichen sehen! Franz würde nie wieder weich und sentimental sein!

Er empfand einen fast freudigen Haß auf die drei Männer, die sich über seine Naivität hatten lustig machen wollen. Er stand in leicht geduckter Haltung da und ließ sie nicht aus den Augen. Plötzlich schlug etwas Schweres auf seinen Kopf und er brach zusammen. Verschwommen nahm er wahr, daß er weggetragen wurde. Dann fiel er in die Tiefe. Er spürte einen harten Aufprall und verlor das Bewußtsein.

Er wachte erst wieder in einem Genfer Krankenhaus auf. Über sein Bett neigte sich Marie-Claude. Er wollte ihr sagen, daß er sie nicht hier haben wollte. Er wollte, daß man augenblicklich die Studentin mit der großen Brille benachrichtigte. Er dachte an sie und an niemand anderen. Er wollte schreien, daß er niemand anderen neben sich ertrage. Aber er stellte entsetzt fest, daß er nicht sprechen konnte. Er blickte Marie-Claude mit grenzenlosem Haß an und wollte sich wegdrehen zur Wand. Aber er konnte seinen Körper nicht bewegen. Er versuchte, den Kopf wegzudrehen. Doch auch mit dem Kopf konnte er keine Bewegung machen. Er schloß die Augen, um Marie-Claude nicht zu sehen.

27.

Der tote Franz gehört nun endlich seiner rechtmäßigen Ehefrau, wie er ihr nie zuvor gehört hat. Marie-Claude bestimmt alles, sie übernimmt die Organisation des Begräbnisses, sie verschickt die Todesanzeigen, sie kauft die Kränze, sie läßt sich ein schwarzes Kleid schneidern, das in Wirklichkeit ein Hochzeitskleid ist. Ja, erst das Begräbnis des Gatten ist für die Gattin die wahre Hochzeit! Die Krönung ihres Lebens, der Lohn für all ihr Leiden!

Der Pfarrer ist sich dessen durchaus bewußt, und er redet am Grab von ehelicher Treue und Liebe, die durch viele Prüfungen habe gehen müssen, und doch für den Dahingegangenen bis zum Ende seines Lebens ein sicherer Hafen geblieben sei, in den er in seiner letzten Stunde habe zurückkehren können. Auch ein Kollege von Franz, den Marie-Claude gebeten hatte, am Sarg einige Worte zu sprechen, erwies vor allem der tapferen Ehefrau des Verstorbenen seine Verehrung.

Das Mädchen mit der großen Brille hielt sich, von einer Freundin gestützt, im Hintergrund. Sie hatte so viele Tränen unterdrückt und so viele Tabletten geschluckt, daß sie noch vor Ende der Zeremonie von Krämpfen überwältigt wurde. Sie krümmte sich, hielt sich den Bauch und mußte von der Freundin aus dem Friedhof geführt werden.

28.

Als er vom Vorsitzenden der Genossenschaft das Telegramm erhielt, setzte er sich sofort auf sein Motorrad und fuhr los. Er kümmerte sich um das Begräbnis. Auf dem Grabstein ließ er unter dem Namen seines Vaters die Inschrift einmeißeln: *Er wollte das Reich Gottes auf Erden.*

Er wußte, daß sein Vater diese Worte niemals gebraucht hätte. Aber er war sicher, daß die Inschrift genau das zum Ausdruck brachte, was sein Vater gewollt hatte. Das Reich Gottes bedeutet Gerechtigkeit. Tomas sehnte sich nach einer Welt, in der Gerechtigkeit herrschte. Hat Simon nicht das Recht, das Leben seines Vaters mit seinen eigenen Worten auszudrücken? Das ist doch seit undenklichen Zeiten das Recht aller Hinterbliebenen!

Rückkehr nach langem Irrweg steht auf dem Grabstein von Franz. Man kann diese Inschrift als religiöses Symbol verstehen: der Irrweg des irdischen Lebens, die Rückkehr in die Arme Gottes. Eingeweihte wissen jedoch, daß dieser Satz auch einen sehr profanen Sinn hat. Marie-Claude redet übrigens jeden Tag davon:

Franz, ihr guter goldiger Franz, hat die Krise seiner fünfzig Jahre nicht aushalten können. Einem armen Mädchen ist er in die Fänge geraten! Sie war nicht einmal hübsch. (Habt ihr diese riesige Brille gesehen, hinter der man sie kaum erkennen konnte?) Aber Fünfzigjährige (das weiß man ja) verkaufen ihre Seele für ein Stück junges Fleisch. Nur die eigene Frau kann wissen, wie sehr er darunter gelitten hat! Es war für ihn eine große moralische Qual! Weil Franz im Grunde seines Herzens gut und ehrlich war. Wie ließe sich diese unsinnige, verzweifelte Reise ins hinterste Asien sonst erklären? Er ist dorthin gefahren, um in den Tod zu gehen. Ja, Marie-Claude weiß es genau: Franz hat absichtlich den Tod gesucht. In den letzten Tagen, als er im Sterben lag und keinen Grund mehr hatte zu lügen, da wollte er nur noch sie sehen. Er konnte nicht sprechen, aber er sagte ihr mit Blicken Dank. Seine Augen baten sie um Verzeihung. Und sie hat ihm verziehen.

29.

Was ist von den sterbenden Menschen in Kambodscha geblieben?

Ein großes Foto von einer amerikanischen Filmdiva, die ein asiatisches Kind in den Armen hält.

Was ist von Tomas geblieben?

Eine Inschrift: Er wollte das Reich Gottes auf Erden.

Was ist von Beethoven geblieben?

Ein mürrischer Mann mit einer unglaublichen Mähne, der mit tiefer Stimme sagt: »Es muß sein!«

Was ist von Franz geblieben?

Eine Inschrift: Rückkehr nach langem Irrweg.

Und so weiter und so fort. Noch bevor man uns vergessen wird, werden wir in Kitsch verwandelt. Der Kitsch ist die Umsteigestation zwischen dem Sein und dem Vergessen.

Siebter Teil

Das Lächeln Karenins

1.

Aus dem Fenster sah man auf einen Berghang, der mit alten, knorrigen Apfelbäumen bewachsen war. Der Horizont darüber wurde von einem Wald begrenzt, und die Wellenlinie der Hügel verlor sich in der Ferne. Am Abend stand der weiße Mond am blassen Himmel, und das war die Zeit, da Teresa auf die Türschwelle trat. Der Mond hing am noch unverfinsterten Himmel und kam ihr vor wie eine Lampe, die man am Morgen vergessen hatte auszulöschen und die den ganzen Tag über in einer Totenkammer leuchtete.

Auf dem Berghang wuchsen knorrige Apfelbäume, und keiner von ihnen konnte den Ort verlassen, wo er Wurzeln geschlagen hatte, genauso wie Teresa und Tomas, die nie mehr aus diesem Dorf würden weggehen können. Sie hatten das Auto, den Fernseher und das Radio verkauft, um ein kleines Haus mit Garten zu erstehen von einem Bauern, der in die Stadt gezogen war.

Auf dem Lande zu leben war die einzige Fluchtmöglichkeit, die ihnen geblieben war, denn hier herrschte dauernd ein Mangel an Arbeitskräften, während genügend Wohnraum vorhanden war. Niemand war daran interessiert, die politische Vergangenheit derer zu untersuchen, die bereit waren, auf den Feldern und in den Wäldern zu arbeiten, und niemand beneidete sie.

Teresa war glücklich, daß sie die Stadt verlassen hatten, diese Stadt mit den betrunkenen Gästen an der Bar und den unbekannten Frauen, die den Geruch ihres Schoßes in Tomas' Haar zurückließen. Die Polizei hatte aufgehört, sich mit ihnen zu beschäftigen, und die Geschichte mit dem Ingenieur verschmolz in ihrer Erinnerung mit der Episode auf dem Laurenziberg, so daß sie Traum und Wirklichkeit nicht mehr auseinanderhalten konnte. (Hatte der Ingenieur tatsächlich im Dienst der Geheimpolizei gestanden? Vielleicht, vielleicht auch nicht. Es gibt genug Männer, die für ihre heimlichen Treffen geliehene Wohnungen benutzen und nicht gern mehr als einmal mit derselben Frau schlafen.)

Teresa war also glücklich und hatte das Gefühl, endlich am Ziel angelangt zu sein: sie war mit Tomas zusammen, und sie beide waren allein. Allein? Ich muß es genauer sagen: was ich Einsamkeit genannt habe, bedeutet, daß sie jeden Kontakt mit ihren ehemaligen Freunden und Bekannten abgebrochen haben. Sie hatten ihr Leben durchschnitten, als sei es ein Stück Band. Aber sie fühlten sich wohl in der Gesellschaft der Dorfbewohner, mit denen sie arbeiteten und die sie hin und wieder besuchten oder zu sich einluden.

An jenem Tag, als Teresa in dem Kurort mit den russischen Straßennamen den Vorsitzenden der örtlichen Genossenschaft kennengelernt hatte, hatte sie in ihrem Inneren plötzlich das Bild vom Landleben entdeckt, wie es Erinnerungen an Bücher oder ihre Vorfahren in ihr zurückgelassen hatten: die Welt einer Gemeinschaft, in der alle Mitglieder eine Großfamilie bildeten, die durch gemeinsame Interessen und Bräuche miteinander verbunden war: durch die sonntägliche Andacht in der Kirche, das Wirtshaus, in dem die Männer sich ohne ihre Frauen trafen und den Saal dieses Wirtshauses, in dem samstags eine Kapelle dem Dorf zum Tanz aufspielte.

Unter dem Kommunismus jedoch glich das Dorf nicht mehr diesem uralten Bild. Die Kirche befand sich im Nachbardorf, und keiner ging hin, die Wirtsstube war zu einem Büro geworden, für die Männer gab es keinen Ort zum Biertrinken, für die Jugend keinen Raum zum Tanzen. Kirchliche Feste durften nicht gefeiert werden, staatliche Feiertage interessierten niemanden. Das nächste Kino gab es in der zwanzig Kilometer entfernten Stadt. So kam es, daß sich die Leute nach getaner Arbeit, während der sie sich noch fröhlich zugerufen und in den Pausen miteinander geplaudert hatten, in die vier Wände ihrer modern möblierten Häuschen zurückzogen (durch die wie ein Luftzug die Geschmacklosigkeit wehte) und die Augen auf den Bildschirm des Fernsehers hefteten. Sie besuchten sich nicht mehr und gingen höchstens vor dem Abendbrot auf einen Sprung zum Nachbarn, um ein paar Worte zu wechseln. Alle träumten davon, in die Stadt zu ziehen. Das Dorf konnte ihnen nichts bieten, was das Leben auch nur annähernd interessant gemacht hätte.

Vielleicht hat der Staat die Macht über das Dorf gerade deswegen verloren, weil niemand hier Wurzeln schlagen will. Ein Bauer, dem sein Boden nicht mehr gehört und der nur noch Feldarbeiter ist, hängt weder an der Landschaft noch an seiner Arbeit, er hat nichts zu verlieren, sich um nichts zu sorgen. Dank dieser Gleichgültigkeit hat das Land sich eine beachtliche Autonomie und Freiheit bewahrt. Der Vorsitzende der Genossenschaft wird nicht von Außenstehenden eingesetzt (wie alle leitenden Verantwortlichen in den Städten), sondern direkt von den Dorfbewohnern gewählt; er ist einer von ihnen.

Weil alle wegwollten, hatten Teresa und Tomas dort eine außergewöhnliche Stellung: sie waren freiwillig gekommen. Wenn die anderen jede Gelegenheit wahrnahmen, um wenigstens einen Tag in den Städten der Umgebung zu verbringen, so lag Teresa und Tomas an nichts anderem, als dort zu bleiben, wo sie waren, weshalb sie die Dorfbewohner bald besser kannten als diese sich untereinander.

Der Vorsitzende der Genossenschaft war für sie ein richtiger Freund geworden. Er hatte eine Frau, vier Kinder und ein Schwein, das er dressiert hatte, als wäre es ein Hund. Das Schwein hieß Mephisto und war der Stolz und die Attraktion des Dorfes. Es gehorchte aufs Wort, war blitzsauber und rosarot und trottete auf seinen kleinen Hufen einher wie eine Frau mit dicken Waden auf hohen Absätzen.

Als Karenin Mephisto zum ersten Mal sah, war er ganz aufgeregt, lief lange um ihn herum und beschnüffelte ihn. Aber bald schon hatte er sich mit ihm angefreundet und zog ihn den Hunden des Dorfes vor, die er verachtete, weil sie an ihren Hütten festgebunden waren und blöd kläfften, ununterbrochen und ohne Grund. Karenin wußte die Rarität richtig zu schätzen, und ich wage zu sagen, daß er die Freundschaft mit dem Schwein schätzte.

Den Vorsitzenden der Genossenschaft freute es, daß er seinem ehemaligen Chirurgen hatte helfen können, doch zugleich war er unglücklich, nicht mehr für ihn tun zu können. Tomas wurde Lastwagenfahrer und fuhr die Landarbeiter aufs Feld oder transportierte Geräte.

Der Genossenschaft gehörten vier große Kuhställe und ein kleiner Stall mit vierzig Kälbern. Sie wurden Teresas Obhut anvertraut, und sie führte sie zweimal täglich auf die Weide. Weil die umliegenden, leicht zugänglichen Wiesen zum Mähen bestimmt waren, mußte Teresa mit der Herde auf die nahen Hügel ziehen. Die Kälber grasten allmählich immer weiter entfernte Weideplätze ab, und so durchwanderte Teresa mit ihnen im Laufe des Jahres die ausgedehnte Landschaft rund um das Dorf. Wie einst in der kleinen Stadt, hatte sie stets ein Buch in der Hand; wenn sie auf der Wiese angekommen war, öffnete sie es und las.

Karenin begleitete sie immer. Er hatte gelernt, die jungen Kühe anzubellen, wenn sie zu übermütig wurden und sich von den anderen entfernen wollten, und er tat es mit sichtlicher Freude. Gewiß war er der glücklichste von den dreien. Sein Amt als ›Hüter der Uhrzeit‹ war noch nie so respektiert worden wie hier, wo es keinen Platz gab für Improvisationen. Die Zeit, in der Teresa und Tomas lebten, näherte sich der Regelmäßigkeit seiner eigenen Zeit.

Eines Tages gingen sie alle drei nach dem Mittagessen (dem Moment, da sie beide eine Stunde frei hatten) auf den Berghängen hinter dem Haus spazieren.

»Mir gefällt es nicht, wie er läuft«, sagte Teresa.

Karenin hinkte auf einem Hinterbein. Tomas beugte sich zu ihm hinab, tastete das Bein ab und entdeckte eine kleine Beule am Schenkel.

Am nächsten Tag setzte er ihn neben sich auf den Sitz des Lastwagens und machte Halt im Nachbardorf, wo der Tierarzt wohnte. Eine Woche später ging er wieder bei ihm vorbei und kehrte mit der Nachricht nach Hause zurück, daß Karenin Krebs hätte.

Drei Tage später operierte er ihn zusammen mit dem Tierarzt. Als er ihn heimbrachte, war Karenin noch nicht aus der Narkose aufgewacht. Er lag mit geöffneten Augen neben dem Bett auf dem Teppich und winselte. Die Haare auf dem Schenkel waren wegrasiert, und er hatte dort einen Schnitt mit sechs Nahtstichen.

Etwas später versuchte er aufzustehen. Aber er konnte es nicht.

Teresa war entsetzt bei dem Gedanken, daß er nie mehr laufen könnte.

»Hab keine Angst«, sagte Tomas, »er ist noch benommen von der Narkose.«

Sie versuchte, ihn hochzuheben, aber er schnappte nach ihr. Das war noch nie geschehen, daß er Teresa beißen wollte!

»Er weiß nicht, wer du bist«, sagte Tomas, »er erkennt dich nicht.«

Sie legten ihn wieder neben ihr Bett, wo er rasch einschlief. Sie schliefen ebenfalls ein.

Es war drei Uhr morgens, als er sie auf einmal weckte. Er wedelte mit dem Schwanz und tapste auf ihnen herum. Er liebkoste sie wild und unersättlich.

Auch das war noch nie geschehen, daß er sie aufgeweckt hatte! Er wartete sonst immer, bis einer von ihnen erwachte, und wagte erst dann, auf ihr Bett zu springen.

Diesmal hatte er sich aber nicht beherrschen können, als er mitten in der Nacht plötzlich wieder zu Bewußtsein kam. Wer weiß, aus welchen Fernen er zurückgekehrt war! Wer weiß, mit welchen Spukbildern er gekämpft hatte! Als er nun sah, daß er zu Hause war und er seine Nächsten wiedererkannte, mußte er ihnen seine wahnsinnige Freude kundtun, die Freude über seine Rückkehr und seine Wiedergeburt.

2.

Am Anfang der Genesis steht geschrieben, daß Gott den Menschen geschaffen hat, damit er über Gefieder, Fische und Getier herrsche. Die Genesis ist allerdings von einem Menschen geschrieben, und nicht von einem Pferd. Es gibt keine Gewißheit, daß Gott dem Menschen die Herrschaft über die anderen Lebewesen tatsächlich anvertraut hat. Viel wahrscheinlicher ist, daß der Mensch sich Gott ausgedacht hat, um die Herrschaft, die er an sich gerissen hat über Kuh und

Pferd, heiligzusprechen. Jawohl, das Recht, einen Hirsch oder eine Kuh zu töten, ist das einzige, worin die ganze Menschheit einhellig übereinstimmt, sogar während der blutigsten Kriege.

Dieses Recht erscheint uns selbstverständlich, weil wir es sind, die an der Spitze der Hierarchie stehen. Es brauchte aber nur ein Dritter ins Spiel zu treten, etwa ein Besucher von einem anderen Planeten, dessen Gott gesagt hätte: »Du wirst über die Geschöpfe der übrigen Gestirne herrschen«, und schon würde die Selbstverständlichkeit der Genesis mit einem Male problematisch. Der Mensch, der von einem Marsmenschen vor einen Wagen gespannt oder von einem Bewohner der Milchstraße am Spieß gebraten wird, wird sich vielleicht an das Kalbskotelett erinnern, das er auf seinem Teller zu zerschneiden gewöhnt war, und er wird sich (zu spät!) bei der Kuh entschuldigen.

Teresa zieht mit ihren Kälbern weiter, sie treibt sie vor sich her, muß immer wieder eines von ihnen zurechtweisen, denn junge Kühe sind ausgelassen und springen vom Weg in die Felder. Karenin begleitet sie. Seit zwei Jahren geht er nun schon jeden Tag mit ihr zum Weideplatz. Es macht ihm Spaß, mit den Kälbern streng zu sein, sie anzubellen und mit ihnen zu schimpfen. (Sein Gott hat ihm die Herrschaft über die Kühe anvertraut, und er ist stolz darauf.) Diesmal läuft er jedoch mit großer Mühe und humpelt auf drei Beinen; am vierten hat er eine blutende Wunde. Immer wieder beugt Teresa sich zu ihm hinab und streichelt ihm den Rücken. Zwei Wochen nach der Operation steht fest, daß der Krebs nicht zum Stillstand gebracht werden konnte und es Karenin immer schlechter gehen wird.

Unterwegs treffen sie eine Nachbarin, die in Gummistiefeln in den Kuhstall eilt. Sie bleibt stehen: »Was ist denn mit Ihrem Hund los? Er hinkt irgendwie!« Teresa sagt: »Er hat Krebs. Unheilbar!« und fühlt, wie sich ihre Kehle zusammenschnürt und sie nicht weitersprechen kann. Die Nachbarin sieht Teresas Tränen und wird beinahe wütend: »Mein Gott, Sie werden doch nicht um einen Hund heulen!« Sie hat das nicht böse gesagt, sie ist eine nette Frau und möchte Teresa mit ihren Worten eher trösten. Teresa weiß das, und außerdem lebt sie schon lange genug auf dem Dorf, um zu begreifen, daß die Dorfbewohner, würden sie jedes Kaninchen so lieben, wie sie ihren Karenin, kein einziges töten könnten und bald mit ihren Tieren Hungers sterben müßten. Trotzdem scheinen ihr die Worte der Nachbarin feindselig. »Ich weiß«, sagt sie, ohne zu protestieren, wendet sich aber rasch von ihr ab und geht weiter. Sie fühlt sich allein gelassen mit ihrer Liebe zu einem Hund. Mit einem traurigen Lächeln sagt sie sich, daß sie diese Liebe mehr verheimlichen muß als eine Untreue. Man ist entrüstet über die Liebe zu einem Hund. Hätte die Nachbarin erfahren, daß sie Tomas untreu wäre, so hätte sie ihr zum Zeichen heimlichen Einverständnisses fröhlich auf den Rücken geklopft.

Sie geht also weiter mit ihren Kälbchen, deren Flanken sich aneinanderreiben, und sagt sich, daß es sehr liebe Tiere sind. Ruhig, harmlos, manchmal kindlich übermütig: sie wirken wie dicke fünfzigjährige Damen, die so tun, als wären sie vierzehn. Nichts ist rührender als Kühe, die zusammen spielen. Teresa schaut ihnen voller Sympathie zu und sagt sich (dieser Gedanke kehrt schon seit zwei Jahren immer wieder), daß die Menschheit genauso von der Kuh schmarotzt, wie der Bandwurm vom Menschen: sie hat sich wie ein Blutegel an ihrem Euter festgesaugt. Der Mensch ist der Parasit der Kuh, so etwa würde der Nicht-Mensch in seiner Tierkunde den Menschen definieren.

Wir können diese Definition als puren Scherz betrachten und nachsichtig darüber lächeln. Nimmt Teresa ihn jedoch ernst, so begibt sie sich auf eine schiefe Bahn: ihre Gedanken sind gefährlich und entfremden sie der Menschheit. Bereits in der Genesis hat Gott dem Menschen die Macht über die anderen Lebewesen anvertraut, doch kann man das auch so auffassen, daß er sie ihm nur *leihweise* anvertraut hat. Der Mensch ist nicht etwa Eigentümer, sondern lediglich Verwalter dieses Planeten, und er wird eines Tages für diese Verwaltung zur Rechenschaft gezogen werden. Descartes ist einen entscheidenden Schritt weitergegangen: er hat den Menschen zum »Herrn und Besitzer der Natur« erklärt. Und gewiß besteht ein tiefer Zusammenhang darin, daß ausgerechnet er es war, der den Tieren die Seele abgesprochen hat:

Der Mensch ist der Besitzer und der Herr, das Tier hingegen, sagt Descartes, nur ein Automat, eine belebte Maschine, eine »machina animata«. Wenn ein Tier wehklagt, so ist dies kein Wehklagen, sondern das Quietschen eines schlecht funktionierenden Mechanismus. Wenn ein Wagenrad quietscht, so bedeutet das nicht, daß der Leiterwagen leidet, sondern daß er nicht geschmiert ist. Genauso haben wir das Weinen eines Tieres zu verstehen und uns nicht zu grämen über den Hund, der im Versuchslabor lebendigen Leibes seziert wird.

Die Kälbchen weiden auf der Wiese, Teresa sitzt auf einem Baumstumpf und Karenin zu ihren Füßen, den Kopf auf ihren Knien. Teresa erinnert sich, daß sie einmal, vielleicht vor zehn Jahren, eine zweizeilige Zeitungsnotiz gelesen hat: dort stand, man habe in einer russischen Stadt alle Hunde erschossen. Diese unauffällige und scheinbar belanglose Nachricht hatte in ihr angesichts dieses allzu großen Nachbarlandes zum ersten Mal ein Gefühl des Grauens ausgelöst.

Die Nachricht war eine Vorwegnahme all dessen, was nachher kommen sollte: in den ersten Jahren nach der russischen Invasion konnte man noch nicht von Terror reden. Da fast das ganze Volk das Okkupationsregime mißbilligte, mußten die Russen erst einmal neue Leute unter den Tschechen suchen und sie an die Macht bringen. Wo aber sollten sie sie hernehmen, wenn der Glaube an den Kommunismus und die Liebe zu Rußland tot waren? So suchten sie unter denen, die nichts anderes im Sinn hatten, als sich am Leben zu rächen. Man mußte ihre Aggressivität lenken, pflegen und in Alarmbereitschaft halten. Man mußte sie trainieren, zunächst einmal an einem provisorischen Objekt. Dieses provisorische Objekt waren die Tiere.

Die Zeitungen fingen damals an, Artikelserien abzudrucken und Leserbriefkampagnen zu organisieren. Zum Beispiel forderte man, in den Städten müßten die Tauben ausgerottet werden. Und sie wurden ausgerottet. Die Hauptkampagne war jedoch gegen die Hunde gerichtet. Die Menschen waren noch völlig verzweifelt über die Katastrophe der Okkupation, aber in den Zeitungen, im Radio und im Fernsehen war von nichts anderem die Rede als von den

Hunden, die Gehsteige und Parkanlagen verunreinigten, auf diese Weise die Gesundheit der Kinder gefährdeten, zu nichts nütze wären und trotzdem gefüttert würden. Man verursachte eine solche Psychose, daß Teresa Angst bekam, der aufgebrachte Pöbel könnte Karenin etwas antun. Erst ein Jahr später entlud sich die aufgestaute (an den Tieren trainierte) Wut an ihrem eigentlichen Ziel: an den Menschen. Man begann zu entlassen, zu verhaften, zu prozessieren. Die Tiere konnten endlich aufatmen.

Teresa streichelt Karenins Kopf, der still auf ihrem Schoß ruht. Sie überlegt sich etwa folgendes: Es ist kein besonderes Verdienst, sich den Mitmenschen gegenüber korrekt zu benehmen. Teresa muß sich den Dorfbewohnern gegenüber tadellos verhalten, weil sie sonst auf dem Dorf nicht leben könnte. Und sogar Tomas gegenüber *muß* sie sich liebevoll verhalten, weil sie ihn braucht. Man wird niemals mit Sicherheit feststellen können, inwieweit unsere Beziehungen zu anderen Menschen das Resultat unserer Gefühle, unserer Liebe, unserer Unliebe, unserer Gutmütigkeit oder Bösartigkeit sind, und inwieweit sie durch das Kräfteverhältnis zwischen den einzelnen Menschen festgelegt sind.

Die wahre menschliche Güte kann sich in ihrer absoluten Reinheit und Freiheit nur denen gegenüber äußern, die keine Kraft darstellen. Die wahre moralische Prüfung der Menschheit, die elementarste Prüfung (die so tief im Innern verankert ist, daß sie sich unserem Blick entzieht) äußert sich in der Beziehung der Menschen zu denen, die ihnen ausgeliefert sind: zu den Tieren. Und gerade hier ist es zum grundlegenden Versagen des Menschen gekommen, zu einem so grundlegenden Versagen, daß sich alle anderen aus ihm ableiten lassen.

Ein Kalb hatte sich Teresa genähert, war stehengeblieben und schaute sie mit seinen großen braunen Augen lange an. Teresa kannte es. Sie nannte es Marketa. Sie hätte gern allen Kälbern einen Namen gegeben, aber das ging nicht. Es waren zu viele. Vor langer Zeit einmal, und gewiß noch vor vierzig Jahren, hatten alle Kühe dieses Dorfes einen Namen. (Und weil der Name ein Zeichen der Seele ist, kann ich sagen, daß sie eine hatten, Descartes zum Trotz.) Aber dann hat man aus den Dörfern große Genossenschaften gemacht, und seitdem müssen die Kühe ihr Leben auf ihren zwei Quadratmetern in einem Stall verbringen. Sie haben keine Namen mehr und sind »machinae animatae« geworden. Die Welt hat Descartes recht gegeben.

Immer sehe ich Teresa vor mir, wie sie auf einem Baumstumpf sitzt, Karenins Kopf streichelt und an das Versagen der Menschheit denkt. Zugleich taucht ein anderes Bild auf: Nietzsche verläßt sein Hotel in Turin. Er sieht vor sich ein Pferd und einen Kutscher, der das Tier auspeitscht. Nietzsche geht auf das Pferd zu, schlingt ihm vor den Augen des Kutschers die Arme um den Hals und weint.

Das war im Jahre 1889, und Nietzsche war damals auch schon den Menschen entfremdet. Anders gesagt: eben zu dem Zeitpunkt war seine Geisteskrankheit ausgebrochen. Aber gerade deswegen, scheint mir, hat seine Geste eine weitreichende Bedeutung. Nietzsche war gekommen, um bei dem Pferd für Descartes Abbitte zu leisten. Sein Wahn (sein Bruch mit der Menschheit also) beginnt in dem Moment, als er um ein Pferd weint.

Und das ist der Nietzsche, den ich mag, genauso wie ich Teresa mag, auf deren Knien der Kopf des todkranken Hundes ruht. Ich sehe die beiden nebeneinander: beide weichen von der Straße ab, auf der die Menschheit als »Herr und Besitzer der Natur« vorwärtsmarschiert.

3.

Karenin gebar zwei Hörnchen und eine Biene. Verdutzt schaute er auf seine wunderliche Nachkommenschaft. Die Hörnchen verhielten sich ruhig, die Biene aber torkelte benommen umher; dann flog sie in die Höhe und verschwand.

Das war ein Traum, den Teresa träumte. Nach dem Aufwachen erzählte sie ihn Tomas, und beide fanden ihn irgendwie tröstlich: dieser Traum hatte Karenins Krankheit in eine Schwangerschaft verwandelt, und das Drama der Geburt hatte ein ebenso lächerliches wie rührendes Ergebnis: zwei Hörnchen und eine Biene.

Wieder wurde sie von einer absurden Hoffnung erfüllt. Sie stand auf und zog sich an. Auch auf dem Dorf begann der Tag damit, daß sie in den Laden ging, um Milch, Brot und Hörnchen zu kaufen. Als sie aber an diesem Tag Karenin rief, damit er sie begleitete, hob er kaum den Kopf. Es war das erste Mal, daß er es ablehnte, an der Zeremonie teilzunehmen, auf der er früher immer bestanden hatte.

Sie ging also ohne ihn. »Wo ist denn Karenin?« fragte die Verkäuferin, die schon ein Hörnchen für ihn bereithielt. Diesmal mußte Teresa es selbst in der Tasche nach Hause tragen. Schon an der Tür zog sie es heraus und zeigte es ihm. Sie wollte, daß er es holte. Aber er blieb liegen und rührte sich nicht.

Tomas sah, wie unglücklich Teresa war. Er nahm das Hörnchen in den Mund und kauerte sich auf allen vieren vor Karenin auf den Boden. Dann kroch er langsam auf ihn zu.

Karenin sah ihn an, und ein Schimmer von Interesse schien in seinen Augen aufzublitzen, aber er erhob sich nicht. Tomas hielt sein Gesicht ganz dicht vor Karenins Schnauze. Ohne den Körper zu bewegen, nahm der Hund den Teil des Hörnchens, der Tomas aus dem Mund schaute. Dann ließ Tomas das Hörnchen los, um es Karenin zu geben.

Immer noch auf allen vieren kroch Tomas rückwärts und fing an zu knurren. Er tat, als wollte er sich um das Hörnchen raufen. In diesem Moment antwortete der Hund seinem Herrn mit einem Knurren. Endlich! Darauf hatten sie gewartet! Karenin hatte Lust zu spielen! Karenin hatte Lust zu leben!

Dieses Knurren war das Lächeln Karenins, und sie wollten dieses Lächeln so lange wie möglich andauern lassen. Deshalb näherte sich Tomas ihm wieder auf allen vieren und schnappte die Spitze des Hörnchens, das dem Hund aus der Schnauze schaute. Ihre Gesichter waren so dicht nebeneinander, daß Tomas den Hundeatem roch und die langen Haare, die um Karenins Schnauze wuchsen, seine Wange kitzelten. Der Hund knurrte noch einmal und schüttelte jäh seine Schnauze. Jeder hielt ein halbes Hörnchen zwischen den

Zähnen. Und dann beging Karenin den alten Fehler. Er ließ seine Hälfte fallen und wollte das Stück aus dem Mund seines Herrn erhaschen. Wie immer hatte er vergessen, daß Tomas kein Hund war und Hände hatte. Tomas ließ das Hörnchen nicht los und hob das am dem Boden liegende Stück auf.

»Tomas«, schrie Teresa, »du wirst ihm doch sein Hörnchen nicht wegnehmen!«

Tomas ließ die beiden Hälften vor Karenin fallen, der die eine rasch verschlang und die andere demonstrativ lange im Maul hielt, um sich vor seinen Herren zu brüsten, daß er die Partie gewonnen hatte.

Sie sahen ihn an und sagten sich wieder, daß Karenin lächelte, und daß er, solange er lächelte, noch einen Grund zu leben hatte, auch wenn er zum Tode verurteilt war.

Am nächsten Tag schien sich sein Zustand zu bessern. Sie aßen zu Mittag. Das war der Moment, in dem beide eine Stunde für sich hatten und mit ihm spazierengingen. Er wußte das und lief normalerweise unruhig um sie herum. Als Teresa diesmal aber Halsband und Leine zur Hand nahm, sah er sie und Tomas nur lange an und regte sich nicht. Sie standen vor ihm und versuchten (seinetwegen und ihm zuliebe) fröhlich zu sein, um seine Laune zu heben. Erst nach einer Weile, als hätte er Mitleid mit ihnen, humpelte er auf drei Beinen auf sie zu und ließ sich das Halsband umlegen.

»Teresa«, sagte Tomas, »ich weiß, du bist mit dem Fotoapparat verfeindet. Nimm ihn heute aber trotzdem mit!«

Teresa gehorchte. Sie öffnete den Schrank, um den vergrabenen und vergessenen Apparat zu suchen, und Tomas fuhr fort: »Diese Fotografien werden uns einmal große Freude bereiten. Karenin war ein Stück unseres Lebens.«

»Was heißt *war*?« sagte Teresa, als hätte sie eine Schlange gebissen. Der Apparat lag vor ihr auf dem Schrankboden, doch sie bückte sich nicht. »Ich nehme ihn nicht mit. Ich will nicht daran denken, daß es keinen Karenin mehr geben wird. Du sprichst schon in der Vergangenheit von ihm!«

»Sei mir nicht böse«, sagte Tomas.

»Ich bin nicht böse«, sagte Teresa sanft, »ich habe mich selbst schon mehrmals dabei ertappt, in der Vergangenheit an ihn zu denken. Wie oft habe ich mich selbst schon zurechtweisen müssen. Und gerade deshalb nehme ich den Apparat nicht mit.«

Sie gingen auf dem Weg, ohne zu sprechen. Nicht zu sprechen war die einzige Möglichkeit, nicht in der Vergangenheit an Karenin zu denken. Sie ließen ihn nicht aus den Augen und waren immer bei ihm. Sie warteten auf sein Lächeln. Aber er lächelte nicht, er ging einfach neben ihnen her, immer auf drei Beinen.

»Er tut es nur uns zuliebe«, sagte Teresa, »er wollte überhaupt nicht spazierengehen. Er ist nur mitgekommen, um uns eine Freude zu machen.«

Was sie sagte, klang zwar traurig, doch waren sie glücklich, ohne sich dessen bewußt zu sein. Glücklich waren sie nicht trotz der Trauer, sondern dank der Trauer. Sie hielten sich an den Händen und hatten beide dasselbe Bild vor Augen: einen hinkenden Hund, der zehn Jahre ihres Lebens verkörperte.

Sie gingen noch ein Stück weiter. Dann blieb Karenin zu ihrer großen Enttäuschung stehen und drehte sich um. Sie mußten zurückkehren.

Vielleicht noch am selben oder am nächsten Tag trat Teresa unerwartet in Tomas' Zimmer und sah, daß er einen Brief las. Er hörte, daß die Tür ging und schob den Brief zwischen andere Papiere. Sie bemerkte es. Als er das Zimmer verließ, entging ihr nicht, daß er den Brief in seine Tasche gleiten ließ. Den Umschlag jedoch hatte er vergessen. Sobald Teresa allein zu Hause war, studierte sie ihn. Die Adresse war von unbekannter Hand geschrieben; eine sehr gefällige Schrift, die sie für die Handschrift einer Frau hielt.

Als sie sich später trafen, fragte sie ihn beiläufig, ob Post gekommen sei.

»Nein«, sagte Tomas, und Teresa wurde von einer Verzweiflung überwältigt, die um so schlimmer war, als Teresa nicht mehr daran gewöhnt war. Nein, sie dachte nicht, daß Tomas hier eine Geliebte hätte. Das war praktisch unmöglich. Sie wußte über jede freie Minute Bescheid. Doch hatte er offenbar in Prag eine Frau zurückgelassen, an die er dachte und an der er hing, obwohl sie den Geruch ihres Schoßes nicht mehr in seinem Haar zurücklassen konnte. Teresa glaubte nicht, daß Tomas sie wegen dieser Frau verlassen könnte, doch kam es ihr vor, als wäre das Glück dieser letzten zwei Jahre auf dem Dorf wieder durch eine Lüge getrübt.

Ein alter Gedanke kehrt wieder: Ihr Zuhause ist nicht Tomas, sondern Karenin. Wer wird die Sonnenuhr ihrer Tage sein, wenn er nicht mehr da ist?

Teresas Gedanken gingen in die Zukunft, in eine Zukunft ohne Karenin, und sie fühlte sich verlassen.

Karenin lag in einer Ecke und winselte. Teresa ging in den Garten. Sie blickte auf ein Stück Wiese zwischen zwei Apfelbäumen und sagte sich, sie würden Karenin dort beerdigen. Sie grub den Absatz in die Erde und zog ein Rechteck im Gras. Das würde der Platz für sein Grab sein.

»Was machst du da?« fragte Tomas. Er hatte sie genauso überrascht, wie sie ihn ein paar Stunden zuvor beim Lesen des Briefes.

Sie gab keine Antwort. Er sah, daß ihr nach langer Zeit wieder die Hände zitterten und nahm sie in die seinen. Sie riß sich los.

»Ist es das Grab für Karenin?«

Sie antwortete nicht.

Ihr Schweigen machte ihn gereizt. Er explodierte: »Du hast mir vorgeworfen, ich dächte in der Vergangenheit an ihn! Und was machst du? Du willst ihn bereits begraben!«

Sie drehte ihm den Rücken zu und kehrte ins Haus zurück.

Tomas ging in sein Zimmer und schlug die Tür hinter sich zu.

Teresa öffnete sie wieder und sagte: »Wenn du auch sonst nur an dich denkst, so könntest du wenigstens jetzt an ihn denken. Er hat geschlafen und du hast ihn aufgeweckt. Nun wird er von neuem zu winseln anfangen.«

Sie wußte, sie war ungerecht (der Hund schlief nicht), sie wußte, sie benahm sich wie die gemeinste aller Frauen, die verletzen wollte, und wußte wie.

Tomas betrat auf Zehenspitzen das Zimmer, in dem Karenin lag. Sie wollte ihn jedoch nicht mit ihm allein lassen. Sie beugten sich beide über ihn, jeder von einer Seite. Diese gemeinsame Bewegung war jedoch keine Geste der Versöhnung. Im Gegenteil. Beide waren allein. Teresa mit ihrem Hund, Tomas mit seinem Hund.

Ich fürchte, daß sie so, getrennt voneinander und jeder für sich allein, bis zum letzten Augenblick bei ihm verharren werden.

4.

Warum ist für Teresa das Wort Idylle so wichtig?

Wir, die wir in der Mythologie des Alten Testaments erzogen worden sind, könnten sagen, die Idylle sei ein Bild, das als Erinnerung an das Paradies in uns erhalten ist. Das Leben im Paradies glich nicht dem Verlauf einer Geraden, die uns ins Unbekannte führte, es war kein Abenteuer. Es bewegte sich zwischen bekannten Dingen im Kreis. Seine Gleichförmigkeit war nicht Langeweile, sondern Glück.

Solange der Mensch noch auf dem Lande in der Natur lebte, umgeben von Haustieren, geborgen in den Jahreszeiten und deren Wechsel, war zumindest ein Widerschein der paradiesischen Idylle in ihm zurückgeblieben. Aus diesem Grunde hatte Teresa, als sie den Vorsitzenden der Genossenschaft in dem Kurort traf, plötzlich das Bild eines ländlichen Dorfes vor Augen (eines Dorfes, in dem sie nie gelebt hatte und das sie nicht kannte) und war wie verzaubert. Es kam ihr vor, als schaute sie zurück auf das Paradies.

Als Adam sich im Paradies über die Quelle neigte, wußte er nicht, daß das, was er sah, er selbst war. Er hätte Teresa nicht verstanden, die als Mädchen vor dem Spiegel stand und versuchte, durch ihren Körper hindurch die Seele zu sehen. Adam war wie Karenin. Teresa amüsierte sich oft damit, daß sie ihn vor einen Spiegel führte. Er erkannte sein Bild nicht und stand ihm ohne Interesse und ohne Aufmerksamkeit gegenüber.

Der Vergleich zwischen Karenin und Adam bringt mich auf den Gedanken, daß der Mensch im Paradies noch nicht Mensch war. Genauer gesagt: der Mensch war noch nicht auf die Bahn des Menschseins geschleudert. Wir aber sind längst darauf geschleudert worden und fliegen durch die Leere der Zeit, die auf einer Geraden abläuft. Doch existiert in uns immer noch eine dünne Schnur, die uns mit dem fernen, nebelhaften Paradies verbindet, wo Adam sich über die Quelle neigt und, im Gegensatz zu Narziß, nicht ahnt, daß dieser blaßgelbe Fleck, der im Wasser auftaucht, er selber ist. Die Sehnsucht nach dem Paradies ist das Verlangen des Menschen, nicht Mensch zu sein.

Wenn sie als kleines Mädchen die blutbefleckten Monatsbinden der Mutter herumliegen sah, ekelte sie sich davor, und sie haßte die Mutter dafür, daß sie nicht soviel Schamgefühl hatte, diese Binden wegzuwerfen. Karenin aber, der ein Weibchen war, menstruierte ebenfalls. Einmal alle sechs Monate, vierzehn Tage lang. Damit er die Wohnung nicht verunreinigte, legte Teresa ihm ein Stück Watte zwischen die Beine und zog ihm einen ihrer alten Slips an, den sie mit einem langen Band geschickt an seinem Körper befestigte. Vierzehn Tage lang lachte sie über seinen Aufzug.

Wie kommt es, daß die Menstruation des Hundes in ihr Fröhlichkeit und Zärtlichkeit wachruft, während sie sich vor der eigenen Menstruation ekelt? Die Antwort scheint mir einfach: der Hund ist nie aus dem Paradies vertrieben worden. Karenin weiß nichts von der Dualität von Körper und Seele, und er weiß nicht, was Ekel ist. Deshalb fühlt Teresa sich in seiner Gesellschaft so wohl und ruhig. (Und deshalb ist es so gefährlich, ein Tier in eine belebte Maschine, eine Kuh in einen Milchautomaten zu verwandeln: der Mensch schneidet auf diese Weise die Schnur durch, die ihn mit dem Paradies verbindet, und nichts wird ihn aufhalten, nichts wird ihn trösten können auf seinem Flug durch die Leere der Zeit.)

Aus diesem Gedankengewirr entsteht in Teresa eine blasphemische Idee, derer sie sich nicht erwehren kann: die Liebe, die sie mit Karenin verbindet, ist besser als die Liebe, die zwischen ihr und Tomas besteht. Besser, nicht etwa größer. Teresa will weder sich noch Tomas die Schuld geben, sie will nicht behaupten, sie könnten sich *noch mehr* liebhaben. Eher scheint es ihr, das Menschenpaar sei so geschaffen, daß seine Liebe a priori schlechter sei als (zumindest im besten Falle) die Liebe zwischen Mensch und Hund, diese Sonderbarkeit in der Geschichte der Menschheit, die vom Schöpfer vermutlich nicht eingeplant war.

Diese Liebe ist selbstlos: Teresa will nichts von Karenin. Nicht einmal Liebe fordert sie von ihm. Sie hat sich niemals die Fragen gestellt, von denen die Menschenpaare gequält werden: Liebt er mich? Hat er jemand anderen mehr geliebt als mich? Liebt er mich mehr, als ich ihn liebe? Möglich, daß all diese Fragen, die sich um die Liebe drehen, sie messen, erforschen, untersuchen und verhören, sie auch schon im Keim ersticken. Möglich, daß wir nicht fähig sind zu lieben, gerade weil wir uns danach sehnen, geliebt zu werden, das heißt: weil wir vom anderen etwas wollen (die Liebe), anstatt ohne Ansprüche auf ihn zuzugehen und nichts als seine Gegenwart zu wollen.

Und noch etwas: Teresa hat Karenin so akzeptiert, wie er ist, sie wollte ihn nicht nach ihrem Bilde verändern, sie war von vornherein mit seiner Hundewelt einverstanden und wollte sie ihm nicht wegnehmen, sie war nicht eifersüchtig auf seine heimlichen Neigungen. Sie erzog ihn nicht, um ihn zu verändern (wie ein Mann seine Frau und eine Frau ihren Mann verändern will), sondern nur, um ihm eine elementare Sprache beizubringen, die es ihnen ermöglichte, einander zu verstehen und miteinander zu leben.

Und dann: ihre Liebe zu dem Hund ist freiwillig, niemand hat sie dazu gezwungen. (Sie denkt einmal mehr an ihre Mutter und empfindet großes Bedauern: Wäre die Mutter eine unbekannte Frau aus dem Dorf gewesen, so hätte sie ihre fröhliche Derbheit vielleicht sympathisch gefunden! Ach, wäre die Mutter doch eine fremde Frau gewesen! Teresa hatte sich von Kindheit an dafür geschämt, daß die Mutter die Züge ihres eigenen Gesichts besetzt gehalten und ihr Ich enteignet hatte. Am schlimmsten aber war, daß das uralte Gebot »Du sollst Vater und Mutter lieben!« sie zwang, diese Okkupation zu billigen und diese Aggression Liebe zu nennen! Es war nicht die Schuld der Mutter, daß Teresa mit ihr gebrochen hatte. Sie hatte nicht mit ihr gebrochen, weil die Mutter so war, wie sie war, sondern weil es ihre Mutter war.)

Und vor allem: kein Mensch kann einem anderen Menschen die Idylle zum Geschenk machen. Das vermag nur ein Tier, weil es nicht aus dem Paradies vertrieben worden ist. Die Liebe zwischen Mensch und Hund ist idyllisch. Es ist eine Liebe ohne Konflikte, ohne herzzerreißende Szenen, ohne Entwicklung. Karenin umgab Teresa und Tomas, er war bei ihnen mit seinem Leben, das auf der Wiederholung begründet war, und er erwartete von ihnen dasselbe.

Wäre Karenin ein Mensch gewesen und nicht ein Hund, hätte er sicher schon längst zu Teresa gesagt: »Hör mal, es macht mir keinen Spaß mehr, jeden Tag ein Hörnchen in der Schnauze herumzutragen. Kannst du dir nicht etwas Neues einfallen lassen?« Dieser Satz enthält die ganze Verurteilung des Menschen. Die menschliche Zeit dreht sich nicht im Kreis, sie verläuft auf einer Geraden. Das ist der Grund, warum der Mensch nicht glücklich sein kann, denn Glück ist der Wunsch nach Wiederholung.

Ja, Glück ist der Wunsch nach Wiederholung, sagt sich Teresa.

Wenn der Vorsitzende der Genossenschaft nach der Arbeit seinen Mephisto spazierenführte und Teresa traf, vergaß er nie zu sagen: »Frau Teresa! Warum habe ich ihn nicht schon früher kennengelernt? Wir wären den Mädchen gemeinsam nachgestiegen! Zwei Säuen kann gewiß keine Frau widerstehen!« Er hatte sein Schwein so dressiert, daß es nach diesen Worten zu grunzen anfing. Teresa lachte, obwohl sie vom ersten Augenblick an wußte, was der Vorsitzende sagen würde. Der Witz verlor in der Wiederholung nichts von seinem Reiz. Im Gegenteil. Im Kontext der Idylle ist selbst der Humor dem süßen Gesetz der Wiederholung untergeordnet.

5.

Verglichen mit dem Menschen hat der Hund nicht viele Vorteile, einer aber ist bemerkenswert: im Falle des Hundes ist die Euthanasie nicht durch das Gesetz verboten; das Tier hat ein Anrecht auf einen barmherzigen Tod. Karenin hinkte auf drei Beinen und verbrachte zunehmend mehr Zeit damit, in einer Ecke zu liegen. Er winselte. Tomas und Teresa waren sich einig, daß sie ihn nicht unnötig leiden lassen dürften. Doch ersparte ihnen dieses grundsätzliche Einverständnis nicht die bange Unsicherheit: wie kann man erkennen, wann das Leiden unnötig wird? Wie kann man den Augenblick bestimmen, da es sich nicht mehr zu leben lohnt?

Wenn Tomas doch nicht Arzt wäre! Dann könnte man sich hinter einem Dritten verstecken. Man könnte zum Tierarzt gehen und ihn bitten, dem Hund eine Spritze zu geben.

Wie schrecklich, die Rolle des Todes selbst übernehmen zu müssen! Lange Zeit hatte Tomas darauf beharrt, Karenin die Spritze nicht selbst zu geben, sondern den Tierarzt zu rufen. Doch dann begriff er, daß er seinem Hund ein Vorrecht einräumen konnte, in dessen Genuß ein Mensch nie kommt: der Tod würde in der Gestalt derer zu ihm kommen, die er liebte.

Karenin hatte die ganze Nacht lang gewinselt. Nachdem Tomas ihn am Morgen abgetastet hatte, sagte er zu Teresa: »Wir dürfen nicht länger warten.«

Es war noch früh am Tage, bald müßten sie beide das Haus verlassen. Teresa betrat das Zimmer und ging auf Karenin zu. Bis jetzt hatte er teilnahmslos dagelegen (selbst als Tomas ihn eben untersuchte, hatte er dem keine Aufmerksamkeit geschenkt), als er nun aber hörte, wie sich die Tür öffnete, hob er den Kopf und sah Teresa an.

Sie konnte diesen Blick nicht ertragen, er machte ihr fast Angst. Nie schaute er Tomas so an, so schaute er immer nur sie an. Aber noch nie mit einer solchen Intensität wie jetzt. Es war kein verzweifelter oder trauriger Blick, nein. Es war ein Blick voll von erschreckender, unerträglicher Zutraulichkeit. Dieser Blick war eine begierige Frage. Sein Leben lang hatte Karenin auf Teresas Antwort gewartet, und auch jetzt gab er ihr zu verstehen (viel inständiger als sonst), daß er immer noch bereit war, von ihr die Wahrheit zu erfahren. (Alles, was von Teresa kommt, ist für ihn Wahrheit: auch wenn sie zu ihm »Platz!« oder »Kusch!« sagt, so sind das

Wahrheiten, mit denen er sich identifiziert und die seinem Leben einen Sinn geben.)

Dieser Blick erschreckender Zutraulichkeit war sehr kurz. Dann legte er seinen Kopf wieder auf die Pfoten. Teresa wußte, daß nie wieder jemand sie *so* ansehen würde.

Sie hatten ihm nie Süßigkeiten gegeben, doch vor ein paar Tagen hatte sie einige Tafeln Schokolade gekauft. Sie packte sie aus dem Silberpapier, brach sie in winzige Stücke und legte sie vor ihn hin. Dann stellte sie ein Schüsselchen mit Wasser dazu, damit ihm nichts fehlte während der Stunden, da er allein zu Hause bleiben würde. Der Blick, mit dem er sie vor einer Weile angesehen hatte, schien ihn ermattet zu haben. Obwohl die Schokolade vor ihm lag, hob er nicht mehr den Kopf.

Sie legte sich zu ihm auf den Boden und nahm ihn in die Arme. Ganz langsam und erschöpft schnupperte er an ihr und leckte ihr ein- oder zweimal über das Gesicht. Sie empfing diese Liebkosung mit geschlossenen Augen, als wollte sie sie für immer in ihr Gedächtnis einprägen. Sie drehte den Kopf, damit er ihr auch die andere Wange leckte.

Dann mußte sie zu ihren Kälbchen gehen. Sie kehrte erst nach dem Mittagessen zurück. Tomas war noch nicht zu Hause. Karenin lag noch immer vor den Schokoladestückchen, und als er sie kommen hörte, hob er den Kopf nicht mehr. Sein krankes Bein war angeschwollen und das Geschwür an einer neuen Stelle aufgeplatzt. Ein hellrotes Tröpfchen (es sah nicht aus wie Blut) kam zwischen den Haaren zum Vorschein.

Wieder legte sie sich zu ihm auf den Boden. Sie hatte einen Arm um seinen Leib geschlungen und hielt die Augen geschlossen. Dann hörte sie jemanden an die Tür pochen. Es ertönte ein »Herr Doktor, Herr Doktor! Hier ist das Schwein und sein Vorsitzender!«. Sie war nicht imstande, mit jemandem zu sprechen. Sie rührte sich nicht und hielt die Augen weiter geschlossen. Noch einmal war ein »Herr Doktor, die beiden Säue sind da!« zu hören, und dann war es wieder ruhig.

Tomas kam erst eine halbe Stunde später. Er ging wortlos in die Küche und bereitete die Spritze vor. Als er das Zimmer betrat, war Teresa bereits aufgestanden, und Karenin machte große Anstrengungen, sich zu erheben. Als er Tomas sah, wedelte er schwach mit dem Schwanz.

»Schau mal«, sagte Teresa, »er lächelt noch immer.«

Sie sagte es in flehendem Ton, als wollte sie mit diesen Worten um einen kurzen Aufschub bitten, doch sie beharrte nicht darauf.

Langsam legte sie ein Leintuch auf das Sofa. Es war ein weißes Leintuch mit einem violetten Blumenmuster. Sie hatte schon alles vorbereitet und an alles gedacht, als hätte sie sich Karenins Tod bereits viele Tage im voraus vorgestellt. (Ach, wie schrecklich ist es, daß wir im voraus vom Tod derer träumen, die wir lieben!)

Karenin hatte nicht mehr die Kraft, auf das Sofa zu springen. Sie nahmen ihn auf die Arme und hoben ihn gemeinsam hoch. Teresa legte ihn auf die Seite und Tomas untersuchte sein Bein. Er fand eine Stelle, an der die Ader gut sichtbar hervortrat. Dort schnitt er mit einer Schere die Haare ab.

Teresa kniete neben dem Sofa und hielt Karenins Kopf ganz nah an ihrem Gesicht.

Tomas bat sie, die Hinterpfote über der Vene fest zu drücken, denn sie war so dünn, daß man die Nadel nur mit Mühe einführen konnte. Sie hielt Karenins Pfote fest, ohne ihr Gesicht von seinem Kopf abzuwenden. Ununterbrochen redete sie mit leiser Stimme auf ihn ein, und er dachte nur an sie. Er fürchtete sich nicht. Er leckte ihr nochmals über das Gesicht. Und Teresa flüsterte ihm zu: »Hab keine Angst, hab keine Angst, dort wird dir nichts mehr weh tun, dort wirst du von Eichhörnchen und Hasen träumen, dort gibt es Kälbchen und auch einen Mephisto, hab keine Angst . . .«

Tomas stach die Nadel in die Vene und drückte auf den Kolben. Karenin zuckte ein wenig mit dem Bein, sein Atem wurde etwas schneller und hörte dann ganz auf. Teresa kniete auf dem Boden neben dem Sofa und preßte ihre Wange an seinen Kopf.

Sie mußten beide wieder arbeiten gehen, und der Hund blieb auf dem Sofa liegen, auf dem weißen Leintuch mit den violetten Blumen.

Am Abend kehrten sie zurück. Tomas ging in den Garten.

Zwischen den Apfelbäumen fand er die vier Linien des Rechtecks, das Teresa vor ein paar Tagen mit dem Absatz in die Erde gezogen hatte. Er hielt sich genau an die vorgezeichneten Maße. Er wollte, daß alles so war, wie Teresa es sich wünschte.

Sie blieb bei Karenin im Haus. Weil sie fürchtete, sie könnten ihn lebendig begraben, legte sie ihr Ohr an seine Schnauze und glaubte, noch ein schwaches Atmen zu hören. Sie trat etwas zurück und sah, wie sein Brustkasten sich leicht bewegte.

(Nein, sie hatte den eigenen Atem gehört, der ihren Körper unmerklich in Bewegung versetzte, so daß sie den Eindruck hatte, die Brust des Hundes bewegte sich.)

Sie fand einen Spiegel in ihrer Handtasche und hielt ihn vor Karenins Schnauze. Er war etwas schmutzig, und so glaubte sie, darauf den Beschlag seines Atems zu sehen.

»Tomas, er lebt noch!« schrie sie, als Tomas in seinen erdigen Stiefeln aus dem Garten zurückkam.

Er beugte sich über ihn und schüttelte den Kopf.

Sie faßten jeder von einer Seite das Leintuch, auf das er gebettet war. Teresa an den Füßen, Tomas am Kopf. Sie hoben ihn hoch und trugen ihn in den Garten.

Teresa fühlte an ihren Händen, daß das Tuch feucht war. Er ist mit einer Pfütze zu uns gekommen, und mit einer Pfütze ist er von uns gegangen, dachte sie und war froh, die Feuchtigkeit an ihren Fingern zu spüren, den letzten Gruß des Hundes.

Sie trugen ihn zwischen die beiden Apfelbäume und ließen ihn in die Erde hinunter. Sie neigte sich über die Grube und richtete das Leintuch so, daß es den ganzen Körper bedeckte. Der Gedanke, die Erde, die sie gleich auf ihn werfen würden, könnte auf seinen *nackten* Körper fallen, war ihr unerträglich.

Dann ging sie ins Haus zurück und kehrte mit dem Halsband, der Leine und einer Handvoll Schokoladestückchen zurück, die seit dem Morgen unberührt auf dem Boden gelegen hatten. Sie warf alles in sein Grab.

Neben der Grube lag ein Haufen frisch ausgehobener Erde. Tomas nahm die Schaufel zur Hand.

Teresa erinnerte sich an ihren Traum: Karenin hatte zwei Hörnchen und eine Biene geboren. Dieser Satz klang nun plötzlich wie ein Epitaph. Sie stellte sich vor, daß zwischen diesen beiden Apfelbäumen ein Grabstein stünde mit der Inschrift: Hier ruht Karenin. Er gebar zwei Hörnchen und eine Biene.

Über dem Garten lag die Dämmerung, der Moment zwischen Tag und Abend, und am Himmel stand blaß der Mond, eine vergessene Lampe in einer Totenkammer.

Sie hatten beide erdige Schuhe und trugen den Spaten und die Schaufel in den Schuppen, in dem das Werkzeug aufbewahrt wurde: Rechen, Gießkannen, Hacken.

6.

Er saß in seinem Zimmer am Tisch, wie immer, wenn er ein Buch las. Wenn Teresa in solchen Momenten auf ihn zutrat, neigte sie sich über ihn und preßte ihr Gesicht von hinten an seine Wange. An diesem Tag bemerkte sie, daß Tomas nicht in ein Buch schaute. Vor ihm lag ein Brief, und obwohl er nur aus fünf maschinegeschriebenen Zeilen bestand, hielt Tomas seinen Blick lange und starr darauf geheftet.

»Was ist das?« fragte Teresa ängstlich.

Ohne sich umzudrehen nahm Tomas den Brief und überreichte ihn ihr. Dort stand, er müßte sich noch am selben Tag auf dem Flugplatz der Nachbarstadt einfinden.

Endlich wandte er ihr den Kopf zu, und Teresa konnte in seinen Augen das gleiche Entsetzen lesen, das sie selbst empfand.

»Ich gehe mit dir«, sagte sie.

Er schüttelte den Kopf: »Die Vorladung ist nur an mich gerichtet.«

»Doch, ich gehe mit dir«, wiederholte sie.

Sie fuhren in Tomas' Lastwagen weg. Bald darauf befanden sie sich auf dem Flugfeld. Es war neblig. Nur sehr unklar zeichneten sich die Umrisse der Maschinen vor ihnen ab. Sie gingen von einer zur anderen, doch alle Türen waren abgeschlossen. Endlich fanden sie ein Flugzeug mit offener Einstiegstür und bereitgestelltem Rollsteg. Sie stiegen die Stufen hinauf, im Türrahmen erschien ein Steward, der sie aufforderte einzutreten. Die Maschine war klein, für knapp dreißig Passagiere, und vollkommen leer. Sie schritten durch den schmalen Gang zwischen den Sitzen, ohne einander loszulassen, und zeigten kein großes Interesse für das, was um sie herum vorging. Sie setzten sich nebeneinander auf zwei Sitze, und Teresa legte ihren Kopf auf Tomas' Schulter. Das ursprüngliche Entsetzen war verflogen und hatte sich in Trauer verwandelt.

Entsetzen ist ein Schock, ein Moment vollkommener Blendung. Entsetzen hat keine Spur von Schönheit mehr. Man sieht nichts als das grelle Licht eines unbekannten Ereignisses, das einen erwartet. Trauer hingegen setzt Wissen voraus. Tomas und Teresa wußten, was sie erwartete. Das Licht des Entsetzens wurde gedämpft, und die Welt war in zartblauer Beleuchtung zu sehen, welche die Dinge schöner erscheinen ließ, als sie waren.

In dem Moment, als Teresa den Brief las, empfand sie keine Liebe für Tomas, sie wußte nur, daß sie ihn nicht einen Augenblick allein lassen durfte: das Entsetzen hatte alle anderen Gefühle und Empfindungen erstickt. Nun, da sie an ihn geschmiegt dasaß (das Flugzeug flog durch die Wolken), verging der Schrecken, und sie empfand ihre Liebe und wußte, es war eine unermeßliche Liebe ohne Grenzen.

Endlich landete die Maschine. Sie erhoben sich und gingen zur Tür, die der Steward geöffnet hatte. Sie hielten sich noch immer um die Taille gefaßt und standen auf den Stufen des Rollstegs. Unten sahen sie drei Männer mit Kapuzen über den Köpfen und Gewehren in den Händen. Es war zwecklos zu zögern, denn es gab kein Entrinnen. Langsam stiegen sie hinunter, und als sie den Fuß auf die Rollbahn setzten, hob einer der Männer das Gewehr und legte an. Ein Schuß war nicht zu hören, Teresa fühlte aber, wie Tomas, der sie noch vor einer Sekunde fest umarmt gehalten hatte, zusammensank.

Sie preßte ihn an sich, konnte ihn aber nicht aufrecht

halten: er fiel auf die Betonpiste. Sie beugte sich über ihn; sie wollte sich auf ihn legen und ihn mit ihrem Körper zudecken, doch sah sie in diesem Moment etwas Sonderbares: sein Körper verkleinerte sich vor ihren Augen. Das war so unglaublich, daß sie erstarrte und wie angewurzelt stehenblieb. Tomas' Körper wurde immer kleiner und sah Tomas schon gar nicht mehr ähnlich, es blieb von ihm nur etwas Winziges übrig, und dieses kleine Ding begann sich zu bewegen, fing an zu laufen und floh über die Rollbahn.

Der Mann, der geschossen hatte, nahm seine Maske vom Gesicht und lächelte Teresa liebenswürdig zu. Er drehte sich um und lief diesem kleinen Ding nach, das ganz verstört hin- und herrannte, als würde es jemandem ausweichen und verzweifelt ein Versteck suchen. Eine Zeitlang jagten sie so hintereinander her, bis der Mann sich plötzlich zu Boden warf und die Verfolgungsjagd ein Ende hatte.

Er stand auf und kam zu Teresa zurück. Er hielt ihr das Ding in der Hand hin. Es zitterte vor Angst. Es war ein Hase. Er reichte ihn Teresa. In diesem Moment fielen Schreck und Trauer ab von ihr, und sie war glücklich, das Tierchen in ihren Armen zu halten, ein Tierchen, das ihr gehörte und das sie an sich drücken konnte. Sie weinte vor Glück. Sie weinte und weinte, sah nichts mehr durch die Tränen hindurch und trug das Häschen nach Hause mit dem Gefühl, ganz nahe am Ziel angelangt zu sein, dort zu sein, wo sie immer hatte sein wollen, von wo man nicht mehr fliehen kann.

Sie schritt durch die Straßen von Prag und fand leicht ihr Haus wieder. Sie hatte dort mit ihren Eltern gewohnt, als sie noch klein war. Aber weder Mama noch Papa waren zu Hause. Zwei alte Leute hießen sie willkommen, die sie noch nie zuvor gesehen hatte, von denen sie aber wußte, daß es ihr Urgroßvater und ihre Urgroßmutter waren. Beide hatten runzelige Gesichter wie Baumrinden, und Teresa war froh, bei ihnen wohnen zu können. Im Augenblick wollte sie aber mit ihrem Tierchen allein sein. Mühelos fand sie ihr Zimmer wieder, in dem sie gelebt hatte, seit sie fünf Jahre alt war und die Eltern gesagt hatten, daß sie nun ein eigenes Zimmer verdiente.

Es gab dort ein Sofa, ein Tischchen und einen Stuhl. Auf

dem Tischchen stand eine brennende Lampe, die die ganze Zeit über auf sie gewartet hatte. Auf dieser Lampe saß ein Schmetterling mit geöffneten Flügeln, die mit zwei großen Augen bemalt waren. Teresa wußte, daß sie am Ziel angelangt war. Sie legte sich auf das Sofa und drückte das Häschen an ihr Gesicht.

7.

Er saß am Tisch, wie immer, wenn er ein Buch las. Vor ihm lag ein geöffneter Umschlag mit einem Brief. Er sagte zu Teresa: »Ich bekomme von Zeit zu Zeit Briefe, von denen ich dir nicht erzählen wollte. Mein Sohn schreibt mir. Ich habe alles getan, damit sich sein Leben und meines nicht berühren. Und schau, wie das Schicksal sich an mir gerächt hat. Er ist vor einigen Jahren von der Universität geworfen worden. Jetzt ist er Traktorist in einem Dorf. Mein Leben und sein Leben berühren sich zwar nicht, doch verlaufen sie wie zwei Parallelen in gleicher Richtung nebeneinander.«

»Und warum wolltest du nicht über die Briefe sprechen?« sagte Teresa und fühlte sich sehr erleichtert.

»Ich weiß es nicht. Es war mir irgendwie unangenehm.«

»Schreibt er dir oft?«

»Von Zeit zu Zeit.«

»Und worüber?«

»Über sich.«

»Und ist es interessant?«

»Ja. Wie du weißt, war seine Mutter eine verbissene Kommunistin. Er hat schon vor langer Zeit mit ihr gebrochen und sich mit Leuten angefreundet, die in der gleichen Situation sind wie wir. Sie haben versucht, politisch aktiv zu sein. Einige von ihnen sind heute im Gefängnis. Aber mit denen hat er sich auch überworfen. Er bezeichnet sie distanziert als ›ewige Revolutionäre‹.«

»Er hat sich doch nicht etwa mit diesem Regime abgefunden?«

»Nein, keineswegs. Er glaubt an Gott und meint, das sei der Schlüssel zu allem. Seiner Meinung nach sollte jeder im täglichen Leben nach den von der Religion geschaffenen Normen leben und das Regime überhaupt nicht mehr zur Kenntnis nehmen. Es einfach ignorieren. Er sagt, wenn man an Gott glaube, sei man fähig, in jeder beliebigen Situation durch eigenes Handeln das zu schaffen, was er ›das Reich Gottes auf Erden‹ nennt. Er erklärt mir, daß die Kirche in unserem Land die einzige freiwillige Gemeinschaft von Menschen sei, die sich der Kontrolle des Staates entziehe. Es würde mich interessieren, ob er in der Kirche ist, um dem Regime besser zu trotzen, oder ob er wirklich an Gott glaubt.«

»Frag ihn doch!«

Tomas fuhr fort: »Ich habe gläubige Menschen immer bewundert. Ich habe gedacht, daß sie eine besondere Gabe übersinnlicher Wahrnehmung besitzen, die mir versagt ist. Etwa wie Hellseher. Nun sehe ich aber am Beispiel meines Sohnes, daß Glauben im Grunde genommen etwas sehr Leichtes ist. Als er in Schwierigkeiten war, haben sich die Katholiken seiner angenommen, und auf einmal war der Glaube da. Vielleicht hat er beschlossen, aus Dankbarkeit zu glauben. Menschliche Entscheidungen sind schrecklich einfach.«

»Du hast ihm nie auf seine Briefe geantwortet?«

»Er hat mir seine Adresse nicht geschrieben.«

Doch dann fügte er hinzu: »Auf dem Poststempel steht allerdings der Name des Ortes. Man müßte den Brief nur an die Adresse der dortigen Genossenschaft schicken.«

Teresa schämte sich vor Tomas für ihre Verdächtigungen und wollte ihre Schuld durch übertriebene Liebenswürdigkeit dem Sohn gegenüber wiedergutmachen: »Warum schreibst du ihm nicht? Warum lädst du ihn nicht ein?«

»Er sieht mir ähnlich«, sagte Tomas. »Wenn er spricht, zieht er seine Oberlippe krumm, genau wie ich. Meine eigenen Lippen über den Herrgott reden zu sehen, das kommt mir doch etwas zu befremdlich vor.«

Teresa fing an zu lachen.

Tomas lachte mit.

Teresa sagte: »Tomas, sei nicht kindisch. Das ist doch eine

alte Geschichte. Du und deine erste Frau. Was geht ihn das an? Was hat er mit dieser Frau zu tun? Warum solltest du jemanden verletzen, nur weil du in jungen Jahren einen schlechten Geschmack hattest?«

»Ehrlich gesagt, ich habe Lampenfieber. Das ist der eigentliche Grund, warum ich dieser Begegnung ausweichen will. Ich weiß nicht, warum ich so starrsinnig gewesen bin. Manchmal entscheidet man sich für etwas, ohne zu wissen, weshalb, und diese Entscheidung entwickelt dann ihre eigene Beharrlichkeit. Es wird von Jahr zu Jahr schwieriger, sie zu ändern.«

»Lade ihn ein«, sagte sie.

Als sie am selben Tag aus dem Kuhstall zurückkehrte, hörte sie Stimmen auf der Straße. Als sie näher kam, sah sie Tomas' Lastwagen. Tomas war vornübergebeugt und montierte ein Rad ab. Ein paar Männer standen um das Auto herum, gafften und warteten, daß Tomas mit der Reparatur fertig würde.

Sie stand da und konnte die Augen nicht abwenden: Tomas sah alt aus. Sein Haar war grau geworden, und die Unbeholfenheit, mit der er sich zu schaffen machte, war nicht die Unbeholfenheit eines Arztes, der Lastwagenfahrer geworden war, sondern die eines Menschen, der nicht mehr jung war.

Sie erinnerte sich an ein Gespräch, das sie kürzlich mit dem Vorsitzenden geführt hatte. Er hatte ihr gesagt, Tomas' Lastwagen sei in einem miserablen Zustand. Er sagte es im Spaß, ohne Vorwurf, aber er machte sich Sorgen. »Tomas kennt sich im Inneren eines Menschenkörpers besser aus, als im Inneren eines Motors«, lachte er. Dann gestand er ihr, wiederholt bei den Behörden gefordert zu haben, daß Tomas im hiesigen Bezirk wieder als Arzt praktizieren dürfte. Er hatte sich jedoch sagen lassen müssen, daß die Polizei dies niemals erlauben würde.

Sie versteckte sich hinter einem Baumstamm, damit die Leute rund um das Auto sie nicht sehen konnten, aber sie ließ Tomas nicht aus den Augen. Ihr Herz schnürte sich zusammen vor Vorwürfen. Ihretwegen war er von Zürich nach Prag zurückgekehrt. Ihretwegen hatte er Prag verlassen.

Und nicht einmal hier hatte sie ihn in Ruhe gelassen und ihn sogar vor dem sterbenden Karenin mit ihren unausgesprochenen Verdächtigungen geplagt.

Im Geiste hatte sie ihm immer vorgeworfen, daß er sie nicht genügend liebte. Ihre eigene Liebe hatte sie als etwas betrachtet, das sich über alle Zweifel erhob, seine Liebe hingegen als Ausdruck reiner Langmut.

Nun sah sie ein, wie ungerecht sie gewesen war: hätte sie für Tomas wahrhaftig eine große Liebe empfunden, so wäre sie mit ihm im Ausland geblieben! Dort war Tomas zufrieden gewesen, dort hatte sich ein neues Leben vor ihm aufgetan! Und trotzdem war sie ihm weggelaufen! Gewiß, sie hatte sich selbst eingeredet, aus Großmut so gehandelt zu haben, um ihm nicht zur Last zu fallen. Aber war diese Großmut nicht eine bloße Ausrede gewesen? In Wirklichkeit hatte sie gewußt, daß er zu ihr zurückkehren würde! Sie hatte ihn zu sich gerufen, sie hatte ihn immer weiter in die Tiefe gezogen, wie die Nymphen die Bauern ins Moor locken, um sie dort versinken zu lassen. Sie hatte einen Moment, in dem er an Magenkrämpfen litt, dazu mißbraucht, ihm das Versprechen abzuringen, aufs Land zu ziehen! Wie hinterlistig sie doch sein konnte! Sie rief ihn zu sich, als wollte sie ihn immer wieder auf die Probe stellen, ob er sie auch wirklich liebte, sie hatte ihn so lange gerufen, bis er sich hier befand: ergraut und müde, mit halbverkrüppelten Händen, die nie wieder ein Skalpell halten konnten!

Sie befanden sich an einem Ort, von dem es kein Wegkommen mehr gab. Wohin hätten sie von hier noch gehen können? Ins Ausland würde man sie nie mehr reisen lassen. Nach Prag konnten sie ebenfalls nicht mehr zurückkehren, niemand würde ihnen dort Arbeit geben. Und in ein anderes Dorf zu ziehen, dafür gab es keinen Grund.

Mein Gott, mußten sie wirklich bis hierher kommen, damit sie endlich glaubte, daß er sie liebte?

Endlich war es ihm gelungen, das Rad wieder einzusetzen. Er setzte sich ans Steuer, die Männer schwangen sich auf die Ladefläche, und der Motor sprang an.

Sie ging nach Hause und ließ ein Bad einlaufen. Sie lag im heißen Wasser und sagte sich, daß sie ihr Leben lang ihre

Schwäche gegen Tomas mißbraucht hatte. Wir alle sind geneigt, in der Stärke den Schuldigen und in der Schwäche das unschuldige Opfer zu sehen. Jetzt aber wurde es Teresa bewußt: in ihrem Fall war es genau umgekehrt! Selbst Teresas Träume führten ihm ihre Qualen vor Augen, als wüßten sie Bescheid über die einzige Schwäche dieses starken Mannes und wollten ihn zum Rückzug bewegen! Ihre Schwäche war aggressiv und zwang ihn fortwährend zur Kapitulation, bis er schließlich aufhörte, stark zu sein und sich in ein Häschen in ihren Armen verwandelte. Sie dachte ständig an diesen Traum.

Sie stieg aus der Wanne und suchte sich ein Kleid aus. Sie wollte ihr schönstes Kleid anziehen, um ihm zu gefallen, um ihm eine Freude zu machen.

Kaum hatte sie den letzten Knopf zugeknöpft, als Tomas lärmend ins Haus gestürzt kam, gefolgt vom Vorsitzenden der Genossenschaft und einem auffallend blassen jungen Bauern.

»Schnell!« rief Tomas, »einen starken Schnaps!«

Teresa holte die Sliwowitzflasche. Sie goß ein Glas voll, und der junge Mann leerte es in einem Zug.

In der Zwischenzeit hatte sie erfahren, was geschehen war: der Bauer hatte sich bei der Arbeit den Arm an der Schulter ausgerenkt und schrie vor Schmerzen. Niemand wußte, was man mit ihm tun sollte, und so wurde Tomas gerufen, der ihm mit einer einzigen Bewegung den Arm wieder einrenkte.

Der junge Mann trank noch ein Glas und sagte zu Tomas: »Deine Frau ist heute verdammt schön!«

»Dummkopf«, sagte der Vorsitzende, »Frau Teresa ist immer schön.«

»Ich weiß, daß sie immer schön ist«, sagte der junge Mann, »aber heute ist sie auch noch schön angezogen. In diesem Kleid habe ich Sie noch nie gesehen. Haben Sie etwas Besonderes vor?»

»Nein. Ich habe es Tomas zuliebe angezogen.»

»Doktor, du hast es gut«, lachte der Vorsitzende, »meine Alte tut so was nicht, sich für mich schön anziehen.«

»Deswegen gehst du ja auch mit deiner Sau spazieren, und

nicht mit deiner Frau«, sagte der junge Mann und lachte lange.

»Was macht Mephisto überhaupt?« sagte Tomas, »ich habe ihn schon mindestens . . .«, er überlegte: »schon mindestens seit einer Stunde nicht mehr gesehen!«

»Er wird sich nach mir sehnen«, sagte der Vorsitzende.

»Wenn ich Sie in diesem Kleid sehe, möchte ich am liebsten mit Ihnen tanzen gehen«, sagte der junge Mann zu Teresa. »Würdest du sie mit mir tanzen gehen lassen, Doktor?»

»Wir werden alle tanzen gehen«, sagte Teresa.

»Fährst du mit?« sagte der junge Mann zu Tomas.

»Aber wohin?« fragte Tomas.

Der Bauer nannte eine Stadt in der Umgebung, wo es ein Hotel mit einer Bar und einer Tanzfläche gab.

»Du fährst mit uns«, sagte der junge Mann in befehlendem Ton zum Vorsitzenden, und da er schon beim dritten Sliwowitz war, fügte er hinzu: »Wenn Mephisto Sehnsucht nach dir hat, dann nehmen wir ihn eben mit! Wir bringen gleich zwei Säue mit! Alle Frauen werden umfallen, wenn sie zwei Säue auf einmal sehen!« Und wieder lachte er lange.

»Wenn ihr euch wegen Mephisto nicht schämt, dann fahre ich mit«, sagte der Vorsitzende, und sie stiegen alle in Tomas' Lastwagen. Tomas setzte sich ans Steuer, Teresa nahm neben ihm Platz, die beiden Männer mit der halb ausgetrunkenen Flasche auf dem Rücksitz. Sie hatten das Dorf schon hinter sich gelassen, als dem Vorsitzenden einfiel, daß sie Mephisto zu Hause vergessen hatten. Er rief Tomas zu, sie sollten umkehren.

»Nicht nötig, eine Sau genügt«, sagte der junge Mann zu ihm, und der Vorsitzende gab sich damit zufrieden.

Es dunkelte. Der Weg führte in Serpentinen bergauf.

Sie kamen in der Stadt an und hielten vor dem Hotel. Teresa und Tomas waren noch nie dort gewesen. Eine Treppe führte ins Kellergeschoß hinunter, wo es eine Bar, eine Tanzfläche und einige Tische gab. Ein etwa sechzigjähriger Mann spielte auf dem Pianino, eine Dame gleichen Alters auf der Geige. Sie spielten vierzig Jahre alte Schlager. Auf dem Parkett tanzten einige Paare.

Der junge Mann sah sich im Saal um und sagte: »Hier paßt mir keine«, und forderte Teresa sofort zum Tanz auf.

Der Vorsitzende setzte sich mit Tomas an einen freien Tisch und bestellte eine Flasche Wein.

»Ich darf nicht trinken! Ich muß fahren!« erinnerte ihn Tomas.

»Quatsch«, sagte der Vorsitzende, »wir bleiben über Nacht hier«, und er ging gleich an die Rezeption, um zwei Zimmer zu reservieren.

Teresa und der junge Mann kamen von der Tanzfläche zurück, und der Vorsitzende forderte sie auf; zuletzt tanzte sie mit Tomas.

Beim Tanzen sagte sie zu ihm: »Tomas, alles Übel in deinem Leben kommt von mir. Meinetwegen bist du soweit gekommen. Bist so tief unten, wie man tiefer nicht sein kann.«

Tomas sagte zu ihr: »Du bist wohl verrückt geworden? Was heißt denn hier *tief*?«

»Wären wir in Zürich geblieben, würdest du jetzt Patienten operieren.«

»Und du würdest fotografieren.«

»Das ist ein idiotischer Vergleich«, sagte Teresa, »für dich hat deine Arbeit alles bedeutet, während es mir völlig egal ist, was ich tue. Ich habe überhaupt nichts verloren. Aber du hast alles verloren.«

»Teresa«, sagte Tomas, »hast du denn nicht gemerkt, daß ich hier glücklich bin?«

»Du warst dazu berufen zu operieren«, sagte sie.

»Teresa, Berufung ist Blödsinn. Ich habe keine Berufung. Niemand hat eine Berufung. Und es ist eine ungeheure Erleichterung festzustellen, daß man frei ist und keine Berufung hat.«

Es war unmöglich, seiner aufrichtigen Stimme nicht zu glauben. Das Bild des Vormittags tauchte wieder vor ihren Augen auf: er reparierte den Lastwagen, und er kam ihr alt vor. Sie war da angelangt, wo sie immer hatte sein wollen: immer hatte sie sich gewünscht, daß er alt wäre. Wieder erinnerte sie sich an das Häschen, das sie in ihrem Kinderzimmer an ihr Gesicht gedrückt hatte.

Was bedeutet es, sich in ein Häschen zu verwandeln? Es bedeutet, daß man auf all seine Stärke verzichtet hat. Es bedeutet, daß der eine nicht mehr stärker ist als der andere.

Sie bewegten sich im Tanzschritt zum Klang von Klavier und Geige, und Teresa hatte ihren Kopf auf seine Schulter gelegt. Wie damals, als sie zusammen im Flugzeug saßen, das sie durch den Nebel trug. Jetzt erlebte sie dasselbe sonderbare Glück, dieselbe sonderbare Trauer. Diese Trauer bedeutete: wir sind an der Endstation angelangt. Dieses Glück bedeutete: wir sind zusammen. Die Trauer war die Form und das Glück war der Inhalt. Das Glück füllte den Raum der Trauer aus.

Sie kehrten an ihren Tisch zurück. Sie tanzte noch zweimal mit dem Vorsitzenden und einmal mit dem jungen Mann, der schon so betrunken war, daß er mit ihr aufs Parkett fiel.

Dann gingen sie alle hinauf in ihre Zimmer.

Tomas drehte den Schlüssel im Schloß und zündete den Lüster an. Sie sah zwei aneinandergeschobene Betten, neben dem einen den Nachttisch mit einer Lampe. Ein großer Nachtfalter, vom Licht aufgescheucht, flatterte vom Schirm empor und zog seine Kreise im Zimmer. Von unten erklangen gedämpft die Melodien von Geige und Klavier.

Inhalt

Weitere Titel aus der Reihe

EDITION RICHARZ

Anthologien

Margot Benary-Isbert
Das Abenteuer des Alterns
156 Seiten. ISBN 3-87585-806-9

Hilde Fürstenberg
Ave Maria
Marienbilder, Gedichte und Legenden.
104 Seiten. ISBN 3-87585-827-1

Walter Nigg (Hrsg.)
Unvergängliche Legende
Bd. 1: 228 Seiten. ISBN 3-87585-850-6
Bd. 2: 242 Seiten. ISBN 3-87585-851-4

Kinderbücher

Der Leseteufel
und andere Erzählungen
192 Seiten. ISBN 3-87585-861-1

Die Kleine Bibliothek

Else Hueck-Dehio
Ja, damals
160 Seiten. ISBN 3-87585-865-4

Weitere Titel aus der Reihe

EDITION RICHARZ

Heimatromane

Hans Ernst
Die Glocken von St. Anton
232 Seiten. ISBN 3-87585-820-4

Ludwig Ganghofer
Edelweißkönig
252 Seiten. ISBN 3-87585-830-1

Luis Trenker
Berge in Flammen
230 Seiten. ISBN 3-87585-881-6

Tierdichtung

Joy Adamson
Die Löwin Elsa und ihre Jungen
200 Seiten. ISBN 3-87585-862-X

Hans G. Bentz
Gute Nacht, Jakob
260 Seiten. ISBN 3-87585-807-7

Utta Danella
Quartett im September
376 Seiten. ISBN 3-87585-819-0

Alice Herdan-Zuckmayer
Das Scheusal
176 Seiten. ISBN 3-87585-841-7

Siegfried Stander
Das Pferd
182 Seiten. ISBN 3-87585-866-2

Weitere Titel aus der Reihe

EDITION RICHARZ

Heitere Romane

Horst Biernath
Vater sein dagegen sehr
224 Seiten. ISBN 3-87585-808-5

Paul Gallico
Ein Kleid von Dior
140 Seiten. ISBN 3-87585-828-X

Frank B. Gilbreth/E. G. Carey
Aus Kindern werden Leute
272 Seiten. ISBN 3-87585-873-5

Frank B. Gilbreth/E. G. Carey
Im Dutzend billiger
244 Seiten. ISBN 3-87585-833-6

Erich Kästner
Der kleine Grenzverkehr
124 Seiten. ISBN 3-87585-844-1

Eric Malpass
Als Mutter streikte
152 Seiten. ISBN 3-87585-848-4

Una Troy
Mutter macht Geschichten
232 Seiten. ISBN 3-87585-857-3

Weitere Titel aus der Reihe

EDITION RICHARZ

Kriminalromane

C. C. Bergius
Schakale Gottes
320 Seiten. ISBN 3-87585-880-8

E. V. Cunningham
Die verschollene Mauritius
168 Seiten. ISBN 3-87585-818-2

Edgar Wallace
Die toten Augen von London
180 Seiten. ISBN 3-87585-859-X

Edgar Wallace
Der Zinker
200 Seiten. ISBN 3-87585-858-1

Abenteuer

Jack London
Wolfsblut
160 Seiten. ISBN 3-87585-874-3

Alberto Vázquez-Figueroa
Ébano
370 Seiten. ISBN 3-87585-876-X

Alberto Vázquez-Figueroa
Tuareg
380 Seiten. ISBN 3-87585-872-7

Weitere Titel aus der Reihe

EDITION RICHARZ

Schicksals-/Liebesromane

Alexandra Cordes
Liebe kennt keine Jahre
416 Seiten. ISBN 3-87585-817-4

Hilde Fürstenberg
Alle Tage vergehen
440 Seiten. ISBN 3-87585-825-5

Gaston Leroux
Das Phantom der Oper
360 Seiten. ISBN 3-87585-875-1

Luis Trenker
Berge in Flammen
230 Seiten. ISBN 3-87585-881-6

Biographische Romane/Erinnerungen

James Herriot
Der Doktor und das liebe Vieh
240 Seiten. ISBN 3-87585-842-5

Raissa Orlowa-Kopelew
Die Türen öffnen sich langsam
222 Seiten. ISBN 3-87585-871-9

Jurij Trifonow
Das andere Leben
224 Seiten. ISBN 3-87585-856-5